民国词学史著集成

第九卷

王易《詞曲史》

孙克强　和希林◎主编

南開大學出版社

图书在版编目(CIP)数据

民国词学史著集成. 第九卷 / 孙克强，和希林主编.
—天津:南开大学出版社，2016.12
ISBN 978-7-310-05273-8

Ⅰ. ①民… Ⅱ. ①孙… ②和… Ⅲ. ①词学—诗歌史
—中国—民国 Ⅳ. ①I207.23

中国版本图书馆 CIP 数据核字(2016)第 297155 号

南开大学出版社出版发行
出版人:刘立松
地址:天津市南开区卫津路 94 号 邮政编码:300071
营销部电话:(022)23508339 23500755
营销部传真:(022)23508542 邮购部电话:(022)23502200
*
天津市蓟县宏图印务有限公司印刷
全国各地新华书店经销
*
2016 年 12 月第 1 版 2016 年 12 月第 1 次印刷
210×148 毫米 32 开本 17.625 印张 4 插页 502 千字
定价:90.00 元

如遇图书印装质量问题,请与本社营销部联系调换,电话:(022)23507125

總序

清末民初詞學界出現了新的局面。在以晚清四大家王鵬運、朱祖謀、鄭文焯、況周頤為代表的傳統詞學（亦稱體制內詞學、舊派詞學）之外出現了新派詞學（亦稱體制外詞學）。新派詞學以王國維、胡適、胡雲翼為代表，與傳統詞學強調『尊體』和『意格音律』不同，新派在觀念上借鑒了西方的文藝學思想，以情感表現和藝術審美為標準，對詞學的諸多問題展開了全新的闡述。同時引進了西方的著述方式：專題學術論文和章節結構的著作。傳統的詞學批評理論以詞話為主要形式，感悟式、點評式、片段式以及文言為其特點；民國時期的詞學論著則以內容的系統性、結構的章節佈局和語言的白話表述為其主要特徵。當然也有一些論著遺存有傳統詞話的某些語言習慣。民國詞學論著的作者，既有新派大師王國維、胡適的追隨者，也有舊派領袖晚清四大家的弟子、再傳弟子。他們雖然觀點不盡相同，但同樣運用這種新興的著述形式，他們共同推動了民國詞學的發展。民國詞學論著的蓬勃興起是民國詞學興盛的重要原因。

民國的詞學論著主要有三種類型：概論類、史著類和文獻類。這種分類僅是舉其主要內容而言，實際情況則是各類著作亦不免有內容交錯的現象。

概論類詞學著作主要內容是介紹詞學基礎知識，通常冠以『指南』『常識』『概論』『講義』之名。這類著作無論是淺顯的入門知識，還是精深的系統理論，皆表明著者已經從傳統詞學中片段的詩詞之辨、詞曲之辨，提升到系統的詞體特徵認識和研究，是文體學意識的體現。史著類是詞學論著的大宗，既有詞通史，也有斷代詞史，還有性別詞史。唐宋詞成為後世的典範，對唐宋詞史的梳理和認識成為詞學研究者關注的焦點，如詞史的分期、各期的主要特徵、詞派的流變等。值得注意的是詞學史上的南北宋之爭，在民國時期又一次達到了高潮，有尊南者，有尚北者，亦有不分軒輊者，精義紛呈。南北宋之爭的論題又與新派、舊派基本立場的分歧對立相聯繫，一般來說，新派多持尚北貶南的觀點。史著類中清代詞史亦值得關注，詞學研究者開始總結清詞的流變和得失，清詞中興之說已經發佈，進而加以討論，影響深遠直至今日。文獻類著作主要是指一些詞人小傳、評傳之類，著者廣泛搜集歷代詞人的文獻資料，加以剪裁編排，清晰眉目，為進一步的研究打下基礎。

『民國詞學史著集成』有兩點應予說明：其一，收錄了一些中國文學史類著作中的詞學史部分。民國時期的中國文學史著作主要有兩種結構方式：一種是以時代為經，文體為緯，此種寫法的文學史，詞史內容分散於各個時代和時期。另一種則是以文體為綱，注重文體的發展演變，如鄭賓於的《中國文學流變史》的下冊單獨成冊，題名《詞（新體詩）的歷史》，篇幅近五百頁，可以說是一部獨立的詞史；又如鄭振鐸的《中國文學史》（中世卷第三篇上），單獨刊行，從名稱上看是唐五代兩宋斷代文學史，其實是一部獨立的唐宋詞史。

『民國詞學史著集成』視這樣的文學史著作中的詞史部分，為特殊的詞史予以收錄。其二，『民國詞學史著集成』收入五部詞曲合論的史著，著者將詞曲同源作為立論的基礎，合而論之，本套叢書亦整體收錄。至於詩詞合論的史著，援例亦應收入，如劉麟生的《中國詩詞概論》等，因該著已收入南開大學出版社出版的『民國詩歌史著集成』，故『民國詞學史著集成』不再收錄。

『民國詞學史著集成』收錄的詞學史著，大體依照以下方式編排：參照發表時間、內容分類、著者以及著述方式等各種因素，分別編輯成冊。每種著作之前均有簡明的提要，介紹著者、論著內容及版本情況。

在『民國詞學史著集成』中，許多著作在詞學史上影響甚大，如吳梅的《詞學通論》等，多次重印、再版，已經成為詞學研究的經典；也有一些塵封多年，本套叢書加以發掘披露，如孫人和的《詞學通論》等。這些文獻的影印出版，對詞學研究具有重要的參考價值。近些年，民國詞學研究趨熱，期待『民國詞學史著集成』能夠為學界提供使用文獻資料的方便，從而進一步推動民國詞學的研究。

孫克強　和希林

2016年10月

總目

第一卷

第二卷

第七卷

第八卷

第九卷

第十卷

第十一卷

第十二卷

第十三卷

本卷目錄

王易《詞曲史》

王易（1889－1956），原名朝綜，字曉湘，號簡庵，江西南昌人。清末入京師大學堂，歷任北京師範大學、南昌心遠大學、南京中央大學教授。曾任江西通志局編纂。著有《簡庵詞》《樂府通論》《詞曲史》等。

《詞曲史》成書於 20 世紀 20 年代，為王易執教於心遠大學時所撰寫教材。全書詳述詞曲演化，并以詞曲文體形式的發展演變為本，在此基礎上按明義、溯源、具體、衍流、析派、構律、啟變、入病、振衰、測運的邏輯順序進行了十分詳盡精到的分析。作者還在書中介紹了許多著名的詞曲作家，列舉了大量的詞曲作品，使讀者既可感受詞曲之美，又可獲知詞曲之道。此書突出的特點在於注重詞曲的體制源流、宮調格律及詞曲間異同之研究，實乃一部將史實與格律相結合的詞曲通論。《詞曲史》被譽為『專科文學史之創舉』。葉恭綽評曰：『征引繁博，論斷明允。』1932 年神州國光社發行出版，後多次出版。本書據 1948 年中國文化服務社版影印。

王易著

詞曲史

中國文化服務社印行

中華民國三十七年十一月滬版

詞曲史

每冊定價金圓二元二角五分
（外埠酌加運費匯費）

著作者 王易
發行人 劉百閔
發行所 中國文化服務社 上海福州路六七九號 電話九五九九五 電報掛號五三五一二三
印刷所 中國文化服務社印刷廠

王易著

詞曲史

中國文化服務社印行

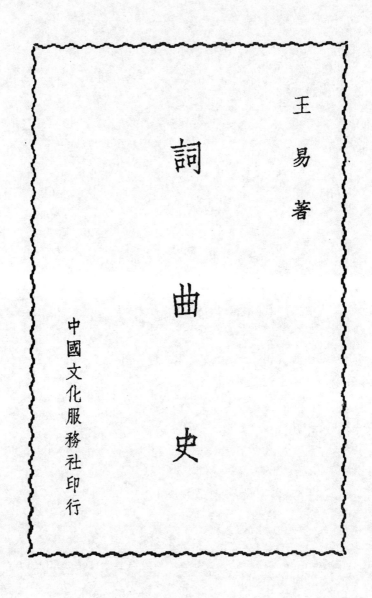

詞曲史序

漢書藝文志詩賦略，賦家分隸屈原，陸賈，荀卿，並雜賦爲四，屈主抒情，陸主說辭；荀主效物，雜則諧讔之屬也。歌詩則次吳，楚，燕，代，邯鄲等以當風，次漢興兵所誅滅出行巡狩等以當雅；次宗廟送迎靈頌以當頌。其李夫人幸貴人中山孺子妾未央才人，黃門倡等則劇本之類也；周秦等則前代樂章也；謠歌詩聲曲折等則歌聲譜式也。劉略，班志實開文章派別之先聲，亦卽談藝家所自昉。法言論衡片辭居要，至魏文典論，摯著專篇。自後作者，如文章流別論，文章緣起，實詳體製，詩品翰林論，文賦品藻利病，多甘苦之言；劉勰文心雕龍，貴實課虛，綱羅前世，截斷衆流，歎觀止矣！楚辭百官箴七林連珠集玉臺新詠集，義專論品，總集斯興，至昭明太子文選，屹然爲藝海大宗！爰逮唐宋，體製漸歧，各明一義。徵文攷獻，論世知人，則有唐文粹，宋文鑑，南宋文範，金文雅，元文類，明文衡，歷朝文紀，古詩紀，全唐詩，全五代詩，宋詩鈔，宋百家詩存，全金詩，元詩選，明詩綜，列朝詩集，全唐文紀事，歷朝詩紀事，廣陵詩事，感舊集，箧衍集，湖海文傳，詩傳，詩人徵略，琬琰集，碑傳集之屬，託體獨尊，文也，而史寓焉。析體製則文章襟喉，文章辨體，文體明辨等尚焉；談義法，則修辭鑑衡，四六法海，瀛奎律髓，唐詩鼓吹，古文緒論，唐音，唐詩品彙，藝苑卮言，談藝錄，說詩晬語等備焉。明派別，則有江西詩社宗派圖錄；標句法，則有主客圖；講聲調，則有談龍錄，聲調三譜。洎夫析賞攷證，鉅細兼賅，則有諸家詩話，四六話，四六談麈，賦話，讀賦卮言，漁隱叢話，詩人玉屑，丹鉛總錄，詩藪，然燈紀聞之屬，鐬鐬乎！彬彬乎！八音繁會，五采相宣已。然求其貫今古，窮源委，析利害，究正變，足與文心雕龍媲烈者，史家惟有史通而已。詩文大國，既如此矣。詞曲導源既晚，託體甚卑，論著尤尠，如中州樂府，歷朝詞綜，昭代詞選，詞林紀事，本事詞，箧中詞之屬，則以徵文攷獻論世知人爲歸，而樂府補題，社稿也，元草堂詩餘，總集也，黍離麥秀之哀寓焉。如遏雲，家宴，尊前，花間，蘭畹，金奩諸集，草堂詩餘，則以嘌唱爲宗，間明宮調；如樂府雅詞，陽春白雪，花庵絕妙詞選，絕妙好詞，花草粹編等，則專示準繩，或蒐遺佚。如荆溪詞，衆香集，宮閨詞，閩詞鈔，西泠詞萃，湖州詞徵，甬上近體樂府，常州詞錄，浙西六家詞，明湖四客詞，閨秀詞彙刊之屬，或斷代，或限地，或限人，間闡宗風。專詠一物，則有梅苑，梅詞，萍聚詞；專用一調，則有龜峯詞，百粤紅詞，聚紅詞，友聲集，碧瀣詞；析源流，則有教坊記，樂府雜錄，碧雞漫志；正宮律，示義法，則有詞源，樂府指迷，作詞五要；析派別，則有詞辨，宋四家詞選；標句法，則有詞旨；訂聲律，則有圈法美成詞，而後來諸家圖譜，欽定詞曲譜，由此出焉。萬氏詞律，擅廓清復古之功；天籟軒詞譜，獨標雅正；謝氏碎金詞譜，旁注工尺，取自九宮南詞，意昉白石歌曲，施之絃管，尙隔一塵。論音韻，則有菉斐軒詞林韻釋，學宋齋，榕園，沈，毛，仲各家詞韻，尙屬椎輪；而謝氏碎金詞韻，依黃公紹韻會舉要，備注五音清濁，戈氏詞林正韻，晚翠軒詞韻，一依集韻，一依佩文韻，折衷古今，足何據依；菉斐軒雖最稱古本，實同曲韻，非詞家所適用。下逮諸家詞話，詞品，詞統，詞筌，詞衷，詞麈，詞苑叢談之屬，鉅細兼明，凡詩文家所有箸述，詞苑咸備焉。論曲之書，不逮詞家之繁，實較詞家爲密。如太和正音譜，南九宮譜，北詞廣正譜，金元十五調，骷髏格，南音三籟，嘯餘譜，南詞定律，欽定九宮大成譜等，則圖譜之屬也；如中原音韻，中州音韻，洪武正韻等，則音韻之屬也；如碧雞漫志，武林舊事，夢粱錄，輟耕錄，野獲編等，不專論曲，而沿革具焉。鍾氏錄鬼簿，爲元曲著錄專書；臧氏元曲選，爲劇曲總匯；楊氏太平樂府，陽春白雪，則散曲存焉。而黃氏曲海，王氏曲目，爲曲家別闢目錄一途。他如涵虛子曲論，詞品，丹丘先生論曲，王氏魏氏曲律，沈氏衡曲麈談，顧曲雜言，度曲須知，徐氏南詞敍錄，呂氏曲品，高氏新傳奇品，梁氏李氏曲話，焦氏劇說，徐氏樂府傳聲，則雜論南北曲之聲韻義法作家。盛明雜劇三編，汲古閣刊六十種曲，墨憨齋傳奇定本，則南曲總匯；雍熙樂府，又爲北曲南曲之總匯；綴白裘則雜選南北曲，允推鉅編也。綜覽吾國二千年來談藝之作，大概如右所舉。其能以科學之成規，本史家之觀察，具系統，明分數，整齊而剖解之，牢籠萬有，兼師衆長，爲精密之研究，忠實之討論，平正之判斷，俾學者讀此一編，靡不宣究，爲談藝家別開生面者，闃無聞焉。南昌王子簡盦十年來倚聲摯友也。去年教授心遠大學，撰詞曲史一編，用作教程。蓋感於廢學新潮，羣言淆亂，深愍晚學無所折衷，將以祈嚮國學之光大，牖啓來者導之優美高尚純潔要眇之域焉。蓋詞曲之爲體，忠厚惻怛，閎約深美，史公所謂隱約以遂志者，有惻隱古詩之義；足以移人性靈，愉人魂魄；冀得匡拂末流，涵濡德性，而反之於詩教也。方南昌亂亟，吾二人者，皆閉門論箸，數有切磋，媿少弘益。今將遠別，督序於余，特歷舉吾國古來談藝之著述品論揚搉，俾讀者知此編位置所在云爾！丁卯六月威遠周岸登

詞曲史例言

文學全史，體大緒繁。詞曲一隅，範圍固隘；然與樂府，同源殊體。是編尚論樂府流變，冀探其源；詳述詞曲演化，務明其體。

史家體例，本重敘述，間入議論，左馬已先。是篇敘述往跡，時參目論；篇首引端，義同序贊。

篇章之區，各以時代。篇題渾括，用攝其綱；章題顯明，以張其目。

詞盛於宋，曲盛於元。敘詞詳宋，敘曲詳元。明曲勝詞，曲詳詞略；清詞勝曲，曲略詞詳。

體製爲本，不厭求詳；作者爲跡，未免於略。

詞體簡約，例可繫入；曲篇繁重，例惟示始。

史稱載筆，文敘爲宜；文所難明，佐以表列。避檔册之瑣屑，蘄覽誦之清通。

稱引前說，或著或略。語待折衷，則標所自出；事無歧隱，則視若公言。直舉所知，無意掠美。

句讀符識，習見近籍，從俗援用，以利後生。

載籍無涯，聞見有限。取裁率爾，無漏爲艱。補闕訂譌，有待賢哲。

詞曲史目次

詞曲史

南昌王易曉湘述

導言

東西諸國，文化各殊，溯其淵源，每由民族質性之有偏，居處環境之互異，用是演進，各展所長，經時既遙，遂歧趨尚。西方種糅國密，待競而存，生生所資，無敢暇逸，理智所注，科學興焉；中華地大物博，閉關自足，歷歲數千，同文一貫，情感所凝，文學尙焉。夫文學公物也，亦文化之果也，有文化者卽有文學，寧獨中國？雖然，事有偏勝，物有特徵。文學者，中國所偏勝，而數千年所遺之特徵也。西國未嘗無文學，而歷世未若中國之久，修養未若中國之深，好之者未若中國之多，且專此無可遜也。然則吾人姑謂中國文學甲於坤輿，殆非過矣！

雖然，國人之瘏於文學也亦甚矣！自漢魏六朝唐宋元明迄於清，舉凡文士才人所畢生萃精力而爲之者，何莫非文學哉？其爲類也，有散，有駢，有韻律；其爲體也，有文，有賦，有詩詞歌曲。任舉一端，皆足耗其人半生心血以求一當。則妨生事，阻普化，非文學之本意也。然而業無倖成，功無虛牝，力之所及，效則致焉。苟時方喪亂，尚申商之法，右孫吳之謀，用蘇張之策，抑文黜學，驅民以歸於慘礉苛營之塗，斯已矣；如其不然，欲養和平康樂之風，存溫柔敦厚之敎，使心聲所播，文采所敷，濡染瀰漫，蔚成國華，則藝不厭精，心無求暇。蓋文章政事，分道揚鑣，縱未兼長，無妨並進。使持功利之見，雜諸性情之間，行見顧忌遷就，無有已時，而支絀隳落可立待矣。故惡高美之文學者，不必言文學，揭簡易以爲倡者，不足言文學。

所謂文學之優劣，果以何爲標準乎？徵諸中西論文者之語，可以覩矣。西方之論文，恆以讀者之賞鑒爲準，其重在外緣；中國之論文，則以文章之本質爲準，其重在內美。波斯奈謂『文學志在取悅於大多數人』；而杜甫乃云『文章千古事，得失寸心知。』赫德森謂『文學論情述理，對大多數人類生興趣』；而昭明太子乃云『事出於沈思，義歸乎翰藻』，梁元帝更云『綺縠紛披，宮徵靡曼，脣吻遒會，情靈搖蕩。』察其所揭之幟，則其內外輕重之不同明矣。故中國文學，惟務充內美，而不計外緣，其得在高超，而失在不普；西方文學務容悅，當時趨附風尚，其利在廣被，而弊在委隨。此亦中西人性之殊，而文學根本之歧點也。

文章之內美約四端焉：曰理境也，情趣也，此美之託於神者也；曰格律也，聲調也，此美之託於形者也。託於神者，爲一切文體所同需；託於形者，則詩歌詞曲所特重也。理境高矣，情趣豐矣，無格律聲調以調節而佐達之，猶鳥獸之不被羽毛也，猶人體之不著冠服也，猶舞無容而樂無節也。雖自矜其精神之美，何濟焉？詩序云：『情發於聲，聲成文謂之音。』沈約云：『欲使宮羽相變，低昂舛節，若前有浮聲，則後須切響。一簡之內，音韻盡殊；兩句之中，輕重悉異。妙達此旨，始可言文。』則格律聲調之重，昔人固論之周已。

昔季札觀樂，聞聲而識其國風。詩三百篇，大率可被之絃管。故班固云：『誦其言謂之詩，詠其聲謂之歌。』夫聲不諧則樂不叶，欲詠其聲何由乎？故詩歌之與格律聲調，源同並也。漢魏樂府，置協律之官；隋唐登歌，傳坐立之伎。樂日盛矣。然太白清平調，香山楊柳枝，本屬絕詩，却開詞脈。自時厥後，詩樂並興。詞則應運而生，匯流而大。於是格律、聲調，尤重於詩歌矣。

或曰：詞曲之事，亦僅於抒情而已，乃至侔色揣稱，刻羽引商，詞調數百，曲體千餘，得無有玩物喪志之患乎？曰：人心情態，何啻萬千！聲本乎情，自然殊致。如其摯情流露，正賴聲律以成抑揚動靜剛柔燥溼之觀。譬之五服六章，縫巽布絮之功，能資黼黻之美，苟非墨翟之非樂貴儉，孰能拒而斥之哉？自唐以降，作者千數，豈盡愚蒙？何以不憚煩勞，行茲艱阻？豈不以寶藏所存，糜軀無惜，不爲其易者，正欲達其深耳！

或又曰：抒情之道，豈必詞曲哉？方今歐化東漸，新潮日長，創無韻之詩，行自然之體，未嘗不足以抒情。居今日而盛談格律最嚴、聲調最複之詞曲，得無貽章甫適越之誚乎？曰：人不能樂，不害其爲人；士不能吟，無傷其爲士。聾者無以與夫鐘鼓之聲，然遂欲鑠絕竽瑟，塞瞽曠之耳，而自蓋其不聰，不可也。文學者，學之專門者也；詞曲者，又文學之專門者也。專門之事，不能責之衆人；然而百夫之所不能扛者，烏獲可一臂而勝，無害也。無韻自然之詩，不禁人爲；欲遂掃其固有之美，強天下而盡從其後，於勢亦有所不可能矣。

今述詞曲史，其事有三難：一，昔人言詞曲者，率重家數，而鮮明其體製源流也；二，詞曲宮調律格，至爲複雜，言之不能詳盡也；三，詞曲之界混，後人不能通古樂，無以直揭奧窔也。茲惟旁稽羣籍，折衷事理，區爲十篇，撮述於次：

爲學務先正名，名正則學之條理可具。矧詞曲上承於詩，旁通於賦，下流於歌劇盲辭，其質難明，其界易混。不有以揭之，曷從而辨之！述明義第一。

事無突如，物不驟至。欲紬其理，必探其源。詞曲各具封疆，領域頗廣。宋元以降，卓爲大聲。窮其所自，各有根本。裒索列舉，務觀其通。述溯源第二。

唐代聲色冠絕，士耽騷雅，衆習宮商，幾於人握靈珠，家抱荆璧。詞體之立，實肇斯時。五季更迭，百度廢弛，人文凋敝，獨詞則洋洋大觀。述具體第三。

有宋龍興，文風大暢。倚聲之道，習焉爲常。自理學名臣，才人志士，緇羽閨閣，巨佞神奸，皆擅勝場，各具面目。佳篇偉作，髮數尤難。詞學至此，若決江河。述衍流第四。

北宋全盛，詞苑輝煌。晏，歐，柳，蘇，賀，秦，周，李，並挺英哲，以佐元音。南渡中衰，詞人抑塞。辛，姜，吳，史，王，蔣，張，周，或見江左風流，或感西周禾黍，列而論之。述析派第五。

詩律寬放，詞則倍嚴。調旣陸離，韻復紛雜。四聲旣別，五音益分。剖析豪釐，咀嚼微妙，語其組織之密，實無匹倫。淺學者感其難，而深好者領其味。述構律第六。

詞體層出，流變漸乘。北宋大晟，已開樂府，轉踏大曲，宮調賺詞，遞衍遞繁，遂成曲體。金元以降，南北並趨，結族之交，探索最難。苟非別詳，不足指信。述啓變第七。

物盛必衰，理所應具。宋元詞曲，至明漸蕪。高，劉，瞿，李，尙有正聲；乃及楊，王，强作解事。歌劇亦遜胡元，雖有名篇，或舛聲律。述入病第八。

勝淸人文，自然浡焉。曲苑詞壇，備臻上極。詞則朱陳競響，曲則洪孔飛聲。末季格調益高，訂勘尤密，古華爛發，墜緒能明。但歌劇中衰，倉聲代作耳。述振衰第九。

士困於學，文患其難。趨勢所歸，似縟麗之詞，在所必掃。然美不自滅，情有同然。情苟欲舒，美應無缺。詞曲浩博，無美不臻，歷世彌光，可以操劵。述測運第十。

明義第一

欲明詞曲史，當先明詞曲之義。顧詞曲之義亦難明矣。蓋吾國歷史，亙世過長，名物之立，往往一字數義，一物數名。非推其本末，辨其通專，不足以詳其性質範圍也。即如詞曲二名，人皆知爲唐宋金元間之二種新文體矣，苟粗言之，亦曰詞曲已耳。何待別明其義乎？然詞曲之名，含義甚複，界限甚寬；非必唐宋間之所謂詞，金元間之所謂曲也。且方曲未興，詞亦泛稱爲曲；迨曲既盛，曲又廣稱爲詞。（詳說後）又就詞而言：有稱詩餘者矣；有稱樂府者矣；有稱長短句者矣。就曲而言：有稱雜劇者矣；有稱院本者矣；有稱傳奇者矣；有稱散曲者矣。是詞曲猶非定名，夫何由而斷之？今惟先釋二者之義，繼明二者之界焉。

（一）詞之意義

自來釋詞字之義者，每好徵引說文意內言外之訓，然許氏初非爲此立名，而其字，實不專屬此唐宋間之一種文體之稱也。詞，說文作䛐，从司言，意主於內而言發於外，故上司下言者內外之意也；（從段氏說）詞字則爲其隸行。（郭忠恕佩觿）今假之爲此種文體之名，亦不過化通稱爲專稱耳，非其義遂足以專明此一種長短句之近體樂府也。夫意者，文字之義；言者，文字之聲；詞者，文字聲義之合也。舉凡摹繪物狀，發聲助語之文字，皆以詞爲通稱。乃欲據以訓此千年後特出之一種文體，得無牽强？故吾人但名此種文體爲詞可矣，不必上追許說，攙通稱爲確詁也。（清謝章鋌賭棋山莊詞話續五有論及此者，略謂「夫意內言外，何文不然？不能專屬之長短句。蓋乾嘉以來，攷據盛行，無事不敷以古訓，塡詞者遂竊取說文以高其聲價。」見頗通覈。）至詞之異名有詩餘，樂府，長短句等，分釋如次：

（甲）詩餘——詩餘之名，不詳所自始。蜀中詩話云：『唐人長短句，詩之餘也，始於李太白，太白以草堂名集，故謂之草堂詩餘。』似詩餘之名卽出於此。然草堂詩餘爲南宋人所編選，而北宋廖行之詞，已名省齋詩餘，則其名固早立矣。大致謂古詩變爲樂府，樂府又變爲長短句，故以詞爲詩之餘。而清毛先舒謂：『塡詞不得名詩餘，猶曲自名曲，不得名詞餘。又詩有近體，不得名古詩餘，楚騷不得名經餘也。……故塡詞本按實得名，名實恰合，何必名詩餘哉？』汪森謂：『古詩之於樂府，近體之於詞，分鑣並馳，非有先後。謂詩降爲詞，以詞爲詩之餘，殆非通論？』吳應和則謂：『金元以來，南北曲皆以詞名，或繫南北，或竟稱詞。詞所同也，詩餘所獨也。顧世稱詩餘者寡，欲名不相混，要以詩餘爲安。』而近人王以慜釋之云：『非五、七言之餘，三百篇之餘也。』如是而詞之位置始得比於詩。然而「餘」之爲言，究未愜當也。宋元人詞集以詩餘名者，有廖行之省齋詩餘，吳則禮北湖詩餘，仲幷浮山詩餘，韓元吉南澗詩餘，王之望漢濱詩餘，李洪芸庵詩餘，張鎡南湖詩餘，許棐梅屋詩餘，吳潛履齋詩餘，汪莘方壺詩餘，韓淲澗泉詩餘，汪晫康範詩餘，黃機竹齋詩餘，林淳定齋詩餘，王邁臞軒詩餘，趙孟堅彝齋詩餘，葛長庚玉蟾先生詩餘，柴望秋堂詩餘，吳存樂庵詩餘，趙文靑山詩餘，劉詵桂隱詩餘，劉壎水雲村詩餘，黎廷瑞芳洲詩餘，劉將孫養吾齋詩餘，舒頔貞素齋詩餘，舒遜可庵詩餘等。亦可見習用其名者之衆矣。

(乙)樂府——樂府之名，始於西漢，蓋教樂之官也。於殷曰瞽宗，周因殷列爲西學，所以教禮樂，周官有大司樂之屬，至漢文帝以夏侯寬爲樂府令，武帝以李延年爲協律都尉而立樂府，始具樂府之名。自漢迄唐，凡郊祀，燕射，鼓吹，清商，舞曲，琴曲等，悉屬樂府範圍，然不必盡施於樂。劉勰所謂『無詔伶人，故事謝絲管』是也。唐人樂府，初循漢魏，小樂府五言，若子夜，歡聞，前溪，讀曲諸歌，繼循齊梁樂府七言，若挾瑟歌，烏棲曲諸辭。故其體率爲絕句，如紇那曲，怨回紇，皆五絕也；竹枝，楊柳枝，浪淘沙，欸乃曲，皆七絕也。是卽樂府，亦卽詞也。故宋元人遂沿稱詞爲樂府。其集之以樂府名者，有蘇軾東坡樂府，賀鑄東山寓聲樂府，周紫芝竹坡居士樂府，徐伸青山樂府，劉弇龍雲先生樂府，趙長卿惜香樂府，康與之順庵樂府，曹勛松隱樂府，姚寬西溪居士樂府，周必大平園近體樂府，楊冠卿客亭樂府，楊萬里誠齋樂府，趙以夫虛齋樂府，段克己遯齋樂府，段成己菊軒樂府，李俊民莊靖先生樂府，元好問遺山新樂府，王義山稼村樂府，王惲秋澗樂府，陳深寧極齋樂府，曹伯啓漢泉樂府，周權此山先生樂府，蒲道園順齋樂府，虞集道園樂府，許有壬圭塘樂府，宋褧燕石近體樂府，張埜古山樂府等，皆其類也。

（丙）長短句——長短句即樂府之雜言者也。周頌、漢歌，已啓其源。天籟所發，初無定譜，低昂合節，錯落不齊，要以表其變化之美。汪森謂『自有詩而長短句即寓焉，南風之操，五子之歌是已。周頌三十一篇，長短句居十八；漢郊祀歌十九篇，長短句居其五；至短簫鐃歌十八篇，皆長短句，謂非詞之源乎？』六朝以還，歌行雜作。至於唐代，厥體盛興，李白蜀道難，長相思，將進酒等篇，極參差變化之致。及張志和白居易輩，割五七言而爲漁歌憶江南等詞，體於是乎成，而此後之長短句，皆傾向於詞矣。王昶謂『詩本於樂，樂本於音，音有清濁高下輕重抑揚之別，乃爲五音十二律以著之，非句有長短無以宣其氣而達其音。』故宋元多稱詞爲長短句，其集之以長短句名者，有秦觀淮海居士長短句，陳師道後山長短句，米芾寶晉長短句，趙師俠坦庵長短句，左譽筠庵長短句，張綱華陽長短句，辛棄疾稼軒長短句，劉克莊後村長短句，李齊賢益齋長短句等，皆其類也。

此外有稱歌曲者，如王安石臨川先生歌曲，姜夔白石道人歌曲；有稱琴趣者，如黃庭堅山谷琴趣，晁端禮閑齋琴趣，趙彥端介庵琴趣；有稱樂章者，如柳永樂章集，劉一止苕溪樂章，洪适盤洲樂章，謝懋靜寄居士樂章；有稱遺音者，如石孝友金谷遺音，林正大風雅遺音，陳德武白雪遺音。餘如朱敦儒之樵歌，陳允平之日湖漁唱，周密之蘋洲漁笛譜，張輯之東澤綺語債，楊炎正之西樵語業，高觀國之竹屋癡語，皆喜爲異名，而化去詞之本意，無深義也。

(二)曲之意義

曲主可歌，唐宋詞皆可歌，詞與曲一也。自有不能歌之詞，而能歌者又漸變爲曲，則宋元間之所謂曲也。而曲之源實起於漢，樂府鐃歌鼓吹之類是也。古今樂錄載漢享宴食舉樂十三曲，又鼓吹鐃歌十八曲；晉書樂志載魏武帝使繆襲造鼓吹十二曲以代漢曲，又吳使韋昭製鼓吹十二曲，又晉武帝令傅玄製鼓吹曲二十二篇以代魏曲，其所有曲題，皆未明稱爲曲也。及宋鼓吹鐃歌有上邪曲，晚芝曲，艾如張曲，始著曲名。自後樂府歌辭，多以曲名篇，其源流當別詳。而究曲字之義，則音韻曲折之意也。按漢書藝文志載河南周歌詩周謠歌，皆有聲曲折。又宋書樂志載張華表云：『按魏上壽食舉詩及漢氏所施用，其文句長短不齊，未皆合古。蓋以依詠弦節，本有因循，而識樂知音足以制聲度曲，法用率非凡近所能改。二代三京，襲而不變，雖詩章詞異，興廢隨時，至其韻逗曲折，皆繫於舊，有由然也。』又載賀循云：『自漢以來，自造新詩，舊京荒廢，今既散亡，音韻曲折，又無識者，則於今難以意言。』所謂曲折者，殆卽曲字之所由得名也。明徐師曾詩體明辨云：『高下長短委曲以道其情者曰曲。』宋張表臣珊瑚鉤詩話云：『音聲雜比高下短長謂之曲。』爲意亦同。至宋代之曲，則昉自隋以後之曲子。宋王灼碧雞漫志云：『隋以來，今之所謂曲子者漸興，至唐稍盛，今則繁聲淫奏，殆不可數。古歌變爲古樂府，古樂府變爲今曲子，其本一也。』自是有大曲，有法曲，有北曲南曲，遞衍遞變，雖爲體各異，而統以曲名，要以被之聲歌，音韻曲折爲主。特金元以後，則專以其名屬之戲曲耳。曲之異名，有雜劇，院本，傳奇，散曲等，亦分釋如次：

（甲）雜劇——兩宋戲劇，均謂之雜劇。宋史樂志云：『眞宗不喜鄭聲，而或爲雜劇，詞未嘗宣布於外。』宋吳自牧夢粱錄云『向者汴京教坊大使孟角球，曾做雜劇本子。』周密武林舊事載官本雜劇段數二百八十本，其組織內容，蓋合大曲法曲宮調詞調爲之，而又穿插種種滑稽雜戲及故事，而雜劇遂爲其總名。元代仍因其名而略變其體質，遂成元之雜劇。變敍事體爲代言體之戲劇，亦由是託始。迨明以後，則又以戲曲之短者爲雜劇矣。

（乙）院本——雜劇至金，始有院本之名，蓋行院之本也。行院者，金元人謂倡伎所居，其所演唱之本，卽謂之院本。元陶九成輟耕錄載院本名目六百九十種，有和曲院本，上皇院本，題目院本，霸王院本，諸目。又有所謂爨或焰段者，亦院本之異名也。輟耕錄又云：『金有雜劇院本諸宮調，院本雜劇，其實一也。國朝始釐而二之』所謂釐而二之者，蓋以元人創雜劇，而稱金之舊劇爲院本也。然至明初，已有稱元雜劇爲院本者。自後遂混北劇或南戲而泛稱院本矣。

（丙）傳奇——傳奇之名，昉自唐裴鉶所作傳奇六卷，本屬小說，無關曲也。宋則以諸宮調爲傳奇。碧雞漫志所謂『澤州孔三傳首唱諸宮調古傳，士大夫皆能誦之』。此非元人之雜劇也。元人以雜劇爲傳奇，明人則以戲曲之長者爲傳奇。故傳奇之名凡四變；普通所指，乃元之南戲，明之戲曲耳。

（丁）散曲——散曲對劇曲而言。劇曲紀事必具首尾，率以科紀動，以白助言；散曲則無論紀事、寫景、狀物、言情，皆不須科白相聯貫，故又名淸曲。其中更分小令散套二種：小令一名葉兒，爲散曲之短小者，對體製較大之套曲而言；散套一名套數，爲散曲之成套者，對有聯貫之劇套而言。元明人亦多稱散曲爲樂府，如楊朝英之太平樂府，郭勛之雍熙樂府諸選集，張可久小山樂府，周憲王誠齋樂府，王九思碧山樂府，楊愼陶情樂府諸別集。意謂其曾經文學之陶冶，可以入樂府而充一代之雅樂，有以別乎里巷之俚歌，然與詞之稱樂府者幾混矣。

此外又有稱曲爲詞餘者，然名實未當也。謂詞爲詩餘，猶可曰詩不指五七言，乃三百篇耳。今以曲爲詞餘，甯非抑曲過甚歟？蓋文體流變，各闢疆宇，無所謂餘。如別子爲祖，遂不更與本宗論系屬也。況詞曲門户各殊，勢力相等，作者各擅專長，不相取下，安見此遂爲彼之餘邪？

（二）詞曲之界

詞曲之意既明，當可略識其界矣。顧其界豈易明哉？苟非推本尋源，誠不能明其變化同異之點。今但比附其本體形質，俾有以劃其鴻溝。至其先後遞嬗之際，則當於啓變篇中別詳，茲不暇及。

清宋翔鳳樂府餘論云：『宋元之間，詞與曲一也。以文寫之則爲詞；以聲度之則爲曲。』晁无咎評東坡詞謂『曲子中縛不住』，則詞皆曲也。度曲須知，顧曲雜言論元人雜劇，皆謂之詞；元人蓑斐軒詞林韻釋，爲北曲而設，乃謂之詞韻，則曲亦詞也。雖然，其質未嘗無界也。綜括之蓋有三：一結構之不同也，二音律之互歧也，三命意之各別也。茲分釋之：

（甲）結構——詞之體製，有令，引，近，慢之分。最短者十餘字，如竹枝（十四字）蒼梧謠（十六字）等，最長者如鶯啼序，二百四十字止耳。有單調一段者，有雙調二段者，有三段四段者止耳。曲則有一支之小令，二支四支之重頭，全套有尾之散套大套。諸曲調中句字不拘，可以增損，或加襯字，或集調而爲犯，或遲其聲以媚之而爲尾聲，不似詞之一成而少變也。至曲之平仄韻腳活動，亦不似詞之拘守定譜，不得通融也。

（乙）音律——古樂府皆以七音十二律互乘爲八十四調。以宮乘律爲宮，以其他六音乘律爲調，此通法也。而唐燕樂但用二十八調。及宋張炎詞源謂『今樂所存止七宮十一調。』明沈璟南曲譜謂『曲中宮調止六宮十一調。』二者尚不甚相遠，惟歌法則不同。詞音簡，便於和歌；曲音繁，期於悅耳。觀姜白石詞之旁譜十七支，皆一字一音，不似曲之音有多至十餘者。縱橫馳驟，去古又日遠矣。

（丙）命意——詞意宜雅，曲則稍宜通俗。因詞爲文士大夫所爲，類多述懷紀興之作；而曲則託之優伶樂人，多傳神狀物之篇。故詞可表見作者之性情，而氣體尚簡要；曲則著重聽衆之觀感，而情韻貴旁流。詞斂而曲放；詞靜而曲動；詞深而曲廣；詞縱而曲橫。以詞筆爲曲，不免意徇於辭；以曲法爲詞，亦將辭浮於意。就散曲言，猶與詞近；若云劇曲，則純爲代言體之文，作者方當從事於揣摩劇情，不容有我矣。

論述至此，詞曲之本體，與詞曲史之資料，可得而明矣。顧其爲體也，源遠而流長，其爲史也，千頭而萬緒，約言無當，姑俟徐詳。

溯源第二

歌詠之興，其自生民始乎！雖鈞天九奏，葛天八闋，徒存其目，莫究其文。然民稟天地之靈，含五常之性，剛柔迭用，喜慍分情，志動於中，則歌詠外發，（見宋書謝靈運傳論）理之至也。虞書所謂『詩言志，歌永言』，蓋詩歌之始基；『聲依永，律和聲』，乃聲律之初效也。載籍所傳，從可信矣。匹夫庶婦，謳吟土風，詩官採言，樂胥被律，詩爲樂心，聲爲樂體；瞽師調器，君子正文。（見文心雕龍樂府篇）詩樂本一貫也。自虞書有喜起明良之賡載，尙書大傳有卿雲八伯之和歌，始於君臣相樂，遂以敎胄子，和神人；孟子所稱徵招角招，春秋左傳所稱祈招，皆其類也。成周之際，詩有風，雅，頌，悉屬樂章。儀禮燕禮云：『工歌鹿鳴，四牡，皇皇者華；……笙入奏南陔，白華，華黍。……乃間歌魚麗，笙由庚；歌南有嘉魚，笙崇丘；歌南山有臺，笙由儀。遂歌鄉樂周南關雎，葛覃，卷耳，召南鵲巢，采蘩，采蘋。』至若周頌三十一篇，大率皆郊祀天地，社稷，明堂，后稷，先王先公之樂歌；商頌五篇，則祀祖及大禘之樂歌也。（詳見毛詩序）後世聲樂既亡，徒存辭句。五言之屬，遂爲徒詩；而別以協音律被絲管者爲樂府流衍蕃變則所謂樂府者亦但擬文辭，無煩絲管，而與徒詩無別。於是詩樂判然，不特樂亡，而詩亦亡矣。

雖然，古樂亡而樂不盡亡也。蓋隨時而廢興焉。周衰凋缺，亂於鄭衞。延陵季子聞歌小雅曰：『其周德之衰乎！猶有先王之遺風焉。』魏文侯聆古樂而恐臥，晉平公聽新聲而忘食。由是列國所傳，各依方俗。沅湘好祀，屈原乃爲九歌；漢高與沛父老相樂，醉酒歡哀，乃作風起之詩，令沛中童兒百二十人習而歌之，曰三侯之章。應心而作，初不必師古也。漢興，以樂經亡於秦火，遺法無存，惟制氏世在樂官，能記其鏗鏘鼓舞，而不能言其義。周存六代之樂，至秦惟餘韶武。始皇改周舞曰五行；漢改韶曰文始，武曰武德，奏於高祖之廟。周又有房中之樂，秦改曰壽人，其聲楚聲也。高祖好之，令唐山夫人作房中樂歌十七章，孝惠改曰安世；又依武德而作昭容之樂，依文始五行而作禮容之樂；叔孫通因秦樂人制宗廟樂，嘉至，永至，登歌，休成，永安等；文造四時舞，景作昭德舞：（宋書樂志參晉書樂志）皆代古樂而興者也。孝文時，得魏文侯樂人竇公，獻周官大司樂章。武帝時，河間獻王與毛生等采周官及諸子言樂事者以作樂記，獻八佾之舞，與制氏不相遠；內史丞王定傳之，以授常山王禹；劉向校書以著於錄，然竟不用也。（漢書藝文志參宋書樂志）武帝定郊祀之禮，乃立樂府，采詩夜誦，有趙代秦楚之謳；以李延年爲協律都尉，舉司馬相如等數十人，造爲詩賦，略論律呂，以合八音之調，作十九章之歌。然施之郊祀，未有祖宗之事；八音調均，又不協於鐘律。汲黯所謂『先帝百姓豈能知其音』者；蓋譏其不合經典也。（漢書禮樂志）而內有掖庭材人，外有上林樂府，皆以鄭聲施於朝廷。厥後哀帝性不好音，詔罷樂府之官，而聲樂中廢。及東漢明帝，修復墜典，制作備明，分樂爲四品。（一曰大予樂，用之郊廟上陵。二曰雅頌樂，用之辟雍鄉射。三曰黃門鼓吹樂，用之宴羣臣。四曰短簫鐃歌樂，用之軍中。）東京之亂，樂章亡缺，不可復知。及魏武平荊州，得劉表樂工杜夔，傳四曲——鹿鳴，騶虞，伐檀，文王，其聲辭皆周京之舊。遂使夔規復古樂，所就蓋彬彬焉。晉因魏制，傅玄，張華，荀勖，成公綏等，沿用聲律，各有改作。永嘉之亂，伶官樂器，沒於劉石，舊典不存。江左補葺，歷宋齊梁，難云備物。下至陳隋，淫哇鄙褻，舉無足觀已。

聲歌之道移世而失傳，吾人縱欲究之，充量亦僅能言其義耳，無以識其鏗鏘鼓舞之節也。漢書藝文志詩賦略所著錄漢君臣，及吳楚汝南各郡國，未央材人，黃門倡等詩歌，皆樂章也，而無聲曲折。惟河南周歌詩，周謠歌，各有聲曲折之著錄，後亦失其傳。聲曲折者，卽鏗鏘鼓舞之節，如後世之曲譜板眼是也。此而不存，則後世所可言者，文辭而已。鄭樵通志樂府序云：『古之詩，今之詞曲也。若不能歌之，但能誦其文而說其義，可乎？奈義理之說勝，而聲音之學日微。繼三代而作者樂府也，樂府之作宛同風雅，但其聲散佚，無所紀繫，所以不得嗣續風雅而爲流通也。』碧雞漫志云：『古詩或名樂府，謂詩之可歌者也；後世聲歌之道既失，而所謂古樂府者，遂爲詩之一體矣。』此所論，皆惜聲樂之亡也。然朱子則云：『詩之作本言志而已。方其詩也，未有歌也；及其歌也，未有樂也。以聲依永，以律和聲，則樂乃爲詩而作，非詩爲樂而作也。詩出乎志者也；樂出乎詩者也。詩者其本，而樂者其末也。』馬端臨亦云：『詩者有義理之歌曲也；後世狹邪之樂則無義理之歌曲也。』又云：『始則其數可陳，其義難知；久則義之難明者，簡編可以紀述，論說可以傳授而數者，一日不肄習則亡之矣。數既亡則義孤行，於是疑儒者之道有體而無用，而以爲義理之說太勝。夫義理之勝，豈足以害事哉？』此其所論，似又偏重文辭，而不規規於聲樂矣。

今溯詞曲之源，雅頌而外，不得不首援樂府。顧樂府之範圍廣矣：若兩漢，若魏晉，若南北朝，若隋唐，其歷時遠而爲體衆也；若述原，若別類，若解題，其爲事繁而取材廣也。茲既非專研樂府，則皆可置不細論；而吾人所務者，蓋在詞曲之所以形成，與其遷流銜接之迹耳。則樂府之結體，實爲本篇研究之中心。

所謂樂府之結體者，不外辭句之組合而已。句由字所組，字各一聲，又謂之言。晉摯虞文章流別云：『詩之流也，有三言四言五言六言七言九言。古詩率以四言爲體，而時一句二句雜在四言之間，後世演之，遂以爲篇』也。今案緇衣之「敝」，「還」，一字成句；九罭之「鱒魴」，魚麗之「鱨鯊」，「魴鱧」，「鰋鯉」，二字成句也。十月之交之「我不敢傚我友自逸」，八字成句也。維天之命之「於乎不顯文王之德之純，」十字成句也。此卽長短句之所肇也。然自漢以後，五言大行，七言繼起。詩及樂府，又率以五七言爲體，而時一句二句雜於其間。故漢魏六朝之歌行作焉。自是而還，遂分二派：純乎五七言者爲正，而雜言者爲變。其正者順傳而爲詩之本宗；其變者側出而爲樂之別祖。鄭樵論歌行云：『古之詩曰歌行；後之詩曰近古二體。歌行主聲，二體主文。詩爲文也，不爲聲也。律其辭則謂之詩；聲其詩則謂之歌。詩者樂章也，或形之歌詠，或散之律呂，各隨所主而命。主於人之聲者，則有行，有曲。散歌謂之行，入樂謂之曲。（今案入樂者亦有行，其言不盡然。）主於絲竹之音者，則有引，有操，有吟，有弄，各有調以主之。攝其音謂之調，總其調亦謂之曲。』其論詩樂之關係晰矣。茲進而徵漢魏以後之樂府。

（一）漢魏樂府

徐師曾詩體明辨云：『放情長言雜而無方者曰歌，步驟馳騁疏而不滯者曰行，兼之曰歌行。』然樂府之歌不盡雜而無方也。漢安世房中歌十七章，內十三章四言，三章三言，惟第六章爲七言二句三言四句，辭曰：

大海蕩蕩水所歸。高賢愉愉民所懷。大山崔，百卉殖。民何貴？貴有德。

郊祀歌十九章：第一章練時日，第十章天馬，十五章華爗爗，十六章五神，十七章朝隴首，十八章象載瑜，十九章赤蛟，皆三言；第二至第七章帝臨，靑陽，朱明，西顥，玄冥，惟泰元，十三章之房，十四章后皇，皆四言；惟第八章天地，第九章日出入，十一章天門，十二章景星皆雜言。辭曰：

天地竝況，惟予有慕。爰熙紫壇，思求厥路。恭承禋祀，緼豫爲紛。黼繡周章，承神至尊。千童羅舞成八溢。合好効歡虞泰一。九歌畢奏斐然殊。鳴琴竽瑟會軒朱。璆磬金鼓，靈其有喜。百官濟濟，各敬厥事。盛牲實俎進聞膏。神奄留。臨須搖。長麗前掞光耀明。寒暑不忒況皇章。展詩應律鋗玉鳴。函宮吐角激徵清。發梁揚羽申以商。造茲新音永久長。聲氣遠條鳳鳥翔。神夕奄虞蓋孔享。（天地）

日出入安窮？時世不與人同。故春非我春，夏非我夏，秋非我秋，冬非我冬。泊如四海之池。徧觀是耶謂何？吾知所樂，獨樂六龍，六龍之調，使我心若。訾黃其何不徠下。（日出入）

天門開，詄蕩蕩。穆竝騁，以臨饗。光夜燭，德信著。靈寖平，而鴻長生豫。太朱涂廣，夷石爲堂。飾玉梢以舞歌，體招搖若永望。星留俞，塞隕光。照紫幄，珠熉黃。幡比翅回集，貳雙飛常羊。月穆穆以金波，日華燿以宣明。

假淸風軋忽激長至重觴。神裴回，若留放。殣冀親，以肆章。函蒙祉福常若期。寂寥上天知厥時。泛泛滇滇從高斿。殷勤此路臚所求。佻正嘉吉弘以昌。休嘉砰隱溢四方。專精厲意逝九閡。紛云六幕浮大海。（天門）

景星顯見，信星彪列。象載昭庭，日親以察。參侔開闔，爰推本紀。汾脽出鼎，皇祜元始。五音六律，依韋饗昭。雜變並會，雅聲遠姚。空桑琴瑟結信成。四興遞代八風生。殷殷鐘石羽籥鳴。河龍供鯉醇犧牲。百末旨酒布蘭生。泰尊柘漿析朝酲。微感心攸通脩名。周流常羊思所幷。穰穰復正直往甯。馮蠵切和疏寫平。上天布施后土成。穰穰豐年四時榮。（景星）

又鼓吹鐃歌皆雜言本二十二曲，今存十八曲，傳寫訛誤，多不可解。今擇其可句讀者錄之，辭曰：

戰城南，死郭北。野死不葬烏可食。爲我謂烏，「且爲客豪。野死諒不葬，腐肉安能去子逃」。水深激激，蒲葦冥冥。梟騎戰鬥死，駑馬裴回鳴。梁築室，何以南？何以北？禾黍不穫君何食？願爲忠臣安可得？思子良臣，良臣誠可思。朝行出攻，暮不夜歸。（第六曲戰城南）

上陵何美美，下津風以寒。問客何從來，言從水中央。桂樹爲君船，青絲爲君笮，木蘭爲君櫂，黃金錯其間。

滄海之雀赤翅鴻白雁，隨山林乍開乍合，曾不知日月明。醴泉之水光澤何蔚蔚，芝爲車，龍爲馬，覽遨遊，四海外。甘露初二年，芝生銅池中，仙人下來飲，延壽千萬歲。（第八曲上陵）

君馬黃，臣馬蒼，二馬同逐臣馬良。易之有騩蔡有赭，美人歸以南，駕車馳馬，美人傷我心，佳人歸以北，駕車馳馬，佳人安終極？（第十曲君馬黃）

有所思，乃在大海南。何用問遺君？雙珠玳瑁簪，用玉紹繚之。聞君有他心，拉雜摧燒之，摧燒之，當風揚其灰。從今以往，勿復相思，相思與君絕。雞鳴狗吠，兄嫂當知之。妃呼豨！秋風肅肅晨風颸，東方須臾高知之。（第十二曲有所思）

上邪，我欲與君相知，長命無絕衰。山無陵，江水爲竭，冬雪震震，夏雨雪，天地合，乃敢與君絕。（第十五曲上邪）

又相和三調歌辭，如相和曲之東光，薤露，蒿里，烏生八九子，平陵東，吟歎曲之王子喬，平調曲之猛虎行，淸調曲之董逃，瑟調曲之婦病行，孤兒行，大曲之西門行，東門行，雁門太守行，滿歌行，舞曲歌辭之淮南王，聖人制禮樂，公莫舞，散樂之俳歌，皆雜言也。魏武帝所作相和歌辭，如氣出倡，精列，度關山，對酒歌，陌上桑，秋胡行，雜三四五六七八九言。文帝所作陌上桑，步出夏門行，雜三七八言。魏繆襲，吳韋昭，所造鼓吹鐃歌各十二曲，雜三四五六七言。魏王粲，晉傅玄，所造俞兒舞歌，雜三四五六七言。晉鞞舞歌景皇帝大晉二篇雜三四五六七言。吳拂舞歌濟濟篇，淮南王篇，雜三四七言。陳思王所作平陵東，桂之樹行，當牆欲高行，當事君行，當車以駕行，雜三四五六七言。陳琳飲馬長城窟行，雜五七言。左延年秦女休行，雜四五六七八九十言。嵇康秋胡行，雜四五六言。惟魏晉之間食舉上壽歌詩，文句長短不齊，張華以爲未皆合古；陳頎以爲被之樂石未必皆當。故荀勖所造多四言，惟王公上壽酒一篇爲三言五言。張華亦然，惟食舉東西廂樂詩十一章，雜三四五七言；其正德，大豫舞歌皆四言，凱歌，中宮，宗親等歌並爲五言，不以雜言爲篇。此外晉傅玄之鴻雁生塞北行，白楊行，秦女休行，雲中白子高行，車遙遙，陸機之日重光，月重輪，石崇之思歸引，皆雜言之犖犖者。辭繁不備舉，

（二）南北朝樂府

宋承晉後，歷齊，梁，陳，郊廟燕射鼓吹舞曲歌辭，皆有改作。北魏入洛，制作未遑。北

齊，北周，雖有所造，未云備物。蓋自永嘉亂後，聲樂亡散，歷朝稽古，難復舊觀。而街陌謠謳，時存古調；吳歌雜曲並出江南，相和三調，九代遺聲，亡失殆盡。僅傳清商樂，有吳聲，有西曲，又有雜曲，體最泛濫，名亦繁衆。五言而外，變化無方，類因人情喜變，厭聞舊聲，故參錯其辭，宛轉其調，以爲巧麗耳。如宋何承天鼓吹鐃歌十五曲，其第五曲巫山高極錯落之致，辭曰：

巫山高，三峽峻。青壁千尋，深谷萬仞。崇巖冠靈，林冥冥，山禽夜響，晨猿相和鳴。洪波迅澓，載逝載停。悽悽商旅之客，懷苦情。在昔陽九皇綱微，李氏竊命，宣武耀靈威。蠢爾逆縱，復踐亂機。王旅薄伐，傳首來至京師。古之爲國，惟德是貴，力戰而虐民，鮮不顛墜。矧乃叛戾，伊胡能遂？咨爾巴子無放肆！

其長短句最多而聲調最美者，莫如鮑照集中，如淮南王篇，代雉朝飛，代北風行，代空城雀，代夜坐吟，梅花落，擬行路難等，悉振厲諧婉。其梅花落辭曰：

中庭雜樹多，偏爲梅咨嗟。問君何獨然？念其霜中能作花，露中能作實。搖蕩春風媚春日，念爾零落逐風飆，徒有霜華無霜質。

擬行路難僅三首純爲七言，餘皆雜言，音節尤高。今錄四首，辭曰：

雒陽名工鑄爲金博山，千斲復萬鏤，上刻秦女攜手仙。承君清夜之歡娛，列置幃裏明燭前。外發龍鱗之丹彩，內含麝芬之紫煙。如今君心一朝異，對此長歎終百年。

瀉水置平地，各自東西南北流。人生亦有命，安能行歎復坐愁？酌酒以自寬，舉杯斷絕歌路難。心非木石豈無感，吞聲躑躅不敢言。

對案不能食，拔劍擊柱長歎息。丈夫生世會有時，安能蹀躞垂羽翼？棄檄能官去，還家自休息。朝出與親辭，暮還在親側。弄兒牀前戲，看婦機中織。自古聖賢盡貧賤，何況我輩孤且直？

愁思忽而至，跨馬出北門。舉頭四顧望，但見松柏園，荊棘鬱蹲蹲。中有一鳥名杜鵑，言是古時蜀帝魂。聲音哀苦鳴不息，羽毛憔悴似人髡。飛走樹間啄蟲蟻，豈憶往日天子尊！念此死生變化非常理，中心惻愴不能言。

餘如王筠之楚妃吟，沈君攸之雙燕離，北魏蕭綜之聽鐘鳴，悲落葉，胡后之楊白花，釋慧英之一三五七九言，皆雜言之勝而爲詞曲導其先路者也。辭曰：

窗中曙，花早飛。林中明，鳥早歸。庭前日暖春閨。香氣亦霏霏。裙香漂。當軒唱清調。獨顧慕，含怨復含嬌。蝶

飛闌復薰。鳥鳥輕風入翠裙。春可遊。歌聲梁上浮。春游方有樂。沈沈下羅幕。（王筠楚妃吟）

雙燕雙飛。雙情相思。容色已改，故心不衰。雙入幕，雙出帷。秋風去，春風歸。幕上危。雙燕離。銜羽一別涕泗垂。夜夜孤飛誰相知。左回右顧還相慕。翩翩桂水不忍渡。懸目挂心思越路。縈鬱摧折意不泄。願作鏡鸞相對絕。（沈君攸雙燕離）

悲落葉。聯翩下重疊。重疊落且飛。從橫去不歸。長枝交映昔何密！黃鳥關關動相失。夕蕊雜凝露，朝花亂翻日。亂春日，起春風。春風春日此時同。一霜二霜猶可當。五晨六旦已飄黃。乍逐驚風舉，高下任飄颺。悲落葉，落葉何時還？夙昔共根本，無復一相關。各隨灰土去，高枝難重攀。（蕭綜悲落葉）

陽春二三月，楊柳齊作花。春風一夜入閨闥，楊花飄蕩落南家。含情出戶脚無力。拾得楊花淚沾臆。秋去春還雙燕子。願銜楊花入窠裏。（北魏胡后楊白花）

游。愁。赤縣遠，丹思抽。鷲嶺寒風駛，龍河激水流。既喜朝聞日復日，不覺年頹秋更秋。已畢耆山本願誠難往，終望持經振錫住神州。（釋慧英一三五七九言）

然皆長篇也。至短章則有梁鼓角橫吹曲辭，略曰：

隴頭流水，流離西下。念吾一身，飄曠野。（隴頭流水歌）

月明光，光星墮欲來不來早語我。（地驅樂歌）

東平劉生安東子，樹木稀，屋裏無人看阿誰？（東平劉生歌）

皆節短而音長。吳聲歌辭靡而節促，其懊儂歌，略曰：

山頭草，歡少，四面風，趣使儂顛倒。

白石郎曲，略曰：

白石郎，臨江居，前導江伯後從魚。

華山畿二十五首，今錄二首，辭曰：

華山畿。君既爲儂死，獨活爲誰施？歡若見憐時，棺木爲儂開。

夜相思，投壺不停箭，憶歡作嬌時。

晉宋間清商曲辭皆民間謳謠，或出伎人之手，非文士所爲。故皆當時俗語，多假同聲之字以爲讔謎。前一曲爲本事，後一曲則借聽作嬌。子夜，歡聞，讀曲等歌，累數百首，皆此類也。在古人爲俗諺，流傳至今則古雅矣。讀曲十九首，今錄四首，辭曰：

白門前，烏帽白帽來。白帽郎，是儂良。不知烏帽郎是誰？

打殺長鳴雞，彈去烏臼鳥。願得連冥不復曙，一年都一曉。

奈何許。石闕生口中，銜碑不得語。

歡相憐。今去何時來。裲襠別去年，不忍見分題。

西曲歌之壽陽樂九首，今錄二首，辭曰：

可憐八公山，在壽陽。別後莫相忘。

夜相思。望不來。人樂我獨悲。

月節折楊柳歌十三首，今錄正月閏月各一首，辭曰：

春風尚蕭條。去故來入新，苦心非一朝。折楊柳，愁思滿腹中，歷亂不可數。（正月歌）

成閏暑與寒。春秋補小月，念子無時閒。折楊柳。陰陽推我去，那得有定主。（閏月歌）

梁武帝改西曲製江南弄七曲：曰江南，曰龍笛，曰採蓮，曰鳳笙，曰採菱，曰遊女，曰朝雲。沈約作四曲：曰趙瑟，曰秦箏，曰陽春，曰朝雲。又製上雲樂七曲：曰鳳臺，曰桐柏，曰方丈，曰方諸，曰玉龜，曰金丹，曰金陵。其辭皆雜言。今錄梁武帝江南弄三首，辭曰：

衆花雜色滿上林。舒芳耀綠垂輕陰。連手躞蹀舞春心。舞春心，臨歲腴，中人望，獨踟躕。（江南弄）

美人綿眇在雲堂。雕金鏤竹眠玉牀。婉愛寥亮繞虹梁。繞虹梁，流月臺，駐狂風，鬱徘徊。（龍笛曲）

遊戲五湖採蓮歸。發花田葉芳襲衣。爲君儂歌世所希。世所希，有如玉，江南弄，採蓮曲。（採蓮曲）轉仄韻

上雲樂二首，辭曰：

桐柏眞，昇帝賓。戲伊谷，游洛濱。參差列鳳管，容與起梁塵。望不可至，徘徊謝時人。（桐柏曲）

方丈上，崚層雲。挹八玉，御三雲。金書發幽會，碧簡吐玄門。至道虛凝，冥然共所遵。（方丈曲）

又張率之長相思二首，亦雜言，辭曰：

長相思，久離別。美人之遠如雨絕。獨延佇，心中結。望雲雲去遠，望烏烏飛滅。空望終若斯，珠淚不能雪。

長相思，久別離。所思何在若天垂。鬱陶相望不得知。玉階月夕映，羅幃風夜吹。長思不能寢，坐望天河移。平韻

至沈約之六憶，僅首句三言，下皆五言；其八詠則體雜詞賦，兹皆不舉。

舉上各辭，則詞體之興，已啓朕兆。大抵古韻漸漓，新聲競作，四聲之譜，又適起於

此時。故能刻羽引商，日進其藝，亦窮則變，變則通之理然也。

（三）隋唐樂府

碧雞漫志云：『隋氏取漢以來樂器歌章古調，併入清樂，餘波至李唐始絕。唐中葉雖有古樂府，而播在聲律則尠矣；士大夫作者不過以詩之一體自名耳。』按隋唐樂志：開皇初，文帝置七部樂。大業中，煬帝立清樂爲九部。隋亡，清樂散缺，存者纔六十三曲。又吳聲西樂諸曲，其聲與辭皆訛失，十不傳一二。唐武德初，因隋舊制用九部樂。太宗造燕樂十部，聲辭繁雜，不可勝紀。其著錄十四調，二百二十二曲。玄宗分樂爲坐立二部：立部伎八，坐部伎六。又有梨園別教法院小部歌樂十一曲，雲韶樂二十曲。肅代以降，亦有因造。僖昭之亂，典章亡缺。隋唐樂府流變大略如此。今觀其辭之存者，多屬五七言絕句，體不異詩，且多雜採名作以入宮商。如商調曲水調歌之十一疊，前五疊爲歌，後五疊入破，末爲徹，辭曰：

水調歌第一

平沙落日大荒西，隴上明星高復低。孤山幾處看烽火，戰士連營候鼓鼙。

第二

猛將關西意氣多。能騎駿馬弄琱戈。金鞍寶玦精神出，倚笛新翻水調歌。

第三

王孫別上綠珠輪。不羨名公樂此身。戶外碧潭春洗馬，樓前紅燭夜迎人。（韓翃詩，前二句作「王孫別舍擁朱輪，不羨空名樂此身」戶作門，此蓋作曲者任意點竄，不能改之也。）

第四

隴頭一段氣長秋。舉目蕭條總是愁。秖爲征人多下淚，年年添作斷腸流。

第五

雙帶仍分影，同心巧結香。不應須換彩，意欲媚濃妝。

入破第一

細草河邊一雁飛。黃龍關裏挂戎衣。爲受明王恩寵甚，從事經年不復歸。

第二

錦城絲管日紛紛。半入江風半入雲。此曲只應天上有，人間能得幾回聞。

第三

昨夜遙歡出建章。今朝綴賞度昭陽。傳聲莫閉黃金屋，爲報先開白玉堂。

第四

日晚笳聲咽戍樓。隴雲漫漫水東流。行人萬里向西去，滿目關山無限愁。

第五

千年一遇聖明朝。願對君王舞細腰。乍可當熊任生死，誰能伴鳳上雲霄。

第六徹

閨燭無人影，羅屏有夢魂。近來音耗絕，終日望君門。

他如宮調曲涼州歌之五疊，一至三爲歌，四五爲排遍第一第二，其辭皆七絕。羽調曲太和之五疊，辭皆七絕。商調曲伊州歌七疊，前五疊爲歌，後五疊爲入破，辭半爲七絕，半爲五絕。陸州歌七疊，前三疊爲歌，後四疊入破，辭皆五絕。商調舞曲破陣樂，今存三曲，則一爲七絕，失撰人名；二爲六言八句，張說辭也。李白清平調三首，亦爲七絕，蓋於燕樂清商三調中用其清調平調，去其側調也。蘇摩遮五疊，亦皆七絕，舞馬詞六疊，皆六言絕，舞馬千秋萬歲詞三疊，則七言律，皆張說辭也。商調曲胡渭州尙存二疊，則一五絕一七絕。王建霓裳舞曲詞十首，亦七絕。凡皆宋詞及大曲所從出也。辭繁不備舉。此外如陽關曲，浪淘沙，竹枝，楊柳枝，簇拍陸州，蓋羅縫，雙帶子，婆羅門，鎭西，綠腰，急世樂，何滿子，千秋樂，熱戲樂，春鶯囀，雨霖鈴等，皆七言絕。角調曲之堂堂，穆護砂，思歸樂，拋毬樂，金殿樂，祓禊曲，浣紗女，長命女，醉公子，一片子，甘州，濮陽女，相府蓮，山鷓鴣，大酺樂，紇那曲，太平樂，皆五言絕。又或有五七言詩六句，及五七言律入樂府者，皆貌近於詩而音節則樂府也。是皆晚唐北宋令引近慢各詞所從出也。碧雞漫志云：『唐時古意亦未全喪，竹枝，浪淘沙，拋毬樂，楊柳枝，乃詩中絕句而定爲歌曲。故李太白淸平調詞三章皆絕句，元白諸詩亦爲知音者協律作歌。』然詩與歌曲要自有別，如純屬言志之作，則亦無爲之協律作歌者矣。至唐人如李白，王建，張祜，溫庭筠諸集中擬古樂府各長篇，皆徒歌不能入樂，以體太泛濫故也；其能入樂之長短句，仍屬小篇。今略錄數首，如商調石州辭曰：

自從君去遠巡邊，終日羅幃獨自眠。看花情轉切，攬鏡淚如泉。一自離君後，啼多雙臉穿。何時狂虜滅？免得更留連。

商調回紇樂歌，辭曰：

曾聞瀚海使難通，幽閨少婦罷裁縫。緬想邊庭征戰苦，誰能對鏡冷愁容？久戍人將老，須臾變作白頭翁。

亦有數首同一節奏者，如劉禹錫瀟湘神二曲，辭曰：

湘水流，湘水流，九疑雲物至今愁。若問二妃何處所？零陵香草露中秋。

斑竹枝，斑竹枝，淚痕點點寄相思。楚客欲聽瑤瑟怨，瀟湘深夜月明時。

餘如白居易之憶江南三首；劉禹錫之憶江南二首，韋應物之調笑二首，王建之調笑四首，戴叔倫之轉應詞一首，樂府詩集均列之近代曲辭；張志和之漁父五首，則列於雜謠歌辭。是皆後人所認爲詞者，而仍廁樂府，蓋卽由古樂府轉入近體樂府之交關。

也。

古樂府與近體樂府，其界有二：一屬於樂調者：唐沿隋立燕樂九部伎，一曰清商伎，并習巴渝舞，二曰西涼伎，三曰天竺伎，四曰高麗伎，五曰龜茲伎，六曰安國伎，七曰疏勒伎，八曰康國伎，殿以文康樂；及平高昌，又有高昌伎。十部中除清商巴渝外，皆外國之樂。天寶末，明皇詔道調法部與胡部新聲合作。於是繁音靡節，瀰漫無方，而古樂全變矣。然此不關於詞體也。二則屬於體製者：古樂府句中平仄拗折，而句法長短配置未善，如初唐之詩，仍似齊梁，拗句失粘，未若盛唐之工也。即如以絕句爲樂府，自晉之清商三調，已然同屬四句，然古樂府音節疏宕，遺辭樸拙，與唐人絕句迥異；至唐則採詩入樂，諧婉無少異矣。至長短句之配置，其初究少掩映，或欠條理；及後則錯落參差，變而有法，聲調俱流美遒勁矣。故語詞之遠源，則三百篇其星宿海也；以語夫近，則南北朝隋唐樂府，殆龍門之鑿乎！

具體第三

有唐一代，文風丕張，詩樂二方，皆有孟晉之趨勢。所以然者，聲律之學至此而轉精故也。聲律之體有二：一屬於詩歌者，所以組成句調，如四聲韻部之類是也。一屬於音樂者，所以被諸絲管，如宮調均拍之類是也。二者託體雖殊，效用則一。偏勝則獨行無侶；並驅則相得益彰。自齊梁以降，詩律則有沈約陸法言之倫從事鑽研；樂律則有鄭譯，唐玄宗之儔爲之整理。由是發揚光大，踵事增華，遂令往昔詞章皆呈遜色；自然天籟，竟納準繩。文藝之昌明，世運之演進爲之也。顧或謂唐以詩賦取士，君亦聲色是娛，有以促詩樂之發展。詎知發展爲因，取娛是果。惟聲律臻於精美，斯情志便於發抒。而詞人之衆，篇什之多，胥是由也。今先述詞體之成立，而次敘其作家。

(一)唐代詞體之成立

胡仔苕溪漁隱叢話云：『唐初歌曲，多是五七言詩，以小秦王爲最早』，趙璘因話錄云：『唐初柳範作江南折桂令，一時誦之。』太宗時有黃驄疊傾杯曲，英雄樂等詞；高宗時有仙翹曲春鶯囀等詞；中宗時有桃花行合生歌等詞：今均不傳。句法雖無考，然爲五、七、言絕句可推知也。及玄宗而制作爛然，超絕前代，既長文學，復擅音聲。其御製曲有紫雲曲萬歲樂夜半樂還京樂淩波神荔枝香阿濫堆雨淋鈴春光好，（見碧雞漫志）秋風高，（見開元遺事）一斛珠，（見梅妃傳）踏歌（見輦下歲時記）等詞。今惟傳好時光一曲。又選坐部伎子弟三百教於梨園，聲有誤者，帝必覺而正之，號「皇帝梨園弟子」；宮女數百，亦爲梨園弟子，居宜春北院。梨園法部更置小部音聲三十餘人。（見唐書禮樂志）由是上好下甚，聲樂之教，幾遍天下；士大夫揣摩風氣，競發新聲，樂府詞章，獨越前代。詞體之成，亦於是託始焉。唐書稱『李賀樂府數十篇，雲韶諸工皆合之絃管』；又稱『李益詩名與賀相埒，每一篇成，樂工爭以賂來取，被之聲歌，供奉天子』；又稱『元稹詩往往播樂府』；舊史亦稱『武元衡工五言詩，好事者傳之，往往被於管絃』。他如集異記載王昌齡，高適，王渙之三人旗亭畫壁事；太眞外傳及松窗雜錄載明皇召李白賦木芍藥事；是可知唐人幾有詩樂一致之趨勢，然實以樂人衆多，非詩人盡通樂也。漁隱叢話云：『蔡寬夫詩話云大抵唐人歌曲不隨聲爲長短句，多是五言或七言詩，歌者取其辭與和聲相疊成音耳。余家有古涼州，伊州辭，與今偏數悉同，而皆絕句也。豈非當時人之辭爲一時所稱者，皆爲歌人竊取播之曲調乎？』可爲參證。

全唐詩末附詞十二卷，其序云：『唐人樂府元用律絕等詩，雜和聲歌之；其并和聲作實字，長短其句以就曲拍者爲塡詞。開元天寶肇其端；元和太和衍其流；大中咸通以後，迄於南唐二蜀，尤家工戶習以盡其變。凡有五音二十八調，各有分屬，今皆失傳。』語甚簡括，今分釋之。

和聲之說，自來樂府，郎有之。沈括夢溪筆談云：『詩之外有和聲，則所謂曲也。古樂府皆有聲有詞，連屬書之，如曰「賀賀賀何何何」之類，皆和聲也。今管絃中之纏聲，亦其遺法也。唐人乃以詞塡入曲中，不復用和聲。』朱子語類云：『古樂府只是詩中泛聲，後人怕失那泛聲，逐一添箇實字，遂成長短句，今曲子便是。』今按古樂辭之有和聲者，如後漢書五行志紀靈帝中平中京都歌曰：

承樂世董逃，遊四郭董逃。蒙天恩董逃，帶金紫董逃。行謝恩董逃，整車騎董逃。垂欲發董逃，出西門董逃。瞻宮殿董逃，望京城董逃。日夜絕董逃，心摧傷董逃。

瑟調曲魏文帝作上留田行曰：

居世一何不同，上留田。富人食稻與粱，上留田。貧子食糟與糠，上留田。貧賤一何傷，上留田。祿命懸在蒼天，上留田。今爾歎息將欲誰怨，上留田。

其句中插「董逃」「上留田」，即用以爲和聲。又前舉之月節折楊柳十三首，中間皆插「折楊柳」三字，亦和聲也。至古今樂錄所載梁武帝江南弄七首，各有和辭，如江南弄和云「陽春路，娉婷出綺羅」，龍笛曲和云「江南音，一唱直千金」，採蓮曲和云「採蓮渚，窈窕舞佳人」，鳳笙曲和云「弦吹席，長袖善留客」，採菱曲和云「菱歌女，解佩戲江陽」，遊女曲和云「當年少，歌舞承酒笑」，朝雲曲和云「徙倚折耀華」。及唐舞馬詞等，亦有和聲，舞馬詞六疊和聲云「聖代昇平樂，四海和平樂」，辭慶遞五疊和聲云「億歲樂」，皆與前不類，不知如何歌法。至唐人用前法者，則有皇甫松之竹枝，略曰：

檳榔花發竹枝鷓鴣啼女兒。雄飛煙瘴竹枝雌亦飛女兒。

木棉花盡竹枝荔支垂。女兒千花萬花竹枝待郎歸。女兒

又採蓮子曰：

菡萏香蓮十頃陂。舉棹小姑貪戲採蓮遲。年少晚來弄水船頭溼，舉棹更脫紅裙裹鴨兒。年少

船動湖光灩灩秋。舉棹貪看年少信船流。年少無端隔水拋蓮子，舉棹遙被人知半日羞。年少

下及五代顧敻之荷葉杯，亦猶其法，略曰：

春盡小庭花落。寂寞。凭闌斂雙眉。忍教成病憶佳期。知麼知。知麼知。

歌發誰家筵上。寥亮。別恨正悠悠。蘭釭背帳月當樓。愁麼愁。愁麼愁。

至云『並和聲作實字，長短其句以就曲拍』，則化齊言爲雜言，其事遠，導源於古大曲，如西門行乃化古詩爲之，辭曰：

生年不滿百，常懷千歲憂。晝短苦夜長，何不秉燭遊？爲樂當及時，何能待來茲？愚者愛惜費，但爲後世嗤。仙人王子喬，難可與等期。（古詩）

出西門，步念之。今日不作樂，當待何時？一解夫爲樂，爲樂當及時。何能坐愁拂鬱，當復待來茲？二解飲醇酒，炙肥牛。請呼心所歡，可用解愁憂。三解人生不滿百，常懷千歲憂。晝短苦夜長，何不秉燭遊。四解自非仙人王子

喬，計會壽命難與期。自非仙人王子喬，計會壽命難與期。五解 人壽非金石，年命安可期。貪財愛惜費，但爲後世嗤。六解（西門行）

若唐人則大率以五七言之篇章爲本，而加以割截增減參差錯落以出之，或轉韻以調音節。其五言四句者，如羽調曲甘州：

欲使傳消息，空書意不任。寄君明月鏡，偏照故人心。平韻

又如李端拜新月：

開簾見新月，便卽下階拜。細語人不聞，北風吹裙帶。仄韻

稍增爲五言六句，如崔液踏歌詞：

綵女迎金屋，仙姬出畫堂。鴛鴦裁錦袖，翡翠貼花黃。歌響舞分行。豔色動流光。起句無韻，第五句叶。

又如劉禹錫拋毬樂：

五色繡團圓，登君玳瑁筵。最宜紅燭下，偏稱落花前。上客如先起，應須贈一船。起句叶韻，五句不叶。

再增爲五言八句，如皇甫松怨回紇：

祖席駐征棹，開帆候信潮。隔簾桃葉泣，吹管杏花飄。船去鷗飛閣，人歸塵上橋。別離惆悵淚，江路濕紅

蕉。平韻，雙疊，如五言律詩。

又如韓偓生查子：

侍女動妝匳，故故驚人睡。那知本未眠，背面偷垂淚。　嬾卸鳳凰釵，羞入鴛鴦被。時復見殘鐙，和煙墜金穗。仄韻，雙疊。

又如無名氏醉公子：

門外猧兒吠，知是蕭郎至。剗襪下香階，冤家今夜醉。　扶得入羅幃，不肯脫羅衣。醉則從他醉，還勝獨宿時。前疊仄韻，後疊平韻。

又如顧敻四換頭：

漠漠秋雲淡，紅藕香侵檻。枕倚小山屏，金鋪向晚扃。　睡起橫波漫，獨望情何限。衰柳數聲蟬，魂銷似去年。二句一韻，平仄互轉，雙疊。

其七、言四句者，如元結欸乃曲：

下瀧船似入深淵，上瀧船似欲升天。瀧南始到九疑郡，應絕高人乘興船。平韻

又如楊太眞阿那曲：

羅袖動香香不已。紅蕖裊裊秋煙裏。輕雲嶺上乍搖風，嫩柳池塘初拂水。（仄韻）

又如王建烏夜啼：

章華宮人夜上樓。君王望月西山頭。夜深宮殿門不鎖。白露滿山山葉墮。（二句一韻，平仄五轉。）

又如王麗眞字字雙：

牀頭錦衾斑復斑。架上朱衣殷復殷。空庭明月閒復閒。夜長路遠山復山。（每句皆叶）

更增而爲七言八句，如沈佺期獨不見：

盧家少婦鬱金堂。海燕雙棲玳瑁梁。九月寒砧催下葉，十年征戍憶遼陽。白狼河北音書斷，丹鳳城南秋夜長。誰爲含愁獨不見，空教明月照流黃。（平韻，雙疊；如七言律詩。）

又如徐昌圖木蘭花：

沈檀煙起盤紅霧。一箭霜風吹繡戶。漢宮花面學梅妝，謝女雪詩栽柳絮。　長垂夾幕紅鸞舞。旋炙銀笙雙鳳語。紅窗酒病嚼寒冰，冰損相思無夢處。（仄韻，雙疊。）

再減而爲七言六句，如薛昭蘊浣溪沙：

紅蓼渡頭秋正雨，印沙鷗跡自成行。整鬟飄袖野風香。　不語含顰深浦裏，幾回愁殺棹船郎。燕歸帆盡水茫茫。前後二疊各爲三句，凡四叶。

然樂府不僅用五七言也有六言焉，如陳陸瓊飲酒樂：

蒲桃四時芳醇，琉璃千鍾舊賓。夜飲舞遲銷燭，朝醒絃促催人。春風秋月長好，歡醉日日言新。平韻，六句，

其四句者，如張說舞馬詞：

綵旄八佾成行，時龍五色應方。屈膝銜杯赴節，傾心獻壽無疆。平韻，起句叶。

又如韋應物三臺，：

一年一年老去，明日後日花開。未報長安平定，萬國豈得銜杯。平韻，起句不叶。

又如隋無名氏塞姑：

昨日盧梅塞口，整見諸人鎮守。都護三年不歸，折盡江邊楊柳。仄韻

更增而爲六言八句，如張說破陣樂：

漢兵出頓金微，照日明光鐵衣。百里火幡焰焰，千行雲騎騑騑。　蹙踏遼河自竭，鼓譟燕山可飛。正屬四方朝賀，端知萬舞皇威。平韻，雙疊。

又如劉長卿謫仙怨：

晴川落日初低。惆悵孤舟解攜。鳥向平蕪遠近，人隨流水東西。　白雲千里萬里，明月前溪後溪。獨恨長沙謫去，江潭春草萋萋。（體與前同，平仄稍異。）

而賓弘餘，康駢之廣謫仙怨，與劉作平仄亦多同，辭不具舉。

就五言七言六言，增減字句以爲長短句，其跡象皆可徵諸初期詞調而得之。試按上述諸式爲之分析，則樂府變詞事實昭然，無訝於詞體之突興也。今按由五言、四句、變者，如：

閒中好，塵事不關心。坐對當窗木，看移三面陰。（段成式閒中好）

右平韻，首句減二字爲三言。

閒中好，盡日松爲侶。此趣人不知，輕風度僧語。（鄭符閒中好）

右仄韻，法同上。

柳色遮樓暗，桐花落砌香。畫堂開處遠風涼。高捲水精簾額襯斜陽。（張泌南歌子）

右平韻，第三句增二字爲七言，第四句增四字爲九言。

由五言八句變者，如：

寶髻偏宜宮樣，蓮臉嫩體紅香。眉黛不須張敞畫，天教入鬢長。莫倚傾國貌，嫁取箇有情郎。彼此當年少，莫負好時光。（唐明皇好時光）

右平韻，雙疊首二句各增一字爲六言，第三句增二字爲七言，第六句增一字爲六言。

秋風淒切傷離。行客未歸時。塞外草先衰。江南雁到遲。芙蓉凋嫩臉，楊柳墮新眉。搖落使人悲。斷腸誰得知。（溫庭筠玉胡蝶）

右平韻，雙疊首句增一字爲六言。

錦帳添香睡，金鑪換夕熏。懶結芙蓉帶，慵拖翡翠裙。正是桃夭柳媚，那堪暮雨朝雲。宋玉高唐意，裁瓊欲贈君。（毛文錫贊浦子）

右平韻，雙疊第五六句各增一字爲六言。

胡蝶兒。晚春時。阿嬌初着淡黃衣。倚窗學畫伊。還似花間見，雙雙對對飛。無端和淚濕臙脂。惹教雙翅垂。（張泌胡蝶兒）

右平韻，雙疊首二句各減一字爲兩三言，第三七句各增二字爲七言。

四月十七。正是去年今日。別君時。忍淚佯低面，含羞半斂眉。　不知魂已斷，空有夢相隨。除却天邊月，沒人知。（韋莊女冠子）

右平韻，雙疊。惟前二句增叶小韻，連起韻句爲十三字，又末句減二字爲三言。

休相問。怕相問。相問還添恨。春水滿塘生，鸂鶒還相趁。　昨夜雨霏霏，臨明寒一陣。偏憶戍樓人，久絕邊庭信。（毛文錫醉花間）

右仄韻，雙疊首句增一字，破爲兩三言。

春欲暮。滿地落花紅帶雨。惆悵玉籠鸚鵡。單棲無伴侶。　南望去程何許。問花花不語。早晚得同歸去。恨無雙翠羽。（韋莊歸國遙）

右仄韻，雙疊首句減二字爲三言，次句增二字爲七言，第三句增一字爲六言，第五第七句各增一字爲六言。

蝶舞梨園雪。鶯啼柳帶煙。小池殘日豔陽天。苧蘿山又山。　青鳥不來愁絕。忍看鴛鴦雙結。春風一等少

年心。閒愁恨不禁。（唐昭宗巫山一段雲）

右轉韻，雙疊。第三句增二字爲七言，第五六句各增一字爲六言，第七句增二字爲七言。別有毛文錫一首第五六句不增。

小山重疊金明滅。鬢雲欲度香腮雪。懶起畫蛾眉。弄妝梳洗遲。　照花前後鏡。花面交相映。新帖繡羅襦。雙雙金鷓鴣。（溫庭筠菩薩蠻）

右轉韻，雙疊。首二句各增二字爲七言。

柳絲長，春雨細，花外漏聲迢遞。驚塞雁，起城烏。畫屏金鷓鴣。　香霧薄。透簾幕。惆悵謝家池閣。紅燭背，繡簾垂。夢長君不知。（溫庭筠更漏子）

右轉韻，雙疊。首三五七句各增一字，破爲兩三言，二六句各增一字爲六言。

兩條紅粉淚。多少香閨意。強攀桃李枝。斂愁眉。　陌上鶯啼蝶舞，柳花飛。柳花飛。願得郎心，憶家還早歸。（牛嶠感恩多）

右轉韻，雙疊。第四句減二字爲三言，第五句增一字爲六言，第六句增一字破爲兩三言，第七句減一字爲四言。

芳春景，曖晴煙。喬木見鶯遷。傳枝偎葉語關關。飛過綺叢間。 錦翼鮮，金毳軟，百囀千嬌相喚。碧紗窗曉怕聞聲，驚破鴛鴦暖。（毛文錫喜遷鶯）

右轉韻，雙疊首句及五句各增一字破爲兩三言，三句及七句各增二字爲七言。

其由七言四句變者，如：

仙女下，董雙成。漢殿夜涼吹玉笙。曲終卻從仙官去，萬戶千門惟月明。（無名氏桂殿秋）

右平韻首句減一字破爲兩三言。

西塞山前白鷺飛。桃花流水鱖魚肥。青箬笠，綠簑衣。斜風細雨不須歸。（張志和漁父）

右平韻第三句減一字破爲兩三言。

畫羅裙，能結束，稱腰身。柳眉桃眼不勝春。薄媚足精神。可惜許，淪落在風塵。（蜀王衍甘州曲）

右平韻首句增二字破爲三三言，三句減二字爲五言，四句增一字爲八言。

春日遊，杏花吹滿頭。陌上誰家年少足風流。妾擬將身嫁與一生休。縱被無情棄，不能羞。（韋莊思帝鄉）

右平韻。首句增一字破爲三五句，次三句各增二字爲九言，四句增一字破爲三五句。

章臺柳。章臺柳。往日青青今在否。縱使長條似舊垂，也應攀折他人手。（韓翃章臺柳）

右仄韻。首句減一字破爲兩三言。

花非花，霧非霧。夜半來，天明去。來如春夢不多時，去似朝雲無覓處。（白居易花非花）

右仄韻。首二句各減一字破爲兩三言。

櫻桃花，一枝兩枝千萬朵。花磚曾立採花人，窣破羅裙紅似火。（元稹櫻桃花）

右仄韻。首句減四字爲三言。

晴野鷺鷥飛一隻。水葒花發秋江碧。劉郎此日別天仙，登綺席。淚珠滴。十二晚峯青歷歷。（皇甫松天仙子）

右仄韻。第三句以下加兩三言句。別有韋莊五首皆用平韻，體同。

由七言八句變者，如：

一閉昭陽春又春。夜寒宮漏永，夢君恩。臥思陳事暗銷魂。羅衣濕，紅袂有啼痕。　歌吹隔重閽。繞庭芳草

綠，倚長門。萬般惆悵向誰論。凝情立，宮殿欲黃昏。(韋莊小重山)

右平韻，雙疊。第二第六句各增一字破爲五三句，第四第八句各增一字破爲三五句，第五句減二字爲五言。

春日遲遲思寂寥。行客關山路遙。瓊窗時聽語鶯嬌。柳絲牽恨一條條。休暈繡，罷吹簫。貌逐殘花暗凋。同心猶結舊裙腰。忍辜風月度良宵。(李珣望遠行)

右平韻，雙疊。第二第六句各減一字爲六言，第五句減一字破爲兩三言。

煙收湘渚秋江靜，蕉花露泣愁紅。五雲雙鶴去無蹤。幾回魂斷，凝望長空。翠竹暗留珠淚怨，閒調寶瑟波中。花鬟月鬢綠雲重。古祠深殿，香冷雨和風。(張泌臨江仙)

右平韻，雙疊。第二第六句各減一字爲六言，第四第八句各增一字破爲四五句。

獨上小樓春欲暮。愁望玉關芳草路。消息斷，不逢人，卻斂細眉歸繡戶。坐看落花空歎息。羅袂溼斑紅淚滴。千山萬水不曾行，魂夢欲教何處覓。(韋莊木蘭花)

右仄韻，雙疊前後韻不同。第三句減一字破爲兩三言。別有魏承班作並首句亦減一字破爲三言。

薄羅衫子金泥縫。困纖腰怯銖衣重。笑迎移步小蘭叢，嚲金翹玉鳳。　嬌多情脈脈，羞把同心撚弄。楚天雲雨卻相和，又入陽臺夢。（後唐莊宗陽臺夢）

右仄韻，雙疊第四句減二字爲五言，第五句減二字爲五言，第六句減一字爲六言，第八句減二字爲五言。

遙夜亭皋閒信步。乍過清明，早覺傷春暮。數點雨聲風約住。朦朧淡月雲來去。　桃李依依春暗度。誰在秋千，笑裏低低語。一片芳心千萬緒。人間沒個安排處。（李後主蝶戀花）

右仄韻，雙疊第二第六句各增二字，破爲四五句。

寶檀金縷鴛鴦枕。綬帶盤宮錦。夕陽低映小窗明。南園綠樹語鶯鶯。夢難成。　玉爐香煖頻添炷。滿地飄輕絮。珠簾不卷度沈煙。庭前閒立畫秋千。豔陽天。（毛文錫虞美人）

右轉韻，雙疊第二第五句各減二字爲五言，第四第八句下各增三言句。

湖上。閒望。雨瀟瀟。煙浦花橋路遙。謝娘翠蛾愁不銷。終朝夢魂迷晚潮。　蕩子天涯歸棹遠。春已晚。鶯語

具體第三　五九

空腸斷。若耶溪。溪水西。柳隄。不聞郎馬嘶。(溫庭筠河傳)

右轉韻，雙疊。句中多叶短韻。第二句減一字爲六言，第六句增一字破爲三五句，第七句減一字破爲兩三言。

由七言六句變者，如：

遂勝歸來雨未晴。樓前風重草煙輕。谷鶯語軟花邊過，水調聲長醉裏聽。款舉金觥勸，誰是當筵最有情。(馮延巳拋毬樂)

右平韻。第五句減二字爲五言，此與商調回紇樂相同。

鶯錦蟬縠馥麝臍。輕裾花草曉煙迷。鸂鶒顫金紅掌墜，翠雲低。 星靨笑偎霞臉畔，蹙金開襜襯銀泥。春思半和芳草嫩，碧萋萋。(和凝山花子)

右平韻，雙疊。第三第六句下各增三言一句。

其由六言四句變者，如：

前度小花静院。不比尋常時見。見了又還休，愁卻等閒分散。腸斷。腸斷。記取釵橫鬢亂。(白居易如夢令)

右仄韻第二句下增一五言句，第三句下增二言兩短句。

胡馬。胡馬。遠放燕支山下。跑沙跑雪獨嘶。東望西望路迷。迷路。迷路。邊草無窮日暮。（韋應物調笑令）

右轉韻首句及末句前增二言兩短句。

由六言六句變者，如：

冠劍不隨君去，江河還共恩深。歌袖半遮眉黛慘，淚珠旋滴衣襟。惆悵雲愁雨怨，斷魂何處相尋。（孫光憲何滿子）

右平韻第三句增一字爲七言。

春草全無消息。臘雪猶餘踪跡。越嶺寒枝香自坼。冷豔奇芳堪惜。何事壽陽無處覓。吹入誰家橫笛。（和凝望梅花）

右仄韻第三第五句各增一字爲七言。

由六言八句變者，如：

古樹噪寒鴉。滿庭楓葉蘆花。晝燈當午隔輕紗。畫閣珠簾影斜。門外往來祈賽客，翩翩帆落天涯。迴首

隔江煙火渡頭三兩人家。（張泌河瀆神）

右平韻，雙疊。首句減一字爲五言，第三及第五句各增一字爲七言。

月沈沈，人悄悄。一炷後庭香裊。風流帝子不歸來，滿地禁花慵掃。　離恨多，相見少。何處醉迷三島。漏清宮樹子規啼，愁鎖碧窗春曉。（尹鶚滿宮花）

右仄韻，雙疊。首句及第五句各破爲兩三言，第三及第七句各增一字爲七言。

洛陽愁絕。楊柳花飄雪。終日行人爭攀折。橋下水流嗚咽。　上馬爭勸離觴。南浦鶯聲斷腸。愁殺平原年少，迴首揮淚千行。（溫庭筠清平樂）

右轉韻，雙疊。首句減二字爲四言，次句減一字爲五言，第三句增一字爲七言。

上所列舉，皆唐五代詞之見於花間、尊前或別集者，蓋藉以明詞體之所以構成，未必一時並出也。大抵中唐以前，詞調猶簡，韻律猶寬；下逮晚唐，益趨工巧。溫庭筠金荃一集，新聲雜起，巧麗綿密，跡象紛綸，如蕃女怨，訴衷情，酒泉子，定西番等，轉換迅速，間叶短韻，所謂盡其變是也。其詞略曰：

萬枝香雪開已徧，細雨雙燕。鈿蟬箏，金雀扇，畫梁相見。雁門消息不歸來，又飛迴。（蕃女怨）

鶯語花舞春晝午，雨霏微。金帶枕，宮錦鳳凰帷。柳弱蝶交飛，依依。遼陽音信稀，夢中歸。（訴衷情）

右單片，轉韻，兼叶短韻。

日映紗窗，金鴨小屏山碧。故鄉春，煙靄隔，背蘭釭。　宿妝惆悵倚高閣，千里雲影薄。草初齊，花又落，燕雙飛。（酒泉子）

海燕欲飛調羽，萱草綠，杏花紅，隔簾櫳。　雙鬢翠霞金縷，一枝春豔濃。樓上月明三五，鎖窗中。（定西番）

右雙疊，轉韻，兼隔叶。

觀上所述，可知詞體成立之順序，凡有三例：初整齊而後錯綜，一也；初獨韻而後轉韻，二也；初單片而後雙疊，三也。流衍至於五代，短章不足以盡興，於是伶工樂府，漸變新聲，增加節拍，而化短爲長，引近間作矣。

具體第三

唐崔令欽教坊記所錄曲名大曲名三百二十四，其中爲唐宋詞調名者凡七十餘，然非如後世之詞也。卽如劉禹錫之浪淘沙，初非如李後主之浪淘沙；白居易之楊柳枝，非如顧敻朱敦儒之柳枝；張祜之雨霖鈴，非如柳永之雨霖鈴；韋應物之三臺，非如万俟雅言之三臺；劉禹錫之拋毬樂，非如馮延巳之拋毬樂；張祜之大酺樂，非如周邦彥之大酺；唐人之塞姑，非如柳永之塞孤；唐人之鎭西，非如蔡伸之鎭西。大抵在唐人爲五六七言絕句者，每由後人借其調而衍其聲以爲參差長短之句。茲錄教坊記曲名之見於唐五代詞者如左：

拋毬樂	清平樂	破陣樂	春光好	楊柳枝	浣溪沙	浪淘沙	望梅花
望江南	烏夜啼	摘得新	河瀆神	醉花間	歸國遙	思帝鄉	定風波
木蘭花	菩薩蠻	八拍蠻	臨江仙	虞美人	遐方怨	定西番	荷葉杯
長相思	西江月	上行杯	謁金門	巫山一段雲	後庭花	麥秀兩歧	
相見歡	訴衷情	三臺	醉公子	南歌子	漁歌子	風流子	生查子

山花子　天仙子　酒泉子　甘州子　採蓮子　女冠子　南鄉子　撥棹子
何滿子　西溪子　甘州　突厥三臺

僅見於宋詞者如左：

夜半樂　還京樂　帝臺春　二郎神　綠頭鴨　留客住　萬年歡　曲玉管
傾杯樂　蘇幕遮　洞仙歌　大酺樂　蘭陵王　鎮西樂　摸魚子　雨霖鈴
安公子　迎仙客

然當其初固未成詞，率皆絕句之類耳；次遂漸變爲令詞矣。其未變者仍歌以舊體，故有時絕句與長短句並行。觀唐詞紀所收於長短句外，仍別見五七言。如長命女，烏夜啼，長相思，江南春，步虛詞，漁父詞，鳳歸雲，離別難，金縷曲，水調歌，白苧等，皆已收長短句矣，而又各有五七言絕句。可知當時歌者重聲而輕詞，但須聲拍相合，無論其體之彼此也。迨北宋柳永周邦彥輩通樂能文，遂本古樂以翻新調，而慢詞始日盛矣。

慢詞起於何時，言詞者聚訟紛然，迄無確論。如草堂詩餘錄陳後主秋霽詞一百四字，萬樹詞律以爲『後主於數百年前何以先知有此體，』其僞託不値一噱。碧雞漫志則謂『唐中葉始漸有慢曲，凡大曲就本宮調轉引序慢近令，如仙呂甘州有八聲慢是也』；清徐釚詞苑叢談則謂『始於後唐莊宗一百三十六字之歌頭；』而宋吳曾能改齋漫錄則謂『詞自南唐以來但有小令，其慢詞則起自仁宗朝』：諸說牽牴牾難理，今爲求是，不得不一究之。試取往集所著錄之唐五代較長之詞，辨其眞僞，以明是非。

唐五代詞之著錄，具於全唐詩後附之十二卷詞，其中取材，多從唐宋間總集，別集，選集，及諸家小說雜記中得之，惟務博攟，不暇精擇。故可信者固多，謬亂者亦不少。唐宋間詞總集之存者，以花間，尊前二集爲最備。花間集詞五百首，爲後蜀趙崇祚編。尊前集詞二百七十五首，舊傳唐呂鵬作，然鵬僅有遏雲集而書不傳，今本爲明顧梧芳刊，朱彝尊定爲宋初人輯，頗近理。花間見聞密邇，所錄多可信；尊前則殊欠精審。外有金匳集，並存溫庭筠韋莊歐陽炯張泌四家之詞，亦總集也。別集則存者甚少，如溫庭筠之握蘭金荃二集，和凝之紅葉稿原本皆不可見。惟馮延巳之陽春錄僅存，而馮詞又多與他家相混。陽春錄一百十九首，別入溫庭筠者，酒泉子，更漏子，歸國遙三首；南唐後主者，應長，醉桃源二首，和凝者拋毬樂；鶴沖天二首；韋莊者，清平樂，菩薩蠻，應天長三首；牛嶠者，歸國遙一首；牛希濟者，謁金門一首；薛昭蘊者，相見歡一首；顧敻者，浣溪沙一首；張泌者，江城子二首；孫光憲者，浣溪沙一首；歐陽修者，應天長，芳草渡，更漏子，蝶戀花，醉桃源共九首。選集則如宋黃昇之唐宋諸賢絕妙詞選，明陳耀文之花草粹編，楊慎之詞林萬選，董逢元之唐詞紀，彭致中之鳴鶴餘音所收，或疎略，或蕪雜，難盡考信，其他宋人說部中零章斷片，尤難盡據為典要。全唐詩咸蒐輯，以求備，此其所以不免於謬亂也。今於諸所著錄者欲一一加以董理，則勢有未能；將率信而不疑乎，則情有未安。無已，姑就舊傳所謂慢詞，稽其時代之先後，察其氣體之工拙，尋其進展之軌轍，庶可得較實之跡象焉。

按唐慢詞之傳於今者，一為杜牧之八六子，計九十字，詞曰：

洞房深。畫屏鐙照，山色濃翠沈沈。聽夜雨冷滴芭蕉，驚斷紅窗好夢，龍煙細飄繡衾。辭恩久歸長信，鳳帳蕭疏，椒殿閒扃，輦路苔侵。繡簾垂。遲遲漏傳丹禁。蕣華偷悴，翠鬟羞整，愁坐望處，金輿漸遠，何時彩仗重臨。正消魂，梧桐又移翠陰。按此調止有六均，本非慢詞正格，其說後詳。

一爲鍾輻之卜算子慢，計八十九字，詞曰：

桃花院落，煙重露寒，寂寞禁煙晴晝。風拂珠簾，還記去年時候。惜春心，不喜閒窗繡，倚屏山和衣睡覺，醺醺暗消殘酒。　獨倚危闌久，把玉筍偸彈，黛蛾輕鬬。一點相思，萬般自家甘受。插金釵欲買丹青手，寫別來容顏寄與，使知人淸瘦。按此調有八均，可爲慢詞。

杜牧生於唐憲宗貞元十九年癸未，沒於宣宗大中六年壬申，距唐亡之年丁卯，尚有五十五年。鍾輻，江南人，唐懿宗咸通末以廣文生爲蘇州院巡。咸通末年癸巳，距唐亡亦有三十四年。當此期間，詞體甫當發展，作者如韋應物、王建、白居易、劉禹錫、溫庭筠等，各有傳作，率小令耳，而二人又別無他詞。衡以進展之序，此時不應有此諧婉流麗之作。

五代慢詞之傳於今者稍多。如後唐莊宗之歌頭，詠四時景物，一百三十六字，詞曰：

賞芳春，暖風飄箔。鶯啼綠樹，輕煙籠晚閣。杏桃紅，開繁蕚。靈和殿，禁柳千行斜，金絲絡。　夏雲多，奇峯如削。紈扇動微涼，輕綃薄。梅雨霽，火雲爍。臨水檻，永日逃煩暑，泛觥酌。　露華濃，冷高梧，凋萬葉。一霎晚風，蟬聲新雨歇。暗惜此光陰如流水，東籬菊殘時，歎蕭索。　繁陰積，歲時暮，景難留。不覺朱顏失却，好容光，旦旦須呼賓友，西園長宵讌，雲謠歌皓齒，且行樂。（此詞實爲四段，舊分二段，非。）

此詞之長，五代無第二首。詞律謂『後半叶韻甚少，必有訛處，不敢擅註句讀，姑存其體爲餼羊而已』。蓋於此不能無疑。又有尹鶚之金浮圖計九十四字，詞曰：

繁華地。王孫富貴。玳瑁筵開，下朝無事。壓紅茵，鳳舞黃金翅。玉立纖腰，一片揭天歌吹。滿目綺羅珠翠。和風，淡蕩偸散沈檀氣。　堪判醉。韶光正媚。折盡牡丹，豔迷人意。□金張許史應難比。貪戀歡娛，不覺金烏□墜。還惜會難別易。金船更勸，勒住花驄轡。

又秋夜月計八十四字，詞曰：

三秋佳節。罩晴空，凝碎露，茱萸千結。菊蕊和煙輕撚，酒浮金屑。徵雲雨，調絲竹，此時難輟。歡極，一片豔歌聲揭。　黃昏慵別。炷沈煙，熏繡被，翠帷同歇。醉並鴛鴦雙枕，暖偎春雪。語丁寧，情委曲，論心正切。夜深窗透，數條斜月。

又有李珣之中興樂，計八十四字，詞曰：

後庭寂寂日初長。翩翩蝶舞紅芳。繡簾垂地，金鴨無香。誰知春思如狂。憶蕭郎。等閒一去，程遙信斷，五嶺三湘。休開鸞鏡學宮妝。可能更理笙簧。倚樓凝睇，淚落成行。手尋裙帶鴛鴦。暗思量。忍孤前約，教人花貌，虛老風光。

三詞各雙疊，前後句法相同，按其均節，引近之屬也。以上皆見於尊前集，而花間無之。

至花間集中較長之詞，首爲薛昭蘊之離別難，計八十七字，詞曰：

寶馬曉鞴雕鞍。羅幃乍別情難。那堪春景媚，送君千萬里。半妝珠翠落，露華寒。紅蠟燭。青絲曲。偏能鉤引淚闌干。　良夜促。香塵綠。魂欲迷。檀眉半斂愁低。未別心先咽。欲語情難說。出芳草，路東西。搖袖立。春風急。櫻花楊柳雨淒淒。

此詞前後八換韻，仍引近之屬耳。次爲歐陽炯之鳳樓春，計七十七字，詞曰：

鳳髻綠雲叢。深掩房櫳。錦書通。夢中相見覺來慵。勻面淚臉珠融。因想玉郎何處去，對淑景誰同。　小樓中。春思無窮。倚闌顒望，闇牽愁緒，柳花飛起東風。斜日照簾，羅幌香冷粉屏空。海棠零落，鶯語殘紅。

此亦引近耳。次爲毛熙震之何滿子，計七十四字，共二首之一曰：

寂寞芳菲暗度，歲華如箭堪驚。緬想舊歡多少事，轉添春思難平。曲檻絲垂金柳，小窗絃斷銀箏。深院空聞燕語，滿園閒落花輕。一片相思休不得，忍教長日愁生。誰見夕陽孤夢，覺來無限傷情。

此即何滿子之雙疊，如雙調憶江南之類。又次則顧夐之獻衷心，計六十九字，毛文錫之甘州遍，計六十三字，過短不必錄。至全唐詩所載呂巖之沁園春，滿庭芳，酹江月，水龍吟，漢宮春等，採自鳴鶴餘音，皆宋以後之詞調，殆出後世道流依託，其荒謬不足論矣。

清季敦煌石室中，新出寫本雲謠集雜曲子一卷，原題三十首，殘其後幅，只存七調，詞十八首，及傾杯樂一題。其書爲英人購去，今歸英倫博物館。上虞羅氏輯於敦煌零拾中，東方學會印行。歸安朱氏刊於彊村叢書之首。其詞皆不著作者名氏，語多鄙俚，似出伶人之手，但取就律，不重文理，所存七調中，有鳳歸雲，洞仙歌稍長。鳳歸雲一調四詞，句字各有出入，詞曰：

征夫數歲，萍寄他鄉。去便無消息，累換星霜。月下愁聽砧杵擬，塞雁□行。孤眠鸞帳裏，枉勞魂夢，夜夜飛颺。想君薄行。更不思量。誰爲傳書與，表妾衷腸。倚牖無言垂血淚，暗祝三光。萬般無那處，一爐香燼，又更添香。砧杵擬擬字誤，塞雁下缺一字，薄行卽薄倖。

怨綠窗獨坐，修得爲君書。征衣裁縫了，遠寄邊虞。想得爲君貪苦戰，不憚崎嶇。中朝沙磧里，只憑三尺，勇戰奸愚。豈知紅臉，淚的如珠。枉把金釵卜，卦卦皆虛。魂夢天涯無暫歇，枕上長噓。待卿回故日，容顏憔悴，彼此何如。虞卽隅，里卽裏，的卽滴，均字誤。

幸因今日，得覩嬌娥。眉如秋月，目引橫波。素胸未消殘雪，透輕羅。□□□□□。朱含碎玉，雲髻婆娑。東隣有女，相料實難過。羅衣掩袂，行步逶迤。逢人問語羞無力，態嬌多。錦衣公子見，垂鞭立馬，腸斷知磨。磨卽麼。

兒家本是，累代簪纓。父兄皆是，佐國良臣。幼年生於閨閣，洞房深。訓習禮儀足，三從四德，針指分明。聘得良人。爲國遠長征。爭名定難，未有歸程。徒勞公子肝腸斷，謾生心。妾身如松柏，守志強過，曾女堅貞。

此四首演一故事，如古樂府陌上桑之類，字多別誤，可知不出文人手筆。其調雖名鳳歸雲，而與宋柳永所作之體製不同。又洞仙歌一調二詞，字句亦互有出入，詞曰：

華燭光輝。深下帡幃。恨征人久鎮邊夷。酒醒後，多風措，少年夫壻。向綠窗下左偎右倚。　擬鋪鴛被。把人尤泥。須索琵琶重理。曲中彈到想夫憐處，轉相愛幾多恩意。卻在緒充鴛衾枕，願長與今宵相似。（卻在緒句不可解，應有誤字。）

悲雁隨陽。解引秋光。寒蛩響夜夜堪傷。淚珠串滴，旋流枕上。無計恨征人爭向。　金風飄蕩。擣衣嘹亮。懶寄迴文先往。戰袍待穩絮，重更熏香。慇懃憑驛使追訪。願四塞來朝明帝，令我客休施流浪。

此二首與宋代柳蘇所作體製均異。按敦煌零拾中尚有韋莊秦婦吟、季布歌、佛曲、俚曲、小曲等五種。外羅氏所輯敦煌石室碎金中有後唐天成元年曆、晉天福四年曆、宋淳化元年曆。則石室中所有諸物，自難悉認爲唐人遺籍，此雜曲應是五代之末或宋初教坊四部（詳說後）所奏，而爲宋慢詞之先聲耳。

綜上所舉花間所錄，確爲唐五代之作，其中薛歐毛諸首，皆非慢詞；尊前所錄，則難免雜入宋初之作。杜牧八六子固不類唐時體製；即後唐莊宗歌頭亦似宋初慢曲。特以莊宗性耽聲伎，寵用伶工，（如以伶人陳俊儲德源爲刺史，以蜀樂工嚴旭爲蓬州刺史。）則當時聲樂發達，詞體流衍，或亦近理；以此例之尹李諸作，縱未必信為本人，尚非其時所必不可有。蓋文人製作，工伎嘌唱，名氏未著，每易訛傳，流播經時，愈乖實際。故清平三章，訛為五闋；（說詳後）陽春一集，闌入多家。初不似後人未譜管絃，即登篇籍，轉不致混也。

由是以觀，自唐大中迄於亡，凡六十年，詞體日繁，有令無慢。自梁開平迄於宋興，凡五十二年，作者繼興，引近間作。宋初急慢諸曲，號稱千數，（說詳後）可謂蔚然。亦越六十餘年，而至仁宗，慢詞始盛。其間進展之順序，斷不可紊；而年代懸隔，尤不可并為一談。至若訛傳之作，更當審辨，則詞體流衍之跡，象可明，而前人歧說，亦易理矣。

五音二十八調之說，今雖不得聞其詳，而稽之故籍，可得其概。唐段安節樂府雜錄曾備列之：

平聲羽七調　第一運中呂調　第二運正平調　第三運高平調　第四運仙呂調　第五運黃鐘調　第六運般涉調　第七運高般涉調

上聲角七調　第一運越角調　第二運大石角調　第三運高大石角調　第

四運雙角調　第五運小石角調亦名正角調　第六運歇指角調　第七運林鐘角調

去聲宮七調　第一運正宮　第二運高宮　第三運中呂宮　第四運道宮　第五運南呂宮　第六運仙呂宮　第七運黃鐘宮

入聲商七調　第一運越調　第二運大石調　第三運高大石調　第四運雙調　第五運小石調　第六運歇指調　第七運林鐘商調

上平聲調　爲徵聲　商角同用　宮逐羽音　鄭文焯曰：『運者，用也。四聲各用一韻，以塡七調，非此則不協律。「上平聲調爲徵聲」者，言徵調宜用上平聲韻塡之，但有其聲無其調。唐田畸所謂「徵與二變之調，咸非流美，故自古無徵調曲」也。「商角同用」者，角調宜上聲韻，商調宜入聲韻。上平之韻，二調亦可用也。「宮逐羽音」者，宮調宜去聲韻，羽調宜平聲韻。而去聲之宮，亦可叶平聲之羽。音相承，故曰逐也。』按鄭氏此解，似是實非。凌廷堪燕樂考原謂燕樂之器以琵琶爲首，琵琶四絃，一絃七調，故無徵調，若五絃之器，固有徵調。所見最確。

此蓋俗樂之調也。唐書禮樂志曰：『凡所謂俗樂者二十有八調：正宮，高宮，中呂宮，道調宮，南呂宮，仙呂宮，黃鐘宮，爲七宮；越調，大食調，高大食調，雙調，小食調，歇指調，林鐘商，爲七商；大食角，高大食角，雙角，小食角，歇指角，林鐘角，越角，爲七角；中呂調，正平調，高平調，仙呂調，黃鐘羽，般涉調，高般涉，爲七羽；皆從濁至清，迭更其聲。下則益濁；上則益清。慢者過節；急者流蕩。其後聲器寖殊，或有宮調之名，或以倍四爲度。有與律呂同名而聲不近雅者，其宮調乃應夾鐘之律，燕設用之。』次序微異，皆足參證。

夢溪筆談曰：『五音宮商角爲從聲，徵羽爲變聲。從謂律從律，呂從呂；變謂以律從呂，以呂從律。故從聲以配君臣民，尊卑有定，不可相踰；變聲以爲事物，則或遇與君聲無嫌。加變徵則從變之聲已瀆矣。隋柱國鄭譯始條具之均，展轉相生，爲八十四調，清濁混淆，紛亂無統，競爲新聲，自後犯聲，側聲，正殺，寄殺，偏字，旁字，雙字，半字之法，從變之聲，無復條理矣。』此論從變由於律呂之關係也。

律呂者，六陽爲律，六陰爲呂。一曰黃鐘，元間大呂；二曰太蔟，二間夾鐘；三曰姑洗，三間仲呂；四曰蕤賓，四間林鐘；五曰夷則，五間南呂；六曰無射，六間應鐘。（說本國語，具見張炎詞源。）

八十四調者，隋鄭譯所演，以七均合十二律；呂律有七音，音立一調，故成七調十二律。

雅樂則用其十二律之正名，如黃鐘商，黃鐘羽之類；俗樂則以俗名別之，如大石調，般涉調之類。唐宋以降，又轉爲七宮十二調矣。其說後詳。

律呂有四犯：正，側，偏，旁。以宮犯宮爲正犯；以宮犯商爲側犯；以宮犯羽爲偏犯；以宮犯角爲旁犯；以角犯宮爲歸宮：周而復始。（見詞源）此皆專屬聲樂之事，今縱博稽，但存其目，而無由實施於絃管，故後世詞學，徒得其一面而已，馬氏所謂「數亡而義孤行」者是也。

（二）唐五代諸詞家

唐代詞體初立，凡爲詞者，皆兼爲詩歌樂府，故所謂詞家，皆詩人也。今據諸家所存，僅一二首者皆置不論，但就世傳稍多而著名者分述之。

李白，字太白，興聖皇帝九世孫，蜀人，少有逸才，志氣宏放，初隱岷山，天寶初，至長安，賀知章見其文，歎曰：「子謫仙人也！」言於玄宗，召見，奏頌，賜食，供奉翰林，甚見寵異。既而放還，浮游四方，以佐永王璘，坐長流夜郎，赦還，依李陽冰於當塗，代宗初，卒。

徐矩事物原始云：『詞始於李太白，菩薩蠻等作，乃後世倚聲塡詞之祖；』詩體明辨云『自樂府散亡，唐李白始作清平調，憶秦娥，菩薩蠻諸詞；』歐陽炯花間集序云：『在明皇朝，則有李太白應制清平樂詞；』黃昇謂菩薩蠻，憶秦娥二詞，爲『百代詞曲之祖：』歷來數詞家者，鮮不推太白爲首出矣。按全唐詩所載太白詞共十四首，計桂殿秋二首，清平詞三首，連理枝二首，菩薩蠻，憶秦娥各一首，清平樂五首，尊前集則載十二首，連理枝二首合爲一，菩薩蠻卻爲三首而無桂殿秋，憶秦娥。今觀諸作除清平調外，皆有疑問；似太白之於詞，並無作，苟欲求眞，不能墨守故說而不辨也。桂殿秋，據苕溪漁隱叢話云：『桂花曲二首，許彥周詩話謂是李衞公作；湘江詩話謂是均州武當山石壁上刻之，云神仙所作，未知孰是。』又邵博聞見後錄謂『李太尉文饒迎神送神二曲，秦中尙有能宛轉度之者，或並爲一曲，謂李太白作，非也。』清平調，據李濬松窗雜錄謂『開元中禁中木芍藥盛開，明皇命宣李白立進清平調詞三章，援筆而就，明皇親調玉笛以倚曲。』而碧雞漫志云：『明皇宣白進清平調，乃是令白於清平調中製詞。蓋古樂取聲律高下，合爲三，曰清調，平調，側調，此謂三調，明皇止令就擇上兩調，偶不樂側調故也。況白詞七字絕句，與今曲不類，而尊前集亦載此三絕句，止目曰清平調，然唐人不深考，妄指此三絕句耳。此曲在越調，唐至今盛行；今世又有黃鐘商兩音者。歐陽炯稱白有應制清平樂四首，往往是也。』此段論三調甚晰，而認應制者非三絕句而爲清平樂四首，則未深思。今審清平調詞意，曰「一枝紅艷」曰「名花傾國」，明是賦木芍藥。唐書所謂高力士摘其詩以激楊妃者，即指「飛燕新妝」之句也。至清平樂，據呂鵬遏雲集曾載應制四首，黃昇謂『以後二首無清逸氣韻，疑非太白所作。』故止選二首，楊慎嘗補作二首，而王世貞藝苑卮言謂『用修所載二闋，識者以爲非太白作，謂其卑淺也，按太白清平調本三絕句而已，不應復有詞。』則二首尚可疑，五首更何來乎？連理枝，據尊前集列爲白詞之首，註調曰黃鐘宮，一首前後二段；全唐詩所輯則分作兩首，未註宮。雖他家著錄未及，然玩其詞句，四言過多，有背由五七言遞變之序，非初期創作所應有，殆晚唐以後歌場所播，誤傳爲白作耳。憶秦娥，據聞見後錄，謂是太白作；而胡應麟莊嶽委談，及胡震亨讀書雜志，皆以爲非。今觀其詞固佳絕，然其調實不類初期之作，且唐詞別無同調者，疑亦誤入也。菩薩蠻據釋文瑩湘山野錄，謂『此詞寫於鼎州滄水驛，不知何人所作，魏道輔泰見而愛之，後至長沙，得古風集於曾子宣內翰家，乃知太白所撰』，已爲疑似之辭。故莊嶽委談亦謂非白作。按菩薩蠻調名，晚唐始有。錢易南部新書及蘇鶚杜陽雜編皆載『大中初，女蠻國入貢，危髻金冠，纓絡被體，號菩薩蠻隊，遂製此曲，當時倡優李可及作菩薩隊舞，文士亦往往聲其詞。』大中乃宣宗紀年，何以太白遽有此作？又尊前集載白作三首，其『遊人盡道江南好』一首明係韋莊作，破碎雜湊所成，可見尊前所收，未嘗精攷。此調溫韋所作，最多而工，「平林漠漠」一首，與之氣體亦略近，則張冠李戴，或所不免矣。

莊嶽委談：「今詩餘名望江南外，菩薩蠻稱最古，以草堂二詞出太白也。近世文人學士，或以實然。余謂太白在當時直以風雅自任，即近體盛行七言律鄙不肯爲，寧屑事此？且二詞雖工麗而氣衰颯，於太白超然之致，不啻霄壤。藉令眞出青蓮，必不作如是語。詳其意調，絕類溫方城輩。蓋晚唐人詞，嫁名太白，若懷素草書，李赤姑孰耳。原二詞嫁名太白有故：草堂詞宋末人編，青蓮詩亦稱草堂集，後世以二詞出唐人而無名氏，故僞題太白以冠斯編耶？」

張志和，字子同，婺州金華人，始名龜齡，十六擢明經，肅宗命待詔翰林，坐事貶南浦尉，不仕，自稱烟波釣徒，著玄眞子，亦以自號；嘗撰漁父五首，憲宗圖眞求其歌，不能致。錄五首：

西塞山前白鷺飛。桃花流水鱖魚肥。青箬笠，綠蓑衣。斜風細雨不須歸。

釣臺漁父褐爲裘。兩兩三三舴艋舟。能縱棹，慣乘流。長江白浪不曾憂。

霅溪灣裏釣魚翁。舴艋爲家西復東。江上雪，浦邊風。笑著荷衣不歎窮。

松江蟹舍主人歡。菰飯蒓羹亦共餐。楓葉落，荻花乾。醉宿漁舟不覺寒。

青草湖中月正圓。巴陵漁父棹歌連。釣車子，掘頭船。樂在風波不用仙。（漁父五首）

韋應物，京兆人，官左司郎中，貞元初歷蘇州刺史，性高潔，所在焚香掃地，惟顧況皎然輩得與唱酬；其小詞不多見，惟三臺調笑數首流傳耳。錄四首：

一年一年老去，明日後日花開。未報長安平定，萬國豈得銜杯。

冰泮寒塘水綠，雨餘百草皆生。朝來衙門無事，晚下高齋有情。（三臺二首）

胡馬。胡馬。遠放燕支山下。跑沙跑雪獨嘶。東望西望路迷。迷路。迷路。邊草無窮日暮。

河漢。河漢。曉掛秋城漫漫。愁人起望相思。塞北江南別離。離別。離別。河漢雖同路絕。（調笑二首）

戴叔倫，字幼公，潤州金壇人，試守撫州刺史，封譙縣男，遷容管經略使，詞傳調笑一首：

邊草。邊草。邊草盡來兵老。山南山北雪晴。千里萬里月明。明月。明月。胡笳一聲愁絕。（調笑）

王建，字仲初，穎州人，大曆十年進士，官陝州司馬；詞傳三臺，調笑等十首。錄三首：

池北池南草綠，殿前殿後花紅。天子千年萬歲，未央明月清風。（宮中三臺）

樹頭花落花開。道上人去人來。朝愁暮愁即老，百年幾度三臺。（江南三臺）

團扇。團扇。美人並來遮面。玉顏憔悴三年。誰復商量管絃。絃管。絃管。春草昭陽路斷。（宮中調笑）

白居易，字樂天，其先太原人，徙下邽，貞元中進士，歷官忠，杭，蘇諸州刺史，文宗初，遷刑部侍郎，封晉縣男，進馮翊縣侯，會昌中，以刑部尚書致仕，晚慕浮屠，稱香山居士，最工詩，多至數千篇；詞有憶江南，長相思，楊柳枝，竹枝，浪淘沙等，尊前集載二十六首。

錄五首：

江南好，風景舊曾諳。日出江花紅勝火，春來江水綠如藍。能不憶江南。（憶江南）

汴水流。泗水流。流到瓜州古渡頭。吳山點點愁。　思悠悠。恨悠悠。恨到歸時方始休。月明人倚樓。（長相思）

紅板江橋青酒旗。館娃宮暖日斜時。可憐雨歇東風定，萬樹千條各自垂。（楊柳枝）

瞿塘峽口水煙低。白帝城頭月向西。唱得竹枝聲咽處，寒猿聞鳥一時啼。（竹枝）

青草湖中萬里程。黃梅雨裏一人行。愁見灘頭夜泊處，風翻暗浪打船聲。（浪淘沙）

劉禹錫，字夢得，自言系出中山，登博學宏詞科，工文章，爲監察御史，憲宗初，貶朗州司馬，因夷俗作竹枝辭十餘篇，武陵夷俚悉歌之；數遷州刺史，禮部郎中，集賢直學士，會昌時，加檢校禮部尚書，善詩，白居易推之爲詩豪。尊前集傳詞三十八首。錄三首：

春去也，多謝洛城人。弱柳從風疑舉袂，叢蘭浥露似霑巾。獨坐亦含顰。（憶江南）

白帝城頭春草生。白鹽山下蜀江清。南人上來歌一曲，北人莫上動鄉情。（竹枝）

金谷園中鶯亂飛。銅駝陌上好風吹。城中桃李須臾盡，爭似垂楊無限時。（楊柳枝）

溫庭筠，本名岐，字飛卿，太原人，彥博之後，官方山尉，工爲辭章，薄行無檢，令狐綯假其所作菩薩蠻進上，庭筠遽言於人，遂見疾，潦倒卒，有握蘭金荃等集，花間集傳詞六十六首，調繁詞麗，爲唐詞第一作家，尊前集載五首。（近人王國維謂「宋時飛卿詞止有一卷，握蘭金荃，當是詩文集，非詞集也。」）錄四首：

玉樓明月長相憶。柳絲嫋娜春無力。門外草萋萋。送君聞馬嘶。　畫羅金翡翠。香燭銷成淚。花落子規啼。綠窗殘夢迷。（菩薩蠻）

河上望叢祠。廟前春雨來時。楚山無限鳥飛遲。蘭棹空傷別離。　何處杜鵑啼不歇。豔紅開盡如血。蟬鬢美人愁絕。百花芳草佳節。（河瀆神）

梳洗罷，獨倚望江樓。過盡千帆皆不是，斜暉脈脈水悠悠。腸斷白蘋洲。（憶江南）

憑繡檻，解羅幃。未得君書，斷腸瀟湘春雁飛。不知征馬幾時歸。海棠花謝也，雨霏霏。（遐方怨）

皇甫松，字子奇，睦州人，湜子，牛僧孺甥，以天仙子詞得名。花間集傳詞十一首；尊前集載十首。錄三首：

酌一巵。須教玉笛吹。錦筵紅蠟燭，莫來遲。繁紅一夜經風雨，是空枝。（摘得新）

蘭燼落，屏上暗紅蕉。閒夢江南梅熟日，夜船吹笛雨瀟瀟。人語驛邊橋。（憶江南）

躑躅花開紅照水。鷓鴣飛繞青山嘴。行人經歲始歸來，千萬里。錯相倚。懊惱天仙應有以。（天仙子）

唐昭宗名傑，更名敏，又更名曄，僖宗弟，喜文學，在位十六年，爲朱全忠所弒，詞傳巫山一段雲，菩薩蠻等四首。錄一首：

登樓遙望秦宮殿，茫茫只見雙燕飛。渭水一條流，千山與萬丘。　遠煙籠碧樹，陌上行人去。安得有英雄，迎歸大內中。（菩薩蠻）

韓偓，字致堯，小字冬郎，萬年人，父畏之，李商隱之僚壻也，偓詞章特似義山；龍紀元年進士，累官兵部侍郎，朱全忠惡之，貶濮州司馬，復召爲學士，不敢赴，挈家南依王審知於閩，卒有玉山樵人集，香奩集，詞有生查子，浣溪沙等數首，俱見集中。錄二首：

秋雨五更頭，桐竹鳴騷屑。却似殘春間，斷送花時節。　空樓雁一聲，遠屏燈半滅。繡被擁嬌寒，眉山正愁絕。（生查子）

攏鬢新收玉步搖。背燈初解繡裙腰。枕寒衾冷異香焦。 深院不關春寂寂，落花和雨夜迢迢。恨情殘醉却無聊。（浣溪沙）

餘如張曙，司空圖，鄭符，段成式等，皆所存太少，不得爲詞家；呂巖雖有詞三十首，然不可信。均不具述。

五代五十餘年，詞家甚衆。西蜀爲最；南唐次之。詞至此，若春花怒放，爛漫成林，蓋唐之遺風，不隨亂世而泯，且因亂而反暢也。陸游曰：『詩至晚唐五季，氣格卑陋，千家一律，而長短句獨精巧高麗，後世莫及，此事之不可曉者』，捫蝨新語曰：『唐末詩體卑陋，而小詞最爲奇絕，今人盡力追之，有不能及者，故嘗以花間集當爲長短句之宗』湯顯祖曰：『詞至西蜀南唐，作者日盛，往往情至文生，纏綿流露，不獨蘇黃秦柳之開山，卽宣和紹興之盛，皆兆於此矣。』其詞之存於今者，多見於花間尊前兩集，外有蘭畹集，家宴集，俱不傳。今述其詞人之最著者。

後唐莊宗，李存勖，本姓朱邪，克用長子，初嗣晉王，天祐癸未，卽皇帝位，好俳優，知音，能度曲，汾晉之俗，往往能歌其聲，謂之御製。在位四年，被弒。詞傳如夢令，一葉落，歌頭等四首。錄二首：

曾宴桃源深洞。一曲清歌舞鳳。長記別伊時，和淚出門相送。如夢。如夢。殘月落花煙重。（如夢令）

一葉落。搴朱箔。此時景物最蕭索。畫樓月影寒，西風吹羅幕。吹羅幕。往事思量著。（一葉落）

和凝，字成績，鄆州人，舉進士，仕後唐，知制誥，翰林學士。晉天福中，拜中書侍郎，同中書門下平章事。歸後漢，拜太子太傅，封魯國公。有紅葉稿。少時好為曲子，布於汴洛；洎入相，契丹號為曲子相公。花間集傳詞二十首，尊前集載七首。錄二首：

初夜含嬌入洞房。理殘妝。柳眉長。翡翠屏中，親爇玉爐香。整頓金鈿呼小玉，排紅燭，待潘郎。（江城子）

春入神京萬木芳。禁林鶯語滑，蝶飛狂。曉花擎露妒啼妝。紅日永，風和百花香。　烟鎖柳絲長。御溝澄碧水，轉池塘。時時微雨洗風光。天衢遠，到處引笙簧。（小重山）

韋莊，字端己，杜陵人。嘗著秦婦吟，稱秦婦吟秀才。乾寧元年進士，以才名寓蜀，王建辟掌書記，尋召為起居舍人。建表留之，後為蜀散騎常侍，判中書門下事，卒謚文靖；

有浣花集，其詞音響最高，與飛卿並稱「溫韋」，詞家之大宗也。花間集傳詞四十八首；尊前集載五首：錄五首

人人盡說江南好。游人只合江南老。春水碧於天。畫船聽雨眠。　爐邊人似月。皓腕凝霜雪。未老莫還鄉。還鄉須斷腸。

如今却憶江南樂。當時年少春衫薄。騎馬倚斜橋。滿樓紅袖招。　翠屏金屈曲。醉入花叢宿。此度見花枝。白頭誓不歸。（菩薩蠻二首）

空相憶。無計得傳消息。天上嫦娥人不識。寄書何處覓。　新睡覺來無力。不忍把伊書跡。滿院落花春寂。斷腸芳草碧。（謁金門）

人洶洶，鼓鼕鼕，襟袖五更風。大羅天上月朦朧。騎馬上虗空。　香滿衣，雲滿路。鸞鳳繞身飛舞。霓旌絳節一羣羣。引見玉華君。（喜遷鶯）

絕代佳人難得，傾國。花下見無期。一雙愁黛遠山眉。不忍更思惟。　閒掩翠屏金鳳。殘夢。羅幕畫堂空。碧天無路信難通。惆悵舊房櫳。（荷葉杯）

薛昭蘊，字里無考，蜀侍郎，恃才傲物，每入朝省，弄笏而行，旁若無人，好唱浣溪沙

詞。花間集傳詞十九首。錄二首：

粉上依稀有淚痕。郡庭花落欲黃昏。遠情深恨與誰論。　記得去年寒食節，延秋門外卓金輪。日斜人散暗銷魂。(浣溪沙)

春到長門春草青。玉階花露滴，月朧明。東風欲斷紫簫聲，宮漏促，簾外曉啼鶯。　愁極夢難成。紅妝流宿淚，不勝情。手挼裙帶繞花行。思君切，羅幌暗塵生。(小重山)

牛嶠，字松卿，一字延峯，隴西人，乾符五年進士，歷官拾遺，補尚書郎，王建鎭蜀，辟判官，後仕蜀爲給事中；博學有文，以歌詩著名，尤善製小詞。花間集傳詞三十二首。錄二首：

鵁鶄飛起郡城東。碧江空。半灘風。越王宮殿，蘋葉藕花中。簾捲水樓魚浪起，千片雪，雨濛濛。(江城子)

柳花飛處鶯聲急。晴街春色香車立。金鳳小簾開。臉波和恨來。　今宵求夢想。難到青樓上。贏得一場愁。鴛衾誰並頭。(菩薩蠻)

毛文錫，字平珪，南陽人，唐進士，事前蜀爲翰林學士，遷內樞密使，歷文思殿大學士，司徒，復仕後唐；工艷語，其巫山一段雲詞，當時傳詠。花間傳集詞三十一首；尊前集載一首。錄二首：

雨霽巫山上，雲輕映碧天。遠峯吹散又相連。十二晚峯前。 暗溼啼猿樹，高籠過客船。朝朝暮暮楚江邊。幾度降神仙。（巫山一段雲）

暮蟬聲盡落斜陽，銀蟾影挂瀟湘。黃陵廟側水茫茫。楚山紅樹，煙雨隔高唐。 岸泊漁燈風颭碎，白蘋遠散濃香。靈娥鼓瑟韻清商。朱絃淒切，雲散碧天長。（臨江仙）

牛希濟，嶠兄子；事前蜀爲御史中丞，降於後唐，爲雍州節度使；素以詩詞擅名，所撰臨江仙，女冠子等，時輩稱道。花間集傳詞十一首。錄二首：

秋已暮，重疊關山岐路。嘶馬搖鞭何處去。曉禽霜滿樹。 夢斷禁城鐘鼓。淚滴沈檀無數。一點凝紅和薄霧。翠蛾愁不語。（謁金門）

峭碧參差十二峯，冷煙寒樹重重。瑤姬宮殿是仙蹤。金鑪珠帳，香靄晝偏濃。 一自楚王驚夢斷，人間無路相逢。至今雲雨帶愁容。月斜江上，征棹動晨鐘。（臨江仙）

歐陽炯，益州人，事王衍爲中書舍人，復仕後蜀，累官翰林學士，進門下侍郎同平章事，歸宋，授散騎常侍，善文章，尤工詩詞。花間集有其序，傳詞十七首；尊前集傳三十一首。錄四首：

路入南中。桄榔葉暗蓼花紅。兩岸人家微雨後。收紅豆。樹底纖纖擡素手。（南鄉子）

曉日金陵岸草平。落霞明。水無情。六代豪華暗逐逝波聲。空有姑蘇臺上月，如西子鏡照江城。（江城子）

春欲盡，日遲遲牡丹時。羅幌捲繡簾垂。彩牋書，紅粉淚，兩心知。人不在，燕空歸。負佳期。香燼落，枕函欹。月分明，花淡薄，惹相思。（三字令）

兒家夫壻心容易。身又不來書不寄。閒庭獨立鳥關關。爭忍拋奴深院裏。悶向綠紗窗下睡。睡又不成愁又至。今年却憶去年春，同在木蘭花下醉。（木蘭花）

鹿虔扆，字里無攷，事蜀，爲永泰軍節度使，加太保，與歐陽炯，韓琮，閻選，毛文錫俱以工小詞供奉後主，時人忌之者號曰五鬼；蜀亡，不仕，詞多感慨。花間集傳詞六首。錄二首：

鳳棲琪樹，惆悵劉郎一去。正春深。洞裏愁空結，人間信莫尋。竹疎齋殿迥，松密醮壇陰。倚雲低首望，可知心。(女冠子)

金鎖重門荒苑靜，倚窗愁對秋空。翠華一去寂無蹤。玉樓歌吹，聲斷已隨風。煙月不知人事改，夜闌還照深宮。藕花相向野塘中。暗傷亡國，清露泣香紅。(臨江仙)

顧夐，字里無攷，事蜀爲太尉；善小詞，有醉公子曲，爲時艷稱。花間集傳詞五十五首。錄二首：

岸柳垂金線。雨晴鶯百囀。家住綠楊邊。往來多少年。　馬嘶芳草遠。高樓簾半捲。斂袖翠蛾攢。相逢爾許難。(醉公子)

棹舉。舟去。波光渺渺，不知何處。岸花汀草共依依。雨微。鷓鴣相逐飛。　天涯離恨江聲咽。啼猿切。此意向誰說。艤蘭橈。獨無憀。魂銷。小爐香欲焦。(河傳)

閻選，字里無攷，後蜀處士，事後主。酷善小詞。花間集傳詞八首。錄一首：

寂寞流蘇冷繡茵。倚屏小枕惹香塵。小庭花露泣濃春。　劉阮信非仙洞客，嫦娥終是月中人。此生無路訪東鄰。(浣溪沙)

十二高峯天外寒。竹梢輕拂仙壇。寶衣行雨在雲端。畫簾深殿，香霧冷風殘。　欲問楚王何處去，翠屏猶掩金鸞。猿啼明月照空灘。孤舟行客，驚夢亦艱難。（臨江仙）

魏承班，字里無攷，事蜀為太尉。花間集傳詞十三首；尊前集載六首。錄二首：

煙水闊。人值清明時節。雨細花零鶯語切。愁腸千萬結。　雁去音徽斷絕。有恨欲憑誰說。無事傷心猶不徹。春時容易別。（謁金門）

小芙蓉，香旖旎，碧玉堂深清似水。閉寶匣，掩金鋪，倚屏拖袖愁如醉。　遲遲好景煙花媚。曲渚鴛鴦眠錦翅。凝然愁望靜相思，一雙笑靨嚬香蕊。（木蘭花）

尹鶚，成都人，事蜀為翰林校書，累官參卿。花間集傳詞六首；尊前集載十一首。錄二首：

隴雲暗合秋天白。倚窗獨坐窺煙陌。樓際角重吹。黃昏方醉歸。　荒唐難共語。明日還應去。上馬出門時。金鞭莫與伊。（菩薩蠻）

嚴妝嫩臉花明。教人見了關情。含羞舉步越羅輕。稱娉婷。　終朝咫尺窺香閣，迢遙似隔層城。何時休遣夢相縈。入雲屏。（杏園芳）

毛熙震，字里無攷，事蜀，爲祕書監。花間集傳詞二十九首，錄二首：

鶯啼燕語芳菲節。瑞庭花發。昔時歡宴歌聲揭，管絃清越。 自從陵谷追游歇。畫梁塵黦。傷心一片如珪月。閒鎖宮闕。(後庭花)

春光欲暮，寂寞閒庭戶。粉蝶雙雙穿檻舞。簾捲晚天疎雨。 含愁獨倚閨幃。玉鑪烟斷香微。正是銷魂時節，東風滿院花飛。(清平樂)

李珣，字德潤，梓州人，其先波斯人。王衍昭儀李舜絃兄，有詩名，以秀才豫賓貢，事蜀，國亡不仕；有瓊瑤集，多感慨之音。嘗至嶺南，集中南鄉子十七首，寫嶺南風物特工。花間集傳詞三十七首；尊前集載十八首。錄四首：

歸路近，扣舷歌。採眞珠處水風多。曲岸小橋山月過。煙深鎖。荳蔻花垂千萬朵。

相見處，晚晴天。刺桐花下越臺前。暗裏迴眸深屬意。遺雙翠。騎象背人先渡水。

雙髻墜。小眉彎。笑隨女伴下春山。玉纖遙指花深處。爭回顧。孔雀雙雙迎日舞。(南鄉子三首)

晚出閒庭看海棠。風流學得內家妝。小釵橫戴一枝芳。 鏤玉梳斜雲鬢膩，縷金衣透雪肌香。暗思何事立斜陽。(浣溪沙)

孫光憲，字孟文，貴平人，唐時爲陵州刺史，天成初避地江陵，高從晦署爲從事，遂仕南平，累官荊南節度副使，檢校祕書兼御史中丞，以文學自負，雅善小詞，有橘州稿，並有橘齋，聳湖，荊臺筆傭諸集及北夢瑣言。花間集傳詞六十首，尊前集載二十三首。錄四首：

空磧無邊，萬里陽關道路。馬蕭蕭，人去去。隴雲愁。　香貂舊製戎衣窄。胡霜千里白。綺羅心，魂夢隔。上高樓。（酒泉子）

春病與春愁，何事年年有。半爲枕前人，半爲花間酒。　醉金罇，攜玉手。共作鴛鴦偶。倒載臥雲屏，雪面腰如柳。（生查子）

蓼岸風多橘柚香。江邊一望楚天長。片帆煙際閃孤光。　目送征鴻飛杳杳，思隨流水去茫茫。蘭紅波碧憶瀟湘。（浣溪沙）

留不得。留得也應無益。白紵春衫如雪色。揚州初去日。　輕別離，甘拋擲。江上滿帆風疾。却羨彩鴛三十六，孤鸞還一隻。（謁金門）

餘如蜀主王衍，能爲浮艷之詞，有甘州曲，醉妝詞；後蜀主孟昶，亦工聲曲，有木蘭花。皆存詞少，不具述。

南唐中主李景，初名景通，後改名璟，昇長子，嗣立，在位十九年，去帝號，宋建隆二年卒；詞傳應天長，望遠行，浣溪沙等四首。錄二首：

手捲眞珠上玉鉤。依前春恨鎖重樓。風裏落花誰是主，思悠悠。 青鳥不傳雲外信，丁香空結雨中愁。回首綠波三楚暮，接天流。

菡萏香銷翠葉殘。西風愁起綠波間。還與韶光共憔悴，不堪看。 細雨夢回雞塞遠，小樓吹徹玉笙寒。多少淚珠無限恨，倚闌干。（浣溪沙二首）

南唐後主，名煜，初名從嘉，景第六子，善屬文，工書畫，初封吳王，嗣立後，好聲色，又喜浮屠高談，不恤政事；在位十五年，宋乾德九年俘於宋，封違命侯；太平興國三年，賜牽機藥暴卒。其詞精妙瑰麗，足冠五季，亡國後，尤含思悽惋，無語不工，後人多奉爲宗法。南宋初有二主詞輯本，後主凡三十四首，近人王國維補輯十二首，多別見他集者。錄四首：

林花謝了春紅。太匆匆。無奈朝來寒雨晚來風。　燕脂淚，留人醉，幾時重。自是人生長恨水長東。(烏夜啼)

春花秋月何時了。往事知多少。小樓昨夜又東風。故國不堪回首月明中。　雕闌玉砌應猶在。只是朱顏改。問君能有幾多愁。恰似一江春水向東流。(虞美人)

往事只堪哀。對景難排。秋風庭院蘚侵階。一任珠簾閒不捲，終日誰來。　金瑣已沈埋。壯氣蒿萊。晚涼天淨月華開。想得玉樓瑤殿影，空照秦淮。(浪淘沙)

四十年來家國，三千里地山河。鳳閣龍樓連霄漢，玉樹瓊枝作煙蘿。幾曾識干戈。　一旦歸爲臣虜，沈腰潘鬢銷磨。最是倉皇辭廟日，教坊猶奏別離歌。垂淚對宮娥。(破陣子)

馮延己，字正中，其先彭城人，唐末徙家新安，事南唐，爲左僕射同平章事；有陽春錄，詞一百十九首，補遺七首，爲其外孫陳世脩輯本，且稱其思深詞麗，韻逸調新，惟錄中所輯，多雜入他人之作。(見前)全唐詩則存七十八首。錄四首：

馬嘶人語春風岸，芳草綿綿。楊柳橋邊。落日高樓酒旆懸。　舊愁新恨知多少，目斷遙天。獨立花前。更聽笙歌滿畫船。(羅敷豔歌)

風乍起。吹皺一池春水。閒引鴛鴦香徑裏。手挼紅杏蕊。　鬥鴨闌干徧倚。碧玉搔頭斜墜。終日望君君不至。舉頭聞鵲喜。（謁金門）

六曲闌干偎碧樹。楊柳風輕，展盡黃金縷。誰把鈿箏移玉柱。穿簾燕子雙飛去。　滿眼游絲兼落絮。紅杏開時，一霎清明雨。濃睡覺來鶯亂語。驚殘好夢無尋處。

莫道閒情拋棄久。每到春來，惆悵還依舊。日日花前常病酒。不辭鏡裏朱顏瘦。　河畔青蕪隄上柳。爲問新愁何事年年有。獨立小橋風滿袖。平林新月人歸後。（蝶戀花二首）

張泌，字子澄，淮南人，初官句容尉，上書陳治道，南唐後主徵爲監察御史，歷考工員外郎，進中書舍人，改內史舍人，隨後主歸宋，仍入史館，遷虞部郎中。花間集傳詞二十七首。錄二首：

枕障熏爐冷繡幃。二年終日苦相思。杏花明月爾應知。　天上人間何處去，舊歡新夢覺來時。黃昏微雨畫簾垂。（浣溪沙）

紫陌青門，三十六宮春色，御溝輦路暗相通。杏園風。　咸陽沽酒寶釵空。笑指未央歸去，插花走馬落殘

紅。月明中。（酒泉子）

餘如徐昌圖，徐鉉，庾傳素，許岷，劉侍讀，歐陽彬等，皆存詞太少，散見尊前集中，不備述。

衍流第四

宋承周祚，結五季紛擾之局，制禮作樂，自屬固然。其時區宇甫靖，文事漸興。內則敎坊雲韶，皆備宴饗；外則公私酬酢，動有聲歌。故舊曲綿傳，新腔競出。名臣碩彥，抒忠愛之忱；才士文雄，逞敷張之技。或當筵命賦，立被歌喉；或載酒行吟，遂相傳寫。引商刻羽，妃白抽黃，慢犯日增，情致斯暢。於是兩宋詞曲之盛，幾奪五、七言之席，而立文壇一大幟焉。其間發達之跡，流變之機，約著於篇。

(一) 宋初樂曲之概況

宋史樂志云：『宋初循舊制，置敎坊，凡四部。所奏樂凡十八調，四十大曲。一曰正宮調，其曲三，曰梁州，瀛府，齊天樂。二曰中呂宮，其曲二，曰萬年歡，劍器。三曰道調宮，其曲三，曰梁州，薄媚，大聖樂。四曰南呂宮，其曲二，曰瀛府，薄媚。五曰仙呂宮，其曲三，曰梁州，保金枝，延壽樂。六曰黃鐘宮，其曲三，曰梁州，中和樂，劍器。七曰越調，其曲二，曰伊州，石州。八曰大石調，其曲二，曰清平樂，大明樂。九曰雙調，其曲三，曰降聖樂，新水調，採蓮。十曰小石調，其曲二，曰胡渭州，嘉慶樂。十一曰歇指調，其曲三，曰伊州，君臣相遇樂，慶雲樂。十二曰林鐘商，其曲三，曰賀皇恩，泛清波，胡渭州。十三曰中呂調，其曲二，曰綠腰，道人歡。十四曰南呂調，其曲二，曰綠腰，罷金鉦。十五曰仙呂調，其曲二，曰綠腰，綵雲歸。十六曰黃鐘羽，其曲一，曰千春樂。十七曰般涉調，其曲二，曰長壽仙，滿宮春。十八曰正平調，無大曲。小曲無定數。不用者有十調，一曰高宮，二曰高大石，三曰高般涉，四曰越角，五曰商角，六曰高大石角，七曰雙角，八曰小石角，九曰歇指角，十曰林鐘角。法曲部，其曲二，一曰道調宮望瀛，二曰小石調獻仙音。龜茲部，其曲二，皆雙調，一曰宇宙清，二曰感皇恩』。今大曲之傳世者，僅道宮薄媚及水調採蓮諸曲，而詞調之自大曲法曲出者，則有梁州，伊州，石州，六州，歌頭，齊天樂，萬年歡，劍氣近，大聖樂，水調歌頭，採蓮令，泛清波摘偏，六幺令，六幺花十八，綵雲歸，法曲獻仙音，法曲第二，感皇恩等，皆其遺聲也。

樂志又載：『太宗洞曉音律，前後親制大小曲及因舊曲創新聲者，總三百九十，凡制大曲十八。』所用十八宮調，與教坊所用同；其曲名皆特製，如平戎破陣樂，平晉普天樂，大宋朝歡樂，宇宙荷皇恩，垂衣定八方，甘露降龍庭，金枝玉葉春，大惠帝恩寬，大定寰中樂，惠化樂堯風，萬國朝天樂，嘉禾生九穗，文興禮樂歡，齊天長壽樂，君臣宴會樂，一斛夜明珠，降聖萬年春，金觴祝壽春等，多因事製名，有象功昭德之意焉。『曲破二十九，』所用宮調，除教坊所用外，有高宮，高大石調，林鐘角，越角，小石角，高角，（按此即高大石角之省稱，後同。）歇指角，大石角，雙角，高般涉調，則全用二十八調焉。其曲名如宴鈞臺，七盤樂，王母桃等，則特製也；如採蓮迴，杏園春，鳳城春等，則襲用舊名焉。『琵琶獨彈曲破十五，』所用宮調，如鳳鸞商，金石角，芙蓉調，蘭陵角，孤雁調，玉仙商，龍仙羽，聖德商等，與八十四宮調迴殊；如應鐘調，蕤賓調，正仙呂調，大石調，林鐘角，無射宮調，仙呂調等，又與燕樂同名，所未詳也。其曲名如慶成功，九曲清，鳳來儀等，爲特製，如帝臺春，宴蓬萊等，或亦襲用舊名，其是否同於詞調，不可知矣。『小曲二百七十，』所用宮調二十八，與曲破同，其曲名如一陽生，玉窗寒，念邊戍，靑駿馬等，大抵隨事製名也。『因舊曲造新聲者五十八正宮，南呂宮，道調宮，越調，南呂調，並傾杯樂，三臺。仙呂宮，高宮，小石調，大石調，高大石調，小石角，雙角，高角，大石角，歇指角，林鐘角，高般涉調，黃鐘羽，平調，並傾杯樂。中呂宮傾杯樂，劍器，感皇化，三臺。黃鐘宮傾杯樂，朝中措，三臺。雙調，傾杯樂，攤破拋毬樂，醉花間，小重山，三臺。林鐘商傾杯樂，洞中仙，望行宮，三臺。歇指調，傾杯樂，洞仙歌，三臺。仙呂調，傾杯樂，月宮仙，戴仙花，三臺。中呂調，傾杯樂，菩薩蠻，瑞鷓鴣，三臺。般涉調，傾杯樂，望征人，嘉宴樂，引駕回，拜新月，三臺。』舊曲者，如傾杯樂，朝中措，醉花間，小重山之類，皆詞調舊名，故謂之舊。新聲者，如三臺，劍器之類，舞曲也。證以武林舊事所載宋官本雜劇之目二百八十本，其中有用大曲者，有用普通詞調者，則此卽宋宮中雜劇，而用普通詞調者耳。乃知宋代雜劇，皆創於太宗也。又謂：『宇宙荷皇恩，降聖萬年春之類，皆藩邸作，以述太宗美德，諸曲多祕。而平晉普天樂者，平河東回所製；萬國朝天樂者，又明年所製，每宴享嘗用之。』又謂：『民間作新聲者甚衆，而教坊不用。太宗所製曲，乾興以來通用之。凡新奏十七調，總四十八曲，黃鐘，道調，仙呂，中呂，南呂，正宮，小石，歇指，高平，般涉，大石，中呂，仙呂，雙越調，黃鐘羽。其急慢諸曲幾千數。又法曲，龜茲，鼓笛三部，凡二十有四曲。仁宗洞曉音律，每禁中度曲，以賜教坊，或命教坊使撰進，凡五十四曲，朝廷多用之。』又謂『雲韶部者，黃門樂也。……奏大曲十三，一曰中呂宮萬年歡。二曰黃鐘宮中和樂。三曰南呂宮，普天獻壽，此曲亦太宗所製。四曰正宮梁州。五曰林鐘商，汎清波。六曰雙調，大定樂。七曰小石調，喜新春。八曰越調，胡渭州。九曰大石調，清平樂。十曰般涉調，長壽仙。十一曰高平調，罷金鉦。十二曰中宮調，綠腰。十三曰仙呂調，綵雲歸。』以上樂志所載，除因事製名者外，其襲用舊曲者，多卽詞調之名。惜其詞惟傳唱內庭，民間難見，遂皆不傳於今，無從證其同異。然既云『民間作新聲者甚衆，』又云『急慢諸曲幾千數，』則是時慢詞漸起，而戲曲亦同時發達，可斷言也。

鼓吹，在昔爲軍樂，而宋代則用之大典。樂志云：『自天聖以來，帝郊祀，躬耕籍田，皇太后恭謝宗廟，悉用正宮導引，六州，十二時，凡四曲。景祐二年，郊祀減導引第二曲，增奉禋歌。……其後祫享太廟亦用之。大享明堂，用黃鐘宮，增合宮歌。凡山陵導引靈駕；章獻章懿皇后，用正平調；仁宗用黃鐘羽，增昭陵歌；神主還宮用大石調，增虞神歌；凡迎奉祖宗御容赴宮觀寺院，並神主祔廟，悉用正宮；惟仁宗御容赴景靈宮，改用道調。……率因事隨時定所屬宮調，以律和之。』今觀樂志所載之辭，頗似慢詞，自開寶以迄寶慶，三百餘年，未始有異。茲錄真宗封禪四首及降仙臺，祔陵歌，虞主歌，奉禋歌，合宮歌，各一首，以見一斑。

真宗封禪四首，辭曰：

導引　民康俗阜，萬國樂升平。慶海晏河清。唐堯虞舜垂衣化，詎比我皇明。九天寶命垂丕貺，雲物效祥英。星羅羽衛登喬嶽，親告禪云亭。　我皇垂拱，惠化洽文明。盛禮慶重行。登封降禪燔柴畢，天仗入神京。雲需布澤徧寰瀛。遐邇振歡聲。巍巍聖壽南山固，千載賀承平。

六州　良夜永，玉漏正遲遲。丹禁肅，周廬列，羽衛繞皇闈。嚴鼓動，畫角聲齊。金管飄雅韻，遠逐輕飆。應嘉玉，躬祀神祇。祈福爲黔黎。升中盛禮，增高益厚，登封檢玉，時邁合周詩。玄文錫慶，雲五色相隨。甘露降，醴泉涌，三秀發靈芝。皇猷播史册，光耀受鴻禧。萬年永固丕基。吾君德蕩蕩巍巍。邁堯舜文思。從今寰宇，休牛歸馬，耕田鑿井，鼓腹樂昌期。

十二時　聖明代，海縣澄清。惠化洽寰瀛。時康歲足，治定武成。遐邇賀升平。嘉壇上，昭事神靈。薦明誠。報本禪云亭。俎豆列犧牲。宸心蠲潔，明德薦維馨。紀鴻名。千載播天聲。燔柴畢，雲罕回仙仗，慶鑾輅還京。八神扈蹕，四隩來庭。嘉氣覆重城。殊常禮，曠古難行。遇文明。仁恩蘇品彙，沛澤被簪纓。祥符錫祚，武庫永銷兵，育羣生。景運保千齡。

告朝導引　明明我后，至德合高穹。祗翼勵精衷。上真紫殿迴飆馭，示聖宥延鴻。躬承寶訓表欽崇。慶澤布寰中。告虔備物朝清廟，荷景福來同。

熙寧十年，南郊，皇帝歸青城導引一首，辭曰：

降仙臺　清都未曉，萬乘並駕，煜煜擁天行。祥風散瑞靄，華蓋聳，旂常建，耀層城。四列兵衛，爟火映金支翠旌。衆樂警作充宮庭。繳繹成。紺幄掀，袞冕明。安帖壇陛胥升。振珩璜。神格至誠。雲車下冥冥。儲祥降嘏莫可名。御端闈盼敷號榮。澤翔施溥，茂祉均被含生。

元豐四年，慈聖光獻皇后發引四首，錄一首，辭曰：

祔陵歌　眞人地，瑞應待聖時。鞏原西，滎河會澗洛與瀍伊。衆水縈回嵩高映，抱幾疊屏幃秀嶺參差。遙山羣鳳隨。共瞻陵寢浮佳氣，非煙朝暮飛。鶴笙告前期。奠收玉斝，筵卷時衣。　鑾輅曉駕載龍旂。路逶遲。鈴歌怨，畫翣引華芝。霧薄風微。眞游遠，閉寶閣金扉。侍女悲啼。玉階春草滋。露桃結子靈椿翠，青車何日歸。銜恨望西畿。便房一鎖，夜臺曉無期。

又虞主回京四首，錄一首，辭曰：

虞主歌　轉紫芝。指東都帝畿。愁霧裏簫聲宛轉，輦路逶迤。那堪見郊原芳菲。日遲遲。對列鳳翣、龍旗。輕陰黯四垂。樓臺綠瓦泛琉璃。仙仗歸。壽原清夜，寒月掩褕褘。翠幰瑚輪空反靈輀。　憩長岐。嵩峯遠，伊川渺瀰。此時還帝里，旌旛上下，葆羽葳蕤。天衢迴。垂楊依依。過端闈。閶闔正闢金扉。觚棱射暖暉。廣神寶篆散輕絲。空㴆溰。望陵宮女，嗟物是人非。萬古千秋，煙慘風悲。

孝宗郊祀大禮五首，錄一首，辭曰：

奉禋歌　吹葭緹籥氣潛分。雲采宜書壤効珍。長日至，一陽新。四時玉燭和均。物欣欣。化轉洪鈞。郊之祭，孤竹管六變舞雲門。自古嚴禋。犧牲具，粢盛潔，豆籩陳。袞龍陟降，幣玉紛綸。徹高闉。　靈之斿，神哉沛，排歷昆侖。九歌畢，盎郊瞻櫃燎，斗轉參橫將旦，天開地闢如春。清蹕移輪。闐然鼓吹相聞。靄祥雲。驟臨八陛，簫逆三神。聖矣吾君。華封祝，慈宮萬壽，椒掖多男，六合同文。

明堂大禮四首，錄一首，辭曰：

合宮歌　聖明朝，曠典乘秋舉。大饗本仁祖。九室八牖四戶。敕躬齋戒格堪輿。盛牲實俎。並侑總稽古。玉霧作肅天宇。冰輪下照金鋪。燎煙噓鬱鬱香，雲門舞。髣髴翔坐，靈心咸嘉娛。衆星俞。美光陽，照蟾蜍。清曉御丹儀，湛恩徧浹率濱。歡聲雷動嶽鎮呼。徐命法駕，萬騎花盈路。萬姓齊祝，壽同天地，事超唐虞。看平燕雲，從此興文偃武。待重會諸侯舊東都。

（二）北宋慢詞之漸興

詞體進展之序，既詳於前章，而究引、近、慢等之所以得名，大率由大曲而起。大曲體製繁重，當俟後詳，茲言其概：凡大曲聯多偏之曲以成一大篇，謂之排偏，則開首有引焉，引引而長之，亦引首之義也；有歌頭焉，有散序焉，有中序焉，序者敘也，有鋪敘之義；迨曲將半，則有催袞焉，催者，所以催舞拍也；袞又作滾，亦以滾出舞拍也；亦曰近拍，謂近於入破，將起拍也。故凡近詞皆句短韻密而音長，與引不同，如六幺花十八，水調法曲花十六，皆近拍也。宋初先有慢曲繁複塵雜，多出伶人，句調韻律，亦欠精美，故不流於文壇。迨文士蒙其影響，偶用其調，加以修飾製而爲詞，精美遂出其上，卽此際之所謂新聲也。能改齋漫錄云：『詞自南唐以來，但有小令。其慢詞起自仁宗朝，中原息兵，汴京繁庶，歌臺舞榭，競賭新聲。耆卿失意無聊，流連坊曲，遂盡收俚俗語言，編入詞中，以便伎人傳唱；一時動聽，散佈四方。其後東坡，少游，山谷輩相繼有作，慢詞遂盛。』今按宋初詞人，皆宗五代。達官如趙抃，寇準，陳堯佐，葉清臣，韓琦，范仲淹，下至夏竦，賈昌朝，丁謂等，皆有名作。晏殊，歐陽修，以理學名臣，刻意倚聲，藝林傳誦，然所爲率小令耳。珠玉集中，惟拂霓裳，山亭柳稍長，拂霓裳可稱慢詞，山亭柳則仍引近也。六一詞中，則摸魚兒，御帶花，確屬慢詞；其涼州令則疊二詞，亦非慢詞也。嗣民間新聲漸作，體製漸繁，增衍令近，以爲慢詞；益其節拍，廣其韻疊，延其聲音，豐其情意，花間尊前之境，又一進矣。如古今詞話載石曼卿嘗於平陽舍中代作寄尹師魯云：『十年一夢花空委，依舊河山損桃李。雁聲北去燕南飛，高樓日日春風裏。眉黛石州山對起。嬌波淚落妝如洗。汾河不斷天南流，天色無情淡如水。』曼卿沒後見夢於關永言，增其詞爲曲，度以迷仙引詞曰：

春陰霽。岸柳參差，裊金絲細。畫閣晝眠鶯喚起。煙光媚。燕燕雙高，引愁人如醉。慵緩步，眉斂金鋪倚。嘉景易失，懊惱韶光改，花空委。忍厭厭地，施朱粉，臨鸞鑑膩。　香銷減，摧桃李。獨自箇凝睇。暮雲暗，搖山翠。天色無情，四遠低垂淡如水。離恨託，征鴻寄。旋嬌波，暗落相思淚。妝如洗。向高樓，日日春風裏。悔憑闌，芳草人千里。

此爲北宋初期詞，句調尚欠圓適；原詞則似玉樓春而微異。曼卿爲眞宗朝學士，有捫蝨庵長短句，宋時已少流傳，其沒在仁宗時。又聶冠卿在李良定席上賦多麗詞，傳唱偏天下；蔡君謨知泉州，寄良定公書云：『新傳多麗詞，述宴游之盛，使病夫舉目增歎。』又附一詩，其後四句云：『清游勝事傳都下，多麗新詞到海邊。曾是尊前沈醉客，天涯回首重依然。』足見當時初有慢詞，故能傾動一世如此。聶字長孺，慶曆中入翰林爲學士，此其未達時作也。詞曰：

想人生，美景良辰堪惜。向其間賞心樂事，古來難是幷得。况東城鳳台沁苑，泛晴波淺照金碧。露洗華桐，烟霏絲柳，綠陰搖曳，蕩春色。畫堂迥，玉簪瓊佩，高會盡詞客。淸歡久，重然絳蠟，別就瑤席。 有翩若驚鴻體態，暮爲行雨標格。逞朱唇緩歌妖麗，似聽流鶯亂花隔。慢舞縈迴，嬌鬟低嚲，腰肢纖細困無力。忍分散，彩雲歸後，何處更尋覓。休辭醉，明月好花，莫謾輕擲。（綠陰句舊衍一字今刪）

此調後有用平聲韻者，句律全同，聲調較暢，或塡作上去聲韻，則失之矣。又宋祁爲天聖二年進士，有玉漏遲。吳感中天聖二年省試，有折紅梅詞，誤入杜安世壽域詞。按龔明之中吳紀聞：「吳應之居小市橋，有侍姬曰紅梅，因以名其閣，嘗作折紅梅詞，傳播人口。」今案梅苑亦題云「梅花館小鬟」，以爲吳感作；或以爲蔣堂事，非也。詞曰：

喜冰澌初泮，微和漸入東郊時節。春消息，夜來陡覺紅梅數枝爭發。玉溪仙館，不是個尋常標格。化工別與，一種風情，似匀點胭脂，染成香雪。 重吟細閱，比繁杏夭桃，品流終別。只愁共彩雲易散，冷落謝池風月。憑誰向說，三弄處龍吟休咽。大家留取，時倚闌干，鬭有花堪折，勸君須折。

又東皐雜錄云：世傳司馬溫公有西江月一詞，今復得錦堂春，詞曰：

紅日遲遲，虛廊影轉槐陰，迤邐西斜。彩筆工夫，難狀曉景煙霞。蝶尚不知春去，謾遶幽砌尋花。桃李狂風過後，縱有殘紅，飛向誰家。　始知青鬢無價，歎飄蓬宦路，荏苒年華。今日笙歌叢裏，特地咨嗟。席上青衫濕透，撫弄舊琵琶怎不教人易老多少離愁，散在天涯。

其集中慢詞最多者，厥推張先柳永二家。二家詞集皆區分宮調，蓋皆洞曉音律，故能自度新聲。今觀子野安陸集中，山亭宴慢，謝池春慢，宴春臺慢，卜算子慢，少年游慢等詞，明署慢字，皆由同調之令詞增衍而成；其歸朝歡，喜朝天，破陣樂，傾杯，剪牡丹，汎青苕，碧牡丹，勸金船等詞，則皆時行或自度之新調也。至樂章集九卷中，則慢詞尤指不勝僂，而令引反居少數；其鶴冲天，女冠子，定風波，卜算子，鵲橋仙，浪淘沙，拋毬樂，集賢賓，應天長，長相思，望遠行，洞仙歌，離別難，玉蝴蝶，臨江仙，瑞鷓鴣，塞孤等，皆以令變爲慢，而音節絕異。即其集中同調之詞，字句長短，亦極自由不齊，如輪臺子二首，相差至二十七字；鳳歸雲二首，相差至十七字；滿江紅，鶴冲天，洞仙歌，瑞鷓鴣等，亦各相差二三字至傾杯一調，竟因宮調之異，七首各不同。萬氏詞律僅謂『柳集最訛，莫可訂正，秖有闕疑，』豈知其增損之間，主乎樂律，固不必字櫛句比，如後人之墨守成格，不敢舛毫髮也。其詞略曰：

繚牆重院，時聞有啼鶯到。繡被掩餘寒，畫幕明新曉。朱檻連空闊，飛絮無多少。徑莎平池水渺。日長風靜，花影閒相照。　塵香拂馬，逢謝女城南道。秀豔過施粉，多媚出輕笑。鬥色鮮衣薄，碾玉雙蟬小。歡難偶，春過了。琵琶流怨，都入相思調。（張先謝池春慢玉仙觀道中逢謝媚卿）

曉雲開睨仙館陵虛，步入蓬萊玉宇瓊甃。對青林近，歸鳥徘徊。風月頓消清暑，野色對江山助詩才。簫鼓宴璇題寶字浮動持杯。　人多送目天際，識渡舟帆小，時見潮回。故國千里，共十萬室，日日春臺。睢社朝京非遠，正和羹民口渴鹽梅。佳景在，吳儂還望分閫重來。（張先喜朝天清暑堂贈蔡君謨）

斷雲殘雨。灑微涼生軒戶。動清籟蕭蕭庭樹。銀河濃淡，華星明滅，輕雲時度。莎階寂靜無覩。幽蛩切切秋吟苦。疏篁一徑，流螢幾點，飛來又去。　對月臨風，空恁無眠耿耿，暗想舊日牽情處。綺羅叢裏，有人人，那回飲散，略曾諧鴛侶。因循忍便睽阻。相思不得長相聚。好天良夜，無端惹起千愁萬緒。（柳永女冠子）

一枕清宵好夢，可惜被鄰雞喚覺。忽忽策馬登途，滿目淡煙衰草。前驅風觸鳴珂，過霜林漸覺驚棲鳥。冒征塵遠，況自古淒涼長安道。行行又歷孤村，楚天闊望中未曉。　念勞生，惜芳年壯歲，離多歡少。斷梗難停，暮雲漸杳。但黯黯魂消，寸腸憑誰表。恁馳驅何時是了。又爭似卻返瑤京，重買千金笑。（柳永輪臺子）

霧斂澄江，煙消藍光碧。彤霞襯遙天，掩映斷續，半空殘月。孤村望處人寂寞，聞釣叟甚處，一聲羌笛。九疑山畔纔雨過，斑竹作血痕添色。感行客，翻思故國，恨因循阻隔，路久沈消息。　正老松枯柏情如織，聞野猿啼，愁聽得。見釣舟初出，芙蓉渡頭，鴛鴦灘側。干名利祿終無益。念歲歲間阻，迢迢紫陌。翠娥嬌豔，從別後經今，花開柳拆，傷魂魄。利名牽役，又爭忍把光景拋擲。（柳永輪臺子）

張柳略後之著名詞家，是為蘇軾，秦觀，黃庭堅，賀鑄。東坡詞中，除常見慢詞外，如戚氏，哨徧，皆特別長調。戚氏見樂章集中，哨徧則東坡有二首，疑是自度腔；又無愁可解，乃反花日新所作越調解愁；賀新涼，乃為營妓秀蘭作以侑觴；醉翁操，乃補崔閑琴曲之詞；按小序語意，均自度腔也。淮海詞律調謹嚴，夢揚州，青門飲，乃其自度；其鼓笛慢一首，詞譜謂是添字水龍吟，並攤破句法，而東坡夢扁舟望棲霞水龍吟注云「蓋越調鼓笛慢』此與晁補之之消息卽越調永遇樂，姜夔之湘月卽念奴嬌之鬲指聲，同屬過腔而異名也。山谷詞中多俳體，其沁園春十三首法秀所訶爲「我法當入犂舌獄」者，今集中僅傳一首；又有憶東坡爲自度慢詞，集中亦不載，但王之道相山居士詞中有追和黃魯直憶東坡二首，皆步原韻；草堂載瑞鶴仙檃括醉翁亭記，用獨木橋體，通首悉也字韻，亦本集所無，蓋黃詞失傳多矣。東山詞好用舊調題新名，其中創調最多，如薄倖兀令玉京秋，蕙清風，定情曲擁鼻吟石州引，望湘人，梅香慢，菱花怨，馬家春慢等，他家所無，殆皆自度；如六州歌頭，水調歌頭之用平仄通叶，如尉遲杯等之添叶多韻，則因舊調創新聲也。他如樓下柳之爲平韻天香，或爲所翻譜望揚州之爲長相思慢，今誤入淮海詞；更漏子之慢詞，可正杜安世壽域詞之失。以上皆此期之慢詞作家也。其詞略曰：

光景百年，看便一世生來不識愁味。問愁何處來，更開解個甚底。萬事從來風過耳。何用不著心裏。你喚做展卻眉頭，便是達者，也則恐未。此理本不通，言何曾道歡遊勝如名利。道卽渾是錯，不道如何卽是。

還裏元無我與你。便喚做物情之外。若須待醉了方開解時，問無酒怎生醉。（蘇軾無愁可解）

晚雲收。正柳塘煙雨初休。燕子未歸，惻惻輕寒如秋。小闌干外東風軟，透繡幃花密香稠。江南遠，人何處，鷓鴣啼破春愁。　長記曾陪燕游。酬妙舞清歌，麗錦纏頭。殢酒困花，十載因誰淹留。醉鞭拂面歸來晚，望翠樓簾捲金鈎。佳會阻，離情正亂，頻夢揚州。（秦觀夢揚州）

環滁皆山也。望蔚然深秀，琅琊山也。山行六七里，有翼然泉上，醉翁亭也。翁之樂也，得之心寓之酒也。更野芳佳木，風高日出，景無窮也。　游也山肴野蔌，酒洌泉香，沸觥籌也。太守醉也，諠譁衆賓懽也。況宴懽之樂，非絲非竹，太守樂其樂也。問當時太守爲誰，醉翁是也。（黃庭堅瑞鶴仙隱括醉翁亭記）

豔眞多態。更的的頻回眄睞。便認得琴心相許，與寫宜男雙帶。記畫堂斜月朦朧，輕顰微笑嬌無奈。便翡翠屏開，芙蓉帳掩，與把香羅偷解。　自過了收燈後，都不見踏青挑菜。幾回憑雙燕，丁寧深意，往來卻恨重簾礙。約何時再。正春濃酒暖，人間晝永無聊賴。厭厭睡起，猶有花梢日在。（賀鑄薄倖）

南國本瀟灑。六代浸豪奢。臺城游冶，襞箋能賦屬宮娃。雲觀登臨清夏，璧月留連長夜，吟醉送年華。回首飛鴛瓦。卻羨井中蛙。　訪烏衣，成白社。不容車。舊時王謝，堂前雙燕過誰家。樓外河橫斗挂。淮上潮平霜下。檣影落寒沙。商女篷窗罅。猶唱後庭花。（賀鑄水調歌頭）

慢詞之途，既恢於柳，繼而有作者，則爲周邦彥。徽宗朝，置大晟府，而以邦彥提舉其事。大晟者，崇寧四年所造新樂之名，設大司樂一員，典樂二員，並爲長貳，大樂令一員，協律郎四員，又有製撰官，當時充選者多屬名流。其可考者，如晁端禮爲協律郎，万俟雅言、田爲等爲製撰官，卽教坊大使丁仙現，亦有絳都春詞流傳，並能糾正大樂，補徵調之失。是時舊曲存者千數，相與討論古音，審定古調，邦彥又增衍慢曲引近，或移宮換羽，爲三犯四犯之曲，按月令爲之，其曲遂繁。今觀清眞詞中，慢引近犯甚多：稱慢者如拜星月慢，浪淘沙慢，浣溪沙慢，粉蝶兒慢，長相思慢；稱引者如華胥引，蕙蘭芳引；稱近者如早梅芳近，隔浦蓮近，荔支香近，紅林檎近；稱犯者如側犯，倒犯，花犯，玲瓏四犯等。其調時與柳氏相出入，但其下字用韻，皆有法度，較柳集爲嚴整耳。蓋柳爲坊曲自悅之樂，故調可參差；周爲樂府法定之官，故律宜精密。然北宋詞調之演進，得二子而先後齊功矣。其詞略曰：

夜色催更，清塵收露，小曲幽坊月暗。竹檻燈窗，識秋娘庭院。笑相遇，似覺瓊枝玉樹相倚，暖日明霞光爛。

水眄蘭情，總平生稀見。畫圖中舊識春風面，誰知道自到瑤臺畔，眷戀雨潤雲溫，苦驚風吹散。念荒寒寄宿無人館，重門閉敗壁秋蟲歎。怎奈一縷相思，隔溪山不斷。（周邦彥拜星月慢）

川原澄映，煙月冥濛，去舟似葉。岸足沙平，蒲根水冷，留雁唼。別有孤角吟秋，對曉風嗚軋。紅日三竿，醉頭扶起還怯。離思相縈，漸看看鬢絲堪鑷。舞衫歌扇，何人輕憐細閱。點檢從前恩愛，鳳箋盈篋。愁剪燈花，夜來和淚雙疊。（周邦彥華胥引）

花竹深房櫳好，夜闃無人到。隔窗寒雨，向壁孤燈弄餘照。淚多羅袖重，意密鶯聲小。正魂驚夢怯，門外已知曉。　去難留，話未了，早促登長道。風披宿霧，露洗初陽射林表。亂愁迷遠覽，苦語縈懷抱。漫回頭，更堪歸路杳。（周邦彥早梅芳近）

暮霞霽雨，小蓮出水紅妝靚。風定，看步襪江妃照明境。飛螢度草，秉燭遊花徑。人靜，攜豔質追涼就槐影。金環皓腕，雪藕清泉瑩。誰念省，滿身香猶是舊荀令。見說明姬，酒壚寂靜，煙鎖漠漠，藻池苔井。（周邦彥側犯）

晁端禮，字次膺，其先澶州清豐人，徙家彭門，沖之、補之皆其姪。熙寧六年進士，兩爲縣令，忤上官，坐廢。以蔡京薦，爲大晟府協律郎。葉夢得避暑錄話云：『崇寧初，蔡京以大樂無徵調，欲補其闕，教坊大使丁仙現云，「音已久亡，不宜妄作」京不聽，使他工爲之，有徵招，角招，及黃河清，壽星明之類。京大喜，召衆工按試，使仙現聽之，曲闋，問「何如？」仙現曰，「曲甚好，只是落韻。」」案落韻者，末音寄煞他調是也。近雙照樓影宋本閑齋琴趣外篇，有黃河清慢，壽星明，並蒂芙蓉等，卽所補徵調曲也；此外如百寶妝，金人捧露盤，玉樓宴，上林春慢，慶壽光，黃鸝繞碧樹，舜韶新，脫銀袍等，皆其自創慢詞而他集所無者也。其詞略曰：

晴景初升風細細。雲收天淡如洗。望外鳳皇雙闕，葱葱佳氣。朝罷香煙滿袖，侍臣報天顏有喜。夜來連得封章，奏大河澈底清泚。　君王壽與天齊，馨香動上穹，頻降嘉瑞。大晟奏功，六樂初調角徵。合殿薰風乍轉，萬花覆千官蕊醉。內家傳詔重開宴，未央宮裏。（晁端禮黃河清慢）

按姜夔徵招序：『徵招角招者，政和間大晟府嘗製數十曲，音節駁矣。唐田畸聲律要訣云：「徵與二變之調，咸非流美，故自古少徵調曲。」徵爲去母調，以黃鐘爲母，不用黃鐘乃諧。……然黃鐘以林鐘爲徵，住聲於林鐘。若不用黃鐘聲，便自成林鐘宮矣。故大晟府徵調兼母聲，一句似黃鐘均，一句似林鐘均，所以當時有落韻之語』白石所作徵招，自云：『因舊曲正宮齊天樂慢，前兩拍是徵調，故足成之。雖兼用母聲，較大晟曲爲無病』云。張文虎云：『黄河清慢，與徵招句調亦略近，姜實藍本舊腔』。據此，則黄河清慢即徵招耳。

万俟詠字雅言，自號詞隱，有大聲集，今不傳；選家所錄，有春草碧，三臺，戀芳春慢，安平樂慢，卓牌兒，鈿帶長中腔等，殆皆自製之調。田爲字不伐，黄昇云『製撰官凡七，田亦供職大樂，衆謂得人』，詞集不傳；見於選本者，有江神子慢，惜黄花慢，探春等詞。當時曾官樂府者，前乎此，有教坊使袁綯之解六醜，爲合六調之聲美者而成，而自作亦有五綵結同心之側調焉；後乎此，則政和初罷大晟府，併於太常，徐仲以知音律爲大常典樂，亦有轉調二郎神，見稱一時；其靑山樂府，雖頗蒙塵雜之譏，亦未易才也。又如樂工花日新之作越調解愁，亦其類也。其詞略曰：

又隨芳渚生，看翠靄連空，愁遍征路。東風裏，誰望斷西塞，恨迷南浦。天涯地角，意不盡，消沈萬古。曾是送別長亭上，細綠暗煙雨。何處，亂紅鋪繡茵，有醉眠蕩子，拾翠遊女。王孫遠，柳外共殘照，斷雲無語。池塘

夢醒，謝公後還能繼否。獨上畫樓，春山暝雁飛去。（万俟咏春草碧）

玉臺掛秋月。鉛素淺，梅花傳香雪。冰姿潔。金蓮襯，小小凌波羅襪。雨初歇。樓外孤鴻聲漸遠，遠山外，行人音信絕。此恨對語猶難，那堪更寄書說。 教人紅銷翠減，覺衣寬金縷，都爲輕別。太情切。銷魂處，畫角黃昏時節。聲嗚咽。落盡庭花春去也，銀蟾迥，無情圓又缺。恨伊不似餘香，惹鴛鴦結。（田爲江神子慢）

悶來彈鵲，又攪碎一簾花影。漫試著春衫，還思纖手，熏徹金猊燼冷。動是愁端如何向，但怪得新來多病。嗟舊日沈腰，如今潘鬢，怎堪臨鏡。 重省。別時淚漬，羅襟猶凝。料爲我厭厭，日高慵起，長託春醒未醒。雁足不來，馬蹄人去，門掩一庭芳景。空佇立，盡日闌干倚遍，晝長人靜。（徐伸轉調二郎神）

其當時士大夫雖不官樂府，而常創新調者，如杜安世，京兆人，有壽域詞，其中合歡帶，杜韋娘，採明珠，皆自度曲。劉几，字伯壽，官祕書監，神宗時與范蜀公重定大樂；其所製調，有花發狀元紅慢，梅苑有梅花三曲，以介甫三詩度曲，調各不同，皆自製也。又如曹勛，字功顯，陽翟人，一慢詞大作家也，以進士甲科，於靖康中除武義大夫，後隨徽宗北遷，旋遁歸；建炎初至南京，建議募死士奉徽宗歸，爲執政所格，九年不用；今觀其松隱樂府中，慢詞極多，如大椿，保壽樂，賞松菊，松梢月，隔簾花，憶吹簫，秋蕊香，十六賢，杏花天，蜀溪春，倚樓人，夾竹桃花，峭寒輕，二色蓮，八音諧，淸風滿桂樓，雁侵雲慢，索酒，錦標歸，六花飛，四檻花等調，皆諸家所無；卽通行各調如水龍吟，透碧霄，國香慢等，亦多有異；而八音諧犯八調而成，十六賢集十六調而成，尤爲後來南曲集曲之濫觴。惜其書晚出，故朱氏詞綜，萬氏詞律，皆未收入耳。其詞略曰：

樓臺高下冷玲瓏。門芳樹，綠陰濃。芍藥孤棲香豔晚，見櫻桃萬顆初紅。巢喧乳燕，珠簾鏤曳，滿戶香風。罩紗幃，象牀屏枕，晝眠才似朦朧。起來無語更兼慵。念分明事成空。被你厭厭牽繫我，怪纖腰繡帶寬鬆。春來早是，風飛雨處，長恨西東。玉如今扇移明月，簟鋪寒浪與誰同。（杜安世合歡帶）

三春向暮，萬卉成陰，有嘉豔方坼。嬌姿嫩質。冠羣品，共賞傾城傾國。上苑晴晝暄，千素萬紅尤奇特。綺筵開，會詠歌才子，壓倒元白。　別有芳幽苞小，步障華絲，綺軒油壁。與紫鴛鴦，素蛺蝶，自淸旦往往連夕。巧鶯喧翠管，嬌燕語雕梁留客。武陵人，念夢役意濃，堪遣情溺。（劉几花發狀元紅慢）

宿雨初晴，花豔迎陽，檻前如繡如綺。向曉峭寒輕，寧眞珠十二。正朝曦桃杏暖，透影簾櫳烘春霽。似暫隔祥煙香霧，朝仙侶庭際。　更值遲遲麗日，且休約尋芳，與開瑤席。未擬上金鉤，儘圍紅遮翠。命佳名，坤殿

衍流第四　　一二三

喜。爲寫新聲傳新意，待向晚迎香臨月須捲起。（曹勛隔簾花）

北宋詞較之五代，有三勝焉；一，慢詞繁重，音節紆徐，調勝也；二，局勢開張，便於抒寫，氣勝也；三，兼具剛柔，不偏姿媚，品勝也。唐詞初率單調，後增爲雙疊，及五代猶然。北宋則如柳之戚氏，十二時，夜半樂，周之西河，瑞龍吟，蘭陵王，已三疊矣；及鶯啼序出，則又爲四疊，鋪張排比，儼然賦也。故東坡可逞議論，東堂可貢諛詞，樂章傾綿邈之情，清眞盡物態之妙，以視五代之纖巧，不遠過耶？然涓涓之爲江河，功固不可沒也。

（三）南宋詞之極盛

南渡建都江左，湖山明秀，風物清淳，文學之美，殆與表裏。是時慢詞大作，名家衆多。如向子諲，朱敦儒，康與之，李邴等，皆負時譽。又如陸游，范成大，陳與義，張孝祥等，皆以詩人工詞。葉夢得，張元幹，辛棄疾，韓无咎等，或重氣骨，或饒情韻，所作並裒然可觀。若夫深通音律，辨析體製，足以垂範於世者，首推姜夔。夔精音律，嘗獻大樂議，琴書，糾大晟府之病。今觀白石道人歌曲中，琴曲則著指法，越九歌則著律呂，令慢數首及自度曲，自製曲，則著旁譜宮調，爲詞家所絕無僅有。自度曲有揚州慢，長亭怨慢，淡黃柳，石湖仙，暗香，疏影，惜紅衣，角招，徵招；自製曲有秋宵吟，淒涼犯，翠樓吟，湘月；令慢舊調著譜者，有鬲溪梅令，杏花天，醉吟商小品，玉梅令，霓裳中序第一。其小序中附論音律處，每多精到；尤以琴曲下之論側商調，徵招下之論徵調去母聲，及淒涼犯下之駁唐人論犯之說，至爲典竅。餘如滿江紅，謂舊調用仄韻多不協律，而改爲平韻，念奴嬌之鬲指聲，吹以雙調，卽爲湘月，審別毫釐，非精於樂律者不辨。至其旁譜諸字，與張炎詞源及朱子大全集中字樣小異，蓋卽半字之譜，其法以合（ㄙ），下四，四（マ），下一，一（一），上（ㄥ），勾（ㄥ），尺（人），下工，工（フ），下凡，凡（ㄦ），配十二律，以六（夊），下五，五（ㄌ），高五（ㄗ），配四清聲，凡十六聲。今人度曲以上尺工六五配五聲，以一凡配二變，而各有低聲高聲，凡二十一聲，然不盡用，以之配字，各有條理，故卽依旁譜歌姜詞，亦必不能相合。據張文虎舒藝室餘筆。夔於慶元三年上大樂議，其言最精，略謂：『紹興大樂用大晟所造三鐘三磬未必相應；壎有大小，簫篪篴有長短，笙竽之簧有厚薄，未必能合度；琴瑟絃有緩急燥溼，軫有旋復，柱有進退，未必能合調。總衆音言之，金欲應石，石欲應絲，絲欲應竹，竹欲應匏，匏欲應土；而四金之音，又欲應黃鐘，不知其果應否。樂曲知以七律爲一調，而未知度曲之義；知以一律配一字，而未知永言之旨。七音之協四聲，各有自然之理，今以平入配重濁，以上去配輕淸，奏之不諧協。』其語至爲扼要。又作琴瑟攷古圖，又上聖宋鐃歌鼓吹曲十四首，并議宋所用鼓吹導引，十二時，歌頭三篇，皆用羽調，音節悲促，五禮殊情，樂不異曲，義理未究，乞詔有司攷定，書奏，詔付有司收掌，令太常寺與議；當世嫉其能，不獲盡其議。同時惟待制朱熹，嘗歎夔深於禮樂，然終無所遇。朱彝尊謂『詞至南宋始極其工，盡其變』，且以白石爲正宗，而以張輯，史達祖，盧祖皋，吳文英，蔣捷，周密，王沂孫，張炎，陳允平等，皆宗夔而各得其一體。諸家得失，俟後篇論之。今略錄白石旁譜及序論：

リフ人ム一人フ乃フ人リ多ㄣマム一人フ丏久乃久の多　リフ人ム一人フ乃フ人リ多ㄣマム

古簾空墜月皎坐久西窗人悄蛩吟苦漸漏水丁丁箭壺催曉　引涼颸動翠葆露腳斜飛雲表因嗟念

一人フ丏久リ久の多　夕リ久ㄅ一人フ一マ人丏人フリ一人フの久フ乃多丏多フ久乃

似去國情懷暮帆烟草　帶眼銷磨爲近日愁多頓老衞娘何在宋玉歸來兩地暗縈繞搖落江楓早嫩

人フ人一フム一一フ人一乃フ人の久リ丏人フ多

約無憑幽夢又杳但盈盈淚灑單衣今夕何夕恨未了（姜夔秋宵吟）

琴七弦，散聲具宮商角徵羽者爲正弄，慢角清商宮調，慢宮黃鐘調是也。加變宮變徵爲散聲者曰側弄，側楚側蜀側商是也。側商之調久亡，唐人詩云：『側商調裏唱伊州』，予以此語尋之伊州大食調，黃鐘律法之商，乃以慢角轉弦，取變宮變徵散聲，此調甚流美也。蓋慢角乃黃鐘之正，側商乃黃鐘之側，它言側者同此，然非三代之聲，乃漢燕樂爾。（姜夔琴曲側商調序）

凡曲言犯者，謂以宮犯商商犯宮之類。如道調宮上字住，雙調亦上字住，所住字同，故道調曲中犯雙調，或於雙調曲中犯道調，其他準此。唐人樂書云：「犯有正旁偏側，宮犯宮爲正，宮犯商爲旁，宮犯角爲偏，宮犯羽爲側」，此說非也。十二宮所住字各不同，不容相犯，十二宮特可犯商角羽耳。（姜夔淒涼犯序）

張輯受詩法於白石，其詞名東澤綺語債及清江漁譜，雖無自度，而好倚舊腔，別立新名，傳詞亦不多。史達祖梅溪詞中，如壽樓春，玉簟涼，月當廳，湘江靜，換巢鸞鳳等，當爲自度腔。盧祖皋蒲江詞中，錦園春三犯，又名月城春，即劉過龍洲詞之四犯翦梅花，又名轆轤金井者，其調兩用醉蓬萊，合解連環，雪獅兒而成，故稱三犯，又曰四犯也。吳文英夢窗詞中，自西子妝慢以下，江南春，夢芙蓉，高山流水，霜花腴，澡蘭香，玉京謠，探芳新八調，皆自度腔；秋思則採琴曲入詞；暗香疏影，則合白石二調爲一；惜秋華疑亦自度；江南好與滿庭芳同，疑亦過腔鬲指之類；夢行雲則大曲六幺花十八之摘徧耳；又本集所未載，而見於鐵網珊瑚之古香慢，亦自度腔也。蔣捷竹山詞中，如翠羽吟，則演越調小梅花引而成，亦屬自度；水龍吟通首用些字住句，而於其上一字用韻，平仄通叶；瑞鶴仙用也字住，亦於上一字叶韻，獨木橋體始見山谷詞，他家效之者皆不別叶韻，其叶者惟竹山及稼軒水龍吟耳。周密蘋洲漁笛譜中，如玉京秋，（與東山異）采綠吟，綠蓋舞風輕，月邊嬌，皆自度腔；而倚風嬌近，則塡楊守齋紫霞洞譜也。陳允平日湖漁唱，雖鮮自度腔，如絳都春，永遇樂之翻譜平韻，晝錦堂之翻譜仄韻，三犯渡江雲本平韻間一仄叶，而有全平全仄各一首，非通聲律不能爲也。此外如王質雪山詞之無月不登樓，別素質，鳳時春，紅窗怨，馮艾子之春風嫋娜，春雲怨，雲仙引，皆自度曲之較多者也。其詞略曰：

裁春衫尋芳。記金刀素手，同在晴窗。幾度因風殘絮，照花斜陽。誰念我今無裳。自少年消磨疏狂。但聽雨挑燈，欹牀病酒，多夢睡時妝。飛花去，良宵長。有絲闌舊曲，金譜新腔。最恨湘雲人散，楚蘭魂傷。身是客，愁爲鄉，算玉簫猶逢韋郎。近寒食人家，相思未忘蘋藻香。（史達祖壽樓春尋春服感念）

醉痕潮玉，愛柔荑未吐，露叢如簇。（解連環）絕豔矜春，分流芳金谷。（醉蓬萊）風梳雨沐，耿空抱夜闌清淑。（雪獅兒）杜老情疏，黃州賦冷，誰憐幽獨。（醉蓬萊）玉環睡醒未足，記傳柳試火，高照宮燭。（解連環）錦幄風翻，渺春容難續。（醉蓬萊）迷紅怨綠，漫惟有舊愁相觸。（雪獅兒）一舸東遊，何時更約西飛鴻鵠。（盧祖皋錦園春三犯賦海棠）

翠眉重拂，後房深自喚小蠻嬌小。繡帶羅垂，報濃妝纔了。堂虛夜悄，但依約鼓簫聲鬧。一曲梅花，清尊舞徹，梨花新調。高陽醉山未倒，看鞋飛鳳翼，釵褪微溜。秋滿東湖，更西風涼早。桃源路杳，記流水泛舟曾到。桂子香濃，梧桐影轉，月寒天曉。（劉過轆轤金井席上贈馬僉判舞姬）

流水麴塵，豔陽醅酒，畫舸遊情如霧。笑拈芳草不知名，乍凌波斷橋西堍。垂楊漫舞，總不解將春繫住。燕歸來，問綵繩纖手，如今何許。歡盟誤，一箭流光，又趁寒食去。不堪衰鬢與飛花，傍綠陰冷烟深樹。玄都秀句，記前度劉郎曾賦。最傷心，一片孤山細雨。（吳文英西子妝慢湖上清明薄遊）

紺露濃，映素空，樓觀峭玲瓏。粉凍霜英，冷光搖蕩古青松。半規黃昏淡月，梅氣山影溟濛。有麗人，步依修竹，蕭然態若游龍。綃袂微皺水溶溶。仙莖清瀣，淨洗斜紅。勸我浮香桂酒，環佩暗解聲飛芳霧中。弄春弱柳，垂絲慢按，翠舞嬌嚲。醉不知何處，驚翦翦淒緊霜風。夢醒尋痕訪蹤。但留殘星挂穹。梅花未老，翠羽雙吟，一片曉峯。（蔣捷翠羽吟演越調小梅花引）

煙水闊。高林弄殘照，晚蜩淒切。碧砧度韻，銀牀飄葉。衣溼桐陰露冷，采涼花時賦秋雪。難輕別。一襟幽事，砌蛩能說。　客思吟商還怯。怨歌長，瓊壺暗缺。翠扇恩疏，紅衣香褪，翻成消歇。玉骨西風，恨最恨，閒却新涼時節。楚簫咽。誰倚西樓淡月。（周密玉京秋（長安獨客又見西風素月丹楓淒然其為秋也因調夾鐘羽一解））

風流三徑遠，此君淡薄，誰與伴清足。歲寒人自得，傍石鋤雲，閒裏種蒼玉。琅玕翠立，愛細雨疏煙初沐。春晝長秋聲不斷，洗紅塵凡俗。　高獨。虛心共許，淡節相期，幾人間棋局。堪愛處月明琴院，雪晴書屋。心盟更許青松結，笑四時梅礬蘭菊。庭砌曉，東風旋添新綠。（陳允平三犯渡江雲（舊平聲今改入聲爲竹友謝少保壽））

池塘生春草，夢中共水仙相識。細撥冰綃，低沈玉骨，攪動一池寒碧。吹盡楊花，糝氈消白。却有青錢點點如積。漸成翠亭亭如立。　漢女江妃入。匳室擘破，靚妝擁出。夜月明前，夕陽欹後，清妙世間標格。中貯瓊瑤汁。幾嚼破露飛霜泣。何益。未轉眼度秋風，成陳跡。（王質無月不登樓（種花））

被梁間雙燕，話盡春愁。朝粉謝，午花柔。倚紅闌故與，蝶圍蜂繞，柳綿無數，飛上梢頭。鳳管聲圓，蠶房香暖，笑挽羅衫須少留。隔院蘭馨趁風遠，鄰牆桃影伴煙收。　些子風情未減，眉頭眼尾，萬千事欲說還休。薔薇刺，牡丹毬。殷勤記省，前度綢繆。夢裏飛紅，覺來無覓，望中新綠，別後空稠。相思難偶，歎無情明月，今年已是，三度如鉤。（馮艾子春風嫋娜）

（四）兩宋詞流類紀

有宋詞流之盛，多由於君上之提倡。北宋則太宗爲詞曲第一作家；眞仁神三宗俱曉聲律，徽宗之詞尤擅勝場，卽所傳十餘篇，固已無愧作者。至若韓縝北使西夏，以離筵作芳草鳳簫吟一詞，神宗忽中批步兵司遣兵爲搬家追送而出疆使節，得以愛妾追隨；宋祁以繁臺街鷓鴣天一詞，而蓬山不遠，遂拜內人之賜；蔡挺以喜遷鶯一詞，而有樞管之命；蘇軾以水調歌頭一詞，而獲愛君之歎；至周邦彥以蘭陵王一詞，而追回爲徽猷閣待制，則事所或有也。其一時將相風流名勝，如呂申公眷眷於陳堯佐之踏莎行，聶冠卿以多麗一詞名滿中外；范周以寶鼎現一詞，吳守貺以美酒五百壺，而「夕陽西下」傳徧紅牙；柳永以望海潮一詞，孫何以千金厚贐，而「荷花桂子」傳唱虜廷。南渡以後，流風未泯。高宗能詞，有舞楊花自製曲，廖瑩中江行雜錄謂光堯漁歌子十五章，備騷雅之體，雖老於江湖者不能企及；又復刻意提倡，獎掖詞才，康與之，張掄，吳琚之倫，皆以詞受知，賞賚甚厚；而其改俞國寶風入松之末句，識林外洞仙歌之用閩音，尤具卓解。孝，光，寧三宗雖鮮流傳，而歌舞湖山，其游賞進御各詞，至今猶有清響。則兩宋詞流之衆，非啻一時風會已也。其詞略曰：

宮梅粉淡，岸柳金勻，皇州乍慶春迴。鳳闕端門，棚山彩建蓬萊。沈沈洞天向晚，寶輿還，花滿釣臺。輕煙裏，誰將金蓮，陸地齊開。觸處笙歌鼎沸，香韉趁，雕輪隱隱輕雷。萬家羅幕，千步錦繡相挨。銀蟾皓月如晝，共乘歡，爭忍歸來。疏鐘斷，聽行歌，猶在禁街。（宋徽宗聲聲慢）

鎖離愁，連綿無際，來時陌上初熏。繡幃人念遠，暗垂珠露，泣送征輪。長行長在眼，更重重遠水孤村。但望極樓高，盡日目斷王孫。　消魂池塘從別後，曾行處綠妒輕裙。恁時攜素手，亂花飛絮裏，緩步香茵。朱顏空自改，向年年芳意長新。遍綠野，嬉遊醉眼，莫負青春。（韓縝鳳簫吟芳草）

畫轂彫鞍狹路逢。一聲腸斷繡簾中。身無彩鳳雙飛翼，心有靈犀一點通。　金作屋，玉為籠。車如流水馬游龍。劉郎已恨蓬山遠，更隔蓬山幾萬重。（宋祁鷓鴣天）

霜天秋曉。正紫塞故壘，黃雲衰草。漢馬嘶風，邊鴻叫月，隴上鐵衣寒早。劍歌騎曲悲壯，盡道君恩須報。塞垣樂，盡櫜鞬錦帶，山西年少。談笑。刁斗盡，烽火一把，時送平安耗。聖主憂邊，威懷遐遠，驕寇尚寬天討。歲華向晚愁思，誰念玉關人老。太平也，且歡娛，莫惜金尊傾倒。（蔡挺喜遷鶯）

明月幾時有，把酒問青天。不知天上宮闕，今夕是何年。我欲乘風歸去，又恐瓊樓玉宇，高處不勝寒。起舞弄清影，何似在人間。　轉朱閣，低綺戶，照無眠。不應有恨，何事長向別時圓。人有悲歡離合，月有陰晴圓缺，此事古難全。但願人長久，千里共嬋娟。（蘇軾水調歌頭丙辰中秋歡飲達旦大醉作此篇兼懷子由）

柳陰直。煙裏絲絲弄碧。隋隄上曾見幾番，拂水飄綿送行色。登臨望故國。誰識。京華倦客。長亭路，年去歲來，應折柔條過千尺。　閒尋舊蹤跡。又酒趁哀絃，燈照離席。梨花榆火催寒食。愁一箭風快，半篙波暖，回頭迢遞便數驛。望人在天北。　悽惻。恨堆積。漸別浦縈迴，津堠岑寂。斜陽冉冉春無極。念月榭攜手，露橋聞笛。沈思前事，似夢裏，淚暗滴。（周邦彥蘭陵王）

二社良辰，千家庭院。翩翩又覩雙飛燕。鳳皇巢穩許爲鄰，瀟湘煙暝來何晚。　亂入紅樓，低飛綠岸。畫梁輕拂歌塵轉。爲誰歸去爲誰來，主人恩重珠簾捲。（陳堯佐踏莎行）

夕陽西下，暮靄紅隘，香風羅綺。乘夜景華燈爭放，濃燄燒空連錦砌。覩皓月，浸嚴城如畫，花影寒籠絳蕊。漸掩映芙蓉萬頃，迤邐齊開秋水。　太守無限行歌意。擁麾幢光動珠翠。傾萬井歌臺舞榭，瞻望朱輪駢鼓吹。控寶馬耀貔貅千騎。銀燭交光數里。似亂簇寒星萬點，擁入蓬壺影裏。 來伴宴閣多才，環豔粉，瑤簪珠履。恐看看丹詔歸春伴宸遊燕侍。便趁早占通宵醉。莫放笙歌起。任畫角吹徹寒梅，月滿西樓十二。（范周寶鼎現）

東南形勝，江湖都會，錢塘自古繁華。煙柳畫橋，風簾翠幕，參差十萬人家。雲樹繞隄沙。怒濤捲霜雪，天塹無涯。市列珠璣，戶盈羅綺競豪奢。 重湖疊巘清佳，有三秋桂子，十里荷花。羌管弄晴，菱歌泛夜，嬉嬉釣叟蓮娃。千騎擁高牙。乘醉聽簫鼓，吟賞煙霞。異日圖將好景，歸去鳳池誇。（柳永望海潮）

水涵微雨湛虛明。小笠青蓑未要晴。明鑑裏，縠紋生。白鷺飛來空外聲。（宋高宗漁父詞）

瑞煙浮禁苑。正絳闕春回，新正方半。冰輪桂華滿。溢花衢歌市，芙蓉開遍。龍樓兩觀。見銀燭星毬有爛。捲珠簾盡日笙歌，盛集寶釵金釧。 堪羨。綺羅叢裏，蘭麝香中，正宜游玩。風柔夜煖。花影亂，笑聲喧。鬧蛾兒滿路，成團打塊，簇着冠兒鬭轉。喜皇都舊日風光，太平再見。（康與之瑞鶴仙上元應制）

柳色初勻，輕寒似水，纖雨如塵。一陣東風，縠紋微皺，碧水粼粼。 仙娥花月精神，奏鳳管鸞絲鬬新。萬歲聲中，九霞杯裏，長醉芳春。（張掄柳梢青侍宴）

玉虹遙掛，望青山隱隱，有如一抹。忽覺天風吹海立，好似春霆初發。白馬凌空，瓊鼇駕水，日夜朝天闕。飛龍舞鳳鬱葱環拱吳越。此景天下應無，東南形勝，偉觀眞奇絕，好是吳兒飛綵幟，蹴起一江秋雪。黃屋天臨水，犀雲擁，看鑿中流楫。晚來波靜，海門飛上明月。（吳琚酹江月觀潮應制）

一春長費買花錢，日日醉湖邊。玉驄慣識西湖路，驕嘶過沽酒樓前。紅杏香中歌舞，綠楊影裏秋千。暖風十里麗人天，花壓鬢雲偏。畫船載取春歸去，餘情付湖水湖煙。明日重扶殘醉，來尋陌上花鈿。（俞國寶風入松）

飛梁欹水，虹影澄清曉。橘里漁村半煙草。歎來今往古，物換人非，天地裏，惟有江山不老。　雨巾風帽，四海誰知我。一劍橫空幾番過。按玉龍嘶未斷，月冷波寒，歸去也，林屋洞門無鎖。認雲屏煙障是吾廬，任滿地蒼苔，年年不掃。（林外洞仙歌）

宗室能詞者：北宋則元祐以後如士暕，士宇，叔益，令時，鯱之，皆有篇什聞於時，不具錄；近屬環衛中能詞者尤多，如嗣濮王仲御，喜爲長短句，有上元扈蹕瑤臺第一層詞，具有承平景象。南宋則趙彥端，字德莊，有介庵琴趣，其西湖謁金門詞，極爲孝宗所賞；趙汝愚，字子直，其題豐樂樓柳梢青詞，亦爲湖山生色；至若趙鼎，字元鎭，聞喜人，則中興名相，其得全居士詞，婉媚不減花間；趙孟堅，字子固，嘉興人，則故國王孫，其彝齋詩餘，風味頗近北宋。自餘作者，不下百十家也。各錄一首：

嶰管聲催。人報道嫦娥步月來。鳳燈鸞炬，寒輕簾箔，光浸樓臺。萬里正春未老，更帝鄉日月蓬萊。從仙仗，看星河銀界，錦繡天街。　歡陪千官萬騎，九霄人在五雲堆。赭袍光裏，星毬宛轉，花影徘徊。未央宮漏永，散異香龍闕崔嵬。翠輿回，奏仙韶歌吹，寶殿尊罍。（趙仲御瑤臺第一層）

休相憶。明日遠如今日。樓外綠煙村冪冪。花飛如許急。　柳岸晚來船集。波底夕陽紅溼。送盡去雲成獨立。酒醒愁又入。（趙彥端謁金門）

水月光中，煙霞影裏，湧出樓臺。空外笙歌，人間笑語，身在蓬萊。　天香暗逐風回。正十里荷花盡開。買個輕舟，山南遊徧，山北還來。（趙汝愚柳梢青）

香冷金鑪，夢回鴛帳餘香嫩。更無人問。一枕江南恨。　消瘦休文，頓覺春衫褪。清明近。杏花吹盡。薄暮東風緊。（趙鼎點絳脣）

檐頭看盡百花春。春事只三分。不似鶯鶯燕燕，相將紅杏芳園。　名韁易絆，征塵難浣，極目消魂。明日清明到也，柳條插向誰門。（趙孟堅朝中措客中感春）

勳戚能詞者：北宋則太宗時駙馬李遵勖，字公武，有滴滴金，憶漢月詞；神宗時駙馬王詵，字晉卿，開封人，有憶故人，黃鶯兒，落梅風，踏青游等詞；向子諲，字伯恭，臨江人，爲欽聖憲肅皇后族姪，有酒邊詞，胡寅謂其『步趨蘇堂而嚌其胾』。南宋則楊纘，字繼翁，號守齋，亦號紫霞翁，嚴陵人，爲寧宗楊后兄次山之孫，度宗楊淑妃之父，通音律，有紫霞洞譜，又有作詞五要，張炎詞源備采之，其被花惱一詞，自製曲也；又如張鎡，字功甫，號約齋，張循王孫，有玉照堂詞，今傳本題南湖詩餘；其族孫樞，字斗南，號寄閒，工詞名世，僅傳八首；樞子炎，字叔夏，號玉田生，有山中白雲詞八卷，其詞源二卷，尤倚聲家之科律也。（炎詞詳後論）各錄一首：

帝城五夜宴游歇。殘燈外，看殘月。都來猶在醉鄉中，聽更漏初徹。　行樂已成閒話說。如春夢，覺時節。大家同約探春行，問甚花先發。（李遵勖滴滴金）

燭影搖紅，向夜闌，乍酒醒，心情嬾。尊前誰爲唱陽關，離恨天涯遠。　無奈雲沈雨散。凭闌干，東風淚眼。海棠開後，燕子來時，黃昏庭院。（王詵憶故人）

去年雪滿長安樹。望斷揚州路。今年看雪在揚州。人在蓬萊深處若爲愁。　而今不恨伊相誤。自恨來何

暮。平山堂下舊嬉游，只有舞春楊柳自風流。（向子諲虞美人）

疏疏宿雨釀輕寒，簾幕靜垂清曉。寶鴨微溫睡煙少，檐聲不動，春禽對語，夢怯頻驚覺。欹珀枕，倚銀牀，半窗花影明東照。 惆悵夜來風，生怕嬌香混瑤草。披衣便起，小徑迴廊，處處都行到。正千紅萬紫競芳妍，又還是年時被花惱。驀忽地省得，而今雙鬢老。（楊纘被花惱）

月洗高梧，露溥幽草，寶釵樓外秋深。土花沿翠，螢火墜牆陰。靜聽寒聲斷續，微韻轉，淒咽悲沈。爭求侶，殷勤勸織，促破曉機心。 兒時曾記得，呼燈灌穴，斂步隨音。任滿身花影，猶自追尋。攜向畫堂試鬥，亭臺小籠巧裝金。今休說，從渠牀下，涼夜聽孤吟。（張鎡滿庭芳促織）

捲簾人睡起，放燕子歸來，商量春事。風光又能幾，減芳菲，都在賣花聲裏。吟邊眼底，披嫩綠移紅換紫。甚等閒半委東風，半委小溪流水。 還是苔痕湔雨，竹影留雲，待晴猶未。蘭舟靜艤，西湖上多少歌吹。粉蝶兒守定花心不去，溼重尋香兩翅。怎知人一點新愁，寸心萬里。（張樞瑞鶴仙）

顯達能詞者：北宋如晏殊，寇準，韓琦，宋祁，范仲淹，司馬光，歐陽修，王安石等，姑俟後詳。南宋如李綱，字伯紀，邵武人，官左僕射，有梁溪詞；史浩，字直翁，鄞人，官右丞相，樞密，有鄮峯眞隱詞，且工大曲；周必大，字子充，一字洪道，廬陵人，官左丞相，進益國公，有平園近體樂府；洪适，字景伯，鄱陽人，官右丞相，有盤洲樂章；京鏜，字仲遠，豫章人，官左丞相，有松坡居士詞；吳潛，字毅夫，號履齋，寧國人，官左丞相，封慶國公，有履齋詩餘；陳與義，字去非，號簡齋，洛人，官參知政事，有無住詞；張綱，字彥正，金壇人，亦官參知政事，有華陽長短句；丘崈，字宗卿，江陰軍人，官樞密，有文定公詞；程大昌，字泰之，休寧人，官龍圖閣直學士，有文簡公詞；皆甚著稱。各錄一首：

歸去好，迂騎過江鄉。茅店雞聲寒逗月，板橋人跡曉凝霜。一望楚天長。　春信早，山路野梅香。映水酒帘斜颭日，隔林漁艇靜鳴榔。杳杳下殘陽。（李綱憶江南池陽道中）

片帆初落雨勾東，碧湖空，滿汀風。回首一川，銀浪颭孤蓬。且駕兩橈煙雨裏，憑曲檻，浥空濛。　閒移拄杖上晴峯，莫匆匆，伴冥鴻。笑指家山，蘋葉藕花中。脚力倦時呼小艇，歸棹隱，月朦朧。（史浩江城子）

秋夜乘槎，客星容到天孫渚。眼波微注，將謂牽牛渡。　見了還非，重理霓裳舞。雖無誤，幾年一遇，莫訝周郎顧。（周必大點絳脣賦歌者小瓊）

整頓春衫欲跨鞍。一杯少駐入開顏。愁蛾不似舊時彎。　未見兩星添柳宿，忍教三疊唱陽關。相思空望會稽山。（洪适浣溪沙錢范子芬）

錦里先生，草堂築浣花溪上。料飽看階前雀食，籬邊漁網。跨鶴騎鯨歸去後，橋西潭北留佳賞。况依然一曲抱村流，江痕漲。　魚龍戲，相浩蕩。禽鳥樂，增舒暢。更綺羅十里，棹歌來往。上坐英賢今李郭，邦人應作仙舟想。澹澹乎落日未西時，船休放。（京鏜滿江紅浣花溪賦）

柳帶榆錢，又還過清明寒食天。一笑滿園羅綺，滿城簫笛。花樹得晴紅欲染，遠山過雨青如滴。問江南池館有誰來，江南客。　烏衣巷，今猶昔。烏衣事，今難覓。但年年燕子，晚煙斜日。抖擻一春塵土債，悲涼萬古英雄迹。且芳尊隨分趁芳時，休虛擲。（吳潛滿江紅金陵烏衣園）

憶昔午橋橋上飲，坐中都是豪英。長溝流月去無聲。杏花疏影裏，吹笛到天明。　二十餘年成一夢，此身雖在堪驚。閒登小閣眺新晴。古今多少事，漁唱起三更。（陳與義臨江仙夜登小閣憶洛中舊游）

梅柳約東風，迎臘暗傳消息。粉面翠眉偷笑，似欣逢佳客。　晚來歌管破餘寒，沈煙裊輕碧。老去不禁卮酒，奈尊前春色。（張綱好事近）

鳴鳩乳燕。春在梨花院。重門鎮掩，沈沈簾不卷。紗窗紅日三竿，睡鴨餘香一綫。佳眠悄無人喚。霞消遣。行雲無定，楚雨難憑，夢魂斷。清明漸近，天涯人正遠。儘教閒了秋千，覷著海棠開徧。難禁舊愁新怨。（丘崈撲蝴蝶）

才出滄溟底，旋明紫岫巖。玉光漫漫湧層湖。上有乘流海客臥吹簫。 更上雲臺望，翻牽旅思遙。浮生何許著簞瓢。却向天涯起舞影蕭蕭。（程大昌南歌子）

將帥能詞者：北宋則范仲淹，以「窮塞主」著稱；蔡挺以「玉關人老」蒙召；又有曹組，字元寵，潁昌人，以進士轉武階，給事殿中，官副使，有箕潁集。南宋則辛棄疾有稼軒詞十二卷，卓然大家，俟後詳論；若岳飛，韓世忠，皆名將也；而岳有小重山，滿江紅詞，韓有臨江仙，南鄉子詞，雖所作不多，然生氣勃勃也；余玠，少無行，嘗殺人脫身走襄淮，以詞謁制置使，漸知名，後爲蜀帥，有惠政，有樵隱詞，不傳；陳策，字次賈，號南野，上虞人，以功授武階，有仲宣樓摸魚子詞。各錄一首：

草薰風暖樓閣籠輕霧，牆短出花梢，映誰家綠楊朱戶。尋芳拾翠，綺陌自青春，江南遠，踏青時，誰念方羈旅。 昔遊如夢，空憶橫塘路，羅袖舞臺風，想桃花依然舊樹。一懷離恨，滿眼欲歸心，山連水，水連雲，悵望人何處。（曹組驀山溪）

昨夜寒蛩不住鳴。驚回千里夢，已三更。起來獨自繞階行。人悄悄，簾外月朧明。 白首爲功名。舊山松菊

老，阻歸程。欲將心事付瑤琴。知音少，絃斷有誰聽。（岳飛小重山）
冬日青山瀟灑靜，春來山暖花濃。少年衰老與花同。世間名利客，富貴與貧窮。　榮華不是長生藥，清閒不是死門風。勸君識取主人公。丹方只一味，盡在不言中。（韓世忠臨江仙）
怪新來瘦損。對鏡臺，霜華零亂鬢影。胸中恨誰省。正關山寂寞，暮天風景。貂裘漸冷。聽梧桐聲敲露井。可無人爲向樓頭，試問塞鴻音信。　爭忍。勾將愁緒，半掩金鋪，雨欺燈暈。家僮臥困。呼不應，自高枕。待吹他天際銀蟾飛上，喚取嫦娥細問。要乾坤表裏光輝，照人醉飲。（余玠瑞鶴仙）
倚危梯酹春懷古，輕寒纔轉花信。江城望極多愁思，前事惱人方寸。湖海興。算合付元龍，舉白澆談吻。憑高試問。問舊日王郎，依劉有地，何事賦幽憤。　沙頭路，休記家山遠近。賓鴻一去無信。滄波渺渺空歸夢，門外北風淒緊。烏帽整。便做得功名，難綠星星鬢。敲吟未穩。又白鷺飛來，垂楊自舞，誰與寄離恨。（陳鐵摸魚子仲宣樓賦）
理學能詞者：朱熹晦庵詞，無論矣；眞德秀，字希元，浦城人，官翰林學士，知制誥，學者稱西山先生，不以詞名，而絕妙好詞特選其詠紅梅蝶戀花，情致婉麗；又有雨零鈴，訴衷情，望江南詞，深入華嚴，宣衍玄奧，殊不類作大學衍義人手筆；魏了翁，字華父，號鶴山，浦江人，累官福州安撫使，卒贈太師，有鶴山長短句三卷。各錄一首：

江水淩雲影，鴻雁欲南飛。攜壺結客何處，空翠渺煙霏。塵世難逢一笑，況有紫萸黃菊，堪插滿頭歸。風景今朝是，身世昔人非。酬佳節，須酩酊，莫相違。人生如寄，何事辛苦怨斜暉。無盡今來古往，多少春花秋月，那更有危機。與問牛山客，何必淚沾衣。（朱熹水調歌頭隱括杜牧之九日齊山詩）

兩岸月橋花半吐，紅透肌香，暗把遊人誤。盡道武陵溪上路，不知迷入江南去。　先自冰霜眞態度，何事枝頭，點點胭脂汚。莫是東君嫌淡素，問花花又嬌無語。（眞德秀蝶戀花紅梅）

被西風吹不斷新愁，吾歸欲安歸。望秦雲蒼淡，蜀山渺漭，楚澤平漪。鴻雁依人正急，不奈稻粱稀。獨立蒼茫外，數遍羣飛。　多少曹苻氣勢，只數舟燥葦，一局枯棋。更元顏何事，花玉困重圍。算眼前未知誰恃，恃蒼天終古限華夷。還須念，人謀如舊，天意難知。（魏了翁八聲甘州）

侫倖能詞者：曾覿字純甫，號海野老農，汴人，見幸孝宗，累官開府儀同三司，加少保，有海野詞，特工感慨，其過汴京金人捧露盤，端人所不廢也。姜特立字邦傑，麗水人，累官春坊官，幸於太子，後爲慶遠軍節度使，有梅山續稿詞。各錄一首：

記神京，繁華地，舊遊蹤。正御溝春水溶溶。平康巷陌，繡鞍金勒躍青驄。解衣沽酒醉絃管，柳綠花紅。到

如今，餘霜鬢嗟前事夢魂中。但寒煙滿目飛蓬。雕闌玉砌，空餘三十六離宮。塞笳驚起暮天雁，寂寞東風。(曾覩金人捧露盤)

飄粉吹香三月暮。病酒情懷，愁緒渾無數。有個人人來又去。歸期有恨難留住。　明日尊前無覓處。咿軋籃輿，只向雙溪路。我翻情鍾君漫與。爲雲爲雨應難據。(姜特立蝶戀花送妓)

布衣能詞者：北宋則林逋，字君復，莆田人，隱西湖之孤山，仁宗賜諡和靖先生，有和靖先生詞；李廌，字方叔，華山人，有月巖集；葛郯，字謙問，丹陽人，有信齋詞。王灼，字晦叔，遂寧人，有頤堂詞。南宋則揚光咎，字補之，清江人，有逃禪詞；王千秋，字錫老，東平人，有審齋詞；汪莘，字叔耕，休寧人，隱居黃山，有方壺詩餘；汪晫，字處微，績溪人，隱居環谷，有康範詩餘；汪元量，字大有，號水雲，錢塘人，有水雲詞：皆其犖犖者。至若姜夔，吳文英，劉過，高觀國，陳允平，皆布衣而以詞名家者，當俟後詳，前敘諸家各錄一首：

金谷年年，亂生春色誰爲主。餘花落處。滿地和煙雨。　又是離歌，一闋長亭暮。王孫去。萋萋無數。南北東西路。(林逋點絳脣春草)

玉闌干外清江浦。渺渺天涯雨。好風如扇雨如簾。時見岸花汀草漲痕添。　青林枕上關山路。臥想乘鸞處。碧蕪千里思悠悠。惟有霎時涼夢到南州。（李廌虞美人）

瓊樓十二，無限神仙侶。紫紱丹麾彩鸞馭，步虛聲杳謁，碧落天高，微雲淡，點破瑤階白露。　暗香來水閣，冰簟紗幮，一枕風輕自無暑。更上水晶簾，斗挂闌干，銀河淺，天孫將渡。終不是歸去在苕川，看千頃菰蒲，亂鳴秋雨。（葛郯洞仙歌納涼）

墜紅飄絮。收拾春歸去。長恨春歸無覓處。心事欲誰分付。　盧家小苑回塘。于飛多少鴛鴦。縱使東牆隔斷，莫愁應念王昌。（王灼清平樂）

秋來愁更深，黛拂雙蛾淺。翠袖怯春寒，修竹蕭蕭晚。　此意有誰知，恨與孤鴻遠。小立背西風，又是重門掩。（揚无咎生查子）

老去頻驚節物，亂來依舊江山。清明雨過杏花寒。紅紫芳菲何限。　春病無人消遣，芳心有酒摧殘。此情拍手問闌干。爲甚多愁我慣。（王千秋西江月）

一片江南春色晚。牡丹花謝鶯聲懶。倘君離恨幾多長，芳草連天猶覺短。　昨夜溪頭新溜滿。樽前自起噴龍管。明朝飛棹下錢塘，心共白蘋香不斷。（汪莘玉樓春贈別孟倉使）

午夜涼生風小住。銀漢無聲，雲約疏星度。佳客欲眠知未去。對牀只欠蕭蕭雨。　素月三更山外吐。酒醒衾寒，消盡沈煙縷。料想玉樓人倚處。歸帆日虰煙中浦。（汪晫蝶戀花秋夜簡趙尉）

獨倚浙江樓，滿耳怨笳哀笛。猶有梨園聲在，念那人天北。　海棠憔悴怯春寒，風雨怎禁得。囘首華清池畔，渺露蕪煙荻。（汪元量好事近浙江樓聞笛）

方外能詞者：緇流則僧揮，字仲殊，好食蜜，東坡呼之爲蜜殊，有寶月集；惠洪，字覺範，有石門文字禪、筠溪集；羅湖野錄載湖州甘露寺圓禪師，有漁父詞二十首，僅傳一首；東溪詞話載僧祖可，字正平，蘇伯固子，與陳師道、謝逸結江西詩社，工詩及長短句，有東溪集；羽流則張伯端，繼先，世襲天師，伯端有紫陽眞人詞，繼先有虛靖眞君詞；夏元鼎有蓬萊鼓吹，葛長庚有海瓊詞。各錄一首：

岸草平沙，吳王故苑柳裊煙斜。雨後寒輕，風前香軟，春在梨花。　行人一棹天涯，酒醒處殘陽亂鴉。門外秋千，牆頭紅粉，深院誰家。（僧仲殊柳梢青）

綠槐煙柳長亭路。恨取次分離去。日永如年愁難度。高城囘首，暮雲遮盡，目斷知何處。　解鞍旅舍天將

寡。晴憶丁寧千萬句。一寸柔腸情幾許。薄衾孤枕，夢回人靜，破曉瀟瀟雨。（僧惠洪青玉案）

本是瀟湘一釣客。自東自西自南北。只把孤舟爲屋宅。無寬窄。幕天席地人難測。　頃聞四海停戈革。金門嬾去投書策。時向灘頭歌月白。眞高格。浮名浮利誰拘得。（圓禪師漁家傲）

誰向江頭遺恨濃。碧波流不斷，楚山重。柳煙和雨隔疏鐘。黃昏後，羅幕更朦朧。　桃李小園空。阿誰猶笑語，拾殘紅。珠簾捲盡夜來風。人不見，春在綠蕪中。（僧祖可小重山）

晚風歇。漫自棹孤舟，順流觀雪。山聳瑤峯，林森玉樹，高下盡無分別。襟懷澄澈。更沒個故人堪說。恍然身世，如居天上，水晶宮闕。　萬塵聲影絕。瑩虛空無外，水天相接。一葉身輕，三花頂聚，永夜不愁寒冽。愧憐薄劣。但只解赴炎趨熱。停橈失笑，知心都付，野梅江月。（張繼先雪夜漁舟）

人世何爲，江湖上漁蓑堪老。鳴榔處汪汪萬頃，清波無垢。欸乃一聲虛谷應，夷猶短棹關心否。向晚來垂釣傍寒汀，牽星斗。　沙磧畔，蒹葭茂。煙波際，盟鷗友。喜清風明月，多情相守。紫綬金章朝路險，青蓑蒻笠滄溟浩。捨浮雲富貴樂天眞，醺江酒。（夏元鼎滿江紅）

雲屏謾鎖空山，寒猿啼斷松枝翠。芝英安在，朮苗已老，徒勞屐齒。應記洞中，鳳簫錦瑟，鎮常歌吹。悵蒼苔路杳，石門信斷，無人問溪頭事。　回首暝煙無際。但紛紛落花如淚。多情易老，青鸞何處，書成難寄。欲問

雙蛾，翠蟬金鳳，向誰嫣媚。想分香舊恨，劉郞去後，一溪流水。（葛長庚水龍吟）

女子能詞者：曾布妻魏夫人，趙明誠妻李清照，俱負盛譽，見稱於朱子；李清照詞可爲大家，俟後詳述。魏夫人有菩薩蠻，好事近，點絳脣，江城子，捲珠簾等作；楊子治妻吳淑姬有陽春白雪詞五卷；黃銖母孫道絢有滴滴金，如夢令，憶少年，秦樓月，南鄉子，清平樂等詞；鄭文妻孫氏有憶秦娥，燭影搖紅等詞，朱淑眞號幽棲居士，錢塘人，工詩，嫁爲市井民妻，不得志以歿，有斷腸詞；楊娃，寧宗楊后之妹，有訴衷情；王清惠，字冲華，宋昭儀，宋亡入燕，乞爲女冠，有題驛壁滿江紅詞，文天祥嘗和之。其餘偶有篇章流傳者，不暇僂舉。各錄一首：

溪山掩映斜陽裏，樓臺影動鴛鴦起。隔岸兩三家，出牆紅杏花。　綠楊隄下路，早晚溪邊去。三見柳綿飛。離人猶未歸。（魏夫人菩薩蠻）

謝了荼蘼春事休。無多花片子，綴枝頭。庭槐影碎被風揉。鶯雛老，聲尚帶嬌羞。　獨自倚妝樓。一川煙草浪，襯雲浮。不如歸去下簾鉤。心兒小，難著許多愁。（吳淑姬小重山）

月光飛入林前屋。風策策，度庭竹。夜半江城擊柝聲，動寒梢棲宿。　等閒老去年華促。祇有江梅伴幽獨。夢繞夷門舊家山，恨驚回難續。（孫道絢滴滴金）

花深深。一鉤羅襪行花陰。行花陰。閒將柳帶，試結同心。　耳邊消息空沈沈。畫眉樓上愁登臨。愁登臨。海棠開後，想到如今。（孫氏憶秦娥）

春已半。觸目此情無限。十二闌干閒倚遍。愁來天不管。　好是風和日暖。輸與鶯鶯燕燕。滿院落花簾不卷。斷腸芳草遠。（朱淑眞謁金門）

閒中一弄七絃琴。此曲少知音。多因淡然無味，不比鄭聲淫。　松院靜，竹林深。夜沈沈。清風拂軫，明月當窗，誰會幽心。（楊娃訴衷情題馬遠松院鳴琴）

太液芙蓉，渾不似舊時顏色。曾記得春風雨露，玉樓金闕。名播蘭簪妃后裏，暈生蓮臉君王側。忽一聲鼙鼓揭天來，繁華歇。　龍虎散，風雲絕。無限事，憑誰說。對山河百二，淚沾襟血。驛館夜驚鄉國夢，宮車曉碾關山月。願嫦娥相顧肯從容，隨圓缺。（王清惠滿江紅題驛壁）

十三家：宋人詞專集之傳於今者，以毛晉汲古閣彙刻宋六十一家詞爲最先，計北宋二一

晏殊珠玉詞　歐陽修六一詞　柳永樂章集
晏幾道小山詞　蘇軾東坡詞　黃庭堅山谷詞
秦觀淮海詞　程垓書舟詞　晁補之琴趣外篇
陳師道後山詞　李之儀姑溪詞　毛滂東堂詞
杜安世壽域詞　葛勝仲丹陽詞　周紫芝竹坡詞
謝逸溪堂詞　周邦彥片玉詞　呂渭老聖求詞
王安中初寮詞　蔡伸友古詞　趙師俠坦庵詞
趙長卿惜香樂府　向子諲酒邊詞

南宋二十八家：

葉夢得石林詞　陳與義無住詞　張元幹蘆川詞
韓玉東浦詞　揚无咎逃禪詞　侯寘嬾窟詞
曾覿海野詞　辛棄疾稼軒詞　黃公度知稼翁詞

葛立方歸愚詞　張孝祥于湖詞　周必大近體樂府
王千秋審齋詞　趙彥端介庵詞　程珌洺水詞
劉克莊後村別調　沈端節克齋詞　姜夔白石詞
楊炎正西樵語業　陸游放翁詞　陳亮龍川詞
劉過龍洲詞　毛幵樵隱詞　盧祖皋蒲江詞
洪咨夔平齋詞　盧炳哄堂詞　黃機竹齋詩餘
高觀國竹屋癡語　史達祖梅溪詞　李昂英文溪詞
戴復古石屏詞　洪瑹空同詞　張榘芸窗詞
方千里和清眞詞　黃昇散花庵詞　吳文英夢窗詞
蔣捷竹山詞　石孝友金谷遺音

次則侯文燦彙刻名家詞，計北宋三家：

張先子野詞　賀鑄東山詞　葛郯信齋詞

南宋二家：

吳儆竹洲詞　趙以夫虛齋樂府

次則王鵬運四印齋彙刻詞，計北宋四家，除蘇軾東坡樂府，賀鑄東山寓聲樂府，周邦彥清眞集已見毛侯二刻外，凡一家：

潘閬逍遙詞

南宋三十四家，除辛棄疾稼軒長短句，姜夔白石道人詞，陳亮龍川詞，史達祖梅溪詞已見毛刻外，凡三十家：

趙鼎得全居士詞　李光莊簡詞　李綱梁溪詞

胡銓澹庵詞　李彌遜筠溪詞　鄧肅栟櫚詞

朱敦儒樵歌　朱雍梅詞　倪偁綺川詞

高登東溪詞　丘崈文定公詞　曹冠燕喜詞

姜特立梅山詞　趙磻老拙庵詞　袁去華宣卿詞

李處全晦庵詞　管鑑養拙堂詞　王炎雙溪詩餘
陳人傑龜峯詞　許棐梅屋詩餘　方岳秋崖詞
張炎山中白雲詞　王沂孫花外詞　李好古碎錦詞
何夢桂潛齋詞　趙必𤩪覆瓿詞　歐良撫掌詞
李清照漱玉詞　朱淑眞斷腸詞　無名氏章華詞

次則江標靈鶼閣彙刻名家詞，計北宋三家，除葛郯信齋詞已見侯刻外，凡二家：

向滈樂齋詞　黃裳演山詞

南宋七家，除吳儆竹洲詞，趙以夫虛齋樂府已見侯刻外，凡五家：

朱熹晦庵詞　楊澤民和淸眞詞　林正大風雅遺音
文天祥文山樂府　姚勉雪坡詞

次則吳昌綬雙照樓彙刻詞，計北宋六家，除歐陽修近體樂府，黃庭堅琴趣外篇，晁補之晁氏琴趣，賀鑄東山詞，周邦彥片玉詞，向子諲酒邊詞已見毛侯王諸刻外，凡一家：

晁端禮閑齋琴趣外篇

南宋十二家，除張元幹蘆川詞，辛棄疾稼軒詞，張孝祥于湖詞，陸游渭南詞，戴復古石屏詞，劉克莊後村詩餘，許棐梅屋詩餘，趙以夫虛齋樂府，方岳秋崖樂府，蔣捷竹山詞已見毛扆王諸刻外，凡二家：

魏了翁鶴山長短句　　李曾伯可齋詞

次則朱祖謀彊村叢書計北宋二十七家，除張先張子野詞，柳永樂章集，晏幾道小山詞，蘇軾東坡樂府，黃庭堅山谷琴趣，秦觀淮海居士長短句，賀鑄東山詞，賀方回詞，毛滂東堂詞，周邦彥片玉詞已見毛扆王吳諸刻外，凡十八家：

宋徽宗詞　　范仲淹范文正公詩餘　　范純仁忠宣公詩餘附

韓維南陽詞　　王安石臨川先生歌曲　　韋驤韋先生詞

張伯端紫陽眞人詞　　劉弇龍雲先生樂府　　米芾寶晉齋長短句

張舜民畫墁詞　廖行之省齋詩餘　吳則禮北湖詩餘
王灼頤堂詞　汪藻浮溪詞　陳克赤城詞
阮閱阮戶部詞　沈與求龜溪長短句　王之道相山居士詞

南宋八十五家，除陳與義無住詞，朱敦儒樵歌，辛棄疾稼軒詞，劉過龍洲詞，周必大平園近體樂府，姜夔白石道人歌曲，趙彥端介庵琴趣外編，高觀國竹屋癡語，盧祖皋蒲江詞，丘崈文定公詞，劉克莊後村長短句，吳文英夢窗詞，蔣捷竹山詞，張炎山中白雲詞已見毛侯王吳諸刻外，凡七十一家：

米友仁陽春集　張繼先虛靖眞君詞　劉一止苕溪樂章
張綱華陽長短句　洪皓鄱陽詞　歐陽澈飄然先生詞
朱翌灊山詩餘　曹勛松隱樂府　劉子翬屏山詞
仲幷浮山詩餘　王以寧王周士詞　李流謙澹齋詞
史浩鄮峯眞隱詞曲　張掄蓮社詞　韓元吉南澗詩餘

洪适盤洲樂章
曾協雲莊詞
王質雪山詞
陳三聘和石湖詞
姚述堯簫臺公餘詞
李石方舟詞
汪晫康範詩餘
張鎡南湖詩餘
郭應祥笑笑詞
游九言默齋詞
徐經孫矩山詞
吳潛履齋先生詩餘

王之望漢濱詩餘
李呂澹軒詩餘
楊萬里誠齋樂府
京鏜松坡詞
沈瀛竹齋詞
韓淲澗泉詩餘
趙善括應齋詞
張樞詞附
徐鹿卿徐清正公詞
汪莘方壺詩餘
陳耆卿篔窗詞
趙孟堅彝齋詩餘

李洛芸庵詩餘
程大昌文簡公詞
范成大石湖詞
呂勝己渭川居士詞
葛長庚玉蟾先生詩餘
楊冠卿客亭樂府
蔡戡定齋詩餘
吳泳鶴林詞
張輯東澤綺語債
王邁臞軒詩餘
吳淵退庵詞
趙崇嶓白雲小稿

夏元鼎蓬萊鼓吹　劉學箕方是閒居士詞　柴望秋堂詩餘
陳著本堂詞　衛宗武秋聲詩餘　牟巘陵陽詞
劉辰翁須溪詞　周密蘋洲漁笛譜　汪元量水雲詞
馮取洽雙溪詞　陳允平日湖漁唱　熊禾勿軒長短句
李彭萊老龜溪二隱詞　黃公紹在軒詞　陳德武白雪遺音
家鉉翁則堂詩餘　汪夢斗北遊詞　蒲壽宬心泉詩餘
張玉蘭雪詞

宋人詞選本有草堂詩餘四卷，慶元以前人所輯。趙聞禮陽春白雪八卷，外集一卷，皆不分時代家數。黃大輿梅苑十卷，錄唐宋人詠梅詞。曾慥樂府雅詞三卷，錄詞三十四家，去其涉諧謔者，故名雅詞。黃昇唐宋諸賢絕妙詞選十卷，始李白而終北宋王昂，中興以來絕妙詞選十卷，始康與之而終洪瑹，殿以己作，凡八十九家，總名花庵詞選。周密絕妙好詞七卷，始張孝祥而終仇遠，殿以己作，凡三十二家，採掇菁華，不墮俗弊，選本之善者也。

宋詞之發達，既如上述，卽研究詞學者亦不乏人，談詞之書亦有多種。大抵尋擇規矩，探索精奥，或明體製，或論格調。蓋詞之流至是而大，講說者亦至是而精。猶之劉勰雕龍，鍾嶸詩品，不起於漢魏，而出於齊梁，亦時代醞釀之結果也。其間佳者，有王灼之碧鷄漫志，詳載曲調源流，首述古初至唐宋歌聲遞變之由，次列二十八調，溯其得名之所自，與其漸變宋調之沿革，但據其傳授分明者，至晚出雜曲則不暇悉舉。又有沈義父之樂府指迷，論詞宗美成，頗多中理，所云『去聲字要緊』及『入聲可替平，不可替上』等語，皆入微之解；又謂古曲譜亦有異同，唱者多有添字，亦足以解釋糾紛。又楊纘之作詞五要，闡明擇腔，擇律，句韻，按譜，隨律押韻，及立新意之道，語簡而賅。其最精博者，爲張炎之詞源，上卷論五音律呂，譜字管色，列表繪圖，典贍難及，足便後學尋索；下卷論詞之作法標準及格調情味，語多透闢，條理釐然，世之傳者，多遺其上卷，如明陳繼儒寶顏堂祕笈中，竟以其下卷湊合元陸韶之詞旨，而署曰樂府指迷，致與沈作相混。亦以見後世聲樂淪亡，僅注意於詞之一面已也。

析派第五

文學至於五季，衰敝極矣。詩格卑陋，固無可稱；士氣頹唐，尤不足道。紬其所自，蓋由契胡內侵，中原俶擾，國失其理，民怨其生，上無禮，下無學，故恆人無所祗修，天才亦被厭抑，文學之根本修養既闕，何望於興起哉？惟時南方蒙患較輕，君臣宴豫，猶得從容樽俎，馳騁聲歌，雖無經緯天地之文，尚有抒發性情之作。如西蜀、南唐，詞體大張，作家輩出。綺詞麗句，璧合珠聯，論者謂蜉蝣羔裘，曹鄶之所以弱小；敝笱牆茨，魯衞之所以衰微。詞之盛也，徒以病國。雖非衷論，亦有深因。然事物之興，因果往往相背。譬之桃花輕薄，而如拳之實以生；珠泉細微，而稽天之流自出。方其始也，不敢必其所效；及其既也，或至訝其所成。五代之詞，止於嘲風弄月，懷土傷離，節促情殷，辭纖韻美。入宋則由令化慢，由簡化繁。情不囿於燕私；辭不限於綺語。上之可尋聖賢之名理，大之可發忠愛之熱忱。寄慨於賸水殘山；託興於美人香草。合風雅騷章之軌，同溫柔敦厚之歸。

故可抗手三唐，希聲六代。樹有宋文壇之幟，紹漢魏樂府之宗。否則技僅彫蟲，用惟伎馬，何足深道哉？今敘宋初訖於其季，就其神味，析其派流。不姝姝於陳言，不斤斤於瑣事。不震於世譽而致美，不惑於時論而爲言。庶條貫朗於列眉，定論同乎立鵠云爾。

（一）北宋諸詞家

五代令詞，固已勝矣，然未盡其量也；至北宋則發其已孕之苞，而大呈其爛漫之色，進且結離離之實矣。其顯達者如寇準，韓琦，宋祁，范仲淹，司馬光，皆非純詞人，然所爲小詞，則婉麗精妙，花間之遺也。就常理言，以彼柱石重臣，文宗理學，似不應有此旖旎之詞；然聖賢豪傑，才智過人，情感未有不盛者，彼不得發其情於他文，又適有此一種文體便於抒寫，自可出其餘力以爲之，故亦佳也。如寇準之江南春，韓琦之點絳脣，宋祁之玉樓春，皆情韻綿邈，不似勳勞大臣所爲；至范仲淹更不限於綺情，並兼氣勢揮灑，議論宏肆之長矣。其御街行，蘇幕遮，情語入妙，而一覷其漁家傲，則又極點宕之致，剔銀燈更議論慷慨，導蘇辛之先路矣。錄寇，韓，宋各一首，范四首：

波渺渺，柳依依。孤村芳草遠，斜日杏花飛。江南春盡離腸斷，蘋滿汀洲人未歸。（寇準江南春）

病起懨懨，庭前花影添憔悴亂。飄砌滴盡眞珠淚。惆悵前春誰向花前醉。愁無際。武陵凝睇。人遠波空翠。（韓琦點絳脣）

東城漸覺風光好。縠皺波紋迎客棹。綠楊煙外曉雲輕，紅杏枝頭春意鬧。　浮生長恨歡娛少。肯愛千金輕一笑。爲君持酒勸斜陽，且向花間留晚照。（宋祁玉樓春）

紛紛墜葉飄香砌。夜寂靜，寒聲碎。眞珠簾捲玉樓空，天淡銀河垂地。年年今夜，月華如練，長是人千里。愁腸已斷無由醉。酒未到，先成淚。殘燈明滅枕頭欹，諳盡孤眠滋味。都來此事，眉間心上，無計相迴避。（范仲淹御街行）

碧雲天，紅葉地。秋色連波，波上寒煙翠。山映斜陽天接水。芳草無情，更在斜陽外。　黯鄉魂，追旅思。夜夜除非，好夢留人睡。明月樓高休獨倚。酒入愁腸，化作相思淚。（范仲淹蘇幕遮）

塞下秋來風景異。衡陽雁去無留意。四面邊聲連角起。千嶂裏。長煙落日孤城閉。　濁酒一杯家萬里。燕然未勒歸無計。羌管悠悠霜滿地。人不寐。將軍白髮征夫淚。（范仲淹漁家傲）

昨夜因看蜀志。笑曹操孫權劉備。用盡機關，徒勞心力，只得三分天地。屈指細尋思，爭如共劉伶一醉。

人世都無百歲。少癡騃老成尪悴。只有中間些子少年，忍把浮名牽繫。一品與千金，問白髮如何迴避。

（范仲淹剔銀燈）

司馬光以理學名臣，言行不苟，而西江月詞有「相見爭如不見，有情還似無情」之語，雖或稱其誣，然其阮郎歸一詞，眞描寫盡致矣。王安石以拗相公長於政治，而桂枝香一詞，獨稱絕唱，即蘇軾亦歎其爲「野狐精。」若夫歐陽修晏殊，學際人天，作爲小歌詞，直如酌蠡水於大海，雖李清照譏其爲句讀不葺之詩，然不盡當也。今觀歐公集中，蝶戀花之沈刻幽杳，臨江仙之儁逸清妙，浣溪沙之精爽，玉樓春之流麗，何嘗非詞家當行？至其朝中措平山堂餞劉原父一首，尤豪放開東坡之先聲。曾慥樂府雅詞序，謂『小人或作豔語謬爲公詞，』陳振孫謂『公詞多與花間陽春相混，亦有鄙褻之語厠其中，當是仇人無名子所爲，』羅泌謂『其淺近者，多謂是劉煇僞作，』然歐公之能爲豔詞，不能盡諱也；且即爲豔詞，何足爲其病乎？案今行世六一居士詞三卷，自文集出，贋作一首不存。宋時坊間刻本醉翁琴趣外篇六卷，則什九贋作，而眞詞反少，此本元以來即已不行於世。故吾人對宋人所言，反不能得其確證也。近雙照樓吳氏影刻北宋本六一居士詞三卷，即通行本所從出；又影刻宋本醉翁琴趣外篇六卷，則贋作具在矣。錄司馬，王各一首，歐陽五首：

漁舟容易入深山。仙家日日閑。綺窗紗幌映朱顏。相逢醉夢間。　松露冷，海霞殷。匆匆整棹還。落花寂寂水潺潺。重尋此路難。（司馬光阮郎歸）

登臨送目。正故國晚秋，天氣初肅。千里澄江似練，翠峯如簇。征帆去棹斜陽裏，背西風酒旗斜矗。綵舟雲淡，星河鷺起，畫圖難足。　念自昔豪華競逐。歎門外樓頭，悲恨相續。千古憑高對此，謾嗟榮辱。六朝舊事如流水，但寒煙衰草凝綠。至今商女，時時猶唱，後庭遺曲。（王安石桂枝香金陵懷古）

庭院深深深幾許。楊柳堆烟，簾幕無重數。玉勒雕鞍遊冶處。樓高不見章臺路。　雨橫風狂三月暮。門掩黃昏，無計留春住。淚眼問花花不語。亂紅飛過秋千去。（歐陽修蝶戀花）

柳外輕雷池上雨，雨聲滴碎荷聲。小樓西角斷虹明。闌干倚處，待得月華生。　燕子飛來窺畫棟，玉鉤垂下簾旌。涼波不動簟紋平。水精雙枕，旁有墮釵橫。（歐陽修臨江仙）

隄上遊人逐畫船。拍隄春水四垂天。綠楊樓外出秋千。　白髮戴花君莫笑，六幺催拍盞頻傳。人生何處似尊前。（歐陽修浣溪沙）

湖邊柳外樓高處。望斷雲山多少路。闌干倚遍使人愁，又是天涯初日暮。　輕無管繫狂無數。水畔飛花

風裹絮。算伊渾似薄情郎，去便不來來便去。（歐陽修玉樓春）

平山闌檻倚晴空。山色有無中。手種堂前垂柳，別來幾度春風。文章太守，揮毫萬字，一飲千鍾。行樂直須年少，尊前看取衰翁。（歐陽修朝中措）

北宋令詞之專精者，首推晏殊，蓋直繼聲花間者也。殊字同叔，臨川人，眞宗時舉進士，仁宗朝拜集賢殿學士，同中書門下平章事，兼樞密使，卒諡元獻，有珠玉詞，劉攽中山詩話謂『元獻尤喜馮延已歌詞，其所自作，亦不減延已樂府』然其局度情調，自具清雅之致，以其處境坦夷，無憂恨悲苦之攖心也。集中名句，如『無可奈何花落去，似曾相識燕歸來』『樓頭殘夢五更鐘，花外離愁三月雨』『雙燕欲歸時節，銀屛昨夜微寒』『一場愁夢酒醒時，斜陽却照深深院』皆深思婉出，不讓南唐。其幼子幾道，字叔原，有小山詞，黃庭堅序之，謂其『嬉弄於樂府之餘，而寓以詩人句法，清壯頓挫，能搖動人心』；又謂其有四癡：『仕宦連蹇，而不能一傍貴人之門，是一癡也；論文自有體，不肯一作新進士語，此又一癡也；費資千百萬，家人寒饑，而面有孺子之色，此又一癡也；人百負之而不恨，已信人終不疑其欺，已此又一癡也。」足見其耿介直率之性，有以影響其詞。集中佳製極多，名句如『落花人獨立，微雨燕雙飛，』『年年底事不歸去，怨月愁煙長爲誰，』『紅燭自憐無好計，夜寒空替人垂淚，』『彈到斷腸時，春山眉黛低，』皆極清麗。故陳振孫毛晉皆謂其『直逼花間，』然其風韻天然，音節諧婉，殆過之矣。各錄四首：

一曲新詞酒一杯，去年天氣舊亭臺。夕陽西下幾時迴， 無可奈何花落去，似曾相識燕歸來。小園香徑獨徘徊。（晏殊浣溪沙）

綠楊芳草長亭路，年少拋人容易去。樓頭殘夢五更鐘，花外離愁三月雨。 無情不似多情苦，一寸還成千萬縷。天涯地角有窮時，只有相思無盡處。（晏殊玉樓春）

金風細細，葉葉梧桐墜。綠酒初嘗人易醉。 枕小窗濃睡。 紫薇朱槿初殘，斜陽却照闌干。雙燕欲歸時節，銀屏昨夜微寒。（晏殊清平樂）

小徑紅稀，芳洲綠遍，高臺樹色陰陰見。春風不解禁楊花，濛濛亂撲行人面。 翠葉藏鶯，珠簾隔燕。鑪香靜逐遊絲轉。一場愁夢酒醒時，斜陽却照深深院。（晏殊踏莎行）

夢後樓臺高鎖，酒醒簾幕低垂。去年春恨卻來時。落花人獨立，微雨燕雙飛。 記得小蘋初見，兩重心字羅衣。琵琶絃上說相思。當時明月在，曾照彩雲歸。（晏幾道臨江仙）

陌上濛濛殘絮飛。杜鵑花裏杜鵑啼。年年底事不歸去，怨月愁煙長爲誰。 梅雨細，曉風微。倚樓人聽欲沾衣。故園三度羣花謝，曼倩天涯猶未歸。（晏幾道鷓鴣天）

醉別西樓醒不記，春夢秋雲，聚散眞容易。斜月半窗還少睡。畫屏閒展吳山翠。 衣上酒痕詩裏字。點點行行，總是淒涼意。紅燭自憐無好計。夜寒空替人垂淚。（晏幾道蝶戀花）

哀箏一弄湘江曲。聲聲寫盡湘波綠。纖指十三絃。細將幽恨傳。 當筵秋水慢。玉柱斜飛雁。彈到斷腸時。春山眉黛低。（晏幾道菩薩蠻）

張先，柳永之增衍慢詞，前既言之。即論詞格，亦巨子也。先字子野，烏程人，晏元獻嘗辟爲通判，官至都官郎中，與宋祁、蘇軾皆友善；神宗時卒，年已八十九；有安陸詞，李之儀議其『才不足而情有餘』，而晁補之則謂『子野韻高，是耆卿所乏之處』。今觀其集中勝作，如青門引，生查子，繫裙腰，天仙子等，皆清出生脆，味極雋永；至好句如其得名之三影：『雲破月來花弄影』，『嬌柔嬾起，簾押捲花影』，『柳徑無人，墜輕絮無影，』因工於描畫；而其『庭軒寂寞近清明，殘花中酒，又是去年病，』『雁柱十三絃，一一春鶯語，』更能情景交融。錄六首：

水調數聲持酒聽，午醉醒來愁未醒。送春春去幾時回，臨晚鏡，傷流景，往事後期空記省。　沙上並禽池上暝，雲破月來花弄影。重重簾幕密遮燈，風不定，人初靜，明日落紅應滿徑。（張先天仙子）

聲轉轆轤聞露井，曉引銀瓶牽素綆。西園人語夜來風，叢英飄墜紅成徑。寶猊煙未冷，蓮臺香蠟殘痕凝。等身金，誰能得意，買此好光景。　粉落輕妝紅玉瑩，月枕橫釵雲墜領。有情無物不雙棲，文禽只合常交頸。晝長歡豈定，爭如翻作春宵永。日曈曨，嬌柔嬾起，簾押捲花影。（張先歸朝歡）

野綠連空，天青垂水，素色溶漾都淨。柳徑無人，墜輕絮無影。汀洲日落人歸，修巾薄袂，擷香拾翠相競。如解凌波，泊煙渚春暝。　綵絹朱索新整，宿繡屏，畫船風定。金鳳響雙槽，彈出今古幽思誰省。玉盤大小亂珠迸，酒上妝面，花豔媚相並。重聽，盡漢妃一曲，江空月靜。（張先剪牡丹舟中聞雙琵琶）

乍暖還輕冷，風雨晚來方定。庭軒寂寞近清明，殘花中酒，又是去年病。　樓頭畫角風吹醒，入夜重門靜。那堪更被明月，隔牆送過鞦韆影。（張先青門引）

含羞整翠鬟，得意頻相顧。雁柱十三絃，一一春鶯語。　嬌雲容易飛，夢斷知何處。深院鎖黃昏，陣陣芭蕉

雨。（張先生查子）

清霜淡照夜雲天，朦朧影，畫勾欄。人情縱似長情月，算一年年，又難得，幾回圓。欲寄相思題葉字，流不到，五亭前。東池始有荷新綠，尙小如錢，問何日藕，幾時蓮。（張先繫裙腰）

永初名三變，字耆卿，崇安人。仁宗朝進士，官至屯田員外郞。爲舉子時，多遊狹斜，善爲歌辭，仁宗初好之，乃一見斥於『忍把浮名換了淺斟低唱』之句；再見斥於『太液波翻』之詞，境遇潦倒，遂至流連坊曲，放浪形骸。故其所作，大率纖艷之中，間以抑鬱；惟詞句中率常雜以俚語，陳師道議其『骫骳從俗』，李清照評其『詞語塵下』，固中其病，亦暴其長。蓋當時傳播之廣，至於有井水處皆能歌之，亦未始非俚語之便傳習有以致之也。集中慢詞，多屬其創製之調，其長詞如夜半樂戚氏等纏綿宛轉，工於寫繁複之情；八聲甘州玉蝴蝶竹馬子安公子等，懷鄉念遠，不限纖艷；他如雨霖鈴『水調傾杯樂』之冷雋，木蘭花慢望海潮之溫麗，皆各盡其妙。名句如『漸霜風淒緊，關河冷落，殘照當樓』，晁補之謂其『不減唐人語』；『今宵酒醒何處，楊柳岸曉風殘月，』袁綯謂其『宜十七八少女，按紅牙拍唱之』；餘如『衣帶漸寬終不悔，爲伊消得人憔悴』，『一日不思量，且攢眉千度』，情至語精，刻入骨。陳振孫謂其『音節諧宛，詞意妥帖，承平氣象，形容曲盡，尤工於羈旅行役』，周濟謂其『鋪敍委婉，言近意遠，森秀幽淡之趣在骨』，馮煦謂其『曲處能直，密處能疏，奡處能平，狀難狀之景，達難達之情，而出之以自然』，皆能道其精深，而馮說尤切焉。錄五首：

凍雲黯淡天氣，扁舟一葉，乘興離江渚。度萬壑千巖，越溪深處。怒濤漸息，樵風乍起，更聞商旅相呼，片帆高舉。泛畫鷁翩翩過南浦。　望中酒旆閃閃，一簇煙村，數行霜樹。殘日下，漁人鳴榔歸去。敗荷零落，衰楊掩映，岸邊兩兩三三，浣沙游女。避行客含羞笑相語。　到此因念，繡閣輕拋，浪萍難駐。歎後約丁寧竟何據。慘離懷，空恨歲晚歸期阻。凝淚眼杳杳神京路，斷鴻聲遠長天暮。（柳永夜半樂）

對瀟瀟暮雨灑江天，一番洗清秋。漸霜風淒緊，關河冷落，殘照當樓。是處紅衰翠減，冉冉物華休。惟有長江水，無語東流。　不忍登高臨遠，望故鄉渺邈，歸思難收。歎年來蹤跡，何事苦淹留。想佳人妝樓凝望，誤幾回天際識歸舟。爭知我倚闌干處，正恁凝愁。（柳永八聲甘州）

寒蟬淒切。對長亭晚，驟雨初歇。都門帳飲無緒，方留戀處，蘭舟催發。執手相看，淚眼竟無語凝咽。念去去千里煙波，暮靄沈沈楚天闊。多情自古傷離別。更那堪冷落清秋節。今宵酒醒何處，楊柳岸曉風殘月。此去經年，應是良辰好景虛設。便縱有千種風情，待與何人說。（柳永雨霖鈴）

坼桐花爛漫，乍疏雨洗清明。正豔杏燒林，緗桃繡野，芳景如屛。傾城盡尋勝去，驟雕鞍紺幰出郊坰。風煖繁絃脆管，萬家競奏新聲。盈盈鬥草踏青，人豔冶遞逢迎。向路旁往往，遺簪墮珥，珠翠縱橫。歡情對佳麗地，任金罍罄竭玉山傾，拚卻明朝永日，畫堂一枕春酲。（柳永木蘭花慢）

獨倚危樓風細細，望極離愁，黯黯生天際。草色煙光殘照裏，無人會得憑闌意。也擬疏狂圖一醉。對酒當歌，強樂還無味。衣帶漸寬終不悔，爲伊消得人憔悴。（柳永蝶戀花）

自來爲詞者皆目之爲豔科，以爲綢繆宛轉，綺羅香澤，乃詞之正宗。如明張綖謂『詞體大約有二：一婉約，一豪放，大抵以婉約爲正。』然徒事婉約，則氣骨不高，且輾轉相效，尤易窮迫，流爲蹈襲。北宋小令既有歐公大小晏之清妙，慢詞又有屯田之滂洋，幾於靡矣。自蘇軾出，而氣爲之一振。軾字子瞻，眉山人，嘉祐進士，累官端明殿學士，禮部尚書，中坐謗訕，安置惠州，後赦還，提舉玉局觀，卒謚文忠，有東坡樂府。其詩文皆名家，而詞亦自立門戶，成爲大家；以其學問之博，天才　雄，藝事無不精，氣節靡所缺，出其閒情餘力以爲詞，豈屑蹈常人窠臼？則發爲盤礴排宕之詞，固其宜矣。顧當時風尙，亦多主情韻，如陳師道謂『東坡以詩爲詞，如教坊雷大使舞，雖極天下之工，要非本色，』蔡伯世謂『子瞻辭勝乎情，』李淸照謂『往往不協音律，』晁補之謂『居士詞，人謂多不諧音律，然橫放傑出，自是曲子中縛不住者，』諸家對蘇評語，皆有不滿。實則詞既上承樂府，遠紹風騷，理宜不限一塗，傳情萬態；況剛柔迭用，喜慍分情，志動於中，則歌詠外發，豈可自小其域，而區區以婉約爲正哉？

世之議東坡詞者二端：一非本色，二疏音律。姑無論以東坡之天才學力，不必拘拘於所謂婉約之本色，優妓之歌喉；即就其集中諸作細按之，亦未必遂爲確論。東坡詞實兼具豪放、婉約二格者。張炎謂『東坡詞淸麗舒徐處，高出人表，周秦諸人所不能到，』王世貞謂『枝上柳綿，恐屯田緣情綺靡，未必能過，孰謂坡但解作「大江東去」耶？』令詞如蝶戀花多首，江城子多首，菩薩蠻多首，虞美人多首，減字木蘭花多首，浣溪沙各首，皆頑豔清綿，不減花間；慢詞如賀新涼爲營妓秀蘭作，水龍吟楊花，永遇樂燕子樓，與寄孫巨源，雨中花慢賞牡丹，滿庭芳洞仙歌等，皆溫麗可與柳周抗手，特其俊爽之氣，時時流露，與純爲艷詞者有別耳。至音律則其時方盛，東坡豈果不能歌？陸游云：『晁以道謂紹聖初與東坡別於汴上，東坡酒酣，自歌古陽關，則公非不能歌，但豪放不喜翦裁以就聲律耳。』至其集中，如哨徧之檃括歸去來辭，使就聲律，戚氏之敍山海經，隨妓歌聲塡寫，歌竟篇就，賀新涼之令秀蘭歌以侑觴，醉翁操之補琴曲辭，皆明言其詞可歌，是豈與後人但依譜塡詞者同哉？後世耳食者遂執爲東坡病，誣已！

坡詞高亮處，得詩中淵明之清，太白之逸，老杜之渾。其念奴嬌之赤壁懷古，水調歌頭之中秋，固已膾炙人口矣；至其平生襟懷之淡宕，實與淵明默契。詩之和陶無論矣，即詞之檃括歸去來辭，迴異浮慕；而滿庭芳赴臨汝歸陽羨二首，皆以「歸去來兮」句起，蓋其時時自擬於陶公。其他紀游寫景之作，無不清超絕俗，讀之使人神往；偶有雋語，又不傷尖巧，但覺其才大心細，取精用弘。故胡寅稱之云：『眉山蘇氏，一洗綺羅香澤之態，擺落綢繆宛轉之度，使人登高望遠，舉首高歌，而逸懷浩氣，超乎塵垢之外，於是花間爲皁隸，而耆卿爲輿儓矣。』信有見也。錄九首：

花褪殘紅青杏小。燕子飛時，綠水人家繞。枝上柳綿吹又少。天涯何處無芳草。　牆裏秋千牆外道。牆外行人，牆裏佳人笑。笑漸不聞聲漸杳。多情卻被無情惱。（蘇軾蝶戀花）

黃昏猶是雨纖纖。曉開簾。欲平檐。江闊天低，無處認青帘。孤坐凍吟誰伴我，揩病目，撚衰髯。　使君留客醉厭厭。水晶鹽。爲誰甜。手把梅花，東望憶陶潛。雪似故人人似雪，雖可愛，有人嫌。（蘇軾江城子大雪懷朱康叔）

秋風湖上蕭蕭雨。使君欲去還留住。今日謾留君。明朝愁殺人。　尊前千點淚。灑向長河水。不用斂雙蛾。路人啼更多。（蘇軾菩薩蠻西湖）

湖山信是東南美。一望彌千里。使君能得幾回來。便使尊前醉倒更徘徊。　沙河塘裏鐙初上。水調誰家唱。夜闌風靜欲歸時。惟有一江明月碧琉璃。（蘇軾虞美人有美堂贈述古）

閩溪珍獻。過海雲帆來似箭。玉座金盤。不貢奇葩四百年。　輕紅釅白。雅稱佳人纖手擘。骨細肌香。恰似當年十八娘。（蘇軾減字木蘭花荔枝）

道字嬌娥苦未成。未應春閣夢多情。朝來何事綠鬟傾。　綵索身輕長趁燕，紅窗睡重不聞鶯。困人天氣近清明。（蘇軾浣溪沙）

明月如霜，好風如水，清景無限。曲港跳魚，圓荷瀉露，寂寞無人見。紞如三鼓，鏗然一葉，黯黯夢雲驚斷。夜茫茫重尋無處，覺來小園行徧。　天涯倦客，山中歸路，望斷故園心眼。燕子樓空，佳人何在，空鎖樓中燕。古今如夢，何曾夢覺，但有舊歡新怨。異時對黃樓夜景，為余浩歎。（蘇軾永遇樂彭城夜宿燕子樓夢盼盼因作此詞）

大江東去，浪淘盡，千古風流人物。故壘西邊，人道是，三國周郎赤壁。亂石穿雲，驚濤拍岸，捲起千堆雪。江山如畫，一時多少豪傑。　遙想公瑾當年，小喬初嫁了，雄姿英發。羽扇綸巾，談笑間，檣艣灰飛烟滅。故國神遊，多情應笑我，早生華髮。人間如夢，一樽還酹江月。（蘇軾念奴嬌赤壁懷古）

為米折腰，因酒棄家，口體交相累。歸去來誰　遣君歸，覺從前皆非今是。露未晞，征夫指予歸路，門前笑語喧童稚。嗟舊菊都荒，新松暗老，吾生今已如此。但小窗容膝蔽柴扉。策杖看孤雲暮鴻飛。雲出無心，鳥倦知還，本非有意。　噫！歸去來兮，我今忘我兼忘世。親戚無浪語，琴書中有真味。步翠麓崎嶇，泛溪窈窕，涓涓暗谷流春水。觀草木欣榮，幽人自感，吾生行且休矣。念寓形宇內復幾時。不自覺皇皇欲何之。委吾心去留誰計。神仙知在何處，富貴非吾志。但知臨水登山嘯詠，自引壺觴自醉。此生天命更何疑，且乘流

遇坎還止。（蘇軾哨遍隱括歸去來辭）

自有柳耆卿，而詞情始盡纏綿；自有蘇子瞻，而詞氣始極暢旺。柳詞足以充詞之質；蘇詞足以大詞之流。非柳無以發兒女之情；非蘇無以見名士之氣。以方古文，則分具陰柔陽剛之美者也。故後之言詞者並舉二家爲宗，而東坡之沾溉尤溥矣。

與東坡同時詞人最著者，稱秦七黃九。秦觀字少游，一字太虛，高郵人，因蘇軾薦除祕書省正字，兼國史院編修官，後坐黨籍，屢遭徙放，卒於古藤。觀少豪俊慷慨，溢於文詞，長於議論，文麗而思深，有淮海詞一卷。其婉麗處似柳，而益以爽朗之氣，沈鬱之懷。蔡伯世謂『辭情相稱者唯秦少游』；葉夢得謂『少游樂府語工而入律，知樂者謂之作家』；而李清照則謂其『專主情致，少故實，譬如貧家美女，非不妍麗，終乏富貴態』。集中小令似花間，慢詞略似柳而究自成一格，如滿庭芳「山抹微雲」一闋，爲都下盛唱，東坡則笑其「銷魂當此際」句學柳七；其他究不盡肖也。望海潮，夢揚州等首，均工麗而偏沈著，後之周邦彥似之；而其屢遭徙放，苦悶牢騷，時得警句，如『便做春江都是淚流不盡許多愁』『自在飛花輕似夢，無邊絲雨細如愁』『可堪孤館閉春寒，杜鵑聲裏斜陽暮』，皆極深刻。故馮煦謂其爲『古之傷心人也』。黃庭堅字魯直，號山谷道人，分寧人，官祕書丞，詩爲大家，稱江西詩派之宗，有山谷詞二卷，有豪放似東坡者，亦有纖豔似耆卿者，慢詞佳者甚少，且喜以俚語爲豔詞，後人或至不解。至沁園春等十三首，尤爲褻諢，法秀道人謂『作豔詞當墮犂舌地獄』，正指其言情而流於穢者；其小令則多高妙，可比東坡。陳師道以其與少游並舉爲當代詞手，而黃實遜秦；即就山谷一身言，其詞之造詣，亦遠不及其詩也。各錄五首：

山抹微雲，天粘衰草，畫角聲斷譙門。暫停征棹，聊共引離樽。多少蓬萊舊事，重回首煙靄紛紛。斜陽外，寒鴉數點，流水繞孤村。　消魂，當此際，香囊暗解，羅帶輕分。漫贏得青樓薄倖名存。此去何時見也，襟袖上空染啼痕。傷情處，高城望斷，燈火已黃昏。（秦觀滿庭芳）

梅英疎淡，冰澌溶洩，東風暗換年華。金谷俊遊，銅駝巷陌，新晴細履平沙。長記誤隨車，正絮翻蝶舞，芳思交加。柳下桃蹊，亂分春色到人家。　西園夜飲鳴笳。有華燈礙月，飛蓋妨花。蘭苑未空，行人漸老，重來事

事堪嗟。煙暝酒旗斜。但倚樓極目，時見棲鴉。無奈歸心，暗隨流水到天涯。（秦觀望海潮洛陽懷古）

西城楊柳弄春柔。動離憂，淚難收。猶記多情，曾爲繫歸舟。碧野朱橋當日事，人不見，水空流。　韶華不爲少年留。恨悠悠。幾時休。飛絮落花時候，一登樓。便做春江都是淚，流不盡，許多愁。（秦觀江城子）

漠漠輕寒上小樓。曉陰無賴是窮秋。淡烟流水畫屏幽。　自在飛花輕似夢，無邊絲雨細如愁。寶簾閒掛小銀鉤。（秦觀浣溪沙）

霧失樓臺，月迷津渡。桃源望斷無尋處。可堪孤館閉春寒，杜鵑聲裏斜陽暮。　驛寄梅花，魚傳尺素。砌成此恨無重數。郴江幸自繞郴山，爲誰流下瀟湘去。（秦觀踏莎行）

瑤草一何碧，春入武陵溪。溪上桃花無數，枝上有黃鸝。我欲穿花尋路，直入白雲深處，浩氣展虹蜺。祇恐花深裏，紅露溼人衣。　坐玉石，倚玉枕，拂金徽。謫仙何處，無人伴我白螺杯。我爲靈芝仙草，不爲絳脣丹臉，長嘯亦何爲。醉舞下山去，明月逐人歸。（黃庭堅水調歌頭）

春意漸歸芳草。故國佳人，千里信沈音杳。雨潤烟光，晚景澄明，極目危欄斜照。夢當年少。對尊前，上客鄒枚，小鬟燕趙。共舞雪歌塵，醉裏談笑。　花色枝枝爭好。鬢絲年年漸老。如今遇風景，空瘦損，向誰道。東君幸賜與，天幕翠遮紅繞。休休，醉鄉岐路，華胥蓬島。（黃庭堅逍遙樂）

濟楚好，得些憔悴損，都是因它。那回得句閒言語，傍人盡道，你管又還鬼那人唦。 得過口兒嘛，直勾得風了自家。是即好意也害毒，我還甜殺了人，怎生申報孩兒。（黃庭堅醜奴兒）

中秋無雨，醉送月銜西嶺去。笑口須開，幾度中秋見月來。 前年江外，兒女傳杯兄弟會。此夜登樓，小謝清吟慰白頭。（黃庭堅減字木蘭花）

天涯也有江南信，梅破知春近。夜闌風細得香遲，不消曉來開遍向南枝。 玉臺弄粉花應妒，飄到眉心住。平生箇裏願杯深，去國十年老盡少年心。（黃庭堅虞美人宜州見梅作）

黃，秦與張晁，號爲蘇門四學士。張耒，字文潛，淮陰人，第進士，元祐初，仕至起居舍人，從東坡遊，紹聖後，迭坐黨謫，有柯山集，傳詞甚少，惟風流子爲著。晁補之，字無咎，鉅野人，仕至箸作郎，國史編修官，才氣飄逸，嗜學不倦，尤精楚辭，有琴趣外篇，四庫提要謂其『神姿高秀，與蘇軾可以肩隨』，而陳振孫謂其『佳者固未遜於秦七黃九』，蓋其宗尚所至也。同時又有李之儀，陳師道，程垓，毛滂，謝逸，賀鑄，皆負詞名，諸人所作，不必盡出於蘇，而有時足相呼應。李之儀，字端叔，滄州無棣人，元祐初，爲樞密編修官，受知蘇軾於定州幕府，徽宗時，提舉河東常平，得罪，編管太平州；有姑溪詞，小令最工，四庫提要稱其『清婉峭蒨，殆不減秦觀』，毛晉謂其『小令更長於淡語、景語、情語，黃叔暘不列之南渡諸家，得毋遺珠之恨』。陳師道，字無己，一字履常，號後山，彭城人，以蘇軾薦爲徐州教授，歷祕書省正字；有後山詞，自謂『他文未能及人，獨於詞不減秦七、黃九』，實則其詞無甚過人處，而遠遜於其詩也。程垓，字正伯，眉山人，與蘇軾爲中表，（據毛晉跋。而朱氏詞綜列之南宋，殆南宋初猶存。）有書舟詞，情致綿邈，善託新意，揮灑自在。毛滂，字澤民，江山人，官杭州法曹；有東堂詞，情韻特勝，惟因阿附蔡京以得官，詞中多貢諛之作，不免貶其詞格。謝逸，字無逸，臨川人，舉八行不就，箸春秋廣微，檟談，及溪堂集；有溪堂詞，提要稱其『淘鍊清圓，點染工麗』，尤以江神子「杏花春館」一詞爲著。賀鑄，字方回，衞州人，元祐中通判泗州，後退居吳下，自號慶湖遺老，其詞開後之四明一派，有東山寓聲樂府，張耒序稱其『盛麗如遊金張之堂，妖冶如攬嬙施之袪，幽潔如屈宋，悲壯如蘇李』，尤以青玉案一詞爲著，時人因呼之爲『賀梅子』云。各錄二首：

亭皋木葉下，重陽近，又是搗衣秋。奈愁入庾腸，老侵潘鬢，漫簪黃菊，花也應羞。楚天晚，白蘋烟盡處，紅蓼水邊頭。芳草有情，夕陽無語，雁橫南浦，人倚西樓。　玉容知安否，香箋共錦字，兩處悠悠。空恨碧雲離合，青鳥沈浮。向風前懊惱，芳心一點，寸眉兩葉，禁甚閒愁。情到不堪言處，分付東流。（張耒風流子）

箇人風味，只有梅花些子似。每到開時，滿眼春愁只自知。　霞裾仙珮，姑射神人風露態。蜂蝶休忙，不與春風一點香。（張耒減字木蘭花）

譙園幽古，煙鎖前朝檜。搖落晚紅時，滿園空幾株蒼翠。使君才譽，金殿握蘭人，將風調，改荒涼，便是嬉遊地。　劉郎莫問，去後桃花事。司馬更堪憐，掩金觴琵琶催淚。愁來不醉，不醉奈愁何，汝南周，東陽沈，勸我如何醉。（晁補之驀山溪譙園飲酒爲守令作）

無窮官柳，無情畫舸，無根行客。南山尚相送，只高城人隔。　罨畫園林溪紺碧，算重來盡成陳跡。劉郎鬢如此，況桃花顏色。（晁補之憶少年別歷下）

柔腸寸折，解袂留清血。藍橋動是經年別。掩門春絮亂，欹枕秋蛩咽。檀篆滅，鴛衾半枕空牀月。　妝鏡分來缺，塵汚菱花潔。嘶騎遠，鳴機歇。密封書錦字，巧綰香囊結。芳信絕，東風半落梅梢雪。（李之儀千秋歲）

回首蕪城舊苑，還是翠深紅淺。春意已無多，斜日滿簾飛燕。不見，不見，門掩落花庭院。（李之儀如夢令）

九里山前千里路。流水無情，只送行人去。路轉河回寒日暮。連峯不許重回顧。　水解隨人花却住。衾冷香銷，但有殘妝污。淚入長江空幾許。雙洪一抹無尋處。（陳師道蝶戀花）

秋聲隱地，葉葉無留意。冰簟流光團扇墜。驚起雙棲燕子。　夜堂簾合回廊。風帷吹亂凝香。臥看一庭明月，晚寒不耐微涼。（陳師道清平樂）

金鴨爛熏香，向晚來，春酲一枕無緒。濃綠漲瑤窗，東風外，吹盡亂紅飛絮。無言佇立，斷腸惟有流鶯語。碧雲欲暮。空惆悵韶華，一時虛度。　追思舊日心情，記題葉西樓，吹花南浦。老去覺歡疏，傷春恨，都付斷雲殘雨。黃昏院落，問誰猶在憑闌處。可堪杜宇，空只解聲聲，催他春去。（程垓南浦）

月挂霜林寒欲墜。正門外催人起。奈離別如今眞箇是。欲住也留無計。欲去也來無計。　馬上離魂衣上淚。各自箇供憔悴。問江路梅花開也未。春到也須頻寄。人別也書頻寄。（程垓酷相思）

淚溼闌干花著露。愁到眉峯碧聚。此恨平分取。更無言語空相覷。　短雨殘雲無意緒。寂寞朝朝暮暮。今夜山深處。斷魂分付潮回去。（毛滂惜分飛富陽僧舍代作別語）

餘寒尚峭。早鳳沼凍開，芝田春到。茂對誕期，天與公春向廊廟。元功開物爭春妙。付與穠華多少。召還和氣，拂開霽色，未妨談笑。　縹緲。五雲亂處，種彫菰向熱，碧桃猶小。雨露在門，光彩充閭烏亦好。寶熏鬱霧

城南道。天自錫公難老。看公身任安危，二十四考。（毛滂絳都春太師生辰）

杏花村館酒旗風。水溶溶。颺殘紅。野渡舟橫，楊柳綠陰濃。望斷江南山色遠，人不見，草連空。　夕陽樓外晚烟籠。粉香融。淡眉峯。記得年時，相見畫屏中。只有關山今夜月，千里外，素光同。（謝逸江神子）

暖日溫風破淺寒。短青無數簇幽闌。三年春在病中看。　中酒心情長似夢，探花時候不能閒。故園芳信隔秦關。（謝逸浣溪沙）

城下路。淒風露。今人犁田古人墓。岸頭沙。帶蒹葭。漫漫昔時流水今人家。黃埃赤日長安道。倦客無漿馬無草。開函關。掩函關。千古如何不見一人閒。　六國擾。三秦掃。初謂商山遺四老。馳單車。致緘書。裂荷焚芰，接武曳長裾。高流端得酒中趣。深入醉鄉安穩處。生忘形。死忘名。誰論二豪初不數劉伶。（賀鑄小梅花將進酒）

淩波不過橫塘路。但目送芳塵去。錦瑟華年誰與度。月橋花榭，瑣窗朱戶。惟有春知處。　碧雲冉冉蘅皋暮。綵筆新題斷腸句。試問閒愁都幾許。一川烟草，滿城風絮。梅子黃時雨。（賀鑄青玉案）

殿北宋之末，而集其大成者，有二人焉，曰周邦彥、李清照。周起於南，李出於北。周氣體高麗；李清味精永。蓋異趣而不爲歧，同能而不相掩也。周字美成，錢塘人，自號清眞居士，性疏雋少檢，博涉百家之書，以獻汴都賦登進，累官祕書監，進徽猷閣待制，提舉大晟府，於聲律詞調，多所創作，每製一詞，名流輒爲賡和；出知順昌府，徙處州，卒。有淸眞集，曹杓注，南宋嘉定間，廬陵陳少章刪定舊注十卷，改題片玉詞。其詞撫寫物態，曲盡其妙，渾厚和雅，善融詩句，富豔精工，長於鋪敘，自貴人學士市儈妓女，皆知其詞爲可愛。誠能匯前此晏、歐、秦、柳之長，而成一大派；樹後此姜、史、吳、張之鵠，而開其大宗。集中名作如林，尤以蘭陵王、鎖窗寒、齊天樂、六醜、夜飛鵲、滿庭芳、渡江雲、西河、浪淘沙慢、憶舊遊、過秦樓、尉遲杯等首爲絕工，狀風物，寫羈情，懷舊卽景，無不眞妙；令詞如玉樓春、蝶戀花、南鄉子、浣溪沙多首，皆極淸雋。兼之妙通音律，下字用韻，皆有法度，故方千里、楊澤民和作，步趨繩尺，不敢稍失，直奉爲典則矣。錄八首：

暗柳啼鴉，單衣竚立，小簾朱戶。桐花半畝，靜鎖一庭愁雨。灑空階更闌未休，故人翦燭西窗語。似楚江暝宿，燈零亂少年羈旅。遲暮，嬉遊處，正店舍無烟，禁城百五。旗亭喚酒，付與高陽儔侶。想東園桃李自春，小脣秀靨今在否。到歸時定有殘英，待客攜尊俎。（周邦彥鎖窗寒）

綠蕪凋盡臺城路，殊鄉又逢秋晚。暮雨生寒，鳴蛩勸織，深閣時聞裁翦。雲窗靜掩。歎重拂羅裀，頓疏花簟。尚有練囊，露螢清夜照書卷。‖荆江留滯最久，故人相望處，離思何限。渭水西風，長安落葉，空憶詩情宛轉。憑高眺遠，正玉液新篘，蟹螯初薦。醉倒山翁，但愁斜照斂。（周邦彥齊天樂）

風老鶯雛，雨肥梅子，午陰嘉樹清圓。地卑山近，衣潤費鑪煙。人靜烏鳶自樂，小橋外新綠濺濺。憑闌久，黃蘆苦竹，疑泛九江船。‖年年。如社燕，飄流瀚海，來寄修椽。且莫思身外，長近樽前。憔悴江南倦客，不堪聽急管繁絃。歌筵畔，先安枕簟，容我醉時眠。（周邦彥滿庭芳夏日溧水無想山作）

記愁橫淺黛，淚洗紅鉛，門掩秋宵。墜葉驚離思，聽寒蛩夜泣，亂雨瀟瀟。鳳釵半脫雲鬢，窗影燭光搖。漸暗竹敲涼，疏螢照曉，兩地魂消。　迢迢。問音信，道徑底花陰，時認鳴鑣。也擬臨朱戶，歎因郎憔悴，羞見郎招。舊巢更有新燕，楊柳拂河橋。但滿眼驚塵，東風竟日吹露桃。（周邦彥憶舊遊）

‖桃溪不作從容住，秋藕絕來無續處。當時相候赤闌橋，今日獨尋黃葉路。　煙中列岫青無數，雁背夕陽紅欲暮。人如風後入江雲，情似雨餘沾地絮。（周邦彥玉樓春）

魚尾靄生明遠樹，翠壁黏天，玉葉迎風舉。一笑相逢蓬海路，人間風月如塵土。　翦水雙眸雲半吐，醉倒天瓢，笑語生青霧。此會未闌須記取，桃花幾度吹紅雨。（周邦彥蝶戀花）

寒夜夢初醒，行盡江南萬里程。早是愁來無會處，時聽敗葉相傳細雨聲。書信也無憑。萬事由他別後。情誰信歸來須及早，長亭短帽輕衫走馬迎。（周邦彥南鄉子）

水漲魚天拍柳橋。雲鳩拕雨過江皋。一番春信入東郊。　閒碾鳳團消短夢，靜看燕子壘新巢。又移月影上花梢。（周邦彥浣溪沙）

李清照，號易安居士，濟南人，李格非女，趙明誠妻，幼嗜文學，適明誠後，尤喜搜討考訂，記覽甚博；晚年際南渡之亂，明誠又卒，顛沛無依，遭遇甚苦。其於詞學用力至勤，作詞論，評騭諸家，皆致不滿，略謂『歐晏蘇不協音律，柳雖協音律而辭語塵下，晏叔原苦無鋪敍，賀方回苦少典重，秦少游專主情致而少故實，黃魯直尚故實而多疵病，張子野宋子京雖時有妙語，而破碎不足名家。』有漱玉集，宋史藝文志六卷，直齋書錄解題五卷，皆已散亡，今存本爲毛晉所刊，僅十七闋，雖所存不多，而並皆精粹。張端義貴耳集，謂其『以尋常語度入音律，鍊句精巧則易，平淡入律者難。』又謂其『秋詞聲聲慢，乃公孫大娘舞劍手，本朝非無能詞之士，曾未有一下十四疊字者，』黃昇謂其『寵柳嬌花之語，亦甚奇俊，前此未有能道之者，』四庫提要謂『清照以一婦人，而詞格乃抗周軼柳，』且亦許爲大宗。集中名句皆深刻精透，不拾前人牙慧，宜其睥、睨、一、切、矣。錄六首：

蕭條庭院，又斜風細雨，重門須閉。寵柳嬌花寒食近，種種惱人天氣。險韻詩成，扶頭酒醒，別是閒滋味，征鴻過盡，萬千心事難寄。　樓上幾日春寒，簾垂四面，碧闌干慵倚。被冷香消新夢覺，不許愁人不起。清露晨流，新桐初引，多少遊春意。日高烟斂，更看今日晴未。（李清照念奴嬌）

尋尋覓覓，冷冷清清，淒淒慘慘戚戚。乍暖還寒時候，最難將息。三杯兩盞淡酒，怎敵他晚來風急。雁過也，正傷心，卻是舊時相識。　滿地黃花堆積，憔悴損，如今有誰忺摘。守著窗兒，獨自怎生得黑。梧桐更兼細雨，到黃昏點點滴滴。這次第，怎一個愁字了得。（李清照聲聲慢）

香冷金猊，被翻紅浪，起來慵自梳頭。任寶奩塵滿，日上簾鉤。生怕離懷別苦，多少事欲說還休。新來瘦，非干病酒，不是悲秋。　休休。這回去也，千萬徧陽關，也則難留。念武陵人遠，煙鎖秦樓。惟有樓前流水，應念我終日凝眸。凝眸處，從今又添，一段新愁。（李清照鳳凰臺上憶吹簫）

薄霧濃雲愁永晝。瑞腦消金獸。佳節又重陽，玉枕紗幮，半夜涼初透。　東籬把酒黃昏後。有暗香盈袖。莫

道不消魂，簾捲西風，人比黃花瘦。（李清照醉花陰）

紅藕香殘玉簟秋。輕解羅裳，獨上蘭舟。雲中誰寄錦書來，雁字回時，月滿西樓。　花自飄零水自流。一種相思，兩處閒愁。此情無計可消除，纔下眉頭，又上心頭。（李清照一翦梅）

風住塵香花已盡，日晚倦梳頭。物是人非事事休，欲語淚先流。　聞說雙溪春尚好，也擬汎輕舟。只恐雙溪舴艋舟，載不動許多愁。（李清照武陵春）

此外如周紫芝，葛勝仲，王安中，李祁，劉一止，呂渭老，蔡伸，李甲，均為北宋末期較著之詞家，雖無特長，而各有成就者也。各錄一首：

夕陽低盡柳如烟。澹平川。斷腸天。今夜十分霜月更娟娟。怎得人如天上月，雖暫缺，有時圓。　斷雲飛雨又經年。思悽然。淚涓涓。且做如今要見也無緣。因甚江頭來去雁，飛不到，小樓邊。（周紫芝江城子）

玉琯葭飛換歲灰。定山新棹酒船回。年時燕燕雙雙在，肯為人愁便不來。　衰意緒，病情懷。玉山今夜為誰頹。年時梅蕊垂垂破，肯為人愁便不開。（葛勝仲鷓鴣天）

秋鴻只向秦箏住。終寄青樓書不去。手因春夢有攜時，眼到花開無著處。　泥金小字回文句。翠袖紅裙今在否。欲尋巫峽舊時雲，問取高唐臺畔路。（王安中玉樓春）

嫋嫋秋風起，蕭蕭敗葉聲。岳陽樓上聽哀箏。樓下淒涼江月爲誰明。　霧雨沈雲夢，烟波渺洞庭。可憐無處問湘靈。只有無情江水繞孤城。（李郁南歌子）

曉光催角。聽宿鳥未驚，鄰雞先覺。迤邐烟村，馬嘶人起，殘月尚穿林薄。淚痕帶霜微凝，酒力衝寒猶弱。歎倦客悄不禁重染，風塵京洛。　追念人別後，心事萬重，難覓孤鴻託。翠幌嬌深，曲屏香暖，念歲寒飄泊。怨月恨花，須不是不曾經著。這情味望一成消減，新來還惡。（劉一止喜遷鶯曉行）

隙月垂篦，亂蛩催織，秋晚嫩涼房戶。燕拂簾旌，鼠窺窗網，寂寂飛螢來去。金鋪鎮掩，漫記得花時南浦。約重陽萸糝菊英，小樓遙夜歌舞。　銀燭暗佳期細數。簾幙漸西風，半窗秋雨。葉底翻紅，水面皺碧，鐙火裁縫碪杵。登臺望極，正霧鎖宮槐歸路。定須相將寶馬鈿車，訪吹簫侶。（呂渭老百宜嬌）

冰結金壺，寒生羅幕，夜闌霜月侵門。翠筠敲韻，疎梅弄影，數聲雁過南雲。酒醒欹粲枕，愴猶有殘妝淚浪。繡被孤擁，餘香未歇，猶是那時薰。　長記得扁舟尋舊約，聽小窗風雨，鐙火黃昏。錦茵纔展，瓊籤報曙，寶釵又是輕分。黯然攜手處，倚朱箔愁凝黛顰。夢回雲散，山遙水遠空斷魂。（蔡伸飛雪滿羣山）

賣酒壚邊，尋芳原上，亂花飛絮悠悠。已蝶稀鶯散，便擬把長繩繫日無由。漫道草忘憂，也徒將酒解閒愁。正江南春盡，行人千里，蘋滿汀洲。　有翠紅徑裏，盈盈侶，簇芳茵，歡飲時笑時謳。當暖風遲景，任相將永

日，爛漫狂遊。誰信盛狂，中有離情忽到心頭。向尊前擬問，雙燕來時，曾過秦樓。（李甲過秦樓）

（三）南宋諸詞家

朱彝尊詞綜發凡云：『世人言詞必稱北宋；然詞至南宋始極其工，至宋季而始極其變。』而明宋徵璧則曰：『詞至南宋而繁，亦至南宋而敝。』平亭二說，朱氏爲允。北宋海宇承平，風尚泰侈，詞人伎倆，大率繪景言情，其上者亦僅抒羈旅之懷，發遲暮之感而已。其局勢無由而大，其氣格無由而高也。至於南渡，偏安半壁，外患頻仍，君臣苟安湖山歌舞。降及鼎革，尚有遺黎。銅駝遂荒，金仙不返。有心人感慨興廢，憑弔丘墟，詞每茹悲，情多不忍。斜陽依舊，禹迹都無；關塞莽然，長淮望斷。竹西佳處，喬木猶厭言兵；荊鄂遺民，故壘還知恨苦。望四橋之烟草，淚跟東風；消幾度之斜陽，枯形閱世。凡茲喪亂，自啓哀思。窮苦易工，憂患知道。蓋民勞板蕩之餘，哀郢懷沙之嗣，所謂極其工，極其變者，豈不信哉？至於狀兒女之情，託風月之興，仍無以越乎北宋也。

北宋詞人至南宋而顯者，有向子諲，康與之，趙鼎，陳與義，葉夢得，李邴，朱敦儒諸人。向，康，趙，陳，已見前。葉夢得，字少蘊，吳縣人，紹聖四年進士，累官龍圖閣直學士，帥杭州；高宗朝，除尚書右丞，江東安撫使，兼知建康府行營留守，移知福州，提舉洞霄宮；晚居吳興弁山，自號石林居士；有石林集，關注謂其『妙齡詞甚婉麗，綽有溫李之風；晚歲落其華而實之，能於簡淡時出雄傑，合處不減東坡』，毛晉謂其『不作柔語殢人，眞詞家逸品。』李邴，字漢老，任城人，崇寧五年進士，累官翰林學士，紹興初，拜參知政事，資政殿學士，晚寓泉州，卒謚文敏；有雲龕草堂集，與汪藻，樓鑰稱南渡三詞人。朱敦儒，字希眞，洛陽人，以薦起，紹興五年進士，官祕書省正字，兵部郎官，遷兩浙東路提點刑獄，上疏乞歸，居嘉禾；有樵歌三卷，汪莘謂其『詞多塵外之想，雖雜以微塵，而其清氣自不可沒』，黃昇謂其『天資曠遠，有神仙風致。』餘如李彌遜，左譽，侯寘，葛立方，黃公度，胡銓，張元幹，袁去華，皆南宋初期較著之詞家，而承北宋之緒者也。各錄一首：

唾起啼鶯語。掩蒼苔房櫳向晚，亂紅無數。吹盡殘花無人見，惟有垂楊自舞。漸暖靄初回輕暑。寶扇重尋明月影，暗塵侵尚有乘鸞女。驚舊恨，遽如許。江南夢斷蘅皐渚。浪黏天蒲萄漲綠，半空煙雨。無限樓前

滄波意，誰采蘋花寄取。但悵望蘭舟容與。萬里雲帆何時到，送孤鴻目斷千山阻。誰爲我，唱金縷。（葉夢得賀新郎）

瀟灑江梅。向竹梢疏處，橫兩三枝。東風也不愛惜，雪壓霜欺。無情燕子，怕春寒輕失花期。惟是有南來塞鴈，年年長記開時。　清淺小溪如練，問玉堂何似，茅舍疏籬。傷心故人去後，冷落新詩。微雲淡月，對孤芳分付他誰。空自倚清香未減，風流不在人知。（李邴漢宮春）

故國當年得意，射麋上苑，走馬長楸。對蔥蔥佳氣，赤縣神州。好景何曾虛過，勝游是處相留。向伊川雪夜，洛浦花朝，占斷狂遊。　胡塵捲地，南走炎荒，曳裾強學應劉。空漫說螭蟠龍臥，誰取封侯。塞雁年年北去，蠻江日日西流。此生老矣，除非春夢，重到東周。（朱敦儒雨中花嶺南作）

江城烽火連三月。不堪對酒長亭別。休作斷腸聲。老來無淚傾。　風高帆影疾。目送舟痕碧。錦字幾時來。薰風無鴈回。（李彌遜菩薩蠻）

黃昏樓上杏花寒。斜月小闌干。一雙燕子，兩行征雁，畫角聲殘。　綺窗人在東風裏，灑淚對春閒。也應似舊，盈盈秋水，淡淡春山。（左譽眼兒媚）

三年牢落荒江路。忽明日輕帆去。冉冉年光真暗度。江山無助，風波有險，不是留君處。　梅花萬里傷遲

暮。驛使來時留佳句。我拚歸休心已許。短篷孤棹，綠蓑青笠，穩泛瀟湘雨。（侯寘青玉案戲用賀方回韻餞別朱少章）

鳧鳧水芝紅，脈脈蒹葭浦。淅淅西風淡淡煙，幾點疏疏雨。　草草展杯觴，對此盈盈女。葉葉紅衣當酒船，細細流霞舉。（葛立方卜算子）

湖上送殘春，已負別時歸約。好在故園桃李，爲誰開誰落。　還家應是荔支天，浮蟻要人酌。莫把舞裙歌扇，便等閒拋却。（黃公度好事近）

十年目斷鯨波闊。萬里相逢歌怨咽。髻鬟春霧翠微重，眉黛秋山煙雨抹。　小槽旋滴真珠滑。斷送一生花十八。醉中扶上木腸兒，酒醒夢回空對月。（胡銓玉樓春贈督監侍兒是夕歌六幺）

夢繞神州路。悵秋風連營畫角，故宮離黍。底事崑崙傾砥柱。九地黃流亂注。聚萬落千村狐兔。天意從來高難問，況人情易老悲難訴。更南浦，送君去。　涼生岸柳摧殘暑。耿斜河疏星淡月，斷雲微雨。萬里江山知何處，回首對牀夜雨。雁不到書成誰與。目盡青天懷今古，肯吾曹恩怨相爾汝。舉大白，聽金縷。（張元幹賀新郎送胡邦衡待制赴新州）

鳥影度疏木，天勢入平湖。滄波萬頃，輕風落日片帆孤。渡口千章雲木，冉冉炊煙一縷，人在翠微居。客裏更愁絕，回首憶吾廬。　功名事，今老矣，待何如。拂衣歸去，誰道張翰爲蓴鱸。且就竹深荷靜，坐看山高月

小，劇飲與誰俱，長嘯動林木，意氣欲凌厲。（寘去華水調歌頭）

南宋詞人大聲獨發、高格首標者，厥推辛棄疾。棄疾字幼安，號稼軒，濟南歷城人。耿京聚兵山東，節制忠義軍馬，留掌書記；紹興三十二年，令奉表南歸，高宗召見，授承務郎；寧宗朝，累官湖南、江西、浙東安撫使，加龍圖閣待制，進樞密都承旨，卒。德祐初，贈少師，謚忠敏，有稼軒長短句。劉克莊謂其『大聲鏜鞳，小聲鏗鍧，橫絕六合，掃空萬古』，樓儼謂其『驅使莊騷經史，無一點斧鑿痕』，四庫提要謂其『慷慨縱橫，有不可一世之概，於倚聲家爲變調；而異軍特起，能於翦紅刻翠之外，屹然別立一宗，迄今不廢。』蓋稼軒詞備四時之氣，固爲大家，而其人實不僅爲詞人。觀其斬僧義端，擒張安國，勦賴文政，設飛虎營，武績爛然，固英雄也；恤吳交如，濟劉改之，哭朱文公，篤於友誼，則義俠也；晚年營帶湖，師陶令，溪山作債，書史成淫，又隱逸之儔也。故其爲詞，激昂排宕，不可一世，而瀟灑雋逸，旖旎風光，亦各極其能事。東坡有其胸襟，無其才氣；清眞有其情韻，無其風骨。效之者或得其粗豪，而遺其精密；步其揮灑，而忘其胎息焉。後人或譏之爲『詞論』或譏之爲『掉書袋』要皆未觀其大。特其天才、學問、蓄積之所就，非淺、薄、窒、陋者所易學步耳。集中勝作極多，格調約分四派：豪壯，綿麗，雋逸，沈鬱，皆各造其極，信中興之傑也。錄十二首：

楚天千里清秋，水隨天去秋無際。遙岑遠目，獻愁供恨，玉簪螺髻。落日樓頭，斷鴻聲裏，江南遊子。把吳鉤看了，闌干拍遍，無人會，登臨意。休說鱸魚堪膾，儘西風，季鷹歸未。求田問舍，怕應羞見，劉郎才氣。可惜流年，憂愁風雨，樹猶如此。倩何人喚取，紅巾翠袖，搵英雄淚。（辛棄疾水龍吟登建康賞心亭）

千古江山，英雄無覓，孫仲謀處。舞榭歌臺，風流總被雨打風吹去。斜陽草樹，尋常巷陌，人道寄奴曾住。想當年，金戈鐵馬，氣吞萬里如虎。元嘉草草，封狼居胥，贏得倉皇北顧。四十三年，望中猶記，烽火揚州路。可堪回首，佛貍祠下，一片神鴉社鼓。憑誰問，廉頗老矣，尚能飯否。（辛棄疾永遇樂京口北固亭懷古）

醉裏挑燈看劍，夢中吹角連營。八百里分麾下炙，五十絃翻塞外聲，沙場秋點兵。馬作的盧飛快，弓如霹靂弦驚。了卻君王天下事，贏得生前身後名。可憐白髮生。（辛棄疾破陣子爲陳同甫賦壯詞以送之）

更能消幾番風雨，悤悤春又歸去。惜春長怕花開早，何況落紅無數。春且住。見說道天涯芳草無歸路。怨春不語。算只有殷勤，畫檐蛛網，盡日惹飛絮。長門事，準擬佳期又誤。蛾眉曾有人妒。千金縱買相如賦。

脈脈此情誰訴。君莫舞。君不見玉環飛燕皆塵土。閒愁最苦。休去倚危闌，斜陽正在，烟柳斷腸處。（辛棄疾摸魚兒淳熙己亥自湖北漕移湖南同官王正之置酒小山亭爲賦）
敲碎離愁，紗窗外風搖翠竹。人去後吹簫聲遠，倚樓人獨。滿眼不堪三月暮，舉頭已覺千山綠。但試把一紙寄來書從頭讀。　相思字，空盈幅。相思意，何時足。滴羅襟點點，淚珠盈掬。芳草不迷行客路，垂楊只礙離人目。最苦是立盡月黃昏，闌干曲。（辛棄疾滿江紅）
寶釵分，桃葉渡。烟柳暗南浦。怕上層樓，十日九風雨。斷腸點點飛紅，都無人管，更誰勸啼鶯聲住。　鬢邊覷。應把花卜歸期，纔簪又重數。羅帳鐙昏，哽咽夢中語。是他春帶愁來，春歸何處，却不解帶將愁去。（辛棄疾祝英臺近晚春）
亭上秋風，記去年嫋嫋，曾到吾廬。山河舉目雖異，風景非殊。功成者去，覺團扇便與人疏。吹不斷斜陽依舊，茫茫禹跡都無。　千古茂陵詞在，甚風流章句，解擬相如。只今木落江冷，渺渺愁余。故人書報，莫因循忘却蓴鱸。誰念我新涼燈火，一編太史公書。（辛棄疾漢宮春會稽秋風亭觀雨）
帶湖吾甚愛，千丈翠奩開。先生杖屨無恙，一日走千回。凡我同盟鷗鷺，今日既盟之後，來往莫相猜。白鶴在何處，嘗試與偕來。　破青萍，排翠藻，立蒼苔。窺魚笑汝癡計，不解舉吾杯。廢沼荒丘疇昔，明月清風此

夜人世幾歡哀。東岸綠陰少，楊柳更須栽。（辛棄疾水調歌頭盟鷗）

枕簟溪堂冷欲秋。斷雲依水晚來收。紅蓮相倚渾如醉，白鳥無言定是愁。書咄咄，且休休。一丘一壑也風流。不知筋力衰多少，但覺新來嬾上樓。（辛棄疾鷓鴣天鵝湖歸病起作）

綠樹聽鵜鴂。更那堪、鷓鴣聲住，杜鵑聲切。啼到春歸無啼處，苦恨芳菲都歇。算未抵、人間離別。馬上琵琶關塞黑，對長門、翠輦辭金闕。看燕燕，送歸妾。　將軍百戰身名裂。向河梁、回頭萬里，故人長絕。易水蕭蕭西風冷，滿座衣冠似雪。正壯士、悲歌未徹。啼鳥還知如許恨，料不啼、清淚長啼血。誰伴我，醉明月。（辛棄疾賀新郎別茂嘉十二弟）

野棠花落，又匆匆過了，清明時節。剗地東風欺客夢，一枕雲屏寒怯。曲岸持觴，垂楊繫馬，此地曾經別。樓空人去，舊遊飛燕能說。　聞道綺陌東頭，行人曾見，簾底纖纖月。舊恨春江流不斷，新恨雲山千疊。料得明朝，尊前重見，鏡裏花難折。也應驚問，近來多少華髮。（辛棄疾念奴嬌書東流村壁）

鬱孤臺下清江水。中間多少行人淚。西北望長安。可憐無數山。　青山遮不住。畢竟東流去。江晚正愁余。山深聞鷓鴣。（辛棄疾菩薩蠻書江西造口壁）

近稼軒而實導源東坡者，有張孝祥，范成大，陸游。孝祥，字安國，號于湖，簡池人，寓居歷陽，年二十餘，對策魁天下，因忤秦檜，屢遭遷黜；及檜死，始得隆遇，入直中書；有于湖詞三卷，湯衡序稱其『平昔爲詞，未嘗著稿，筆酣興健，頃刻卽成，如歌頭凱歌諸曲，駿發踔厲，寓以詩人句法，自仇池仙去，能繼其軌者非公而誰？』陳應行序稱其『前古無人，後無來者，讀之泠然灑然，眞非煙火食人辭語』洵非過譽。成大字致能，吳郡人，紹興二十四年進士，孝宗時，累官權吏部尚書，拜參知政事，進資政殿學士，提舉洞霄宮，卒謚文穆，有石湖居士集，多縱爽之作。游字務觀，山陰人，隆興初進士，范成大帥蜀，爲參議官，累知嚴州，嘉泰初詔同修國史，兼祕書監，遷寶章閣待制，致仕，晚自號放翁；有劍南集二卷，劉克莊謂『放翁稼軒，一掃纖豔，不事斧鑿，但時時掉書袋』楊愼詞品則謂『放翁纖麗處似淮海，雄快處似東坡。』今觀其詞纖麗時復有之，要以疏爽處爲多，蓋其晚年返雄心於恬淡，所謂『蕭條病驥，向暗裏消盡當年豪氣，』其自道固確也。各錄三首：

長淮望斷，關塞莽然平。征塵暗，霜風勁，悄邊聲。黯消凝。追想當年事，殆天數，非人力，洙泗上，絃歌地，亦羶腥。隔水氈鄉，落日牛羊下，區脫縱橫。看名王宵獵，騎火一川明。笳鼓悲鳴。遣人驚。念腰間箭，匣中劍，空埃蠹，竟何成。時易失，心徒壯，歲將零。渺神京。干羽方懷遠，靜烽燧，且休兵。冠蓋使，紛馳騖，若爲情。聞道中原遺老，常南望，翠葆霓旌。使行人到此，忠憤氣塡膺，有淚如傾。（張孝祥六州歌頭）

洞庭青草，近中秋，更無一點風色。玉界瓊田三萬頃，著我扁舟一葉。素月分輝，銀河共影，表裏俱澄澈。怡然心會，妙處難與君說。　應念嶺海經年，孤光自照，肝肺皆冰雪。短髮蕭騷襟袖冷，穩泛滄溟空闊。盡挹西江，細斟北斗，萬象爲賓客。扣舷獨嘯，不知今夕何夕。（張孝祥念奴嬌洞庭）

路盡湘江水，人行瘴霧間。昏昏西北度嚴關。天外一簪初見嶺南山。　北雁連書斷，秋霜點鬢斑。此行休問幾時還。準擬桂林佳處過春殘。（張孝祥南歌子過嚴關）

罨畫溪山，行欲徧風蒲遠舉。天漸遠，水雲初靜，柁樓人語。月色波光看不定，玉虹橫臥金鱗舞。算五湖今夜只扁舟，追千古。　悵往事，漁樵侶。曾共醉，松江渚。笑今年依舊，一杯滄浦。宇宙此身元是客，不須悵望家何許。但中秋時節好溪山，皆吾土。（范成大滿江紅）

萬里漢家使，雙節照清秋。舊京行遍，中夜呼嘯濟黃流。寥落桑榆西北，無限太行紫翠，相伴過盧溝。歲晚客多病，風露冷貂裘。　對重九，須爛醉，莫牽愁。黃花爲我一笑，不管鬢霜羞。袖裏天書咫尺，眼底關河百

二，歌罷此身浮。惟有平安信，隨雁到南州。（范成大水調歌頭燕山九日作）

棲烏飛絕，絳霧星明滅。燒香曳簟眠清樾，花影吹笙，滿地淡黃月。　好風碎竹聲如雪，昭華三弄臨風咽。鬢絲撩亂綸巾折，涼滿北窗，休共軟紅說。（范成大醉落魄）

華鬢星星，驚壯志成虛，此身如寄。蕭條病驥，向暗裏消盡當年豪氣。夢斷故國山川，隔重重煙水，身萬里。舊社凋零，靑門俊遊誰記。　盡道錦里繁華，歎官閒晝永，紫荆添睡。清愁自醉。念此際付與何人心事。縱有楚柁吳檣，知何時東逝。空悵望鱠美菰香，秋風又起。（陸游雙頭蓮呈范致能待制）

東望山陰何處是，往來一萬三千里。寫得家書空滿紙，流淸淚，書回已是明年事。　寄語紅橋橋下水，扁舟何日尋兄弟。行徧天涯眞老矣，愁無寐，鬢絲幾縷茶煙裏。（陸游漁家傲寄仲高）

當年萬里覓封侯，匹馬戍梁州。關河夢斷何處，塵暗舊貂裘。　胡未滅，鬢先秋，淚空流。此生誰料，心在天山，身老滄洲。（陸游訴衷情）

自稼軒紹東坡而開豪壯之宗，南宋詞人之繼聲者甚衆，其最著者有二劉。劉過，字改之，號龍洲道人，泰和人，嘉泰中爲稼軒之客，相得極歡，性亢爽自負，有龍洲詞一卷，如六州歌頭，沁園春，念奴嬌等之豪壯；小桃紅，醉太平之綿麗；唐多令，天仙子之雋逸；賀新郎，祝英臺近之沈鬱，皆足與稼軒相應和，但功業名位不及耳。劉克莊，字潛夫，號後村，莆田人，淳祐中賜進士出身，官龍圖閣直學士，卒諡文定，有後村別調五卷。張炎議其『直致近俗，乃效稼軒而不及者。』集中沁園春，念奴嬌，滿江紅，水龍吟，賀新郎多首皆極肖。大抵後村龍洲，皆稼軒之羽翼，惟龍洲局度不若稼軒之宏，而後村氣勢又稍遜龍洲之壯，然以視其他效辛者，皆高出數籌也。錄龍洲四首，後村二首：

萬里湖南，江山歷歷，皆吾舊遊。看飛鳧仙子，張帆直上，周郎赤壁，鸚鵡滄洲。盡吸西江，醉中橫笛，人在岳陽樓上頭。波瀾靜，泛洞庭青草，東盤蘭舟。　長沙會府風流，有萬戶娉婷簾玉鉤。恨楚城春晚，岸花檣燕，還將客送，不是人留。且喚陽城，更招元結，摩撫三關歌詠休。心期處，算世間眞有，騎鶴揚州。（劉過沁園春送人赴營道宰）

晚入紗窗靜，戲弄菱花鏡。翠袖輕勻，玉纖彈去，小妝紅粉。畫行人愁外兩青山，與尊前離恨。　宿酒醺難醒，笑記香肩並。暖借蓮腮，碧雲微透，暈眉斜印。最多情生怕外人猜，拭香津微揾。（劉過小桃紅在襄州作）

蘆葉滿汀洲，寒沙帶淺流。二十年重過南樓。柳下繫船猶未穩，能幾日，又中秋。　黃鶴斷磯頭，故人曾到不。舊江山渾是新愁。欲買桂花同載酒，終不似，少年遊。（劉過唐多令安遠樓小集）

老去相如倦。向文君說似如今怎生消遣。衣袂京塵曾染處，空有香紅尙軟，料彼此魂銷腸斷。一枕新涼眠客舍，聽梧桐疏雨秋聲顫。鐙暈冷，記初見。　樓低不放珠簾捲。晚妝殘，翠蛾狼藉，淚痕凝臉。人道愁來須殢酒，無奈愁深酒淺。但託意焦琴紈扇。莫鼓琵琶江上曲，怕荻花楓葉俱悽怨。雲萬疊，寸心遠。（劉過賀新郎賦贈四明老倡）

何處相逢，登寶釵樓，訪銅雀臺。喚廚人斫就，東溟鯨膾，圉人呈罷，西極龍媒。天下英雄，使君與操，餘子誰堪共酒杯。車千乘，載燕南代北，劍客奇才。　飲酣鼻息如雷，誰道被鄰雞催喚回。歎年光過盡，功名未立，書生老去，機會方來。使李將軍遇高皇帝，萬戶侯何足道哉。推衣起，但淒涼感舊，慷慨生哀。（劉克莊沁園春夢方孚若）

年年躍馬長安市，客舍似家家似寄。靑錢換酒日無何，紅燭呼盧宵不寐。　易挑錦婦機中字，難得玉人心下事。男兒西北有神州，莫滴水西橋畔淚。（劉克莊木蘭花戲林推）

與稼軒同時而別樹一幟者，是爲姜夔。夔字堯章，鄱陽人，幼隨官古沔，學詩於蕭東父，後寓吳興，與白石洞天爲鄰，自號白石道人。慶元中上書乞正太常雅樂，隱居不仕，嘯傲山林，往來湖湘淮左，與范成大楊萬里友善，卒於臨安水磨方氏館，葬西馬塍。

生平著作甚多，有白石道人歌曲五卷，因其精通樂律，故常自度新腔。陳郁稱其『襟期灑落，如晉宋間人，意到語工，不期於高遠而自高遠』，黃昇謂『白石詞極精妙，不減清眞，其高處有美成所不能及』，趙孟堅謂其爲『詞家之申韓』，張炎謂其『如野雲孤飛，去留無迹，』而沈義父謂其『清勁知音，未免有生硬處。』白石在南宋至負盛名，自譽多而毀少。今觀其詞，語無不雋，意無不婉，韻饒而氣能運，字穩而情不沾，眞詞苑之當行，後生之膏馥也。其暗香疏影二闋，張炎歎爲絕唱，以爲『用事不爲事使』；他如揚州慢，一萼紅，念奴嬌，琵琶仙，長亭怨慢，淡黃柳，惜紅衣，淒涼犯，齊天樂等闋，皆格調高迥，吐屬雋雅，讀者咀嚼之若有餘味；尤以詞前小序之清妙，爲諸家所無。或議其『堆砌典實，有損眞情，』或議其『過尙清高，殆瀕貴族，』此以後世眼光妄度古人，不足爲定論也。錄六首：

舊時月色，算幾番照我，梅邊吹笛。喚起玉人，不管清寒與攀摘。何遜而今漸老，都忘却春風詞筆。但怪得竹外疏花，香冷入瑤席。江國。正寂寂。歎寄與路遙，夜雪初積。翠尊易泣。紅萼無言耿相憶。長記曾攜手

處，千樹壓西湖寒碧。又片片吹盡也，幾時見得。（姜夔暗香 石湖詠梅）

淮左名都，竹西佳處，解鞍少駐初程。過春風十里，盡薺麥青青。自胡馬窺江去後，廢池喬木，猶厭言兵。漸黃昏清角吹寒，都在空城。　杜郎俊賞，算如今重到須驚。縱豆蔻詞工，青樓夢好，難賦深情。二十四橋仍在，波心蕩冷月無聲。念橋邊紅藥，年年知為誰生。（姜夔揚州慢 丙申至日過維揚）

古城陰，有官梅幾許，紅萼未宜簪。池面冰膠，牆腰雪老，雲意還又沉沉。翠藤共閒穿徑竹，漸笑語驚起臥沙禽。野老林泉，故王臺榭，呼喚登臨。　南去北來何事，蕩湘雲楚水，目極傷心。朱戶粘雞，金盤簇燕，空歎時序侵尋。記曾共西樓雅集，想垂柳還裊萬絲金。待得歸鞍到時，只怕春深。（姜夔一萼紅 丙午人日登長沙定王臺）

漸吹盡枝頭香絮，是處人家，綠深門戶。遠浦縈回，暮帆零亂向何許。閱人多矣，誰得似長亭樹。樹若有情時，不會得青青如此。　日暮，望高城不見，只見亂山無數。韋郎去也，怎忘得玉環分付。第一是早早歸來，怕紅萼無人為主。算空有并刀，難翦離愁千縷。（姜夔長亭怨慢）

空城曉角，吹入垂楊陌。馬上單衣寒惻惻，看盡鵝黃嫩綠，都是江南舊相識。　正岑寂，明朝又寒食。強攜酒小橋宅，怕梨花落盡成秋色。燕燕飛來，問春何在，惟有池塘自碧。（姜夔淡黃柳 客居合肥）

燕雁無心，太湖西畔隨雲去。數峯清苦，商略黃昏雨。　第四橋邊，擬共天隨住。今何許，憑闌懷古，殘柳參

差錯。（姜夔點絳脣丁未冬過吳淞作）

朱彝尊云『詞莫善於姜夔，宗之者張輯，盧祖皐，史達祖，吳文英，蔣捷，王沂孫，張炎，周密，陳允平，張翥，楊基，皆具夔之一體；基之後，得其門者寡矣。』翥，元人，基，明人，姑待後論。張輯，字宗瑞，號東澤，鄱陽人，馮深居目為東仙；有欸乃集，東澤綺語債二卷，多倚舊腔而別立新名，亦好奇之故也，以疏簾淡月，淮甸春，垂楊碧等首為勝。盧祖皐，字申之，又字次夔，號蒲江，永嘉人，嘉定間為軍器少監權直學院；有蒲江詞一卷，小令時有佳趣，慢詞如木蘭花慢，頗肖白石。史達祖，字邦卿，號梅溪，汴人，少舉進士不第，依韓侂胄為掾吏，侂胄誅，達祖亦被黥；有梅溪詞一卷，姜夔謂其『清奇逸秀，有李長吉之韻，蓋能融情景於一家，會句意於兩得』，張鎡謂其『妥帖清圓，辭情俱到，可以分鑣清眞，平睨方回，而紛紛三變輩幾不足比數。』集中如綺羅香，雙雙燕，東風第一枝，齊天樂，夜合花等闋，皆體物偏工，不留滯於物，餘詞亦多勝作，足媲白石；後人咸惜其降志為權奸堂吏，品格不高云。錄張，盧各二首，史四首：

梧桐雨細。漸滴作秋聲，被風驚碎。潤逼衣篝，綫裊蕙鑪沈水。悠悠歲月天涯醉。一分秋一分憔悴。紫簫吹斷，素箋恨切，夜寒鴻起。　又何苦淒涼客裏。負草堂春綠，竹溪空翠。落葉西風，吹老幾番塵世。從前諳盡江湖味。聽商歌歸興千里。露侵宿酒，疏簾淡月，照人無寐。（張輯疏簾淡月）

花半溼。睡起一窗晴色。千里江南眞咫尺。醉中歸夢直。　前度蘭舟送客。雙鯉沉沉消息。樓外垂楊如此碧。問春來幾日。（張輯垂楊碧）

嫩寒催客棹，載酒去，載詩歸。正紅葉漫山，清泉漱石，多少心期。三生溪橋話別，悵薜蘿猶惹翠雲衣。不似今番醉夢，帝城幾度斜暉。　鴻飛。烟水瀰瀰。回首處，只君知。念吳江鷺憶，孤山鶴怨，依舊東西。高峯夢醒雲起，是瘦吟窗底憶君時。何日還尋後約，爲余先寄梅枝。（盧祖皋木蘭花慢別西河兩詩僧）

畫樓簾幕卷新晴。掩銀屏。曉寒輕。墜粉飄香，日日喚愁生。暗數十年湖上路，能幾度，著娉婷。　年華空自感飄零。擁春酲。對誰醒。天闊雲閒，無處覓簫聲。載酒買花年少事，渾不似，舊心情。（盧祖皋江城子）

做冷欺花，將烟困柳，千里偸催春暮。盡日冥迷，愁裏欲飛還住。驚粉重蝶宿西園，喜泥潤燕歸南浦。最妨他佳約風流，鈿車不到杜陵路。　沈沈江上望極，還被春潮晚急，難尋官渡。隱約遙峯，和淚謝娘眉嫵。臨斷岸新綠生時，是落紅帶愁流處。記當日門掩梨花，翦鐙深夜語。（史達祖綺羅香春雨）

過春社了，度簾幕中間，去年塵冷。差池欲往，試入舊巢相並。還相雕梁藻井，又軟語商量不定。飄然快拂花梢，翠尾分開紅影。　芳徑，芹泥雨潤。愛貼地爭飛，競誇輕俊。紅樓歸晚，看足柳昏花暝。應自棲香正穩，便忘了天涯芳信。愁損翠黛雙蛾，日日畫闌獨凭。（史達祖雙雙燕）

晚雨未摧宮樹，可憐閒葉，猶抱涼蟬。短景歸秋，吟思又接愁邊。漏初長夢魂難禁，人漸老風月俱寒。想幽歡。土花庭甃，蟲網闌干。　無端啼蛄攪夜，恨隨團扇，苦近秋蓮。一笛當樓，謝娘懸淚立風前。故園晚強留詩酒，新雁遠不致寒暄。隔蒼煙，楚香羅袖，誰伴嬋娟。（史達祖玉蝴蝶）

雁足無書古塞幽，一程煙草一程愁。帽簷塵重風吹野，帳角香消月滿樓。　情思亂，夢魂浮。緗裙多憶敝貂裘。官河水靜闌干暖，徙倚斜陽怨晚秋。（史達祖鷓鴣天衛縣道中有懷）

宗姜而能自開一境者，必推吳文英。吳字君特，號夢窗，本姓翁，四明人，嘗從吳履齋諸公游，與賈似道亦友善。有夢窗詞。尹煥謂『求詞於吾宋，前有清眞，後有夢窗』，沈義父亦許其『深得清眞之妙』，然又斥其『失在用事下語太晦處，人不易知』，張炎又譏其『如七寶樓臺，眩人眼目，拆碎下來，不成片段』；後人遂摭拾以爲夢窗病，謂其『專重隸事修辭，而不注意詞之脈絡』，甚至謂『詞至夢窗爲一大厄運』，眞武斷皮相之論矣！比事屬辭，爲辭賦家正當本領。惟夢窗善於隸事，故其詞蘊藉而不刻露；惟其工於修辭，故其詞雋潔而不粗率。且夢窗固長於行氣者，特其潛氣內轉，不似蘇辛之顯，安得遂謂其無脈絡邪？抑張氏之言亦過矣！夫既曰『拆碎』，則尙何『片段』之有？況其眩人眼目者，猶是七寶乎？沈氏謂其『用事下語太晦』，信非無據，夢窗確有晦處。當時歌筵舞席間，必有乍聽而不解者；不似柳七之能使有井水處皆歌其詞也。雖然，夢窗之詞，蓋雅而非風也。淺人不能爲，不能識，夫何害哉？馮煦云：『夢窗之詞，麗而則，幽邃而綿密，脈絡井井，而卒焉不得其端倪。』斯語最爲得之。今觀集中勝作，不可勝數，尤膾炙者，慢詞如高陽臺，聲聲慢，木蘭花慢，齊天樂，八聲甘州等首，皆纖穠合度，氣勢清空；令近如唐多令，風入松，祝英臺近等首，亦純任白描，未塡典實；至鶯啼序春晚一首，尤婉密騷雅，惆悵切情。集諸家之長而無諸家之弊，無惑乎尹氏之推重也，提要擬之爲『詩家之李商隱』，猶未盡耳。錄九首：

帆落迴潮，人歸故國，山椒感慨重遊。弓折霜寒，機心已墮沙鷗。鐙前寶劍清風斷，正五湖雨笠扁舟。最無情，巖上閒花，腥染春愁。當時白石蒼松路，解勸回玉輦，霧掩山羞。木客歌闌，青春一夢荒丘。年年古苑西風到，雁怨啼綠水漢秋。莫登臨，幾樹殘烟，西北高樓。（吳文英高陽臺過種山）

憑高入夢，搖落關情，寒香吹盡空巖。墜葉消紅，欲題秋思誰緘。重陽正隔殘照，趁西風不響雲尖。乘半暝，看殘山濯翠，賸水開奩。　暗省長安年少，幾傳杯弔甫，把菊招潛。身老江湖，心隨歸雁天南。烏紗倩誰重整，映風林鉤玉纖纖。漏聲起，亂星河入影畫簷。（吳文英聲聲慢和沈時齋八日登高韻）

送秋雲萬里，算舒卷總何心。歎路轉羊腸，人營燕壘，霜滿蓬簪。愁侵。庾塵滿袖，便封侯那羨漢淮陰。一醉蓴絲膾玉，忍教菊老松深。　離音。又聽西風，金井樹，動秋吟。向暮江目斷，鴻飛渺渺，天色沈沈。沾襟。四絃夜語，問楊瓊往事到寒砧。爭似湖山歲晚，靜梅香底同斟。（吳文英木蘭花慢送翁五峯遊江陵）

三千年事殘鴉外，無言倦憑秋樹。逝水移川，高陵變谷，那識當時神禹。幽雲怪雨。翠萍溼空梁，夜深飛去。雁起青天，數行書是舊藏處。　寂寥西窗久坐，故人慳會遇，同翦鐙語。積蘚殘碑，零圭斷璧，重拂人間塵土。霜紅罷舞。漫山色青青，霧朝煙暮。岸鎖春船，畫旗喧賽鼓。（吳文英齊天樂與馮深居登禹陵）

渺空煙四遠，是何年青天墜長星。幻蒼崖雲樹，名娃金屋，殘霸宮城。箭徑酸風射眼，膩水染花腥。時靸雙鴛響，廊葉秋聲。　宮裏吳王沈醉，倩五湖倦客，獨釣醒醒。問蒼波無語，華髮奈山青。水涵空闌干高處，送

亂鴉斜日落漁汀，連呼酒，上琴臺去，秋與雲平。（吳文英八聲甘州靈巖陪庾幕諸公遊）

何處合成愁。離人心上秋。縱芭蕉不雨也颼颼。都道晚涼天氣好，有明月，怕登樓。　年事夢中休，花空烟水流。燕辭歸客尚淹留。垂柳不縈裙帶住，漫長是，繫行舟。（吳文英唐多令）

聽風聽雨過清明。愁草瘞花銘。樓前綠暗分攜路，一絲柳，一寸柔情。料峭春寒中酒，交加曉夢啼鶯。　西園日日掃林亭。依舊賞新晴。黃蜂頻撲秋千索，有當時纖手香凝。惆悵雙鴛不到，幽階一夜苔生。（吳文英風入松）

翦紅情，裁綠意，花信上釵股。殘日東風，不放歲華去。有人添燭西窗，不眠侵曉，笑聲轉新年鶯語。　舊樽俎。玉纖曾擘黃柑，柔香繫幽素。歸夢湖邊，還迷鏡中路。可憐千點吳霜，寒消不盡，又相對落梅如雨。（吳文英祝英臺近）

殘寒正欺病酒，掩沈香繡戶。燕來晚，飛入西城，似說春事遲暮。畫船載清明過卻，晴煙冉冉吳宮樹。念羈情遊蕩，隨風化爲輕絮。　十載西湖，傍柳繫馬，趁嬌塵軟霧。遡紅漸招入仙谿，錦兒偷寄幽素。倚銀屏春寬夢窄，斷紅溼歌紈金縷。暝隄空，輕把斜陽，總還鷗鷺。　幽蘭旋老，杜若還生，水鄉尚寄旅。別後訪六橋無信，事往花委，瘞玉埋香，幾番風雨。長波妒盼，遙山羞黛，漁鐙分影春江宿，記當時短楫桃根渡。青樓彷佛，臨分敗壁題詩，淚墨慘澹塵土。危亭望極，草色天涯，歎鬢侵半苧。暗點檢離痕歡唾，尙染鮫綃，嚲鳳迷歸，破鸞慵舞。殷勤待寫，書中長恨，藍霞遼海沈過雁，漫相思彈入哀箏柱。傷心千里江南，怨曲重招，斷魂在否。（吳文英鶯啼序春晚）

蔣捷，字勝欲，自號竹山，義興人，德祐進士，宋亡不仕；有竹山詞一卷，其雋婉者固出白石；而時有豪作，則效稼軒，如沁園春，滿江紅，賀新涼等，僅得其粗。毛晉謂其『語語纖巧，眞世說靡也，字字妍倩，眞六朝隃也』，四庫提要謂其『鍊字精深，調音諧暢，爲倚聲之矩矱』，推許可謂甚至。王沂孫，字聖與，號碧山，又號中仙，會稽人，宋亡，落拓以終；有花外集，全本不傳，今刻本僅其下卷，又樂府補題載其詠物諸作，皆工麗而別有寄託。張炎謂其『閒雅有白石意趣』，周濟謂其『胸次恬淡，故黍離麥秀之感，只以唱歎出之』，信然。各錄三首：

淸逼池亭，潤侵山館，雲氣凝聚。未有蟬前，已無蝶後，花事隨流水。西園支徑，今朝重到，半礙醉筇吟袂。除非是鶯聲痩小，暗中引雛穿去。　梅簷溜滴，風來吹斷，放得斜陽一縷。玉子敲枰，香綃落翦，聲度深幾許。

層層離恨，淒迷如此，點破漫煩輕絮。應難認爭春舊館，倚紅杏處。（蔣捷永遇樂綠陰）

妒花風惡。吹青陰漲卻，亂紅池閣。駐媚景別有仙葩，徧瓊甃小臺，翠油疏箔。舊日天香，記曾繞玉奴絃索。自長安路遠，膩紫肥黃，但譜東洛。天津霽虹似昨。聽鵑聲度月，春又寥寞。散豔魄飛入江南，轉湖渺山茫，夢境難託。萬疊花愁，正困倚鉤闌斜角。待攜樽醉歌醉舞，勸花自樂。（蔣捷解連環岳園牡丹）

白鷗問我泊孤舟。是身留。是心留。心若留時，何事鎖眉頭。風拍小簾鐙暈舞，對閒影，冷清清，憶舊遊。舊遊。舊遊今在不。花外樓。柳下舟。夢也，夢也，夢不到寒水空流。漠漠黃雲，溼透木綿裘。都道無人愁似我，今夜雪，有梅花，似我愁。（蔣捷梅花引荊溪阻雪）

漸新痕懸柳，淡彩穿花，依約破初暝。便有團圓意，深深拜，相逢誰在香徑。畫眉未穩。料素娥猶帶離恨。最堪愛一曲銀鉤小，寶簾掛秋冷。　千古盈虧休問。歎漫磨玉斧，難補金鏡。太液池猶在，淒涼處何人重賦清景。故山夜永。試待他窺戶端正。看雲外山河，還老桂華舊影。（王沂孫眉嫵新月）

一襟餘恨宮魂斷，年年翠陰庭樹。乍咽涼柯，還移暗葉，重把離愁深訴。西窗過雨。怪瑤珮流空，玉箏調柱，鏡暗妝殘，為誰嬌鬢尚如許。　銅仙鉛淚似洗，歎移盤去遠，難貯零露。病翼驚秋，枯形閱世，消得斜陽幾度。餘音更苦。甚獨抱清商，頓成淒楚。漫想薰風，柳絲千萬縷。（王沂孫齊天樂蟬）

白石飛仙紫霞悽調，斷歌人聽知音少。幾番幽夢欲回時，舊家池館生青草。風月交遊，山川懷抱，憑誰說與春知道。空留離恨滿江南，相思一夜蘋花老。（王沂孫踏莎行題草窗詞卷）

張炎字叔夏，號玉田生，晚又號樂笑翁，張循王孫，家臨安，生於淳祐間，宋亡落魄，縱遊賣卜；有山中白雲八卷，仇遠謂其『意度超玄，律呂協洽，當與白石老仙相鼓吹』，樓儼謂其『能以翻筆側筆取勝，其章法句法俱超，清虛騷雅，可謂脫盡蹊徑，自成一家』，鄧牧謂『玉田春水詞，絕唱今古，人以張春水目之』。今觀其集中勝作，遠過其春水一詞者甚衆，如高陽臺之西湖春感，渡江雲之寄王菊存，甘州之餞沈秋江，臺城路之遇汪菊坡，鎖窗寒悼王碧山，及憶舊遊等，皆清麗沈著，兼極其工。陸韶詞旨中，摘錄其警句甚多，後人遂謂其『祇在字句上著功夫，不肯換意』。究之，玉田於詞學研究極深，詞源一書，所論意趣賦情等，至有精意，而清空一義，尤其得力之處。就宋末論，固不得不推之爲大家矣！錄六首：

接葉巢鶯，平波捲絮，斷橋斜日歸船，能幾番遊，看花又是明年。東風且伴薔薇住，到薔薇春已堪憐。更淒然。萬綠西泠，一抹荒烟。當年燕子知何處，但苔深韋曲，草暗斜川。見說新愁，如今也到鷗邊。無心再續笙歌夢，掩重門淺醉閒眠。莫開簾，怕見飛花，怕聽啼鵑。（張炎高陽臺西湖春感）

山空天入海，倚樓望極，風急暮潮初。一簾鳩外雨，幾處閒田，隔水動春鋤。新煙禁柳，想、如今綠到西湖。猶記得當年深隱，門掩兩三株。　愁余荒洲古漵，斷梗疏萍，更漂流何處。空自覺圍羞帶減，影怯鐙孤。常疑即見桃花面，甚近來翻致無書，書縱遠，如何夢也都無。（張炎渡江雲久客山陰王菊存問近作書以寄之）

記玉關踏雪事清遊，寒氣脆貂裘。傍枯林古道，長河飲馬，此意悠悠。短夢依然江表，老淚灑西州。一字無題處，落葉都愁。　載取白雲歸去，問誰留楚佩，弄影中洲。折蘆花贈遠，零落一身秋。向尋常野橋流水，待招來不是舊沙鷗。空懷感，有斜陽處，最怕登樓。（張炎甘州餞沈秋江）

十年前事翻疑夢，重逢可憐俱老。水國春空，山城歲晚，無語相看一笑。荷衣換了。任京洛塵沙，冷凝風帽。見說吟情，近來不到謝池草。　歡游曾步翠窈。亂紅迷紫曲，芳意今少。舞扇招香，歌橈喚玉，猶憶錢塘蘇小。無端暗惱，又幾度流連，燕昏鶯曉。回首妝樓，甚時重去好。（張炎齊天樂庚辰會汪菊坡於薊北恍然如夢同憶舊游已十八年矣）

斷碧分山，空簾剩月，故人天外。香留酒滯，蝴蝶一生花裏。想如今愁魂正遠，夜臺夢語秋聲碎。自中仙去後，詞箋賦筆，便無清致。　都是。淒涼意。悵玉笥埋雲，錦衣歸水。形容憔悴。料應也孤吟山鬼。那知人彈折

素絃，黃金鑄出相思淚。但柳枝門掩枯陰，候蟲愁暗葦。（張炎鎖窗寒悼王碧山）

記開簾送酒，隔水懸鐙，款語梅邊。未了清游興，又飄然獨去，何處山川。淡風暗收榆莢，吹下沈郎錢。歎客裏光陰，銷磨豔冶，都在樽前。　留連。佳人處，是鑑曲窺鶯，蘭沼圖泉。醉拂珊瑚樹，寫百年幽恨，分付吟箋。故舊幾回歸夢，江雨夜涼船。縱忘却歸期，千山未必無杜鵑。（張炎憶舊遊新朋故侶醉酒遲留吳山縱橫渺渺兮予懷也）

周密，字公謹，號草窗，濟南人，流寓吳興，居弁山，號弁陽嘯翁，淳祐中爲義烏令，著蠟屐集，草窗韻語六卷，及齊東野語，武林舊事，癸辛雜識等。詞名蘋洲漁笛譜二卷，其木蘭花慢賦西湖十景，傳唱一時，屬和者甚衆；入元以來，尤多亡國之音，如一萼紅之登蓬萊閣，玉漏遲之題夢窗詞集，法曲獻仙音之弔香雪亭梅等，皆時時流露，大抵與夢窗詞同一機杼，但局度稍遜耳，要是宋末鉅子。陳允平，字君衡，一字衡仲，號西麓，明州人，有西麓繼周集一卷，皆和清眞詞；日湖漁唱二卷，分令慢及壽詞，張炎謂其『所作平正，亦有佳者。』然亦有謂其『無健舉之筆，沈摯之思』者，蓋詞至宋末，氣象蕭條，無法以振拔之也。錄周四首，陳三首：

覓梅花信息，擁吟袖暮鞭寒。自放鶴人歸，月香水影，詩冷孤山。等閒泮寒晛暖，看融成御水到人間。瓦壠
竹根更好，柳邊小駐遊鞍。 琅玕。半倚雲灣。孤棹晚，載詩還。是醉魂醒處，畫橋第二，匳月初三。東闌有人
步玉，怪冰泥沁溼錦鴛斑。還見晴波漲綠，謝池夢草相關。（周密木蘭花慢斷橋殘雪）
步深幽。正雲黃天淡，雪意未全休。鑑曲寒沙，茂林煙草，俯仰今古悠悠。歲華晚，飄零漸遠，誰念我同載五
湖舟。磴古松斜，崖陰苔老，一片清愁。 回首天涯歸夢，幾魂飛西浦，淚灑東州。故國山川，故園心眼，還似
王粲登樓。最負他秦鬟妝鏡，好江山何事此時遊。為喚狂吟老監，共賦消憂。（周密一萼紅登蓬萊閣有感）
老來歡意少。錦鯨仙去，紫簫聲杳。怕展金匳，依舊故人懷抱。猶想烏絲醉墨，驚醉語香紅圍繞。閒自笑。與
君共是，承平年少。 雨窗短夢難憑，是幾調宮商，幾番吟嘯。淚眼東風，回首四橋烟草。載酒倦游處，已換
却花間啼鳥。春恨悄。天涯暮雲殘照。（周密玉漏遲題吳夢窗霜花腴詞集）
松雪飄寒，嶺雲吹凍，紅破數枝春淺。襯舞臺荒，浣妝池冷，淒涼市朝輕換。歎花與人凋謝，依依歲華晚。
共淒黯。問東風幾番吹夢，應慣識當年翠屏金輦。一片古今愁，但廢綠平煙空遠。無語消魂，對斜陽衰草
淚滿。又西冷殘笛，低送數聲春怨。（周密法曲獻仙音弔香雪亭梅）
愛吟休問瘦，為詩句幾憑闌。有可畫亭臺，宜春帳箔，如寄身閒。胸中四時勝景，小蓬萊幻出五雲間。一掬

蘋香暗沼，半梢松影虛壇。相看倦羽久知還，回首鷺盟寒。記步屧尋雲，呼鐙聽雨，越嶺吳巒。幽情未應共嬾，把周郎舊曲譜新翻。簾外垂楊自舞，爲君時按弓彎。（陳允平木蘭花慢和李賓房題張寄閒家圃韻）

赤闌橋畔斜陽外，臨江暮山凝紫。戲鼓纔停，漁榔乍歇，一片芙蓉秋水。餘霞散綺，正銀鑰停關，畫船催艤。魚板敲殘，數聲初入萬松裏。　坡翁詩夢未老，翠微樓上月，曾共誰倚。御苑煙花，宮斜露草，幾度西風彈指。黃昏盡矣，有眠月閒僧，醉香遊子。鷲嶺啼猿，喚人吟思起。（陳允平齊天樂南屏晚鐘）

何處是秋風。月明霜露中。算淒涼未到梧桐。曾向垂虹橋上看，有幾樹，水邊楓。　客路怕相逢。酒濃愁更濃。數歸期猶是初冬。欲寄相思無好句，聊折贈，雁來紅。（陳允平唐多令吳江道上贈鄭可大）

上述南宋詞派，不外辛姜二宗。辛派尚有韓元吉，字无咎，許昌人，官吏部尚書，有南澗詩餘。陳亮，字同甫，永康人，有龍川詞。楊炎正，字濟翁，廬陵人，有西樵語業。程珌，字懷古，休寧人，紹熙進士，累官端明殿學士，封新安郡侯，有洺水詞。黃機，字幾仲，東陽人，有竹齋詩餘。洪咨夔，字舜俞，於潛人，嘉定進士，累官刑部尚書，翰林學士，端明殿學士，有平齋詞，皆不及稼軒之排奡而妥帖。姜派尚有：高觀國，字賓王，山陰人，有竹屋癡語。

洪瑹，字叔璵，有空同詞。黃昇，字叔暘，號玉林，有散花庵詞。嚴仁，字次山，邵武人，有清江欸乃集。趙以夫，字用父，長樂人，有虛齋樂府。劉辰翁，字會孟，廬陵人，有須溪詞。亦皆未及白石之騷雅而清勁。餘如王易簡、馮應瑞、唐藝孫、呂同老、李彭老、萊老、李居仁、陳恕可、唐珏、趙汝鈉等，皆與碧山、玉田、草窗同唱和，見樂府補題，自屬姜派。女子如朱淑眞之斷腸詞，音多幽怨，名賢如文天祥詞，語多壯烈，皆二派支流之犖犖者。前諸家各錄一首：

南風五月江波，使君莫袖平戎手。燕然未勒，渡瀘聲在，宸衷懷舊。臥占湖山，樓橫百尺，詩成千首。正菖蒲葉老，芙蕖香潤，高門瑞，人知否。　涼夜光躔牛斗，夢初回長庚如晝。明年看取，鋒旗南下，六騾西走。功畫凌煙，萬釘寶帶，百壺清酒。便留公賸馥蟠桃，分我作歸來壽。（韓元吉水龍吟壽辛侍郎）

不見南師久，漫說北羣空。當場隻手，畢竟還我萬夫雄。自笑堂堂漢使，得似洋洋河水，依舊只流東。且復穹廬拜，會向藁街逢。　堯之都，舜之壤，禹之封。於中應有，一箇半箇恥臣戎。萬里腥羶如許，千古英靈安在，磅礴幾時通。胡運何須問，赫日自當中。（陳亮水調歌頭送章德茂大卿使虜）

與盡春衣，也應是京華倦客。都不記麯塵香霧，西湖南陌。兒女別時和淚拜，牽衣曾問歸時節。待歸來稱子已成陰，空頭白。　功名事，雲霄隔。英雄伴，東南坼。對雞豚社酒，依然鄉國。三徑不成陶令隱，一區未有楊雄宅。問漁樵學作老生涯，從今日。（楊炎正滿江紅）

歸來一笑，尙看看趁得人間寒食。阿壽牽衣仍問我，雙鬢新來添白。忽見庭前，去年芳草，依舊青青色。西湖雨後，綠波兩岸平拍。　天教斷送流年，三之一矣，又是成疏隔。燕子春寒渾未到，誰說江南消息。玉樹熏香，冰桃翻浪，好箇眞消息。這回歸去，松風深處橫笛。（程珌念奴嬌憶先廬春山之勝）

擊碎珊瑚樹。爲留春怕春欲去，駛如風雨。春不留兮君休問，付與流鶯自語。但莫賦綠波南浦。世上功名花梢露。政何如一笑，擲金縷。繫白日，莫教暮。　蒼頭引馬城西路。趁池亭荻芽尙短，梅心未苦。小雨欲晴不定，漠漠雪飛輕絮。算行樂春來幾度。鞭影不搖鞍小據，過橫塘試把前山數。雙白鷺，忽飛去。（黃機乳燕飛次岳總幹韻）

秋氣悲哉，薄寒中人，皇皇何之。更黃花秋雨，蒼苔滑屐，闌空鬬鴨，牀老支龜。靜裏蛩音，明邊眉睫，蹴踏星河天脫鞿。淸談久，頓兩忘妍醜，嫫母西施。　濂溪家住江湄。愛出水芙蓉淸絕姿。好光風霽月，一團和氣，尸居龍見，神動天隨。著祭工夫，誠存體段，箇裏語言文字非。君家事，莫空將太極，打散圖碑。（洪咨夔沁園春）

用周濟夫韻）

晚雲知有關山念，澄霄卷開清霽。素景中分，冰盤正溢，何啻嬋娟千里。危闌靜倚。正玉管吹涼，翠觴留醉。記約清吟，錦袍初喚醉魂起。　孤光天地共影，浩歌誰與舞，淒涼風味。古驛煙寒，幽垣夢冷，應念秦樓十二。歸心對此。想斗插天南，雁橫遼水。試問姮娥，有愁能爲寄。（高觀國齊天樂中秋夜懷梅溪）

潮平風穩，行色催津鼓。回首望重城，但滿眼紅雲紫霧。分香解佩，空記小樓東，銀燭暗，繡簾垂，昵昵憑肩語。　關山千里，垂柳河橋路。燕子又歸來，但惹得滿身花雨。彩箋不寄，蘭夢更無憑，燈影下，月明中，魂斷金釵股。（洪瑹飛山溪憶中都）

青林雨歇，珠簾風細，人在綠陰庭院。夜來能有幾多寒，已瘦了梨花一半。　寶釵無據，玉琴難託，合造一襟幽怨。雲窗霧閣事茫茫，試與問杏梁雙燕。（黃昇鵲橋仙）

一曲危絃斷客腸。津橋捩柁轉牙檣。江心雲帶蒲帆重，樓上風吹粉淚香。　瑤草碧，柳芽黃。載將離恨過瀟湘。請君看取東流水，方識人間別意長。（嚴仁鷓鴣天）

九日無風雨。一笑憑高，浩氣橫秋宇。羣峯青可數。寒城小，一水縈迴如縷。西北最關情，漫遙指東徐南楚。黯消魂斜陽冉冉，雁聲悲苦。　今朝寒菊依然，重上南樓，草草成歡聚。詩朋休浪賦。舊題處，俯仰已隨塵

析派第五

士。莫放酒行疏，清漏短，涼蟾當午。也全勝白衣未至，獨醒凝佇。（趙以夫龍山會九日）

送春去。春去人間無路。秋千外芳草連天，誰遣風沙暗南浦。依依甚意緒。漫憶海門飛絮。亂鴉過斗轉城荒，不見來時試燈處。　春去。最誰苦。但箭雁沈邊，梁燕無主，杜鵑聲裏長門暮。想玉樹凋土，淚盤和露。咸陽送客屢回顧。斜日未能渡。　春去。尚來否。正江令恨別，庾信愁賦。蘇隄盡日風和雨。歎神遊故國，花記前度。人生流落，顧孺子，共夜語。（劉辰翁蘭陵王丙子送春）

自柳黃由婉約而流爲褻諢，效之者有趙長卿之惜香樂府，石孝友之金谷遺音等，常以俚語寫男女猥冶之情，其失在傷雅；自蘇辛由豪放而縱爲議論，效之者有張繼先之虛靖眞君詞，夏元鼎之蓬萊鼓吹等，竟以道流語爲丹經爐火之論，其失在不韻。傷雅非詞之正軌，然尚足爲詞；不韻則並詞之面目都非，精神全失，雖用詞體軀殼而已，此詞之敝，而後人所不宜復蹈者也。各錄一首：

講柳談花，我從來口快，歎說他家。眼前見了，無限楚女吳娃。千停萬穩，較量來終不如他。便做得宮儀院體，歌歌談不帶煙花。　從前萬事堪誇。愛拈簫弄管，錦字欹斜。新來與人講著，不許胡巴。噥濃漫惹，料覷綠淺似他些。誰爲傳詩遞曲，殷勤題上窗紗。（趙長卿漢宮春）

合下相逢，算鬼病須沾惹。閑深裏做場話霸，負我看承枉駝許多時價。寃家，你教我如何割捨。　苦苦孜孜，獨自箇空嗟訝。便心腸捉他不下。你試思量亮從前說風話。寃家，休直待教人呪罵。（石孝友惜奴嬌）

與一長存，太虛同體，妙門自開。旣混元初判，兩儀布景，復還根本，全藉靈臺。浩氣衝開，谷神滋化，漸覺神光空際來。幽絕處，聽龍呼虎嘯，驀地風雷。　奇哉妙道難猜。解點化愚頑成大材。試與君說破，分明狀似，蚌含淵月，秋兔懷胎。壯志男兒，當年高士，與把身心惹世埃。功成後，任身居紫府，名列仙階。（張繼先沁園春）

久視長生，登仙大道，思量無甚神通。正心誠意，儒道釋俱同。雖是無爲淸淨，依然要八面玲瓏。朝朝見日爲月，兔造化運西東。　黃婆能匹配，天機玄妙，朔會相逢。正三旬一遇，消息無窮。不待存心想腎，非關是打坐談空。君知否，靈明寶藏，收在水晶宮。（夏元鼎滿庭芳）

（三）金諸詞家

金以女直佔略中原土地人民，率仍其舊，典章文物，多出南朝。初太宗取汴，得宋之儀章鐘磬樂簴，挈之以歸。熙宗始就用宋樂，及大定明昌之際而大備。其隸太常者有郊廟祀享；隸教坊者有鐃歌鼓吹；又有散樂、渤海樂及本國舊音。（見金史樂志）至民間歌曲，亦與南宋同時並趨。詞之作者，亦不乏可稱。元好問曾輯中州樂府，總三十六人，百二十四首，於金詞略可具見，今揭其尤者附諸兩宋之後。

吳激，字彥高，建州人，宋宰相栻子，米芾壻，使金留不遣，官翰林待制，皇統初出知深州，卒；有東山集詞一卷，黃昇稱其春從天上來人月圓二曲『精妙淸婉』，而元好問亟稱其訴衷情『夜寒茅店』，與滿庭芳『誰挽銀河』等篇，謂爲『國朝第一手』。同時有蔡松年，才譽並推，號『吳蔡體』。松年，字伯堅，眞定人，累官吏部尚書，右丞相，進封衞國公，卒諡文簡；有蕭閒公集，詞明秀集六卷，魏道明注，今存三卷，極雋爽，其大江東去『離騷痛飲』一首，爲生平最得意之作；石州慢『雲海蓬萊』一首，亦傳唱一時。其子珪亦有聲金人，推爲文宗。趙可，字獻之，高平人，貞元二年進士，仕至翰林直學士，風流文采，有玉峯散人集，其雨中花慢望海潮等作，皆高亢。党懷英，字世傑，奉符人，少與辛棄疾同師劉嵒老，後擢大定甲科，累官翰林學士承旨，文藝兼擅，詞亦俊拔。王庭筠，字子端，熊岳人，大定甲科，負才名，累官修撰，自號黃華山主，詞豪婉俱備。完顏璹字子瑜，越王長子，封密國公，宗室中第一流人，多文好學，自號樗軒老人，其詩及樂府，號如庵小稿，詞皆瀟灑，青玉案臨江仙人以爲可歌。趙秉文字周臣，滏陽人，大定進士，興定中拜禮部尚書，知集賢院，自號閒閒居士，著作甚富，詞效東坡，壯偉不羈。高憲，字仲常，遼東人，泰和三年乙科登第，年未三十，作詩已數千首，極慕東坡，詞有梅花引，情意蕭曠。餘如鄧千江，折元禮，皆作望海潮，雄渾高妍，爲世傳誦。錄吳四首，蔡，趙，完顏二首，餘人一首：

海角飄零。歎漢苑秦宮，墜露飛螢。夢裏天上，金屋銀屏。歌吹競舉青冥。問當時遺譜，有絕藝鼓瑟湘靈。促哀彈，似林鶯嚦嚦，山溜泠泠。　梨園太平樂府，醉幾度春風，鬢髮星星。舞破中原，塵飛滄海，風雪萬里龍庭。寫胡笳哀怨，人憔悴不似丹青。酒微醒，對一窗涼月，燈火青熒。（吳激春從天上來）

南朝千古傷心事，猶唱後庭花。舊時王謝，堂前燕子，飛向誰家。　恍然一夢，仙肌勝雪，宮鬢堆鴉。江州司馬，青衫淚溼，同是天涯。（吳激人月圓）

夜寒茅店不成眠。殘月照吟鞭。黃花細雨時候，催上渡頭船。　鷗似雪，水如天。憶當年。到家應是，童稚牽

衣，笑我華顛。（吳激訴衷情）

誰挽銀河，青冥都洗，故教獨步蒼蟾。露華仙掌，清淚向人霑。畫棟秋風嫋嫋，飄桂子時入疏簾。冰壺裏，雲衣霧鬢，掬水弄春纖。　厭厭。成勝賞，銀盤潑汞，寶鑑披匳。待不放楸梧，影轉西檐。坐上淋漓醉墨，人人看老子掀髯。明年會，清光未減，白髮也休添。（吳激滿庭芳）

離騷痛飲，問人生佳處，能消何物。江左諸人成底事，空想巖巖青壁。五畝蒼煙，一丘寒玉，歲晚憂風雪。西州扶病，至今悲感前傑。　我夢卜築蕭閒，覺來巖桂，十里幽香發。磈磊胸中冰與炭，一酌春風都滅。勝日神交，悠然得意，離恨無毫髮。古今同致，永和徒記年月。（蔡松年大江東去）

雲海蓬萊，風霧鬢鬟，不假梳掠。仙衣捲盡雲霓，方見宮腰纖弱。心期得處，世間言語非真，海犀一點通寥廓。無物比情濃，覓無情相博。　離索。曉來一枕餘香，酒病賴花醫卻。灩灩金尊，收拾新愁重酌。片帆雲影，載將無際關山，夢魂應被楊花覺。梅子雨絲絲，滿江干樓閣。（蔡松年石州慢高麗使還日作）

鵲聲迎客到庭除。問誰歟。故人車。千里歸來，塵色半征裾。珍重主人留客意，奴白飯，馬青芻。　東城入眼杏千株。雪模糊。俯平湖。與子花間，隨分到金壺。歸報東垣詩社友，曾念我，醉狂無。（蔡珪江城子王溫季自北都歸過予三河坐中賦此）

雲朔南陲，全趙幕府，河山襟帶名藩。有朱樓縹渺，千雉囘旋。雲度飛狐絕險，天圍紫塞高寒。弔興亡餘迹，咫尺西陵，煙樹蒼然。 時移事改，極目傷心，不堪獨倚危闌。惟是年年飛雁，霜雪知還。樓上四時長好，人生一世誰閒。故人有酒，一尊高興，不減東山。（趙可雨中花慢代州南樓）

雲垂餘髮，霞拖廣袂，人間自有飛瓊。三館俊游，百衙高選，翩翩老阮才名。銀漢會雙星。尚相看脈脈，似隔盈盈。醉玉添春，夢雲同夜惜卿卿。 離觴草草同傾。記靈犀舊曲，曉枕餘酲。海外九州，郵亭一別，此生未卜他生。江上數峯青。悵斷雲殘雨，不見高城。二月遼陽芳草，千里路旁情。（趙可望海潮發高麗作）

雲步淩波小鳳鉤。年年星漢踏清秋。只緣巧極稀相見，底用人間乞巧樓。 天外事，兩悠悠。不應也作可憐愁。開簾放出窺窗月，且盡新涼睡美休。（党懷英鷓鴣天）

衰柳疏疏苔滿地。十二闌干，故國三千里。南去北來人老矣。短亭依舊殘陽裏。 紫蟹黃柑眞解事，似倩西風，勸我歸歟未。王粲登臨寥落際。雁飛不斷天連水。（王庭筠鳳棲梧）

凍雲封卻駝岡路。有誰訪溪梅去。夢裏疏香風似度。覺來惟見，一窗涼月，瘦影無尋處。 明朝畫筆江天暮。定向漁簑得奇句。試問簾前深幾許。兒童笑道，黃昏時候，猶是廉纖雨。（完顏璹青玉案）

倦客更遭塵事冗，故尋閒地婆娑。一尊芳酒一聲歌。盧郎心未老，潘令鬢先皤。 醉向繁臺臺上問，滿川

細柳新荷薰風樓閣夕陽多。倚闌凝思久，漁笛起煙波。（完顏璹臨江仙）

秋光一片，問蒼蒼桂影，其中何物。一葉扁舟波萬頃，四顧黏天無壁。叩枻長歌，常娥欲下，萬里揮冰雪。京塵千丈，可能容此人傑。　回首赤壁磯邊，騎鯨人去，幾度山花發。澹澹長空今古夢，只有歸鴻明滅。我欲從公乘風歸去，散此麒麟髮。三山安在，玉簫吹斷明月。（趙秉文大江東去用東坡先生韻）

蒿火日。蒸蔑腹。書生寧有封侯骨。長鬚奴。下澤車。艱關險阻，誰教涉畏途。半生落寞長安道。一事無成雙鬢老。南轅胡。北轅吳。功名富貴，情知不可圖。　槐安夢。鼓笛弄。馳驟百年塵一鬨。陶淵明。張季鷹。一杯濁酒，焉知身後名。有溪可漁林可織。須信在家貧也樂。熊門春。潁江雲。幾時作箇山間林下人。（高憲梅花引）

雲雷天塹，金湯地險，名藩自古皋蘭。營屯繡錯，山形米聚，喉襟百二秦關。塵戰血猶殷。見陣雲冷落，時有雕盤。靜塞樓頭曉月，依舊玉弓彎。　看看定遠西還。有元戎閫令，上將齋壇。區脫晝空，兜零夕舉，甘泉又報平安。吹笛虎牙閒。且宴陪珠履，歌按雲鬟。未拓興靈，醉魂長繞賀蘭山。（鄧千江望海潮上蘭州守）

地雄河岳，疆分韓晉，重關高壓秦頭。山倚斷霞，江吞絕壁，野煙縈帶滄洲。牙旆擁貔貅。看陣雲截岸，霜氣橫秋。千雉嚴城，五更殘角月如鉤。　西風曉入貂裘。恨儒冠誤我，卻羨兜鍪。六郡少年，三明老將，賀蘭烽火新收。天外嶽蓮樓。想斷雲橫曉，誰識歸舟。贖著黃金換酒，羯鼓醉涼州。（折元禮望海潮從軍舟中作）

此外尚有段克己成己兄弟，克己字復之，河東人，有遯齋樂府一卷；成己字誠之，有菊軒樂府一卷；二人幼有才名，趙秉文識諸童時目之曰『二妙』，大書『雙飛』二字名其里；俱第進士，入元後俱不仕，時人目爲『儒林標榜』。又王寂，字元老，玉田人，有拙軒詞；李俊民，字用章，澤州人，有莊靖先生樂府；諸人皆宗東坡。各錄一首：

歸去來兮，吾家何在，結茅水際林邊。自無人到，門設不須關。蠻觸正爭蝸角，榮枯事不到尊前。應堪歎，清溪流水，東去幾時還。　此山何處著，從教容與，木雁之間。算躬耕隴畝，在我無難。便把鋤頭爲枕，眠芳草醉夢長安。煙波客，新來有約，要買釣魚竿。（段克己滿庭芳山居偶成）

昔年兄弟共彈冠。轉頭看，各蒼顏。千古功名，都待似東山。慷慨一杯風露下，追往事，敍幽歡。　晨霞翠柏尚堪餐。養餘閒，未全慳。十丈冰花，況有藕如船。醉裏忽乘鸞鶴去，塵土外，兩臞仙。（段成己江城子幽懷追和遯庵兄韻）

先生老矣，飽閱人間世。磨衲簪纓等游戲，趁餘生強健，好賦歸歟，收拾箇經卷藥鑪活計。　悴寒金窮碎，漉蟻浮香，恰近重陽好天氣。有荊釵舉案，綵服兒嬉，隨分地且貴人生適意。也不願堆金數中書，願歲歲今朝，對花沈醉。（王寂洞仙歌自壽）

忍淚出門來，楊花如雪。惆悵天涯又離別。碧雲西畔，舉目亂山重疊。據鞍歸去也，情淒切。　一日三秋，寸

腸千結。敢向青天問明月。算應無恨，安用暫圓還缺。願人長似月圓時節。（李俊民感皇恩出京門有感）

元好問，字裕之，秀容人，興定三年登進士第，歷官南陽內鄉令，左司都事，員外郎，金亡，不仕；有遺山新樂府五卷，張炎謂其『深於用事，精於鍊句，風流蘊藉處不減周秦。』而遺山自序中則極推蘇辛，且似羞比秦晁賀晏。集中水調歌頭，木蘭花慢，水龍吟，沁園春，滿江紅，江城子，臨江仙多首，皆掃空凡響，逼近蘇辛；其蝶戀花，南鄉子，鷓鴣天，浪淘沙，太常引，清平樂，浣溪沙多首，又婉麗雋永，不讓周秦。觀其序所稱陳去非詞『謂之言外句含咀之久，不傳之祕隱然眉睫間』可知其於審味，設色，間極所著意，信金源惟一大家也。錄四首：

牛羊散平楚，落日漢家營。龍拏虎擲何處，野蔓罥荒城。遙想朱旗回指，萬里風雲奔走，慘澹五年兵。天地入鞭箠，毛髮懍威靈。一千年，成皋路，幾人經。長河浩浩東注，不盡古今情。誰謂麻池小豎，偶解東門長嘯，取次論韓彭。慷慨一尊酒，胸次若爲平。（元好問水調歌頭汜水故城登眺）

渺漳流東下，流不盡，古今情。記海上三山，雲中雙闕，當日南城。黃星幾年飛去，澹春陰平野草青青。冰井猶殘石甃，露盤已失金莖。風流千古短歌行。慷慨缺壺聲。想釃酒臨江，賦詩鞍馬，詞氣縱橫。飄零舊家王粲，似南飛烏鵲月三更。笑殺西園賦客，壯懷無復平生。（元好問木蘭花慢）

幽意曲中傳。總是才情得處偏。唱到斷腸聲欲斷，還連。一串驪珠箇箇圓。　畫扇綺羅筵。韓馬風流在眼前。坐上有人持酒聽，凄然。夢裏梁園又一年。（元好問南鄉子）

離愁宛轉，瘦覺妝痕淺。飛去飛來雙語燕。消息知他近遠。　樓前小雨珊珊。海棠簾幕輕寒。杜宇一聲春去，樹頭無數青山。（元好問清平樂）

構律第六

有韻之文肇自謠諺，成於詩歌，大於辭賦。三百篇既衍爲五七言矣；楚辭復衍爲漢賦。句之長短有定字，篇之開闔有定法；聲之呼應有定韻。由簡而繁，由疏而密，由放而守，事物進化之順序然也。夫文字之於人心，關係切矣。顧何以簡策名數之記，敷奏陳說之言，不足以感人而使之嗟歎詠歌舞蹈邪？此其中必有超乎文字者在，則情感是矣。詩序云：『情動於中而形於言。』又云：『情發於聲，聲成文謂之音。』所謂『情動於中』者，哀樂喜怒敬愛是也；所謂『聲成文』者，曲直繁瘠廉肉節奏之間而已。是以詩者以情爲內容，而言與音爲外形，其義蓋不可易也。

樂記云：『凡音之起，由人心生也；人心之動，物使之然也。感於物而動，故形於聲；聲相應，故生變；變成方，謂之音；比音而樂之，及干戚羽旄，謂之樂。樂者，音之所由生也，其本在人心之感於物也。』由是言之，詩與樂同出乎情感，而同形於聲音，二者固一。

本爾。

自樂音亡而徒詩生，於是協音者遂別爲樂府，詩樂之途，從此分矣；寖假而樂府亦多不協音，於是樂府與樂之塗亦分矣。文人既不盡通聲樂，而但求抒發其感情。遂不計及字句之間，尚有所謂音律調韻者在。其有高言妙句音韻天成者，皆暗與理合，匪由思至也。乃自梁沈約創四聲八病之說，審宮商平仄之分，於是兩句十字之中，亦有顚倒輕重之妙；發自古辭人未覩之祕，而啓文學之新塗。由是而唐之律詩作矣。然其所謂律者，其法猶寬；及詩變爲詞，則昔之離樂爲詩者，今且返詩於樂，其律遂不得不加密焉。蓋藝術隨時代演進，必先粗而後精；法律由習慣構成，亦始寬而終密。故詞體之繁，詞律之嚴，實倍蓰於詩。獨惜宋元以降，律呂漸亡，徒詞又作。致後世言詞者，極其所至亦不過於調韻平仄之間檢點訛舛而已。今就往詞之可尋繹者，區其調格，括其韻部，析其四聲五音，而一納之於情。不暇爲圖譜之星羅，無取乎章句之毛舉；要本自然之天籟，藉窺古人之用心。若乎紅牙按拍，鐵笛偸聲，顧誤周郎，隱名李八，則事已消沉，書多缺佚，强作解事，徒勞罔功。其於所不知，蓋闕如也。

(二)調譜

詞初無調也，唐初樂府，五七言律詩而已。中葉以還，漸變爲長短句，則詞調生焉。（說詳前具體篇）逮宋則制作紛起，調日以繁，詞之體益大，詞之法益密矣。（說詳前衍流篇）由是調有定格，字有定數，韻有定聲。後人括調爲譜，按譜塡詞之事，於是乎起。

詞調之發生，其始必甚短，繼乃稍長，晚則愈長。最短者爲單調；稍長有換頭，爲雙疊；進而有雙拽頭或三換頭，爲三疊；更進至四疊止矣。（疊又或稱片。）調以均爲節。（一均略如詩之一聯，有上下句，下句住韻，起轉之韻不計。）單調有二均者，有三均者。展爲雙疊則有四均，六均者，有八均，十均以至十二均者。三疊則有十均，十二均以至十六均者。四疊則十六均止矣。宋人詞體見於張炎詞源所述者凡九類。其中法曲，大曲，上變隋唐，專掌於教坊；纏令，諸宮調，下啓金元，流傳於市井，皆非詞之正體。惟令，引，近，慢，則爲文人學士所通行之詞體，至三臺，序子，則又摘自大曲而偶播於歌場者也。令，引，近，慢，在宋時名曰小唱，惟以啞觱篥合之，不必備衆樂器，故當時便於通行。其節奏以均拍區分，短者爲令，稍長者爲引，近，愈長則爲慢詞矣。拍者，所以齊樂施於句終，故名曰齊樂，又曰樂句。拍之多少以均而定，約兩拍爲一均。令則以四均爲正；引近則以六均爲正；慢則以八均爲正。詞源謳曲旨要首二句云：『歌曲：令曲，四掯匀；破，近，六均；慢，八均。』蓋篇首先將諸小唱均數揭出，其下始分述各種唱法。顧後人多忽之，或誤解，是可惜耳。然令有不及四均者，亦有延至六均者；引近亦有延至八均者；慢亦有延至十均十二均十六均者。蓋四均、六均、八均之限，乃南宋以來就其大較區之耳；若詞調，則多倡於北宋，此時均拍之數，固未刻定，若是也。故不少六均之調，明稱爲令；八均之調，明稱爲引近者；至於八均以上之慢，又不勝數矣。蓋令，引，近，慢，各有本原，各有唱法。本未混法未亡，縱出入伸縮而無害；本昧法絕，雖墨守曲說而無功。後人不得其解，或强以字數多少區之。如毛先舒謂『五十八字以內爲小令，五十九字至九十字爲中調，九十一字以外爲長調，蓋古人定例。』實則說無根據。若以多少一字爲界，則如七娘子有五十八字，六十字兩體，將爲小令乎？抑中調乎？雪獅兒有八十九字九十二字兩體，將爲中調乎？抑長調乎？

知無以自圓其說矣。今將令，引，近，慢之疊數均數括爲一表；至三臺，序子亦附著焉。

詞類	疊數	均數	調例
令	單	二	搗練子　南鄉子等
令	單	三	何滿子　拋毬樂等
令	雙	四	探春令　惜雙雙令　清平樂　菩薩蠻等（此類最多令之正體）
令	雙	六	且坐令　師師令
引近	雙	六	千秋歲引　祝英臺近　風入松　離亭燕等（此類最多引近正體）
引近	雙	八	陽關引　隔浦蓮近
	雙	八	上林春慢　木蘭花慢　滿江紅　摸魚子等（此類最多慢之正體）
	雙	十	破陣樂　玉女搖仙珮

慢	三	十二	六州歌頭 穆護砂
		十	十二時前四中三後三 瑞龍吟前二中二後六
		十二	浪淘沙慢 餘如寶鼎現夜半樂皆同為三疊而每疊四均者。
		十六	戚氏前六中四後六
三臺	三	十五	三臺詞源論拍眼謂三臺慢二急三拍，今按三臺每疊五均，每均中第一第二第五三均字多則為急拍，第三第四兩均字少則為慢拍。
序子	四	十六	鶯啼序

（附註）下列諸例分均皆用◎為號

深院靜，小庭空。斷續寒碪斷續風◎無奈夜長人不寐，數聲和月到簾櫳◎（搗練子南唐後主）

岸遠沙平。日斜歸路晚霞明◎孔雀自憐金翠尾。臨水。認得行人驚不起◎（南鄉子歐陽炯）

寫得魚箋無限，其如花鎖春暉◎目斷巫山雲雨，空教殘夢依依◎卻愛熏香小鴨，羨他長在屏幃◎（何滿子和凝）

霜積秋山萬樹紅◎倚巖樓上挂朱櫳◎白雲天遠重重恨，黃葉煙深淅淅風◎髣髴梁州曲，吹在誰家玉笛中◎（拋毬樂　馮延巳）

綠楊枝上曉鶯啼，報融和天氣◎被數聲吹入紗窗裏。又驚起嬌娥睡◎　綠雲斜嚲金釵墜。惹芳心如醉◎爲少年溼了，鮫綃帕上，都是相思淚◎（探春令　晁幾道）

風外橘花香暗度。飛絮綰殘春歸去◎醞造黃梅雨。冷煙曉占橫塘路◎　翠屏人在天低處。驚夢斷，行雲無據◎此恨憑誰訴。恁時卻倩危絃語◎（惜雙雙令　劉弇）

小庭春老，碧砌紅萱草◎長憶小闌閒共繞。攜手綠叢含笑◎　別來音信全乖。舊期前事堪猜◎門掩日斜人靜，落花愁點青苔◎（清平樂　歐陽修）

紅樓別夜堪惆悵。香燈半掩流蘇帳◎殘月出門時。美人和淚辭◎　琵琶金翠羽。絃上黃鶯語。勸我早歸家◎綠窗人似花◎（菩薩蠻　韋莊）

閒院落。誤了清明約◎杏花雨過胭脂綽。緊了秋千索◎門草人歸，朱門悄掩，梨花寂寞◎　書萬紙，恨憑誰託◎纔封了，又揉卻◎冤家何處貪歡樂，引得我心兒惡◎怎生全不思量著。那人人情薄◎（且坐令　韓玉）

香鈿寶珥。拂菱花如水◎學妝皆道稱時宜，粉色有天然春意◎‖蜀綵衣長勝未起。縱亂霞垂地◎　都城池苑

誇桃李。問東風何似。不須回扇障清歌，脣一點小於朱蕊。正値殘英和月墜。寄此情千里。（師師令張先）
別館寒砧，孤城畫角，一派秋聲入寥廓。東歸燕從海上去，南來雁向沙頭落。楚臺風，庾樓月，宛如昨。無
奈被些名利縛。無奈被他情躭擱。可惜風流總閒却。當初謾留華表語。如今誤我秦樓約。夢闌時，酒醒後，
思最著。（千秋歲引王安石）
挂輕帆，飛急槳，還過釣臺路。酒病無聊，欹枕聽鳴櫓。斷腸簇簇雲山，重重煙樹，回首望孤城何處。閒離
阻。誰念縈損襄王，何曾夢雲雨。舊恨前歡，心事兩無據。要知欲見無由，癡心猶自，倩人道一聲傳語。（祝英臺近蘇軾）
禁煙過後落花天。無奈輕寒。東風不管春歸去，共殘紅飛上秋千。看盡天涯芳草，春愁堆上闌干。楚江
橫斷夕陽邊。無限青煙。舊時雲雨今何處，山無數柳漲平川。與問風前回雁，甚時吹過江南。（風入松周紫芝）
十載尊前談笑。天祿故人年少。可是陸沈英俊地，看即鎖窗批詔。此處忽相逢，潦倒禿翁同調。西顧郎
官湖渺。東看庾樓人小。短艇絕江空悵望，寄得詩來高妙。夢去倚君旁，蝴蝶歸來清曉。（離亭燕黃庭堅）
蔓草蛩吟咽。暗柳螢飛滅。空庭雨過，西風緊，飄黃葉。卷書帷寂靜，對此傷離別。重感歎，中秋數日又圓月。
沙觜檣竿上，淮水闊。有飛鳧客，詞珠玉，氣冰雪。且莫教皓月照影驚華髮。問幾時，清樽夜景空佳節。

（陽關引晁補之）

新篁搖動翠葆，曲徑通深窈◎。夏果收新脆，金丸落，驚飛鳥◎。濃靄迷岸草。蛙聲鬧◎，驟雨明池沼。水亭小◎，浮萍破處，檐花簾影顛倒◎。綸巾羽扇，困臥北窗清曉◎。屏裏吳山夢自到◎。驚覺，依前身在江表◎。（隔浦蓮近周邦彥）

帽落宮花，衣惹御香，鳳輦晚來初過◎。鶴降詔飛，龍銜燭戲，端門萬枝燈火◎。滿城車馬，對明月有誰閑坐◎。任狂遊，更許傍禁街，不扃金鎖◎。玉樓人暗中擲果。珠簾下，笑著春衫嫋娜◎。素蝶穠釵，輕蟬撲鬢，垂垂柳絲梅朵◎。夜闌飲散，但贏得翠翹雙嚲◎。醉歸來，又重向曉窗梳裹◎。（上林春慢晁沖之）

倚危樓佇立，乍蕭索，晚晴初◎。漸素景衰殘，風砧韻冷，霜葉紅疎◎。雲衢。見新雁過，奈佳人自別阻音書◎。空遣悲秋念遠，寸腸萬恨縈紆◎。　陪都。暗想歡游，成往事，動欷歔◎。念對酒當歌，低幃並枕，翻恁輕孤◎。歸塗。縱凝望處，但斜陽暮靄滿平蕪◎。贏得無言悄悄，憑闌盡日踟躕◎。（木蘭花慢柳永）

淸潁東流，愁目斷孤帆明滅◎。遊宦處青山白浪，萬重千疊◎。孤負當年林下意，對牀夜雨聽蕭瑟◎。恨此生長向別離中，添華髮◎。　一尊酒，黃河側。無限事，從頭說◎。恍相看如昨，許多年月◎。衣上舊痕餘苦意，眉間喜氣添黃色◎。便與君池上覓殘春，花如雪◎。（滿江紅蘇軾）

買陂塘旋栽楊柳，依稀淮岸湘浦◎。東皋喜雨添新漲，沙觜鷺來鷗聚◎。堪愛處。最好是，一川夜月流光渚◎。無人獨舞。任翠幄張天，柔茵藉地，酒盡未能去。青綾被，莫憶金閨故步。儒冠曾把身誤。弓刀千騎成何事，荒了邵平瓜圃。君試覷。滿青鏡星星，鬢影今如許。功名浪語。便似得班超，封侯萬里，歸計恐遲暮。（摸魚子晁補之）

露花倒影，煙蕪蘸碧，靈沼波暖。金柳搖風木末，繫彩舫龍船遙岸。千步虹橋，參差雁齒，直趨水殿。繞金隄曼衍魚龍戲，簇嬌春羅綺，喧天絲管。霽色榮光，望中似覩，蓬萊清淺。時見。鳳輦宸遊，臨翠水，開鎬宴。兩兩輕舠飛畫楫，競奪錦標霞爛。罄歡娛，歌魚藻，徘徊宛轉。別有盈盈遊洛女，採明珠，爭收翠鈿。相將歸去，漸覺雲海沈沈，洞天日晚。（破陣樂柳永）

飛瓊伴侶，偶別珠宮，未返神仙行綴。取次梳妝，尋常言語，有得幾多姝麗。擬把名花比。恐旁人笑我，談何容易。細思算奇葩艷卉，惟是深紅淺白而已。爭如這多情，占得人間，千嬌百媚。須信畫堂繡閣，皓月清風，忍把光陰輕棄。自古及今，佳人才子，少得當年雙美。且恁相偎倚。未消得憐我多才多藝。但願取蘭心蕙性，枕前言下，表余深意。為盟誓。從今斷不孤鴛被。（玉女搖仙珮柳永）

向來抵掌，未必總談空。難徧舉，貲三事，試從公。記當年，賦得一丘一壑，天鳶闊，淵魚靜，莫聲磬，但酌酒，儘從容。一水西來他日，會從公曳杖其中。問前回歸去，笑白髮成蓬。不識如今，幾西風。蒙莊多事，論蟲豕，推羊蟻，未辭終。又騾說，魚得計，執能通。歎如雲網罟，龍伯吹，渺難窮。凡三惑，誰使我，釋然融。豈是匏瓜繫者，把行藏悉付鴻濛。且從頭檢校，想見共迎公。湖上千松。（六州歌頭　程珌）

底事蘭心苦。便淒然泣下如雨。倚金莖獨立，擅香無主。斷腸封家如妒。亂撲蘇驪珠愁有許。向午夜銅盤傾注。便不是紅冰綴頰，也溼透仙人煙樹。羅綺筵中，海棠花下，淫淫常怕鳳枝枯。比洛陽年少，江州司馬，多少定誰似。　照破別離心緒。學人生有情酸楚。想洞房佳會，而今寥落，誰能暗收玉筯。算只有金釵曾巧補。輕拭了粉痕如故。愁思減舞腰纖細，淸血盡媚臉膚腴。又恐嬌羞，絳紗籠却，綠窗伴我檢詩書。更休教鄰壁，偸窺幽蘭啼曉露。（穆護砂　宋褧）

晚晴初，淡煙籠月，風透蟾光如洗。覺翠帳涼生，秋思漸入，微寒天氣。敗葉敲窗，西風滿院，睡不成還起。更漏咽滴破憂心，萬感並生，都在離人愁耳。　天怎知當時一句，做得十分縈繫。夜永有時，分明枕上，覷著孜孜地。燭暗時酒醒，原來又是夢裏。　睡覺來披衣獨坐，萬種無憀情意。怎得伊來，重偕連理，再繫餘香被。祝告天發願，從今永無拋棄。（十二時　柳永）

章臺路。還見褪粉梅梢，試華桃樹，愔愔芳陌人家，定巢燕子，歸來舊處。　黯凝佇，因念箇人癡小，乍窺門戶。侵晨淺約宮黃，障風映袖，盈盈笑語。　前度劉郎重到，訪鄰尋里，同時歌舞，惟有舊家秋娘，聲價如故。

吟牋賦筆，猶記燕臺句。知誰伴名園露飲，東城閒步。事與孤鴻去。探春盡是，傷離意緒。官柳低金縷。歸騎晚，纖纖池塘飛雨。斷腸院落，一簾風絮。（瑞龍吟周邦彥）

曉陰重，霜凋岸草，霧隱城堞。南陌脂車待發，東門帳飲乍闋。正拂面垂楊堪攬結。掩紅淚玉手親折。念漢浦離鴻去何許，經時音信絕。情切。望中地遠天闊，向露冷風清無人處，耿耿寒漏咽。嗟前事難忘，惟是輕別。翠尊未竭。憑斷雲留取，西樓殘月。羅帶光銷紋金疊。連環斷，舊香頓歇。怨歌永，瓊壺敲盡缺。恨春去不與人期，弄夜色空餘滿地梨花雪。（浪淘沙慢周邦彥）

晚秋天。一霎微雨灑庭軒。檻竹蕭疏，井梧零亂，惹殘煙。淒然。望江關。飛雲黯淡夕陽間。當時宋玉悲感，向此臨水與登山。遠道迢遞，行人淒楚，倦聽隴水潺湲。正蟬鳴敗葉，蛩響衰草，相應聲喧。孤館度日如年。風露漸變，悄悄至更闌。長天靜，絳河清淺，皓月嬋娟。思綿綿。夜永對景，那堪屈指，暗想從前。未名未祿，綺陌紅樓，往往經歲遷延。帝里風光好，當年少日，暮宴朝歡。況有狂朋怪侶，遇當歌對酒競留連。別來迅景如梭，舊遊似夢，煙水程何限。念利名憔悴長縈絆。追往事空慘愁顏。漏箭移稍覺輕寒。聽嗚咽畫角數聲殘。對閒窗畔，停燈向曉，抱影無眠。（戚氏柳永）

見梨花初帶夜月。海棠半含朝雨。內苑春不禁過青門，御溝漲潛通南浦。東風靜，細柳垂金縷。望鳳闕，非煙非霧。好時代朝野多歡，徧九陌太平簫鼓。乍鶯兒百囀斷續，燕子飛來飛去。近綠水臺榭映秋千，鬥草聚雙雙遊女。餳香更酒冷踏青路。會暗識夭桃朱戶，向晚驟寶馬雕鞍，醉襟惹亂花飛絮。正輕寒輕暖漏永，半陰半晴雲暮。禁火天已是試新妝，歲華到三分佳處。清明看漢蠟傳宮炬，散翠煙飛入槐府。斂兵衞閶闔門開，住傳宣又還休務。（三臺　万俟詠）

橫塘棹穿豔錦，引鴛鴦弄水。斷霞晚笑折花歸，紺紗低護鐙蕊。潤玉瘦冰輕倦浴，斜拕鳳股盤雲墜。聽銀牀，聲細梧桐，漸攪涼思。　窗隙流光，冉冉迅羽，訴空梁燕子。誤驚起風竹敲門，故人還又不至。記琅玕新詩細搯，早陳跡香痕纖指。怕因循羅扇恩疏，又生秋意。　西湖舊日，畫舸頻移，歎幾縈夢寐，霞珮冷疊瀾不定，麝靄飛雨，乍溼鮫綃，暗盛紅淚。練單夜共，波心宿處，瓊簫吹月霓裳舞，向明朝未覺花容悴。嫣香易落，回頭澹碧消煙，鏡空畫羅屏裏。　殘蟬度曲，唱徹西園，也感紅怨翠。念省慣吳宮幽憩，暗柳追涼，曉岸參斜，露零漚起。絲縈寸藕，留連歡事，桃笙平展湘浪影，有昭華穠李冰相倚。如今鬢點淒霜，半篋秋詞，恨盈蠹紙。（鶯啼序　吳文英）

調之長短，蓋繫於作者情事之繁簡。當詞調未發達時，作者如欲寫繁複之情事，則疊用小令多首以爲之，稍後則引近慢詞漸進，可以放手抒寫矣。張炎云：「大詞之料，可以斂爲小詞，小詞之料，不可展爲大詞。』料者，卽情事也。

詞調，有以加減而變者：如浣溪沙之有攤破，則以原調結句破七字爲十字；木蘭花之有減字，則以原調一三五七句減七字爲四字，而轉入兩平韻，餘聲則前用原調，後同減字；醜奴兒之有攤破，則於原調每段下加「也囉」等八字爲和聲；南鄉子之有攤破，則由原調加字而略變其句法；踏莎行之有轉調，則於原調每段後半加字，而略變其句法。他和法駕導引，則疊憶江南之首句而成；釵頭鳳，則於摘紅英前後段末加三疊字而成，其加二疊字則爲惜分釵；鷓鴣天，則破瑞鷓鴣第五句之七字句爲兩三字句而成；洞庭春色，則破沁園春中間及換頭處句法而成；鼓笛慢，則破水龍吟中間句法而成。

浣溪沙　（張曙）

枕障熏鑪冷繡帷。二年終日苦相思。杏花明月爾應知。天上人間何處去，舊歡新夢覺來時。黃昏微雨畫簾垂。

攤破浣溪沙　（南唐中主）

菡萏香銷翠葉殘。西風愁起綠波間。還與韶光共憔悴，不堪看。細雨夢回雞塞遠，小樓吹徹玉笙寒。多少淚珠無限恨，倚闌干。

木蘭花　（歐陽炯）

兒家夫壻心容易。身又不來書不寄。閒庭獨立鳥關關，爭忍拋奴深院裏。悶向綠紗窗下睡。睡又不成愁已至。今年却憶去年春，同在木蘭花下醉。

醜奴兒　（和凝）

蝤蠐領上訶梨子，繡帶雙垂。椒戶閒時。競學摴蒱賭荔枝。叢頭鞋子紅編細，裙窣金絲。無事嚬眉。春思還教阿母疑。

南鄉子　（晏幾道）

新月又如眉。長笛誰教月下吹。樓倚暮雲初見雁，

減字木蘭花　（歐陽修）

樓臺向曉。淡月低雲天氣好。翠幕風微。宛轉涼州入破時。香生舞袂。楚女腰肢天與細。汗粉重勻。酒後輕寒不見人。

偷聲木蘭花　（張先）

雲籠瓊苑梅花瘦。外院重扉聯寶獸。海月新生。上得高樓沒奈情。簾波不動銀釭小。今夜夜長爭得曉。欲夢荒唐。祇恐覺來添斷腸。

攤破醜奴兒　（趙長卿）

樹頭紅葉飛都盡，景物淒涼。秀出羣芳。又見江梅淺淡妝。也囉，眞箇是可人香。蘭魂蕙魄應羞死，獨占風光。夢斷高唐。月送疎枝過女牆。也囉，眞箇是，可人香。

攤破南鄉子　山谷集誤題醜奴兒詞律誤改促拍醜奴兒今依齊舟集改　（黃庭堅）

南飛。漫道行人雁後歸。 意欲夢佳期。夢裏關山路不知。卻待短書來破恨，應遲。還是涼生玉枕時。

踏莎行（晏殊）

細草愁煙，幽花怯露。憑闌總是消魂處。日高深院靜無人，時時海燕雙飛去。 帶緩羅衣，香殘蕙炷。天長不禁迢迢路。垂楊只解惹春風，何曾繫得行人住。

憶江南（白居易）

江南憶，最憶是杭州。山寺月中尋桂子，郡亭枕上看潮頭。何日更重遊。

摘紅英（無名氏）

得意許多時。長醉賞月下花枝。暴風急雨年年有，金籠鎖定，鶯雛燕友，不被雞欺。 紅旆轉逶迤。悔無計千里追隨。再來重綰廬南印。而今目下，栖惶怎向，日永春遲。

轉調踏莎行（曾覿）

翠幄成陰，誰家簾幕。綺羅香擁處，觥籌錯。清和將近，奈春寒更薄。高歌看簌簌梁塵落。 好景良辰，人生行樂。金杯無奈是苦相虐。殘紅飛盡，裊垂楊輕弱。來歲斷不負鶯花約。

法駕導引（陳與義）

東風起，東風起，海上百花搖。十八風鬟雲半動，飛花和雨著輕綃。歸路碧迢迢。

釵頭鳳（陸游）

紅酥手，黃縢酒。滿城春色宮牆柳。東風惡。歡情薄。一懷愁緒，幾年離索。錯。錯。錯。 春如舊，人空瘦。淚風搖動。雨濃茸。翠條柔弱花頭重。春衫窄。香肌溼。
記得年時，共伊曾摘。都如夢。何曾共。可憐孤似
釵頭鳳。關山隔。晚雲碧。燕兒來也，又無消息。

瑞鷓鴣　（馮延巳）

纔罷嚴妝怨曉風。粉牆畫壁宋家東。蕙蘭有恨枝
猶綠，桃李無言花自紅。燕燕巢時羅幕捲，鶯鶯
啼處鳳臺空。少年薄倖知何處，每夜歸來春夢中。

沁園春　（蘇軾）

孤館鐙青，野店雞號，旅枕夢殘。漸月華收練，晨霜
耿耿，雲山摛錦，朝露漙漙。世路無窮，勞生有限，似
此區區長鮮歡。微吟罷，凭征鞍無語，往事千端。
當時共客長安。似二陸初來俱少年。有筆頭千字，

痕紅浥鮫綃透。桃花落。閒池閣。山盟雖在，錦書難
託。莫。莫。莫。

惜分釵　（呂渭老）

重簾挂。微燈下。背闌同說春風話。月盈樓。淚盈眸。
覷著紅裀，無計遲留。休。休。　鶯花謝。春殘也。等閒
泣損香羅帕。見無由。恨難收。夢短屏深，清夜濃愁。
悠。悠。

鷓鴣天　（晏幾道）

彩袖殷勤捧玉鍾。當筵拚却醉顏紅。舞低楊柳樓
心月，歌盡桃花扇底風。　從別後，憶相逢。幾回魂
夢與君同。今宵賸把銀釭照，猶恐相逢是夢中。

洞庭春色　（陸游）

壯歲文章，暮年勳業，自昔誤人。算英雄成敗，軒裳
得失，難如人意，空喪天真。請看邯鄲當日夢，待炊
罷黃粱徐欠伸。方知道，許多時富貴，何處關身。
人間定無可意，怎換得玉鱠絲蓴。且釣竿漁艇，筆

胸中萬卷，致君堯舜，此事何難。用舍由時，行藏在我，袖手何妨閒處看。身長健，但優游卒歲，且鬥尊前。

牀茶甌閒聽荷雨，一洗衣塵。洛水情關千古後，尚棘暗銅駝空館神。何須更慕封侯定遠，圖像麒麟。

水龍吟　（秦觀）

小樓連苑橫空，下窺繡轂雕鞍驟。疎簾半捲，單衣初試，清明時候。破暖輕風，弄晴微雨，欲無還有。賣花聲過盡，斜陽院落，紅成陣，飛鴛甃。　玉佩丁東別後，悵佳期、參差難又。名韁利鎖，天還知道，和天也瘦。花下重門，柳邊深巷，不堪回首。念多情，但有當時皓月，照人依舊。

鼓笛慢　（秦觀）

亂花叢裏曾攜手，窮艷景，迷歡賞。到如今誰把，雕鞍鎖定，阻遊人來往。好夢隨春遠，從前事，不堪思想。念香閨正杳，佳歡未偶，難留戀，空惆悵。　永夜嬋娟未滿，歎玉樓、幾時重上。那堪萬里，却尋歸路，指陽關孤唱。苦恨東流水，桃源路，欲回雙槳。仗何人細與，丁寧問我，如今怎向。

詞調有以重疊而變者：如憶故人之疊爲燭影搖紅，梁州令之疊爲梁州令疊韻，梅花引之疊爲小梅花，接賢賓之疊爲集賢賓之類。

憶故人　（毛滂）

老景蕭條，送君歸去添淒斷。贈君明月滿前溪，直

燭影搖紅　（周邦彥）

香臉輕勻，黛眉巧畫宮妝淺。風流天付與精神，全在嬌波轉。早是縈心可慣，更那堪頻頻顧盼。幾回

到西湖畔。門掩綠苔應徧，爲黃花頻開醉眼。橋

奴無恙，蝶子相迎，寒窗日短。

梁州令　（晁補之）

二月春猶淺。去歲櫻桃開徧。今年春色怪遲遲，紅

梅常早未露胭脂臉。　東君故遣春來緩。似會人

深願。蟠桃新鏤雙蓋。相期似此春長遠。

梅花引　（王特起）

山之麓。水之曲。一彎秀色盤虛谷。水溶溶。雨濛濛。

有人行李，蕭蕭落葉中。　人家籬落炊煙溼。天外

得見，見了還休，爭如不見。　燭影搖紅，夜闌飲散

春宵短。當時誰解唱陽關。離恨天涯遠。無奈雲收

雨散，凭闌干，東風淚眼。海棠開後，燕子來時，黃昏

庭院。

梁州令疊韻　（晁補之）

田野閒來慣。睡起初驚曉燕。樵青早挂小簾鉤，南

園昨夜，細雨紅芳徧。平蕪一帶煙花淺。過盡南歸

雁。江雲渭樹俱遠。凭闌送目空腸斷。　好景難常

占。過眼韶華如箭。莫教鶗鴂送韶華，多情楊柳，爲

把長條絆。清尊滿酌誰爲伴。花下提壺傳。何妨醉

臥花底，愁容不上春風面。

小梅花　（賀鑄）

城下路。淒風露。今人犂田古人墓。岸頭沙。帶蒹葭。

漫漫昔時流水今人家。黃埃赤日長安道。倦客無

漿馬無草。開函關。閉函關。千古如何不見一人閒。

六國擾。三秦掃。初謂商山遺四老。馳單車。致緘

雲峯迷淡碧。野雲昏。夭前付。溪橋路滑，平沙沒舊痕。

接賢賓　（毛文錫）

香韉鏤襜五花驄。值春景初融。流珠噴沫躞蹀，汗血流紅。　少年公子能乘馭，金鑣玉轡瓏璁。爲惜珊瑚鞭不下，驕生百步千蹤。信穿花從拂柳，向九陌追風。

書。裂荷焚芰，接武曳長裾。高流端得酒中趣，身入醉鄉安樂處。生忘形。死忘名。誰論二豪初不數劉伶。

集賢賓　（柳永）

小樓深巷狂遊徧，羅綺成叢。就中堪人屬意，最是蟲蟲。有畫難描雅態，無花可比芳容。幾回飲散良宵永，鴛衾暖，鳳枕香濃。算得人間天上，惟有兩心同。　近來雲雨忽西東，誚惱損情悰。縱然偷期暗會，長是匆匆。爭似和鳴偕老，免教斂翠啼紅。眼前時的暫疎歡宴，盟言在，更莫忡忡。待作眞箇宅院，方信有初終。

詞調有以犯調而變者：如江月晃重山之半爲西江月，半爲小重山；暗香疏影之前半爲暗香，後半爲疏影；（見夢窗集，方成培詞麈謂是張肯所合，按肯乃明人。）皆犯兩調而成者也。他如四犯翦梅花兩用醉蓬萊合解連環雪獅兒而成，（見龍洲集，又名轆轤金井。其見於蒲江集中者，名錦園春三犯，又名月城春。）四犯令，玲瓏四犯之合四調而成；六醜之六合調而成；見清眞集八音諧之合八曲而成；見松隱樂府，謝元淮碎金詞譜按九宮譜爲之察校分出，未知確否。八犯玉交枝之合八曲而成；見無絃琴譜，又名八寶妝。皆明見著錄。至其餘調名中之「犯」者，或爲犯宮調，非盡合調也。

芳草洲前道路，夕陽樓上闌干。碧雲何處望歸鞍。從軍客，躭樂不思還。洞裏仙人種玉，江邊楚客滋蘭。鴛鴦沙暖鵁鶄寒。菱花晚，不奈鬢毛班。（江月晃重山 陸游）

占春壓一。捲峭寒萬里，平沙飛雪。數點酥鈿，凌曉東風已吹裂。獨曳橫梢瘦影，入廣平裁冰詞筆。記五湖清夜推篷，臨水一痕月。何遜揚州舊事，五更夢半醒，胡調吹徹。若把南枝，幽入凌煙，香滿玉。樓瓊闕。相將初試紅鹽味，到煙雨青黃時節。想雁空北落冬深，淡墨晚天雲闊。（暗香疏影 吳文英）

水殿風涼，賜環歸，正是夢熊華旦。解連環 疊雪羅輕，稱雲章題扇。醉蓬萊 西清侍宴。望黃傘日華籠輦。雪獅兒 金券三生，玉壺四世，帝恩偏眷。醉蓬萊 臨安記龍飛鳳舞，信神明有厚，竹梧陰滿。解連環 笑折花看，橐荷香紅潤。醉蓬萊 功名歲晚。帶河與礪山長遠。雪獅兒 麟脯杯行，狨韉坐穩，內家宜勸。醉蓬萊（四犯剪梅花 劉過）

月破輕雲天淡注。夜悄花無語。莫聽陽關牽離緒。拚酩酊，花深處。明日江郊芳草路。春逐行人去。不似荼蘼開獨步。能著意，留春住。（四犯令 侯寘）

穠李夭桃，是舊日潘郎，親試春豔。自別河陽，長負露房烟臉。憔悴鬢點吳霜，細念想夢魂飛亂。歎畫闌玉砌都換。纔始有緣重見。夜深偷展香羅薦。暗窗前，醉眠葱蒨。浮花浪蕊都相識，誰更重拾眼。休問舊色舊，香但認取芳心一點。又片時一陣風雨惡，吹分散。（玲瓏四犯周邦彥）

芳草到橫塘，宮柳陰低覆，新過疏雨。（春草碧首句至三句）望處藕花密，映沙汀煙渚。（望春回四句至五句）波靜翠痕琉璃，（茅山逢故人第六句）似佇立飄飄川上女。（泂春樂第三句）弄曉色，正鮮妝照影，（飛雪滿羣山第十二句）幽香潛度。水閣薰風對萬姝，共泛泛紅綠，鬧花深處。（蘭陵王十四句至十七句）移棹採初開，嗅金纓留取。趁時凝賞池邊，預後約淡雲低護。（孤鸞十三句至十六句）未飲且憑闌，更待滿荷珠露。（眉嫵末二句）（八音諧曾覿）

滄島雲連，綠瀛秋入，暮景却沈洲嶼。無浪無風天地白，聽得潮生人語。擎空孤柱。翠倚高閣憑虛，中流蒼碧迷煙霧。惟見廣寒門外，青無重數。不知是水是山，不知是樹。漫漫知是何處。倩誰問凌波輕步。漫凝睇乘鸞秦女。想庭曲霓裳正舞。莫須長笛吹愁去。怕喚起魚龍，三更噴作前山雨。（八犯玉交枝仇遠）

詞調有以過腔而變者：如東坡之水龍吟，注云『蓋越調鼓笛慢』；晁無咎之消息，注云『自過腔，即越調永遇樂』；白石之湘月，注云『即念奴嬌之鬲指聲也，於雙調中吹之，鬲指今謂之過腔』；水龍吟本屬越調：尚未過宮；永遇樂本歇指調，歇指入越調，中隔商調一宮；念奴嬌本大石調，高指聲當是入雙調，以中隔高大石一宮也。

小舟橫截春江，臥看翠壁紅樓起。雲間笑語，使君高會，佳人半醉。危柱哀絃，豔歌餘響，繞雲縈水。念故人老大，風流未減，空回首，煙波裏。　推枕惘然不見，但空江月明千里。五湖聞道，扁舟歸去，仍攜西子。雲夢南州，武昌東岸，昔遊應記。料多情夢裏，端來見我，也參差是。（蘇軾水龍吟）

松菊堂深，芰荷池小，長夏清暑。燕引雛還，鳩呼婦往，人靜郊原趣。麥天已過，薄衣輕扇，試起繞園徐步。聽衡宇欣欣童稚，共說夜來初雨。　蒼苔徑裏，紫葳枝上，數點幽花垂露。東里催鋤，西隣助餉，相戒清晨去。斜川歸興，儵然滿目，回首帝鄉何處。只愁恐輕鞍犯夜，灞陵舊路。（晁補之消息）

五湖舊約，問經年底事，長負清景。暝入西山，漸喚我，一葉夷猶乘興。網都收，歸禽時度，月上汀洲冷。中流容與，畫橈不點清鏡。　誰解喚起湘靈，煙鬟霧鬢，理哀絃鴻陣。玉麈談玄，歎座客多少風流名勝。暗柳蕭蕭，飛星冉冉，夜久知秋信。鱸魚應好，舊家樂事誰省。（姜夔湘月）

詞調有以摘取而變者：如泛清波摘徧，薄媚摘徧，熙州慢，氐州第一，劍器近，法曲第二，法曲獻仙音，霓裳中序第一，六幺令，六幺花十八，（即夢行雲）以及水調歌頭，齊天樂，萬年歡等，皆自大曲或法曲中摘取其聲音美聽而可獨唱起結無礙者一徧單譜而單唱之；遂離原來之大徧而爲尋常之散詞，雖字句不相遠，而已別成其調矣。

催花雨小，著柳風柔，多是去年時候好。露紅煙綠，儘有狂情鬥春早。長安道。秋千影裏，絲管聲中，誰放艷陽輕過了。倦客登臨，暗惜光陰恨多少。 楚天渺。歸思正如亂雲，短夢未成芳草。空把吳霜點鬢華，自悲清曉。帝城杳。雙鳳舊約漸虛，孤鴻後期難到。且趁花朝夜月，翠樽傾倒。（泛清波摘徧 晏幾道）

桂香消，梧影瘦，黃菊迷深院。倚西風，看落日長江東去如練。先生底事有賦飄然，剛道爲田園。獨醒何爲，持杯自勸未能免。 休把茱萸吟玩，但管年年健。千古事，幾憑闌，吾生九十強半。歡娛終日，富貴何時，一笑醉鄉寬，倒載歸來，迴廊月又滿。（薄媚摘徧 趙以夫）

武林鄉，占第一湖山，詠畫爭巧。鷲石飛來，倚翠樓煙靄，清猿啼曉。況値禁園師帥，惠政流入歡謠。朝暮萬景，寒潮弄月，亂峯回照。 天使尋春不早。倂行樂免有花愁花笑。持酒更聽紅兒肉聲長調，瀟湘故人未歸，但目送游雲孤鳥。際天杪，離情盡寄芳草。（熙州慢 張先）

波落寒汀，村渡向晚，遙看數點帆小。亂葉翻鴉，驚風破雁，天角孤雲縹緲。官柳蕭疏，甚尙挂微微殘照。景物關情，川原換目，頓來催老。 漸解狂朋歡意少。奈猶被思牽情繞。座上琴心，機中錦字，覺最縈懷抱。也知人懸望久，薔薇謝歸來一笑。欲夢高唐，未成眠，霜空已曉。（氏州第一 周邦彥）

夜來雨。賴倩得東風吹作。海棠正嬌嬈處。且留取悄庭戶。試細聽鶯啼燕語。分明共人愁緒。怕春去。佳樹。翠陰初轉午。重簾未捲，乍睡起，寂寞看風絮。偷彈清淚寄煙波，見江頭故人，為言憔悴如許。彩箋無數。去却寒暄，到了渾無定據。斷腸落日千山暮。（劍器近　袁去華）

青翼傳情，香徑偷期，自覺當年草草。未省同衾枕，便輕許相將，平生歡笑。怎生向人間好事到頭少，漫悔懊。細追思恨從前容易致將恩愛成煩惱。心下事千種盡憑音耗。似此縈牽等伊來自家向道。待相見，喜歡存問又還忘了。（法曲第二　柳永）

蟬咽涼柯，燕飛塵幕，漏閣籤聲時度。倦脫綸巾，困便湘竹，桐陰半侵庭戶。向抱影凝情處。時聞打窗雨。耿無語。歎文園近來多病，情緒懶。尊酒易成間阻。縹緲玉京人，想依然京兆眉嫵。翠幕聲中，對徵容空在紈素。待花前月下，見了不教歸去。（法曲獻仙音　周邦彥）

亭皋正望極。亂落蓮歸未得。多病却無氣力。況紈扇漸疏，羅衣寒切。流光過隙。歎杏梁雙燕如客。人何在，一簾淡月，彷彿照顏色。幽寂。亂蛩吟壁。動庾信清愁似織。沈思年少浪跡。笛裏關山，柳下芳陌。墜紅無信息。漫暗水涓涓溜碧。飄零久，如今何意，醉臥酒壚側。（霓裳中序第一　姜夔）

雪殘風信，悠颺春消息。天涯倚樓新恨，楊柳幾絲碧。還是南雲雁少，錦字無端的。寶釵瑤席。彩絃聲裏，撈作尊前未歸客。遙想疏梅此際，月底香英拆；別後誰繞前溪，手揀繁枝摘。莫道傷高恨遠，付與臨風笛。儘堪愁寂花時往事，更有多恨箇人憶。（六幺令晏幾道）

簟波皺纖縠。鬭炊熟。眠未足。青奴細膩，未拚眞珠斛。素蓮幽怨風前影，搔頭斜墜玉。畫闌枕水，垂楊梳雨，青絲亂如乍沐。孀蟬微韻，晚蟬理秋曲。翠陰明月勝花夜，那愁春去速。（夢行雲吳文英原注即六幺花十八）

詞有調異名同者，其類有三：一則如長相思，西江月之類，原有令詞，而復有慢篇幅長短迴異，而仍其名；二則如相見歡，錦堂春俱別名烏夜啼；浪淘沙，謝池春俱別名賣花聲；三則如新雁過妝樓別名八寶妝，而別有八寶妝正調；菩薩蠻別名子夜歌，而別有子夜歌正調；一落索別名上林春，而別有上林春正調；眉嫵別名百宜嬌，而別有百宜嬌正調；繡帶子別名好女兒，而別有好女兒正調，皆其類也。

詞亦有調同名異者：如木蘭花與玉樓春之類，五代卽有異名。宋人則多取詞中字句以名篇，如賀新涼名乳燕飛，水龍吟名小樓連苑等，龐雜朦混，難僂指數。宋人頗多此習：如賀鑄東山詞一卷，及賀方回詞二卷，亦名寓聲樂府，多用新名；又張輯東澤綺語債一卷，全不用本調名稱；丘處機磻溪詞一卷，半屬舊調新名。大抵厭常喜新，無關宏旨。致後人爲譜者矜多炫博，誤別複收，徒亂詞體而貽笑柄；倚聲者巧立新名，故鑄舊號，徒眩耳目而啓紛歧，大雅所宜戒也。（參閱詞律及諸集，例不具舉。）

唐詞多緣題所賦；臨江仙則言水仙；女冠子則述道情；河瀆神則詠祠廟；巫山一段雲則狀巫峽。其後則卽本詞取句命名：如後唐莊宗之一葉落，如夢令；韋莊之天仙子，歐陽炯之木蘭花，江城子，毛文錫之西溪子等。更後則兩宋詞家自度新曲，隨手立名：如白石之暗香，疏影，夢窗之高山流水等。再後則按前人譜調塡詞耳。故調名之立，未必可盡尋其原。俞彥云：『宋人詞調不下千餘，新度者卽本詞取句命名，餘均按譜塡詞；若一一推鑿，何能盡符原旨？安知昔人最始命名者其原詞不已失傳乎？且僻調甚多，安能一一傳會載籍？自命稽古學者甯失闕疑，毋使後人徒資彈射可耳。』乃明人楊愼，都穆，董逢元，沈際飛輩偏好推調名緣起，爲之附會。淸人毛先舒著塡詞名解，尤自詡『參伍鉤稽，頗獲端緒。』究其所擧者多屬碎義末節，且有但擧異名，竟未解其所由起者，誠自愧其名矣！

五代宋初之詞，調下無題。其後塡詞者始於調下附著作意，啓此風者是爲東坡。東坡集中幾全有題或小序。此爲詞之進步，因著題則不能爲泛泛之詞，且使讀者易明其旨也。迨白石出，則小序尤極優美，往往低徊反復，淸氣洋溢，爲本詞增色不少，宜獨步兩宋已。

詞調與宮調有密切之關係，惜後世無從悉知。試取柳永樂章集勘之，尚可見其端倪。集中諸詞，皆依宮調分列。同曰鶴冲天也，大石調與黃鐘宮不同；同曰望遠行也，中呂調與仙呂調不同；同曰安公子也，中呂調與般涉調不同；同曰歸去來也，平調與中呂調不同；同曰瑞鷓鴣也，南呂調與般涉調不同；同曰尾犯也，正宮與林鐘商不同；同曰洞仙歌也，中呂調與仙呂調不同；同曰定風波也，雙調與林鐘商不同；同曰鳳歸雲也，林鐘商與仙呂調不同；同曰女冠子也，大石調與仙呂調不同；同曰傾杯樂也，仙呂宮與大石，林鐘商，黃鐘羽，散水調俱各不同。藉曰傳寫訛錯，或作者通脫，則何以集中多首者，如玉樓春，巫山一段雲，少年遊，玉蝴蝶，滿江紅，木蘭花慢等，亦整飭猶人乎？參閱本集，例不具舉。

宋人樂律之書，有宋仁宗之景祐樂髓新經，蔡元定之律呂新書，陳暘之樂書，皆詳悉繁重，不暇論列。其簡要者惟張炎詞源其論音譜，略云：『有法曲，有五十大曲，有慢曲。法曲則以倍四頭管品之，其聲清越。大曲則以倍六頭管品之，其聲流美。卽歌者所謂曲破，如望瀛，如獻仙音，乃法曲其源自唐來；如六幺，如降黃龍，乃大曲，唐時鮮有聞。……慢曲引近則名曰小唱。』又論拍眼略云：『法曲大曲慢曲之次，引近輔之，皆定拍眼。蓋一曲有一曲之譜，一均有一均之拍，若停聲待拍，方合樂曲之節。所以衆部樂中用拍板名曰齊樂，又曰樂句。唱法曲，大曲，慢曲，當以手拍，纏令則用拍板。』說甚精微，在南宋知者已尠，故仇遠致譏於不知宮調者，僅能四字沁園春，五字水調，七字鷓鴣天，步蟾宮。亦可識茲事之難矣。

唐燕樂用二十八調，至南宋則僅用七宮十二調。七宮者：正宮，高宮，仲呂宮，道宮，南呂宮，仙呂宮，黃鐘宮十二調者：大石調，般涉調，雙調，仲呂調，小石調，正平調，歇指調，高平調，商調，仙呂調，越調，羽調是也。見詞源　各宮調各有管色，所以定樂器用調高下之標準；又各有結聲，視其結聲以定宮調之名。結聲於宮，則以宮稱；結聲於商角徵羽，則以調稱。調不同則結聲亦異。—結聲者，或曰殺聲，又曰住字，卽詞句末歸韻處所用之聲也。今考詞源所列八十四調各有殺聲，其字皆當時俗樂所用之簡筆字，惟傳刻多訛，漸少識者；然悉心察究，尚可一一釐正也。詞源曾將八十四調雅俗名及結聲字備列爲表。今但摘取宋時所用之七宮十二調，參以白石旁譜及方成培、凌廷堪、張文虎、陳澧諸家之說，補列用字，共爲一表如次：

七宮十二調名稱管色結聲用字表

宮	管色	雅名	俗名	律名、字	結聲用字
黃		黃鐘宮	正宮	ㄙ　本律　合	合六

宮	譜字	調	譜字	律	字	字譜	聲
黃鐘宮	ムス	黃鐘商大石調	マ	太簇	四	四	合四一勾尺工凡六五
		黃鐘羽般涉調	フ	南呂	工	工	宮商角變徵徵羽閏宮宮商
大呂宮	ⓢⓜ	大呂宮高宮	ⓜ	本律	下四	下四	下四下一上尺下工下凡合六下五
							宮商角變徵羽閏閏宮
夾鐘宮	㊀	夾鐘宮中呂宮	㊀	本律	下一	下一	下一上尺工下凡合四六五
		夾鐘商雙調	ㄣ	中呂	上	上	宮商角變徵羽閏羽閏
		夾鐘羽中呂調	ム	黃鐘	合	六	
中呂宮	ㄣ	中呂宮道宮	ㄣ	本律	上	上	上尺工凡合四一六五
		中呂商小石調	人	林鐘	尺	尺	宮商角變徵羽閏徵羽
		中呂羽正平調	マ	太簇	四	四	

聲律第六

二六三

林鐘宮（人）			夷則宮（㇆）			無射宮（⑪）		
林鐘宮南呂宮	林鐘商歇指調	林鐘羽高平調	夷則宮仙呂宮	夷則商商調	夷則羽仙呂調	無射宮黃鐘宮	無射商越調	無射羽羽調
人	㇇	一	㇆	⑪	㇃	⑪	ㄙ	火
本律 尺	南呂 工	姑洗 一	本律 下工	無射 下凡	中呂 上	本律 下凡	黃鍾 合	林鍾 尺
尺	工	一	下工	下凡	上	下凡	六	尺
尺工凡下四四一勾下五五			下工下凡合四下一上尺六五			下凡合四一上尺工六五		
宮商角變徵羽閏變徵			宮商角變徵羽閏角變			宮商角變徵羽閏商角		

觀白石旁譜所用住字，無一逾越。如用無射宮（卽俗黃鐘宮）者，則住字爲八（凡）。用仙呂宮者，

則住字爲フ工。用中呂宮高平調及黃鐘角者，則住字爲一ㄣ。用越調及中呂調者，則住字爲ス六。用正平調者則住字爲マ四。用雙調者，則住字爲ㄠ上。用商調者，則住字爲川凡。用黃鐘下徵者，則住字爲人尺。證以詞源之論結聲正訛，亦皆吻合。其說如左：

商調是ㄦ字結聲，用折而下，若聲直而高而不折，則成ス字，即犯越調。

仙呂宮是フ字結聲，現平直，若徵折而下，則成ㄦ字，即犯黃鐘宮。

正平調是マ字結聲，用平直而去，若徵折而下，則成ㄣ字，即犯仙呂調。

道宮是ㄣ（同ㄠ）字結聲，要平下，莫太平，若折而帶一聲，即犯中呂宮。

高宮是ㄘ字結聲，要清高，若平下則成ㄦ字，犯黃鐘，徵高成ス字，是正宮。

南呂宮是人字結聲，要平而去，若折而下，則成一字，即犯高平調。

據上說，道宮之結聲爲ㄣ上，可證白石所論道宮上字住，雙調亦上字住，所住字同，故道調曲中犯雙調，或雙調曲中犯道調之說，並可知結聲之不同者不能相犯矣。惟宋詞歌法後世無傳，雖九宮大成譜及碎金詞譜載有多調，然皆以曲法歌之，非詞譜之眞面目也。

宮調之與情感關係至切。今按陶宗儀輟耕錄，與周德清中原音韻，俱有宮調聲情之說，惟皆出於元人。又就當時曲調分析，故止有六宮十一調。然詞曲理原一貫，吾人不妨借以觀詞。茲錄於左：

仙呂宮清新綿邈	南呂宮感歎悲傷	中呂宮高下閃賺
黃鐘宮富貴纏綿	正宮惆悵雄壯	道宮飄逸清幽
大石風流蘊藉	小石旖旎嫵媚	高平條暢滉漾
般涉拾掇坑塹	歇指急併虛歇	商角悲傷宛轉
雙調健捷激裊	商調悽愴怨慕	角調嗚咽悠揚
宮調典雅沉重	越調陶寫冷笑	

右列宮調，較宋時所用七宮十二調，數已減少。而其後南曲且減爲十三調，及明則僅有九宮之名。於此可見用調之日趨於簡矣。

詞調與文情，亦有密切之關係。觀楊守齋作詞五要所論：第一要擇腔，腔不韻則勿作；第二要擇律，律不應月則不美；第三要塡詞按譜；第四要隨律押韻；可知宮、律、詞調、聲響、文情，皆屬一貫。就作者言，則本情以尋聲，因聲以擇調，由調以配律；就詞體言：則本律而立調，由調而定聲，以聲而見情。今宋詞之宮調律譜，固無從悉知，然詞調之聲情，尚可得而審別。試觀北宋晏歐諸公，規模花間，其用調亦略相同。樂章東坡二集風格不同，其中用調亦迥異。夢窗用調，多同美成；草窗碧山玉田輩，又多同夢窗。稼軒用調多同東坡；龍洲後村遺山輩，又多同稼軒。使假柳周集中著調以效蘇辛，必不成章，卽勉爲之，亦失韻味；以蘇辛集中慣調而擬姜史，亦自格格不入。蓋詞有剛柔二派，調亦如之：毗剛者亢爽而雋快，毗柔者芳悱而纏綿。賦情寓聲，自當求其表裏一致，不得乖反。若雨霖鈴，尉遲杯，還京樂，六醜，瑞龍吟，大酺，繞佛閣，暗香，疏影，國香慢等調，則沉冥凝咽，不適豪詞；六州歌頭，水調歌頭，水龍吟，念奴嬌，賀新郞，摸魚兒，滿江紅，哨徧等調，則揮灑縱橫，未宜側豔。縱高才健筆，偶有通融，如南澗之「東風著意」，淸眞之

「晝日移陰」，白石之「鬧紅一舸」，龍洲之「洛浦淩波」之類，然究未若還其眞面之爲愈，此中消息，深思自知。守齋致論於擇腔，亦此旨耳。

東風著意，先上小桃枝。紅粉膩。嬌如醉。倚朱扉。記年時。隱映新妝面。臨水岸。春將半。雲日暖。斜陽轉。夾城西草軟沙平。驟馬垂楊渡，玉勒爭嘶認蛾眉凝笑，臉薄拂胭脂。繡戶曾窺。恨依依。　昔攜手處。香如霧。紅隨步。怨春遲。消瘦損。憑誰問。只花知。淚空垂。舊日堂前燕，和烟雨。又雙飛。人自老。春長好。夢佳期。前度劉郎，幾許風流地。花也應悲。但茫茫暮靄，目斷武陵溪。往事難追。（韓元吉六州歌頭）

晝日移陰，攬衣起春帷睡足。臨寶鑑綠雲撩亂，未忺裝束。蝶粉蜂黃都褪了，枕痕一線紅生玉。背畫闌脈脈盡無言尋棋局。　重會面猶未卜。無限事縈心曲。想秦箏依舊，尚鳴金屋。芳草連天迷遠望，寶香薰被成孤宿。最苦是蝴蝶滿園飛，無心撲。（周邦彥滿江紅）

鬧紅一舸，記年時常與鴛鴦爲侶。三十六陂人未到，水珮風裳無數。翠葉吹涼，玉容消酒，更灑菰蒲雨。嫣然搖動，冷香飛上詩句。　日暮青蓋亭亭，行人不見，爭忍凌波去。只恐舞衣寒易落，愁入西風南浦。高柳垂陰，老魚吹浪，留我花間住。田田多少，幾回沙際歸路。（姜夔念奴嬌）

洛浦淩波，爲誰微步，輕生暗塵。記踏花芳徑，亂紅不損，步苔幽砌，嫩綠無痕。襯玉羅慳，銷金樣窄，載不起盈盈一段春。嬉遊倦，笑教人款捻微褪些根。有時自度歌聲，悄不覺微尖點拍頻憶金蓮移換，文鴛得侶，繡茵催衮舞鳳輕分。懊恨深遮，牽情半露，出沒風前烟縷裙。知何似，似一鉤新月，淺碧籠雲。（劉過沁園春）

詞調之著爲譜，始自明張南湖之詩餘圖譜。南湖名綖，字世文，高郵人。其譜分列詞調，而用白黑圈表平仄，半白黑圈表可平可仄。載調既略，漏誤亦甚。且圈之黑白，鈔刻亦易訛混。嗣錢塘謝天瑞從而廣之；吳江徐師曾去圖而著譜。新安程明善遂輯爲嘯餘譜，明以來其書通行，羣稱博覈，奉若圭臬；然觸目瑕瘢，通身罅漏，以其根據錯誤之刊本，故至以訛傳訛。如念奴嬌之與無俗念，百字謠之與大江乘，賀新郎之與金縷曲，金人捧露盤之與上西平，皆本一調而分列數體；尤可笑者，燕臺春之即燕春臺，大江乘之即大江東，秋霽之即春霽，棘影之即疎影，本無異名，而誤沿訛字，或列數體，或逸本名；甚至錯亂句讀，增減字數，而強綴標目，妄分韻脚；又如千年調，六州歌頭，陽關引，帝臺春之類，句數率皆淆亂。又其分類爲題，有所謂一字題，二字題，三字題，通用題，歌行，思憶，人事，聲色，珍寶之屬，皆隨意區分，了無義例。又每調分列第一，第二等體，而次序之先後殊無標準。清初仁和賴以邠復著塡詞圖譜，圖則倣張，譜則依程，參稽既疏，訛謬仍舊；且一遇新名，則不審而複收，至於分調分段之誤謬，字句平仄之脫略，尤更僕難數。因循明人荒落之病，反貽後世歧路之憂，良足憾也！迨宜興萬樹起而箸詞律，爲調六百六十，爲體一千一百八十餘，始悉心鉤稽，恪守繩墨，訂正前訛，發明新旨。如論五言句有上二下三上一下四之別，七言句有上四下三，上三下四之別，四言句有上下各二，中二相連之別；又論上入聲作平與去聲激調等語，皆微妙有心得，四庫提要謂其「翦除榛楛之功不可沒，」蓋公言也。此書後有徐本立之拾遺，補調補體凡四百九十五，於原書稍有訂正。杜文瀾又補五十調，名曰補遺。此外尙有康熙欽定詞譜，爲王奕清等所編，增調至八百二十六，體至二千三百零六，倣詩餘圖譜法以白黑圈表平仄，其條注於諸調得名之源流，倚聲之平仄，句法之異同，以及大曲之套數，俱號稱賅備云。

(二)韻協

凡字之尾音相類者爲韻。字以韻而有所歸；句以韻而得所叶。古無韻書，其謠諺歌詩皆由口吾自然之調協。至魏李登撰聲類十卷，始以五聲命字，是爲韻書之始。晉呂靜倣之爲韻集五卷，宮商角徵羽各一篇。至齊梁之際，乃興四聲。南齊周禺作四聲切韻。梁沈約作四聲譜，隋陸法言劉臻等八人論音韻之南北是非古今通塞而作切韻。唐孫愐本之而作唐韻，合四聲區二百六部，爲唐時通行韻本。今諸書皆不傳。毛先舒韻白乃謂二百六部者爲沈約韻，一百七部者爲唐韻，大誤。宋陳彭年等因切韻而重修廣韻，爲今存韻書之最早者。稍後有丁度等所撰之集韻，及戚綸等撰禮部韻略，爲宋時程試功令。南宋平水劉淵乃取而併之爲一百七部，平上去各三十韻，入聲十七韻，是爲平水韻，書亦不傳。近人說謂平水韻即禮部韻略劉淵撰，誤。元陰時夫作韻府羣玉，乃本平水韻而刪去上聲之拯韻，爲一百六韻，即近世通行佩文詩韻之所本也。茲以廣韻二百六部與詩韻一百六部並列一表，以見今古韻遞嬗之跡。

平聲（上廣韻 下詩韻）	上聲	去聲	入聲
東 東	董 董	送 送	屋 屋
冬鍾 冬	腫 腫	宋用 宋	沃燭 沃
江 江	講 講	絳 絳	覺 覺
支脂之 支	紙旨止 紙	寘至志 寘	
微 微	尾 尾	未 未	
魚 魚	語 語	御 御	
虞模 虞	麌姥 麌	遇暮 遇	
齊 齊	薺 薺	霽祭 霽	
佳皆 佳	蟹駭 蟹	泰卦怪夬 泰卦	

構律第六

灰哈　灰	賄海　賄	隊代廢　隊	
眞諄臻　眞	軫準　軫	震稕　震	質術櫛　質
文殷　文	吻隱　吻	問焮　問	物迄　物
元魂痕　元	阮混很　阮	願慁恨　願	月沒　月
寒桓　寒	旱緩　旱	翰換　翰	曷末　曷
刪山　刪	潸產　潸	諫襉　諫	黠鎋　黠
先仙　先	銑獮　銑	霰線　霰	屑薛　屑
蕭宵　蕭	篠小　篠	嘯笑　嘯	
肴　肴	巧　巧	效　效	
豪　豪	皓　皓	號　號	

歌戈　歌	哿果　哿	箇過　箇	
麻　麻	馬　馬	禡　禡	
陽唐　陽	養蕩　養	漾宕　漾	藥鐸　藥
庚耕清　庚	梗耿靜　梗	映勁諍　敬	陌麥昔　陌
青　青	迥　迥	徑　徑	錫　錫
蒸登　蒸	拯等	證嶝	職德　職
尤侯幽　尤	有厚黝　有	宥候幼　宥	
侵　侵	寑　寑	沁　沁	緝　緝
覃談　覃	感敢　感	勘闞　勘	合盍　合
鹽添　鹽	琰忝　琰	豔㮇　豔	葉怗　葉

咸銜嚴凡　咸　豏檻儼范　豏　陷鑑釅梵　陷　洽狎業乏　洽

宋詞既盛，率用當時詩賦通行之韻而略寬其通轉，初未別創詞韻也。及朱敦儒嘗擬應制詞韻十六條，而外列入聲韻四部。其後張輯釋之；馮取洽增之；元陶宗儀議其侵尋鹽咸廉纖閉口三韻混入，擬爲改定，今其書不傳，目亦無考。惟菉斐軒詞韻，不知何人所作，但稱紹興二年刊，平聲立十九韻，次以上去聲，其入聲卽分隸三聲，不別立部，究似北曲。且一百六部之目尤不應出於南宋，殆後人所僞託耳。元人周德清作中原音韻，以入聲派作平上去三聲，共分十九類，蓋曲韻也。其目如次：

一東鍾　二江陽　三支思　四齊微　五魚模　六皆來　七眞文　八寒山
九桓歡　十先天　十一蕭豪　十二歌戈　十三家麻　十四車遮　十五庚
靑　十六尤侯　十七侵尋　十八監咸　十九廉纖

右類多所合併，惟車遮與家麻，舊同屬麻韻。歌曲則將麻韻中侈口而聲散之字別立爲車遮一類，是所增耳。

塡詞用韻，既不能同於北曲以入聲派作三聲，則詞韻之作自不容已。明初范善溱作中州全韻。洪武時命宋濂等定正韻。王士禛乃謂范書『當爲詞韻』，謂『洪武正韻斟酌諸書而成，其分併俱與宋詞暗合，塡詞者所當援據』。不知中州之比中原，止省陰陽之別，至其減入聲作三聲及分車遮等法，仍一本中原，固猶是曲韻也。至洪武正韻則併詩韻爲七十六部，平上去各二十二韻，入聲十韻，其分合之間多異詞而同曲，毛先舒方本之而撰南曲正韻，是亦不得爲詞韻也。至詞韻專作自明及清略有數家：一，胡文煥之文會堂詞韻，三聲用曲韻而入聲用詩韻，大乖詞法。二，沈謙之詞韻略，取詩韻删併，不知尋廣韻原紐分合不清，字復亂次以濟其按語，且謂侵韻與眞文及庚青蒸可以合併，混亂音類，未足爲訓。毛先舒既括其略而辯正之矣；其後趙鑰、曹亮武皆沿沈書而作詞韻，分合之間亦多可議。三，李漁之詞韻，列二十七部，析以鄉音，尤爲不經。四，吳烺，程名世合作之學宋齋詞韻，以平上去三聲分十一部，入聲分四部，既混眞文庚青蒸侵，又混元寒刪先覃鹽咸及月曷黠屑合葉，荒雜太甚，貽誤匪淺。嗣有鄭春波作綠漪亭詞韻，葉申薌作天籟軒詞韻，以羽翼之，而詞韻遂大紊。至若毛奇齡謂詞韻可任意取押通轉，其謬又不待言矣。

詞韻經鄒祗謨毛先舒辨論，稍有端緒。鄒氏遠志齋詞衷內有韻衷，論析頗審。毛氏作唐人四聲表，約韻爲六類，說頗可取。六類者：一穿鼻，東冬江陽庚青蒸；二展輔，支微齊佳灰；三斂脣，魚虞蕭肴豪尤；四抵齶，眞文元寒刪先；五直喉，歌麻；六閉口，侵覃鹽咸。上去可以類推，惟入聲有異。稍後有仲恒之詞韻，吳應和之榕園詞韻，皆據廣韻分三聲爲十四部，入聲爲五部，共十九部，頗爲周洽。又有晚翠軒詞韻，附見淸怡王所刊之白香詞譜後，其分部亦略同吳氏，惟所據爲佩文詩韻耳。及戈載作詞林正韻，乃本吳氏書參酌審定，視以前諸家皆較精當，遂立詞韻之準。其書據集韻，標目亦與廣韻字小異。茲括其概爲表如左：

	平韻	上韻	去韻
一	東冬鍾	董腫	送宋用
二	江陽唐	講養蕩	絳漾宕
三	支脂之微齊灰	紙旨止尾薺賄	寘至志未霽祭太隊廢
四	魚虞模	語麌姥	御遇暮
五	佳半皆咍	蟹駭海	太半卦怪夬代
六	眞諄臻文欣魂痕	軫準吻隱混很	震稕問焮慁恨
七	元寒桓删山先仙	阮旱緩潸產銑獮	願翰換諫襇霰線
八	蕭宵爻豪	篠小巧晧	嘯笑效號
九	歌戈	哿果	箇過

十	佳半麻	馬	卦半禡
十一	庚耕清青蒸登	梗耿靜迥拯等	映諍勁徑證嶝
十二	尤侯幽	有厚黝	宥候幼
十三	侵	寑	沁
十四	覃談鹽沾嚴咸銜凡	感敢琰忝儼豏檻范	勘闞豔㮇驗陷鑑梵

入韻

十五	屋沃燭
十六	覺藥鐸
十七	質術櫛陌麥昔錫職德緝

十八　迄月沒曷末黠舝屑薛葉帖

十九　合盍業洽狎乏

詞韻因緣宋詞而立，而宋人之作，亦時有越出範圍者。如清眞之齊天樂，感韻句如雲窗靜掩，嚬疏花簟，但愁斜照斂，餘均爲阮韻句。過秦樓，感韻句如漸嬾趁時勻染，還看稀星數點，餘均爲阮韻句。則阮感並叶；龍洲之醉太平，眞韻句如情高意眞，思君憶君，餘均爲庚韻。梅溪之夜合花，眞韻句如楚山長鎖秋雲，長嘯蘇門，當時低度西隣，空照天津，餘均爲庚韻。則眞庚互施。玉田之邁陂塘，軫韻句如蒼茫一片清潤，梗韻句如花影倒窺天鏡，寢韻句如憑高露飲。則軫梗而更雜寢聲；憶舊遊，眞韻句如都是愁根，庚韻句如同賦飄零，侵韻句如花日鎖春深。則眞庚而忽攙侵韻蓋穿鼻抵齶及閉口三類相混也。他如范希文之蘇幕遮，芳草無情更在斜陽外。歐陽六一之踏莎行，行人更在春山外。本紙韻而雜入外字；白石之疏影，但暗憶江南江北。于湖之滿江紅，迷南北。本屋韻而雜入北字；白石之長亭怨慢，不會得青青如此。本語韻而雜入此字；龍洲之賀新郎，把菱花自笑人顛顇，更忍對燈花彈淚。本語韻而雜入顇字淚字；則展輔與斂屑相混也。是皆一時通脫，未足爲訓。至於山谷之念奴嬌，最愛臨風笛。本屋韻而笛字則借叶蜀音；夢窗之法曲獻仙音嘽緲紛痕冷。本養韻而冷字則借叶吳音；林外之洞仙歌，林屋洞門無鎖。本篠韻而鎖字則借叶閩音若持嚴格，皆未可依。蒿詞之用韻寧嚴而毋濫也。

轉韻之詞，唐、五代爲多。如調笑之三轉，菩薩蠻，虞美人，南鄉子，更漏子，減字木蘭花之四轉，酒泉子，荷葉杯，河傳之短句急轉，定風波，最高樓，離別難之中間插轉，用韻愈密，情致愈迫，大率皆令近也。亦有慢詞而密轉者，如小梅花平仄互轉至八韻，南澗之六州歌頭見前逐段自相爲叶，凡換五韻，皆覺節促而情殷。

平、仄、通、叶、之、詞、亦、多。如西江月，渡江雲，醜奴兒慢，換巢鸞鳳，穆護砂，哨偏，戚氏等皆是。他如樂章之曲玉管以秋洲叶久偶，煙波滿目憑闌久，千里淸秋，別來錦字終難偶，冉冉飛下汀洲。山谷之鼓笛令以婆囉叶我過，見來便覺情於我，斷守著新來好過，入道他家有婆婆，更有甚兒得處囉。撼庭竹以你叶梅飛，鳴咽南樓吹落梅，聞鴉樹驚飛，如今卻被天嗔你。盤洲之江梅引以蕊里叶飛空恁遐想笑摘蕊，斷回腸思故里，慢彈綠綺，引三弄不覺魂飛。淸眞之四園竹以裏紙叶扉知，未放滿朱扉，庭柯影裏，好風襟袖先知，猶在紙。壽域之漁家傲以遠怨叶天娟，疏雨纔收淡淨天，微雲綻處月嬋娟、寒雁一聲人正遠，添幽怨，那堪往事思量偏。兩同心以遞計叶枝依，寒霜覆林枝，望衰柳色尙依依，瞻京都迢遞，惟獨箇未有歸計。逃禪之二郎神以都叶雨宇，更幾日薰風吹雨，特作澄清海宇，協佐皇都。金谷之蝶戀花以期伊叶計意，別來相思無限期，欲說相思要見終無計，擬寫相思持送伊，如何得盡相思意。友古之飛雪滿羣山以裏叶猗時，綺窗森玉猗猗，洞房宛是當時，踏相對渾如夢裏。竹山之大聖樂以歌渦叶破，壽仙曲破，羣唱蓮歌，展一笑微微紅透渦。西麓之絳都春以嬾遠叶寒閒，不耐春寒，飛梭庭院繡簾閒，梅妝欲試芳情嬾，琴心不度春雲遠。晝錦堂以上叶陽觴，歷歷猶寄斜陽，邀妃試酌清觴，湖上。皆可細按而得。至若東山之水調歌頭，見前六州歌頭，通體仄聲落句處皆與平韻相叶，幾於無句無韻，是又其特例矣。

詞調有本用仄韻而易以平韻者，如晁無咎之尉遲杯，綠頭鴨，即多麗杜龍沙之雨零鈴，蘆川之念奴嬌，白石之滿江紅，聖求之滿路花，竹山之霜天曉角，西麓之絳都春，永遇樂，蘇茂一之祝英臺近，鄭文妻之憶秦娥等。有本用平韻而易以仄韻者，如樂章之兩同心，淮海之雨中花慢，壽域之山亭柳，漱玉之聲聲慢，稼軒之醉太平，康伯可之漢宮春，花外之慶春宮等。大凡平仄互易之調，其仄韻必爲入聲。蓋平入相近，以就歌喉，齟齬較少也。至調有必須用入聲韻者，如丹鳳吟，大酺，蘭陵王，霓裳中序第一，六幺令，解連環，雨零鈴，凄涼犯，暗香，疏影，淡黃柳，惜紅衣，玉京秋，好事近，謁金門等，皆不可用上去韻；又如念奴嬌，滿江紅等，雖偶有用上去韻者，而究以入韻爲宜也。

詞有通首用一韻者，謂之福唐獨木橋體。福唐義未詳。如山谷瑞鶴仙全用也字韻；見前後村轉調二郎神連五首全用省字韻；金谷惜奴嬌全用你字韻；稼軒水龍吟題瓢泉全用些字韻；柳梢青賦八難全用難字韻；竹山聲聲慢秋聲全用聲字韻，水龍吟招落梅之魂倣辛體，瑞鶴仙壽東軒全用也字韻，皆詞中別體。又辛蔣用些字也字落者，上一字皆叶韻，尤爲精密。

韻與文情關係至切：平韻和暢，上去韻纏綿，入韻迫切，此四聲之別也；東董寬洪，江講爽朗，支紙縝密，魚語幽咽，佳蟹開展，眞軫凝重，元阮清新，蕭篠飄灑，歌哿端莊，麻馬放縱，庚梗振厲，尤有盤旋，侵寑沈靜，覃感蕭瑟，屋沃突兀，覺藥活潑，質術急驟，勿月跳脫，合盍頓落，此韻部之別也。此雖未必切定，然韻近者情亦相近，其大較可審辨得之。又凡用平韻入韻者，當陰陽相調，用上去韻者，當上去相調，庶聲情不至板滯，是在細心者有以自得之耳。

(三)四聲

古無四聲之目，而字讀之長短抗墜自然而分。李登聲類，呂靜韻集，書均不傳。至齊梁間四聲之用始顯。南齊書陸厥傳云：『永明末盛爲文章，吳興沈約，陳郡謝朓，琅琊王融，以氣類相推轂；汝南周顒善識聲韻。約等文皆用宮商以平上去入爲四聲，以此制韻，不可增減，世呼爲永明體。』梁書沈約傳云：『撰四聲譜，以爲在昔詞人累千載而不寤，而獨得胸衿，窮其妙旨，自謂入神之作。高祖雅不好焉，嘗問周捨曰：「何謂四聲？」捨曰：「天子聖哲是也。」然帝竟不遵用。』然約書亦不傳。觀其於宋書謝靈運傳後論云『欲使宮羽相變，低昂舛節，若前有浮聲，則後須切響。一簡之內，音韻盡殊，兩句之中，輕重悉異，妙達此旨，始可言文。』蓋語言文字使四聲相間成章，則言者分明，聽者愉快，而成文朗誦，尤見鏗鏘。伊古佳篇，多與暗合。自是厥後，則注意爲之，故近體詩興焉。夫情發於聲，聲成文謂之音。人情有喜怒哀樂之殊，字音因有浮切輕重之異。用之得當，則聲情相稱，不當則聲情相乖。律呂五音者，音樂之聲調也；平仄四聲者，文字之聲調也。入樂則律呂主之而五音相調；行文則平仄主之而四聲迭和。樂在演奏，文則吟誦，事歧理一，故皆可稱曰宮商也。唐人近體詩較古詩調諧多矣；近體樂府較古樂府亦調諧多矣；詞出於近體樂府，（見前具體篇）則其調諧更爲必要可知，否則成誦尚難，何論入樂？雖然，詞與近體詩之所謂調諧不同也：詩之調諧，字音前後浮切相變而已；詞之調諧，則視音樂節奏之抑揚緩急而定之。故詩之變簡，而詞之變繁；詩盡調諧，而詞或拗澀。柳周姜吳等之製腔度曲，皆按宮調以求協歌喉，施之絃管，聲律文情，各取其當而已。文學中之精微而艱深者莫此若也。

詞調平仄之諧者無論矣；即論其拗者，如蘭陵王、淒涼犯之末句及鶯啼序之次疊第二句皆用全仄，醉翁操及壽樓春多全平之句，皆別具風味。至平仄作用之分別，萬氏詞律發凡論之甚詳，略謂：『平止一塗，而仄兼三聲，不可遇仄而以三聲概塡。有時上去互易，則調不振起，便成落腔，尾句尤要。如永遇樂之「尚能飯否」，瑞鶴仙之「又成瘦損」，「尚」「又」必仄，「能」「成」必平，「飯」「瘦」必去，「否」「損」必上，如此然後發調；若用平上或平去，或去去上上，上上去，皆爲不合。又上聲舒徐和軟，其腔低，去聲激厲勁遠，其腔高，相配用之，方能抑揚有致。兩上兩去，在所當避。又名家詞轉折跌宕處多用去聲者，因三聲之中上入二者可以作平，去則獨異。當用去者，非去則激不起；用入且不可，斷勿用平上。用上或入作平者，不可因其仄聲而塡作他仄聲字。』諸語皆精思造微之論。

又戈載詞林正韻發凡論入聲作三聲，略謂『入聲作三聲，詞家亦多承用。押韻者如晏幾道梁州令「莫唱陽關曲」，曲作上；柳永女冠子「樓臺悄似玉」，玉作去；晁補之黃鶯兒「兩兩三三修竹」，竹作上；辛棄疾醜奴兒慢「過者一霎」，霎作去；按元本此字作夏，是未嘗借韻。張炎西子妝慢「遙岑寸碧」，碧作上；杜安世惜春令「悶無緒玉簫拋擲」，擲作平，等。在句者如歐陽修摸魚子「恨人去寂寂鳳枕難孤宿」，寂寂作平，又望遠行「斗酒十千」，十作平；周邦彥瑞鶴仙「正値寒食」，値作平；万俟雅言三臺「餳香更酒冷踏靑路」，踏作平；辛棄疾千年調「萬斛泉」，斛作平；秦觀望海潮

「金谷俊游，」谷作上；陳允平應天長「曾慣識淒涼岑寂，」識作上；万俟雅言梅花引「家在日邊，」日作去；方千里瑞龍吟「暮山翠接，」接作上；倒犯「樓閣參差簾櫳悄，」閣作去，等多不備舉，言皆有徵。

(四)五音

五音者，字讀出音之阻分爲喉牙舌齒脣五處，韻家所謂等韻之學也。等韻之學，初原反切，其事始於東漢之末，至魏而大行。初用之以注經籍之讀音；繼擴之而爲命名之利用。顧炎武音論引南北朝雙反之法，並取反語以命人名地名國號等事，例如梁武帝立同泰寺，開大通門，取反語以協同泰，唐高祖改元通乾，以反語天窮停之之類。自是雙聲疊韻之用顯矣。雙聲者，發聲相同之字，卽古人之所謂和，切韻家之所謂同母，而小學家所謂一聲之轉也。疊韻者，收韻相同之字，卽古人之所謂諧，切韻家之所謂同韻，而小學家所謂音近之字也。雙聲之字如蒹葭，鴛鴦，踟躕，黽勉之類；疊韻之字如芃蘭，螳螂，崔巍，逍遙之類是也。陸法言切韻，皆取雙聲疊韻之字以爲切，然以無固定之字母，故雙聲取字，汎濫無歸。至唐末沙門守溫，遂以梵字拚音之法，參之中國字發音部類，製爲三十六字母。宋人又分爲四等呼，所以辨音讀而明訛轉，此後音紐遂有標準。守溫原圖已亡，而司馬光切韻指掌圖，鄭樵通志七音略皆遵用之，金韓道昭五音集韻，更析爲十類，括表如左：

阻位	清	濁
牙（氣觸牡牙）	見　溪	羣　疑
舌頭（舌端擊齶）	端　透	定　泥
舌上（舌上抵齶）	知　徹	澄　娘
重脣（兩脣相搏）	幫　滂	並　明
輕脣（音穿脣縫）	非　敷	奉　微
齒頭（音在齒尖）	精　清　心	從　邪

正齒（音在齒上）	照　穿　審	牀　禪
喉（音出中宮）	曉（淺）　影（深）	匣（淺）　喻（深）
半舌（舌稍擊齶）		來
半齒（舌上輕微）		日

舊以喉牙舌齒脣分配宮商角徵羽，而爲之訣云：「欲知宮，舌居中；欲知商，口大張；欲知角，舌後縮；欲知徵，舌抵齒；欲知羽，脣上取。」不過藉以明發音之部位耳，非如音律中之所謂宮商也。詩中用字，取音從寬，僅須平仄不患聲病已足；詞則爲入樂便歌計，不得不進求五音之調協矣。大抵五音之用，最宜相間；雙聲連用，勿至於三；洪纖以纖，輕振以重，然後歌者無拗捩之患，聽者得和諧之美。若如「信宿漁翁還汎汎」之句，聲已爲累；更如「故國觀光君未歸」之句，直佶屈而不可歌矣。然在詩無害，於詞則深忌之也。宋詞惟樂章、清眞、白石、夢窗數家，深得其妙。試取諸家詞悉心咀嚼，自可得

之。觀於玉田述其父寄閒翁作瑞鶴仙「粉蝶兒撲定花心不去」句，覺撲字不協，改作守字乃協；惜花春起早「瑣窗深」句，覺深字不協，改幽字亦不協，改作明字始協。夫撲、守皆仄，而撲不協者，以其字過重，非徒入聲之異於上也。深、幽、明皆平，而深不協者，以其字與瑣窗同屬齒音；幽不協者，以其字過輕，非徒陰聲之異於陽也，可知詞之用字，審辨必精，亦可知詞律之不僅限於句讀韻腳平仄之間已也。惟其運用之妙繫乎一心，殊難劃爲定式。故如江順詒之譏萬氏詞律不重五音，亦求備而過當矣。今錄清眞夢窗詞各一首，各注其音類以窺一斑：

水(正齒)浴(深喉)清(齒頭)蟾，(正齒)葉(深喉)暄(齒頭)涼(半舌)吹，(正齒)巷(淺喉)陌(重脣)馬(重脣)聲(正齒)初(正齒)斷。(舌頭)閒(淺喉)依(深喉)露(半舌)井，(齒頭)笑(齒頭)撲(重脣)流(半舌)螢，(深喉)惹(半齒)破(重脣)畫(淺喉)羅(半舌)輕(牙音)扇，(正齒)人(半齒)靜(齒頭)夜(深喉)久(牙音)憑(重脣)闌，(半舌)愁(正齒)不(重脣)歸(牙音)眠，(重脣)立(半舌)殘(正齒)更(牙音)箭。(齒頭)歎(舌頭)年(舌頭)華(淺喉)一(深喉)瞬，(正齒)人(半齒)今(牙音)千(牙音)里，(半舌)夢(重脣)沈(正齒)書(正齒)遠。(深喉)

空(牙音)見(牙音)說(正齒)鬢(重脣)怯(牙音)瓊(牙音)梳，(正齒)容(深喉)銷(齒頭)金(牙音)鏡，(牙音)漸(齒頭)懶(半舌)趁(正齒)時(正齒)匀(深喉)染。(半齒)梅(重脣)風(輕脣)地(舌頭)溽，(半齒)梧(牙音)雨(深喉)苔(舌頭)滋，(正齒)一(深喉)架(牙音)舞(輕脣)紅(淺喉)都(舌頭)變。(重脣)誰(正齒)信(齒頭)無(輕脣)聊(半舌)爲(深喉)伊，(深喉)才(齒頭)減(牙音)江(牙音)淹，(深喉)情(齒頭)傷(正齒)荀(齒頭)倩。(正齒)但(舌頭)明(重脣)河(淺喉)影(深喉)下，(淺喉)還(淺喉)看(牙音)稀(淺喉)星(齒頭)數(正齒)點。(舌頭)（周邦

聲律第六

彥過秦樓）

宮(牙音)粉(輕脣)雕(舌頭)痕(淺喉)，仙(齒頭)雲(深喉)墮(舌頭)影(深喉)，無(輕脣)人(半齒)野(深喉)水(正齒)荒(淺喉)灣(深喉)。古(牙音)石(正齒)埋(重脣)香(淺喉)，金(牙音)沙(正齒)鎖(齒頭)骨(牙音)連(半舌)環(淺喉)。南(舌頭)樓(半舌)不(重脣)恨(淺喉)吹(正齒)橫(淺喉)笛(舌頭)，恨(淺喉)曉(淺喉)風(輕脣)千(齒頭)里(半舌)關(牙音)山(正齒)。半(重脣)飄(重脣)零(半舌)庭(舌頭)上(正齒)黃(淺喉)昏(淺喉)，月(牙音)冷(半舌)闌(半舌)干(牙音)。

壽(正齒)陽(深喉)空(牙音)理(半舌)愁(正齒)鸞(半舌)，問(輕脣)誰(正齒)調(舌頭)玉(牙音)髓(齒頭)，暗(牙音)補(重脣)香(淺喉)瘢(重脣)。細(齒頭)雨(深喉)歸(牙音)鴻(淺喉)，孤(牙音)山(正齒)無(輕脣)限(淺喉)春(正齒)寒(淺喉)。離(半舌)魂(淺喉)難(舌頭)倩(正齒)招(舌上)清(齒頭)些(齒頭)，夢(重脣)縞(牙音)衣(深喉)解(牙音)珮(重脣)溪(牙音)邊(重脣)。最(正齒)愁(正齒)人(半齒)啼(舌頭)鳥(舌頭)清(齒頭)明(重脣)，葉(深喉)底(舌頭)青(齒頭)圓(深喉)。（吳文英高陽臺）

啓變第七

語云『古樂府變而爲詞，詞變而爲曲。』顧非驟變也，蓋有以漸啓之。古樂府之爲詞，前既詳其變矣。詞之爲曲，亦非劃然之界也。其間遞嬗之跡，若犬牙之錯，苞孳之發焉。藝苑卮言云：『詞不快北耳而後有北曲。』又云：『曲者詞之變，自金元入主中國，所用胡樂嘈雜淒緊緩急之間，詞不能按，乃更爲新聲以媚之。』此籠統語耳，未嘗析其節湊，明其順序也。詞之變曲，實不始於北，亦非創於金，蓋詞體曼衍旁流之極，自然而生之變化耳。

詞之源固出自古樂府，樂府之流實不僅爲詞。有法曲，有大曲，有蕃曲，有隊舞，皆自北宋時有之，悉詞之昆弟行，而金元戲曲之所由生也。宋初教坊雲韶之法曲大曲，前於衍流篇中已略言之。蕃曲則徽宗朝頗爲盛行，能改齋漫錄所謂『政和後民間不廢鼓板之戲，第改名太平鼓，』曾敏行獨醒雜志所謂『宣和末京師街巷鄙人多歌蕃曲，名曰異國朝，四國朝，六國朝，蠻牌序，蓬蓬花等，其言至俚，一時士大夫亦皆歌之，』皆其類也。至隊舞則見宋史樂志，分小兒女弟子二類，其名各十。小兒隊凡七十二人，一曰柘枝隊，二曰劍器隊，三曰婆羅門隊，四曰醉鬍騰隊，五曰諢臣萬歲樂隊，六曰兒童感聖樂隊，七曰玉兔渾脫隊，八曰異域朝天隊，九曰兒童解紅隊，十曰射鵰回鶻隊。女弟子隊凡一百五十三人，一曰菩薩蠻隊，二曰感化樂隊，三曰拋毬樂隊，四曰佳人剪牡丹隊，五曰拂霓裳隊，六曰採蓮隊，七曰鳳迎樂隊，八曰菩薩獻香花隊，九曰綵雲仙隊，十曰打毬樂隊。其衣色執物，各隨其隊名而異。凡此皆戲曲之種子也。今先述曲體之胎化，而次及於戲劇之完成。

(一)由詞入曲之初期

詞以述懷詠事，被之管絃，施於讌會，一二闋而已。其連續歌一曲者，則有歐陽修〔六一詞〕之采桑子，述西湖之勝，凡十一首，有序引首詞，略曰：

昔者王子猷之愛竹，造門不問於主人；陶淵明之臥輿，遇酒便留於道上。況西湖之勝概，擅東潁之佳名。

、雖美景良辰，固多於高會；而清風明月，幸屬於閒人。並遊或結於良朋；乘興有時而獨往。鳴蛙暫聽，安問屬官而屬私；曲水臨流，自可一觴而一詠。至歡然而會意，亦旁若於無人。乃知偶來常勝於特來，前言可信；所有雖非於己有，其得已多。因翻舊曲之辭，寫以新聲之調，敢陳薄技，聊佐清歡！

輕舟短棹西湖好，綠水逶迤。芳草長隄，隱隱笙歌處處隨。　無風水面琉璃滑，不覺船移。微動漣漪，驚起沙禽掠岸飛。

春深雨過西湖好，百卉爭妍，蝶亂蜂喧，晴日催花暖欲然。　蘭橈畫舸悠悠去，疑是神仙。返照波間，水闊風高颺管絃。

羣芳過後西湖好，狼籍殘紅，飛絮濛濛，垂柳闌干盡日風。　笙歌散盡遊人去，始覺春空。垂下簾櫳，雙燕歸來細雨中。（以下不具錄）

又趙令畤侯鯖錄之商調蝶戀花，詠會眞之事，凡十首，皆有序引首，詞本舊腔格則新創。詞略曰：

夫傳奇者，唐元微之所述也。以不載於本集而出於小說，或疑其非是。今觀其詞，自非大手筆孰能與於此？至今士大夫極談幽玄，訪奇述異，莫不舉此以爲美談；至於倡優女子，皆能調說大略。惜乎不被之以音律，故不能播之聲樂，形之管絃。好事君子，極宴肆歡之餘，願欲一聽其說，或舉其末而忘其本，或紀其略而不終其篇，此吾曹之所共恨者也。今因暇日詳觀其文，略其煩褻，分之爲十章，每章之下，屬之以詞，或全摭其文，或止取其意。又別爲一曲，載之傳前，先敍全篇之意。調曰商調，曲名蝶戀花，句句言情，篇篇見意。奉勞歌伴，先聽調格，後聽蕪詞！

麗質金娥生月殿。謫向人間，未免凡情亂。宋玉牆東流美盼。亂花深處曾相見。　密意濃歡方有便，不奈浮名，便遣輕分散。最恨多才情太淺。等閒不念離人怨。

傳曰：余所善張君，性溫茂，美風儀，寓於蒲之普救寺。適有崔氏孀婦將歸長安，路出於蒲，亦止茲寺。崔氏婦，鄭女也；張出於鄭，敍其親，乃異派之從母。是歲，丁文雅不善於軍，軍之徒因大擾，劫掠蒲人。崔氏之家，財產甚厚，惶駭不知所措。張與將之黨有善，請吏護之，遂不及難。鄭厚張之德，因飾饌以命張，謂曰：『姨之孤嫠未亡，提攜弱子幼女，猶君子之所生也，豈可比常恩哉？今俾以仁兄之禮奉見。』乃命其子曰『歡郎』，女曰『鶯鶯』，『出拜爾兄。』崔辭以疾，鄭怒曰：『張兄保爾之命，寧復遠嫌乎？』又久之，乃至，常服睟容，不加新飾，垂鬟淺黛，雙臉斷紅而已，顏色豔異，光輝動人。張驚爲之禮，因坐鄭旁，凝睟麗絕，若不勝其體。張問其年幾，鄭曰：『十七歲矣。』張生稍以詞導之，宛不蒙對，終席而罷。奉勞歌伴，再和前聲！

錦額重簾深幾許，繡履彎彎，未省離朱戶。強出嬌羞都不語。絳綃頻掩酥胸素。 黛淺愁深妝淡注。怨絕清凝，不肯聊回顧。媚臉未勻新淚污。梅英猶帶春朝露。

張生由是拳拳，願致其情，無由得也。崔之侍兒曰紅娘，私爲之禮者數四，乘間遂道其衷。翌日，紅娘復至，曰：『郎之言所不敢忘，崔之族姻君所詳知，何不因媒而求聘焉？』張曰：『余始自孩提之時，性不苟合。昨日一夕間，竟不自持，數日以來，行忘止，食忘飽，恐不踰旦暮。若因媒而娶，則數月之間，索我於枯魚之肆矣。』紅娘曰：『崔之貞順自保，雖所尊不能以非語犯之。然而善屬文，往往沈吟章句，怨慕者久之。君試爲諭情詩以亂之，不然無由得也。』張大喜，立綴春詞二首以授之。奉勞歌伴，再和前聲！

懊惱嬌癡情未慣，不道看看，役得人腸斷。萬語千言都不管，蘭房跬步如天遠。 廢寢忘餐思想徧，賴有青鸞，不必憑魚雁。密寫香箋論繾綣，春詞一紙芳心亂。以下不具錄

稍進而有轉踏，見曾慥樂府雅詞，謂自九重傳出云 碧雞漫志謂之傳撫，夢粱錄謂之纏達，皆晉之轉也。轉踏之體，蓋以一曲連續歌之，或以一曲詠一事，多首卽詠多事，或合多首詠一事。前者如樂府雅詞所載無名氏之調笑集句，分詠巫山、桃源等八事；鄭彥能之調笑，分

詠羅敷，莫愁等十二事；晁無咎之調笑，分詠西子，宋玉等七事；毛滂東堂詞之調笑，分詠崔徽泰娘等八事；洪适盤洲樂章之番禺調笑，分詠羊仙藥洲等十地，皆首有勾隊，東堂謂之掾白語，樂府雅詞末標名。尾有破子遣隊；樂府雅詞謂之放隊而無破子，晁作並缺。秦觀淮海詞之調笑令分詠王昭君樂昌公主等十事，則首尾皆缺；凡此並以一詩一曲相間，詩則七言，曲則以調笑爲主調。後者如碧雞漫志所稱石曼卿作拂霓裳傳，述開元天寶遺事；其詞不傳。樂府雅詞所載無名氏之九張機，寫擲梭之春怨；盤洲樂章之漁家傲引，寫漁父十二月之樂：體例略同，惟不用調笑間詩句耳。錄調笑集句詞：

蓋聞行樂須及良辰，鍾情正在吾輩。飛觴舉白，目斷巫山之暮雲；綴玉聯珠，韻勝池塘之春草。集古人之妙句，助今日之清歡。按此即句隊。

珠璧流月暗連文，月入千江體不分。此曲只應天上有，歌聲豈合世間聞。

（巫山）巫山高高十二峯。雲想衣裳花想容。欲往從之不憚遠，叫峯碧嶂深重重。樓閣玲瓏五雲起。美人娟娟隔秋水。江邊一望楚天長，滿懷明月人千里。

千里。楚江水。明月樓高愁獨倚。井梧宮殿生秋意。望斷巫山十二。雪肌花貌參差是。朱闌五雲仙子。

（桃源）漁舟容易入春山。別有天地非人間。玉顏亭亭花下立。鬟亂釵橫特地寒。留君不住君須去。不知此地歸何處。春來偏是桃花水，流水落花空相誤。

相誤。桃源路。萬里蒼蒼煙水暮。留君不住君須去。秋月春風閒度。桃花零亂如紅雨。人面不知何處。

（洛浦）豔陽灼灼河洛神。態濃意遠淑且眞。入眼平生未曾有，緩步佯羞行玉塵。凌波不過橫塘路。風吹仙袂飄飄舉。來如春夢不多時，天非花豔輕非霧。

非霧。花無語。還似朝雲何處去。凌波不過橫塘路。燕燕鶯鶯飛舞。風吹仙袂飄飄舉。擬倩遊絲繫住。

（明妃）明妃初出漢宮時。青春纖服正相宜。無端又被東風誤，故著尋常淡薄衣。上馬即知無返日。塞山一帶傷心碧。人生憔悴生理難，好在氈城莫相憶。

相憶。無消息。目斷遙天雲自白。寒山一帶傷心碧。風土蕭疏胡國。長安不見浮雲隔。縱使君來爭得。

（班女）九重春色醉仙桃。春嬌滿眼睡紅綃。同輦隨君侍君側，雲鬢花顏金步搖。一霎秋風驚畫扇。庭院蒼苔紅葉偏。蕊珠宮裏舊承恩，回首何時復來見。

來見。蕊宮殿。記得陪班迎鳳輦。餘花落盡蒼苔院。斜掩金鋪一片。千金買笑無方便。和淚盈盈嬌眼。

啓變第七

（文君）錦城絲管日紛紛。金鈫半醉坐添春。相如正應居客右，當軒下馬入錦裀。斜倚綠窗鴛鑑女。琴彈秋思明心素。心有靈犀一點通，感君綢繆送君去。

君去。逐鴛侶。斜倚綠窗鴛鑑女。琴彈秋思明心素。一寸還成千縷。錦城春色知何許。那似遠山眉嫵。

（吳孃）素枝環樹一枝春。丹青難寫是精神。偷啼自搵殘妝粉，不忍重看舊寫眞。珮玉鳴鸞罷歌舞。錦瑟華年誰與度。暮雨瀟瀟郎不歸，含情欲說獨無處。

無處。難輕訴。錦瑟華年誰與度。黃昏更下瀟瀟雨。況是青春將暮。花雖無語鶯能語。來道曾逢郎否。

（琵琶）十三學得琵琶成，翡翠簾開雲母屏。暮去朝來顏色故，夜半月高絃索鳴。江水江花豈終極。上下花間聲轉急。此恨綿綿無絕期，江州司馬青衫溼。

衫溼。情何極。上下花間聲轉急。滿船明月蘆花白。秋水長天一色。芳年未老時難得。目斷遠空凝碧。

（放隊）玉爐夜起沈香煙。喚起佳人舞繡筵。去似朝雲無覓處，游童陌上拾花鈿。

九張機詞曰：

醉留客者樂府之舊名；九張機者，才子之新調。憑戛玉之清歌，寫擲梭之春怨。章章寄恨，句句言情。恭對華筵，敢陳口號！

一擲梭心一縷絲。連連織就九張機。從來巧思知多少，苦恨春風久不歸。

一張機。織梭光景去如飛。蘭房夜永愁無寐。嘔嘔軋軋，織成春恨，留着待郎歸。

兩張機。月明人靜漏聲稀。千絲萬縷相縈繫。織成一段，迴文錦字，將去寄呈伊。

三張機。中心有朵耍花兒。嬌紅嫩綠春明媚。君須早折，一枝濃豔，莫待過芳菲。

四張機。鴛鴦織就欲雙飛。可憐未老頭先白。春波碧草，曉寒深處，相對浴紅衣。

五張機。芳心密與巧心期。合歡樹上枝連理。雙頭花下，兩同心處，一對化生兒。

六張機。雕花鋪錦半離披。蘭房別有留春計。爐添小篆，日長一線，相對繡工遲。

七張機。春蠶吐盡一生絲。莫教容易裁羅綺。無端剪破，仙鸞彩鳳，分作兩般衣。

八張機。纖纖玉手住無時。蜀江濯盡春波媚。香遺囊麝，花房繡被，歸去意遲遲。

九張機。一心長在百花枝。百花共作紅堆被。都將春色，藏頭裹面，不怕睡多時。

輕絲。象牀玉手出新奇。千花萬草光凝碧。裁縫衣著，春天歌舞，飛蝶語黃鸝。

春衣。素絲染就已堪悲。塵昏汗污無顏色。應同秋扇，從茲永棄，無復奉君時。

歌聲飛落畫梁塵。舞罷香風捲繡茵。更欲縷成機上恨，尊前恐有斷腸人。斂袂而歸，相將好去。

然此皆宋初體格也；至宋末則漸變。夢粱錄云：『在京時只有纏令，纏達，有引子尾聲爲纏令，引子後只有兩腔迎互循環間爲纏達。』似即轉踏之蛻形。蓋勾隊變爲引子，遣隊變爲尾聲，曲前之詩亦變而用他曲，故曰『引子後只有兩腔迎互循環』也。惟其詞無傳。亦有僅作勾放樂語而不製歌詞者，如六一東坡及盤洲樂章之勾降黃龍舞，勾南呂薄媚舞等，則所重乃在舞耳。錄盤洲勾降黃龍舞詞：

伏以玳席接歡，杯灩東西之玉；錦裀喚舞，釵橫十二之金。咸駐日於垂螺，將應聲而曳繭，豈無本事，願吐妍辭！

（答）眄流席上，發水調於歌脣；色授樽邊，闢河東之才子。未滿飛鵠之願，已成別鵠之悲，折荷柄而愁縷無窮，翦鮫綃而淚珠難貫。因成絕唱，少相清歡！

（遣）情隨杯酒滴郎心。不忍重開翡翠衾，封卻輭綃看錦水，水痕不似淚痕深。歌罷舞停，相將好去。

舞曲之最詳者，莫過於鄮峯眞隱大曲之各舞，有樂語，有歌詞，有吹，有演，次序姿勢，纖悉皆備，幾同劇本。如採蓮舞表演採蓮，太清舞表演武陵源事，漁父舞表演漁家生活，柘枝舞，花舞，劍舞，各表其態。厥後戲劇之唱，念，科，白，砌，末，此皆具雛形矣。錄太清舞詞：

後行吹道引曲子，迎五人上，對廳一直立，樂住，竹竿子勾念：

洞天門闕鎖煙蘿。瓊室瑤臺瑞氣多。欲識仙凡光景異，歡謠須聽太平歌。

花心念：

伏以獸鑪縹緲散祥煙，玳席熒煌開邃幄。諦視人間之景物，何殊洞府之風光？恭惟袞繡主人，簪纓貴客，或碧瞳漆髮，或綠鬢童顏。雄辯風生，英姿玉立。曾向蕊宮貝闕，爲逍遙遊；俱膺丹篆玉書，作神仙伴。故今此會，式契前蹤。但兒等偶到塵寰，欣逢雅宴，欲陳末藝，上助清歡，未敢自專，伏候處分。

竹竿子念問：

既有清歌妙舞，何不獻呈？

花心答念：

舊樂何在？

竹竿子問念：

一部儼然。

花心答念：

再韻前來！

念了，後行吹太清歌，衆舞訖，衆唱：

武陵自古神仙府。有漁人迷路。洞戶迸寒泉，汎桃花容與。尋花迤邐見靈光，舍扁舟飄然入去。注目渺紅霞，有人家無數。

唱了，後行吹太清歌，衆舞舞訖，花心唱：

須臾卻有人相顧。把肴漿來聚。禮數既雍容，更衣冠淳古。漁人方問此何鄉，衆顰眉皆能深訴。元是避嬴秦，共攜家來住。

唱了，後行吹太清歌，衆舞，換坐，當花心一人唱：

當時脫得長城苦。但熙熙朝暮。上帝錫長生，任跳丸烏兔。種桃千萬已成陰，望家鄉杳然何處。從此與凡人，隔雲霄煙雨。

唱了，後行吹太清歌，衆舞，換坐，當花心一人唱：

漁舟之子來何所。盡相猜相語。夜宿玉堂空，見火輪飛舞。　凡心有慮尚依然，復歸指維舟沙浦。囘首已茫茫，歎愚迷不悟。

唱了，後行吹太清歌，衆舞，換坐，當花心一人唱：

我今來訪煙霞侶。沸華堂簫鼓。疑是奏鈞天，宴瑤池金母。　卻將桃種散階除，俾華實須看三度。方記古人言，信有緣相遇。

唱了，後行吹太清歌，衆舞，換坐，當花心一人唱：

雲軿羽幢仙風舉。指丹青煙霧。行作玉京朝，趁兩班鵷鷺。　玲瓏環佩擁霓裳，卻自有簫韶隨步。含笑囑芳筵，後會須來赴。

唱了，後行吹太清歌，衆舞，舞訖，竹竿子念：

欣聽嘉音，備詳仙迹。固知玉步，欲返雲程。宜少駐於香車，佇再聞於雅詠。

念了，花心念：

但兒等暫離仙島，來止洞天，屬當嘉節之臨，行有清都之觀。芝華羽葆，已雜遝於青冥；玉女金童，正逢迎於黃道。既承嘉命，聊具新篇。

篇曰：

仙家日月如天遠，人世光陰若電飛。絕唱已聞驚列坐，他年同步太清歸。

念了，衆唱破子：

游塵世，到仙鄉。喜君王，躋治虞唐。文德格遐荒。四裔盡來王。干戈偃息歲豐穰。三萬里農桑。歸去告穹蒼。

錫聖壽無疆。

唱了，後行吹步虛子，四人舞上，勸花心酒，花心復勸。勸訖，衆舞，列作一字行，竹竿子念遣隊：

仙音縹緲，麗句清新。既歸美於皇家，復激昂於坐客。桃源歸路，鶴馭迎風。抃手階前，相將好去。

念了，後行吹步虛子出場。

兼歌舞之技，而歌詞繁重，不僅以一曲重疊或兩腔迎互者，是爲大曲。大曲之歌詞皆異詞調。今可見者，有王明清玉照新志所載曾布之水調大曲，詠馮燕事，其節目曰排偏第一，排偏第二，排偏第三，排偏第四，排偏第五，排偏第六，帶花偏，排偏第七，攧花十八等七段。原作水調歌頭，誤。唐樂府中有商調曲水調歌十一疊，見溯源篇。樂府雅詞所載董穎之道宮薄媚，詠西子事，其節目曰，排偏第八，排偏第九，第十攧，入破第一，第二虛催，第三衮遍，第四摧拍，第五袞遍，第六歇拍，第七煞袞等十段。曹勛松隱樂府之法曲道情，其節目曰，散序歌頭，偏第一，偏第二，偏第三第四攧入破第一，第二入破第三，入破第四，第五煞等十段。鄮峯眞隱大曲之採蓮壽鄉詞，其節目曰，延偏，攧偏，入破，袞偏，實催，袞，歇拍，煞袞等八段。諸目所以參差者，因宋人大曲偏數，往往多至數十，作者多裁截用之。碧雞漫志謂：『凡大曲有散序，靸，排偏，攧，正攧，入破，虛催，實催，袞偏，歇拍，殺袞，始成一曲，謂之大偏。予曾見一本有二十四段。後世就大曲製詞者類從簡省，而管絃家又不肯從首至尾吹彈，甚者學不能盡。』周密齊東野語謂：『修內司所編樂府混成集，大曲一項，凡數百解，有譜無詞者居半。』則有詞之大曲，不必盡循其偏數明矣。陳暘樂書謂：『優伶常舞大曲，惟一工獨進，但以手袖爲容，踏足爲節，其妙串者，雖風騫鳥旋，不踰其速矣。然大曲前緩疊不舞，至入破則羯鼓，襄鼓，與絲竹合作，句拍益急，舞者入場，投節制容，故有催拍，歇拍，姿勢俯仰，百態橫出。』則舞之重要，又可知也。錄曾布水調詞：

魏豪有馮燕，年少客幽并。擊毬鬬鷄爲戲，游俠久知名。因避仇來東郡，元戎留屬中軍。直氣凌貔虎，須臾叱咤，風雲懍懍坐中生。偶乘佳興，輕裘錦帶，東風躍馬，往來尋訪幽勝。游冶出東城。堤上鶯花撩亂，香車寶馬縱橫。草軟平沙穩，高樓兩岸春風笑語隔簾聲。

排徧第二

袖籠鞭敲鐙，無語獨閒行。綠楊下，人初靜，煙淡夕陽明。窈窕佳人，獨立瑤階，擲果潘郎，瞥見紅顏橫波盼，不勝嬌軟倚雲屏。曳紅裳，頻推朱戶，半開還掩，似欲倚咿啞聲裏，細訴深情。因遣林間青鳥，爲言彼此心期的的深相許，竊香解珮，綢繆相顧不勝情。

排徧第三

說良人，滑將張嬰。從來嗜酒，回家鎮長酩酊，鬧狂醒。一作長醒 屋上鳴鳩空鬬，梁間客燕相驚。誰與花爲主，蘭房從此，朝雲夕雨兩牽縈。似游絲狂蕩，隨風無定。奈何歲華荏染，歎計苦難憑。惟見新恩繾綣，連枝並翼，香閨日日爲郎，誰知松蘿託蔓，一比一毫輕。

排徧第四

一夕還家醉，開戶起相迎。爲郎引裾相庇，低首略潛形。情深無隱，欲郎乘間起佳兵。受青萍。茫然撫弄，不忍欺心。爾能負於彼，於我必無情。熟視花鈿不足，斷腸終不能平。假手迎天意，一揮霜刃，牕間粉頸斷瑤瓊。

排徧第五

鳳皇釵寶玉飄零。慘然悵嫣魂怨，飲泣吞聲。還被凌波喚起，相將金谷同遊，想見逢迎處，揶揄羞面，妝臉淚盈盈。醉眠人醒來晨起，血凝螓首，但驚喧白鄰里，駭我卒難明。司敗（原作思敗，一本作致。）幽囚推究，覆盆無計哀鳴。丹筆終誣服，圜門驅擁，銜冤垂首欲臨刑。

排徧第六帶花徧

向紅塵裏，有喧呼攘臂，轉身避衆，莫遣人冤濫殺張室，忍偷生。僚吏驚呼呵叱，狂辭不變如初，投身屬吏，慷慨吐丹誠。彷彿縲紲，自疑夢中，聞者皆驚歎，爲不平。割愛無心，泣對虞姬，手戮傾城寵，翻然起死，不教仇怨負冤聲。

排徧第七攧花十八

義成元靖賢相國，嘉慕英雄士，賜金繒。聞此事，頻歎賞，封章歸印。請贖馮燕罪，日邊紫泥封詔，闔境赦深刑。萬古三河風義在，青簡上，衆知名。河東注，任流水滔滔，水涸名難泯。至今樂府歌詠，流入管絃聲。（按此曲本

事見唐沈亞之馮燕傳

此外又有諸宮調，亦始自北宋而衍於南宋及金。諸宮調者，小說之支流，而被以樂曲者也。碧雞漫志云：『熙寧元豐間，澤州孔三傳始創諸宮調古傳，士大夫皆能誦之。』夢粱錄云『說唱諸宮調，昨汴京有孔三傳，編成傳奇靈怪，入曲說唱，今杭城有女流熊保保及後輩女童皆效此說唱。』東京夢華錄紀崇寧大觀以來瓦舍伎藝，有孔三傳耍秀才諸宮調，武林舊事所載諸色伎藝人諸宮調傳奇，有高郎婦等四人。則南北宋均有之，惜其詞皆無傳。惟金董解元西廂搊彈詞一種，前人多不識爲何體。近人王國維始考其體製，斷其爲諸宮調。詳宋元戲曲考 解元佚其名；搊彈詞者，世稱絃索西廂，演會眞之事，合琵琶而歌，有白有曲，而無演舞，頗類今之大鼓書詞，特其曲合多數宮調之曲以詠一事，變換其腔以爲之耳。其詞略曰：

（黃鐘宮出隊子）最苦是離別。彼此心頭難棄捨。鶯鶯哭得似癡呆，臉上啼痕都是血。有千種恩情何處說。夫人道天晚教郎疾去，怎奈紅娘心似鐵。把鶯鶯扶上七香車。君瑞攀鞍空自攧，道得箇寃家寧奈些。

（尾）馬兒登程，坐車兒歸舍。馬兒往西行，坐車兒往東拽。兩口兒一步兒離得遠如一步也。

（仙呂調點絳脣纏令）美滿生離，據鞍兀兀離腸痛。舊歡新寵，變作高唐夢。回首孤城，依約青山擁。西風送。戍樓寒重，初品梅花弄。

（瑞蓮兒）衰草淒淒一徑通。丹楓索索滿林紅。平生蹤跡無定著，如斷蓬。聽塞鴻。啞啞飛過暮雲重。

（風吹荷葉）憶得枕鴛衾鳳。今宵管半壁兒沒用。觸目淒涼千萬種。見滴流流的紅葉，淅零零的微雨，率剌剌的西風。

（尾）驢鞭半褭，吟肩雙聳。休問離愁輕重。向箇馬兒上駝也駝不動。

離蒲西行三十里，日色晚矣，野景堪畫。

（仙呂調賞花時）落日平林噪晚鴉。風袖翩翩催瘦馬。一徑入天涯。荒涼古岸，衰草帶霜滑。瞥見箇孤林端入畫。離落蕭疏帶淺沙。一箇老大伯捕魚蝦。橫橋流水，茅舍映荻花。

（尾）駝腰的柳樹上有魚槎。一竿風旆茅簷上掛。澹煙瀟灑，橫鎖著兩三家。

生投宿於村落。

其體製相近者，則楊萬里誠齋集中有歸去來兮引，共十二曲，不著調名。以今攷，之，則其第一第七第十調爲朝中措；其第二第五第八第十一調爲一叢花；其第三第六，第九第十二頗難確定爲何調，似唐多令而後半不合，似南歌子而首句用韻不同，末亦多一句，惟與譜載無名氏之平韻望遠行較近。然俱不用換頭，且純爲代言體。誠齋生於紹興初，卒於開禧二年，則此曲之作，殆與董解元西廂同時。然則元人雜劇，固參合宋、金兩邦歌曲體裁，以成一種新體。由此可知劇曲之體，仍由詩、詞、遞演而來也。今錄楊詞：

儂家貧甚訴長飢。幼稚滿庭幃。正坐餅無儲粟，漫求爲吏東西。（朝中措）

偶然彭澤近鄰圻。公秫滑流匙。葛巾勸我求爲酒，黃菊怨冷落東籬。五斗折腰，誰能許事，歸去來兮。（一叢花）

老圃半榛茨。山田欲蒺藜。念心爲形役又奚悲。獨惆悵前迷。不諫後方追。覺今來是了，覺昨來非。（望遠行）

扁舟輕颺破朝霏。風細漫吹衣。試問征夫前路，晨光小恨熹微。（朝中措）

乃瞻衡宇載奔馳。迎候滿荊扉。已荒三徑存松菊，喜諸幼入室相攜。有酒盈尊，引觴自酌，庭樹遣顏怡。

（一叢花）

容膝易安。棲南窗寄傲睨。更小園日涉趣尤奇。儘雖設柴門長是閉斜暉。縱遐觀矯首，短策扶持。（望遠行）

浮雲出岫豈心思。鳥倦亦歸飛。翳翳流光將入，孤松撫處凄其。（朝中措）

息交絕友斷山溪。世與我相違。駕焉復出何求者，曠千載今欲從誰。親戚笑談，琴書觴咏，莫遣俗人知。

（一叢花）

解后又春熙。農人欲載菑。告西疇有事要耘耔。容老子舟車取意任委蛇。歷崎嶇窈窕，邱壑隨宜。（望遠行）

欣欣花木向榮滋。泉水始流澌。萬物得時如許，此生休笑吾衰。（朝中措）

寓形宇內幾何時。豈問去留爲。委心任運何多慮，顧皇皇將欲何之。大化中間，乘流歸盡，喜懼莫隨伊。

（一叢花）

富貴本危機。雲鄉不可期。趁良辰孤往恣游嬉。獨臨水登山舒嘯更哦詩。除樂天知命，了復奚疑。（望遠行）

要之，大曲與諸宮調開元人劇曲之先；此曲則爲元人套數之祖。其中分別：大曲純用一宮調，而董西廂則雜用諸宮調；此曲用詞調，而元人套數則純用曲調耳。

宋人樂曲之不限一曲者，諸宮調外尚有賺詞。賺詞者，取一宮調之曲若干合之以成一全體。夢粱錄云：『紹興年間，有張五牛大夫，因聽動鼓板中有太平令，或賺鼓板，卽今拍板大節抑揚處是也，遂撰爲賺。賺者，誤賺之之義，正堪美聽中，不覺已至尾聲，是不宜片序也。又有覆賺，其中變花前月下之情及鐵騎之類。』是唱賺亦有表演故事者，今已不傳。王國維始於日本翻元泰定本事林廣記中，發見其一篇。其前具載唱賺規例，名曰遏雲要訣；次有遏雲致語，鷓鴣天一首；次有圓社市語中呂宮之紫蘇丸，縷縷金，好女兒，大夫娘，好孩兒五曲；繼以賺一曲，越恁好，鶻打兎二曲，而結以尾聲。其結構似北曲，其曲名則多見於南曲中。遏雲者，南宋歌社之名，則此詞當出南渡之後，亦元曲之先聲也。詳見宋元戲曲考。王氏據武林舊事及夢粱錄南宋有遏雲社，因斷爲南宋時作品；又其曲名亦爲南曲。

（二）宋金戲曲之蕃衍

溯戲劇之遠源，古有俳優侏儒；南北朝有百戲。至唐而甚盛，有代面，撥頭，踏搖娘，參軍，樊噲排闥等戲。按舊唐書音樂志載：『代面出於北齊，蘭陵王長恭才武而面美，常著假面以對敵，嘗擊周師金墉城下，勇冠三軍，齊人壯之，爲此舞以效其指揮擊刺之容。撥頭出西域胡人爲猛獸所噬，其子求獸殺之，爲此舞以象之。踏搖娘出於隋末河內。河內有人貌惡而嗜酒，常自號郎中，醉歸必毆其妻，其妻美色善歌，爲怨苦之辭，河朔演其聲而被之絃管，因寫其夫之容，妻悲訴每搖頓其身，故號踏搖娘。』樂府雜錄載：『開元中黃幡綽張野狐弄參軍。』陳暘樂書載：『昭宗光化中孫德昭之徒刃劉季述，始作樊噲排闥劇。』凡此皆演戲所託始，特其曲無徵耳。

及宋則戲曲概謂之雜劇，宋史樂志謂『眞宗爲雜劇詞，』夢粱錄謂『敎坊大使孟角球曾做雜劇本子，』其體裁不可知，僅可於武林舊事得其官本雜劇段數二百八十本之目耳。此二百八十本中，用大曲者一百零三，用法曲者四，用諸宮調者二，用詞調者三十，用曲調者九。玆計其大略細目不備載也。

用大曲者一百零三本：六幺二十本　瀛府六本　梁州七本　伊州五本　新水四本　薄媚九本　大明樂三本　降黃龍五本　胡渭州四本　石州五本　大聖樂三本　中和樂四本　萬年歡二本　熙州三本　道人歡四本　長壽仙

三本　劍器二本　延壽樂二本　賀皇恩二本　採蓮三本　保金枝一本　嘉慶樂一本　慶雲樂一本　君臣相遇樂一本　泛清波二本　彩雲歸二本　千春樂一本　罷金鉦一本

用法曲者四本：碁盤法曲　孤和法曲　藏瓶法曲　車兒法曲

用諸宮調者二本：諸宮調霸王　諸宮調卦册兒

用詞調者三十本：打地鋪逍遙樂　病鄭逍遙樂　崔護逍遙樂　灑洒逍遙樂　四鄭舞楊花　四偌滿皇州　浮漚暮雲歸　五柳菊花新　四季夾竹桃　醉花陰爨　夜半樂爨　木蘭花爨　月當廳爨　醉還醒爨　撲蝴蝶爨　滿皇州卦鋪兒　白苧卦鋪兒　探春卦鋪兒　三哮好女兒　二郎神變二郎神　大雙頭蓮　小雙頭蓮　三笑月中行　三登樂院　公狗兒　三敎安公子　普天樂打三敎　滿皇州打三敎　三姐醉還醒　三姐黃鶯兒　賣花黃鶯兒

見於金元曲調者九本：四小將整乾坤　棹孤舟爨　慶時豐卦鋪兒　三哮上小樓

鶻打兎變二郎神　雙羅羅啄木兒　賴房錢啄木兒　圓城啄木兒　四國朝

武林舊事作於南宋之末，然所載諸雜劇實合兩宋之戲劇而統計之。又東京夢華錄所謂『三教裝婦人神鬼敲鑼擊鼓，巡門乞錢俗呼爲打夜胡』；續墨客揮麈所謂『王子醇平熙河邊陲寧靜，講武之暇，因教軍士爲訝鼓戲』；朱子語類所謂『如舞訝鼓，其間男子婦人僧道雜色無所不有，但都是假的』及武林舊事所紀之舞隊六十九種，裝作各種人物故事：皆戲劇之支流也。

雜劇始於宋眞宗，宮調則始於神宗時，雜劇先矣；然至宋末則雜劇日盛，諸宮調亦容納於其中。今其詞雖皆不可攷，然以理測之，自始至終，體亦不能無變也。宋代首尾凡三百餘年，眞宗至宋末凡二百八十二年；疆土都會又自北而南。文學受時地遷流之影響，未有不發生變化者。故官本雜劇目中之大曲皆見樂志及通考教坊部十八調，大率北宋之作；而其用詞調曲調者，殆卽祝允明猥談所謂溫州雜劇之類，蓋南宋之出品也。碧雞漫志所謂諸宮調士大夫能誦，而武林舊事則歸之諸色伎藝人矣。

由是以推，董解元之西廂，固可認爲諸宮調，然不可謂凡諸宮調悉如此式也。然此皆金元戲曲之先河，斷可識矣。

兩宋戲曲既日以蕃衍，金之院本亦與之同時並趨。輟耕錄所載院本名目六百九十一種，頗與宋官本雜劇相似而複雜過之。其中分子目若干，計和曲院本十四，上皇院本十四，題目院本十二，霸王院本六，諸雜大小院本二百十一，諸雜院爨一百零七，衝撞引首一百零九，拴搐豔段九十二，打略拴搐八十八，諸雜砌三十。其中非盡爲歌曲，蓋雜各種競伎遊戲講說，諸諢爲之也。其諸明稱院本者，多爲歌曲。至諸雜院爨中，則歌以外時有講說諸諢，如講來年好，講道德經，講百果，百花，百禽，背數千字文，論語謁食之類。若衝撞引首中之遮截架解，三打步等，多屬競伎，拴搐豔段中之朦啞呆木大等，多屬諸諢；打略拴搐中之猜謎及諸雜砌等，多屬遊戲，而數各種物名，及各種家門等，則講說之類也。由是可知金時尚無純粹之戲劇矣。

金院本中所用之曲名，亦多出大曲，法曲，詞曲調。分別約舉如左：

大曲十六：上墳伊州　燒花新水　熙州駱駝　列良瀛府　賀貼萬年歡　异麋降黄龍　列女降黄龍（和曲院本）　進奉伊州（諸雜大小院本）　鬧夾棒六幺　送宣道人歡　掛綵延壽樂　諱老長壽仙　背箱伊州　酒樓伊州　抹麵長壽仙　羹湯六幺（諸雜院爨）

法曲七：月明法曲　郓王法曲　燒香法曲　送香法曲（和曲院本）　鬧夾棒法曲　望瀛法曲　分拐法曲（諸雜院爨）

詞曲調三十七：病鄭逍遙樂　四皓逍遙樂　四酸逍遙樂（和曲院本）　春從天上來（上皇院本）　楊柳枝（題目院本）　似娘兒　醜奴兒　馬明王　鬥鵪鶉　滿朝歡　花前飲　賣花聲　隔簾聽　擊梧桐　海棠春　更漏子　（諸雜大小院本）　逍遙樂打馬鋪　夜半樂打明皇　集賢賓打三教　喜遷鶯剗草鞋　上小樓衮頭子　單兒望梅花　雙聲疊韵　河轉迓鼓　和燕歸梁　謁金門爨（諸雜院爨）　憨郭郎　喬捉蛇　天下樂　山麻稭　搗練子　淨瓶

兒　調笑令　鬥鼓笛　柳青娘（衝撞引首）　歸塞北　少年遊（拴搐艷段）

春從天上來　水龍吟（打略拴搐）

宋金之間戲劇之交通頗易。如雜劇之名，由北而入南；唱賺之作，由南而入北。又如金院本名目中有上皇院本，蓋演宋徽宗事；陳橋兵變，佛印燒豬，說狄青，皆演宋事；而宋官本雜劇目中，亦或雜以金元曲調，可證也。

上述宋金戲曲，固雜有種種競伎遊戲，非純粹之戲劇也。故有置於正雜劇之前者，謂之艷段，卽輟耕錄所謂燄段，取其如火燄易明而易滅也。置於劇後之散段，謂之雜扮，卽雲麓漫抄所謂雜班，以借裝爲各種人物以資笑端也。此外則戲劇之脚色，爲結構上之要件，不得不一敍。惟是編非專研戲劇之書，不暇窮究其遠源，但舉其影響於後世戲劇者述之。

脚色之名，在唐時僅有參軍蒼鶻；至宋而稍繁。夢粱錄云：『雜劇中末泥爲長，每一場四人或五人，末泥色主張，引戲色分付，副淨色發喬，副末色打諢，或添一人名曰裝孤」：武林舊事載理宗御前祗應優人十五人之名；又舉教坊樂部雜劇之俳優六十六名，雜劇三甲一甲或八人或五人。其所列脚色五，則有戲頭而無末泥，有裝旦而無裝孤，而引戲副淨副末三色則同，惟副淨則謂之次淨耳。夢粱錄謂「雜劇中末泥爲長，」則末泥或即戲頭，然戲頭引戲，實出古舞之舞頭引舞，則末泥亦當出於古舞之舞末。淨者參軍之促音，宋代演劇時，參軍色手執竹竿子以勾之，故參軍亦謂之竹竿子。（見鄮峯大曲中）是末泥色以主張爲職，參軍色以指揮爲職，不親在搬演之列。故別有副末副淨以輔之。輟耕錄謂「副淨古謂之參軍，副末古謂之蒼鶻，鶻能擊禽鳥，末可打副淨」此在北宋即有之，蓋最重之脚色也。至裝孤裝旦者，孤爲當時官吏之稱，旦爲婦女之稱；故假作官吏者謂之裝孤，作婦女者謂之裝旦。至元人脚色中，則簡稱爲孤與旦矣。（參閱王國維之古劇脚色攷及宋元戲曲攷）

又金人倣遼大樂之製而作淸樂，中有連廂詞，其例專設司唱者一，雜設諸執器色者笙笛琵琶各一人，排坐場端，吹彈數曲，而後敷白道唱。男名末泥，女名旦兒，幷雜色人等上場扮演，依唱詞而作舉止，此亦有脚色之名。然其唱者與演者，未嘗合於一人。且敍事體之曲固有之，而代言體之戲是否已備，惜其本今皆不傳，無由遽斷。要其由歌、舞、劇、滑稽劇、進而爲演、故事之劇，則可確認也。

(三)元代戲劇之完成

戲劇之質，不外言動，而以歌舞表之。自唐以後，歌則由詞而轉踏，而大曲，而宮調，賺詞；舞則由隊舞而舞曲，而三敎訝鼓，而艷段雜扮，而雜劇，連廂，其源雜，而支繁，皆戲劇之所由衍進也。匯衆流而成巨浸者，厥惟元劇。元劇所用之曲，據中原音韻所載共三百十五章：

黃鍾二十四章：醉花陰　喜遷鶯　出隊子　刮地風　四門子　水仙子　寨兒令　神仗兒（亦作煞）　節節高　者刺古　願成雙　賀聖朝　紅錦袍（即紅衲襖）　晝夜樂　人月圓　綵樓春（即抛毬樂）　侍香金童　降黃龍袞　雙鳳翹（即女冠子）　傾盃序　文如錦　九條龍　興隆引　尾聲

正宮二十五章：端正好　袞繡毬（一作子母調）　倘秀才（一作子母調）　靈壽杖（即呆骨朵）　叨叨令　塞鴻秋　脫布衫　小梁州　醉太平　伴讀書（即村裏秀才）　笑和尙　白鶴子　雙鴛鴦　貨郎兒（入南呂轉調）　蠻姑兒　窮河西　芙蓉花　菩薩蠻　黑漆弩（即學士吟鸚鵡曲）　月照庭　六幺徧（即柳梢青）　甘草子　三煞　啄木兒煞（亦入中呂）　煞尾

大石調二十一章：六國朝　歸塞北（即望江南）　卜金錢（即初開口）　怨別離　雁過南樓　催花樂（即擂鼓體）　淨瓶兒　念奴嬌　喜秋風　好觀音（亦作煞）　靑杏子　蒙童兒（即憨郭郎）　還京樂　酴醿香　催拍子　陽關三疊　驀山溪　初生月兒　百字令　玉翼蟬煞　隨煞

小石調五章：靑杏兒（即靑杏子亦入大石調）　天上謠　惱煞人　伊州徧　尾聲

仙呂四十二章：端正好　賞花時　八聲甘州　點絳脣　混江龍　油葫蘆　天下樂　那吒令　鵲踏枝　寄生草　六幺序　醉中天　金盞兒（即醉金錢）　醉扶歸　憶王孫　一半兒　瑞鶴仙　憶帝京　村裏迓鼓　元和令　上馬嬌　遊四

門　勝葫蘆　後庭花亦作煞　柳葉兒　青哥兒　翠裙腰　六幺令　上京馬　祆神急　大安樂　綠窗怨　穿窗月　四季花　雁兒落　玉花秋　三番玉樓人亦入越調　錦橙梅　雙雁子　太常引　柳外樓　賺煞尾

中呂三十二章：粉蝶兒　叫聲　醉春風　迎仙客　紅繡鞋即朱履曲　普天樂　醉高歌　喜春來即陽春曲　石榴花　鬬鵪鶉　上小樓　滿庭芳　十二月　堯民歌　快活三　鮑老兒　古鮑老　紅芍藥　剔銀燈　蔓菁菜　柳青娘　道和　朝天子即謁金門　四邊靜　齊天樂　紅衫兒　蘇武持節即山坡羊　賣花聲即昇平樂亦作煞　四換頭　攤破喜春來　喬捉蛇　煞尾

南呂二十一章：一枝花　梁州第七　隔尾　牧羊關　菩薩梁州　玄鶴鳴即哭皇天　烏夜啼　罵玉郎　感皇恩　採茶歌即楚江秋　賀新郎　梧桐樹　紅芍藥　四塊玉　草池春即鬬蝦蟆　鵪鶉兒　閱金經即金字經　翠盤秋亦入中呂即乾荷葉　玉交枝　煞　黃鍾尾

雙調一百章：新水令　駐馬聽　喬牌兒　沈醉東風　步步嬌即潘妃曲　夜行船　銀漢

浮槎（即喬木查）　慶宣和　五供養　月上海棠　慶東原　撥不斷（即續斷絃）　攪箏琶　落梅風（即壽陽曲）　風入松　萬花方三疊　雁兒落（即平沙落雁）　德勝令（即陣陣贏凱歌回）　水仙子（即凌波仙湘妃怨馮夷曲）　大德歌　鎮江迴　殿前歡（即小婦孩兒鳳將雛）　滴滴金（即甜水令）　折桂令（即秋風第一枝天香引蟾宮曲步蟾宮）　清江引　春閨怨　牡丹春　漢江秋（即荊襄怨）　小將軍　慶豐年　太清歌　小陽關　搗練子（即胡搗練）　秋蓮曲　掛玉鉤序　荊山玉（即側磚兒）　竹枝歌　沽美酒（即瓊林宴）　太平令　快活三　亂柳葉　豆葉黃　川撥棹　七兄弟　梅花酒　收江南　掛玉鉤（即掛搭沽）　早鄉詞　石竹子　山石榴　醉娘子（即醉也摩挲）　駙馬還朝（即相公愛）　胡十八　一錠銀　阿納忽　小拜門（即不拜門）　慢金盞（即金盞兒）　大拜門　也不羅（即野落索）　小喜人心　風流體　古都白　唐元夕　河西水仙子　華嚴讚　行香子　錦上花　碧玉簫　祆神急　驟雨打新荷　駐馬聽　金娥神曲　神曲纏　德勝樂　大德樂　楚天遙　天仙令　新時令　阿忽令　山丹花　十棒鼓　殿前喜　播海令　大喜人心　醉東風　間金四塊玉　減字木蘭花

啓變第七　三二五

高遇金盞兒 對玉環 青玉案 魚遊春水 秋江送 枳郎兒 河西六娘子 皂旗兒 本調煞 鴛鴦煞 離亭燕帶歇指煞 收尾 離亭宴煞

越調三十五章：鬥鵪鶉 紫花兒序 金蕉葉 小桃紅 踏陣馬 天淨沙 調笑令即含笑花 禿廝兒即小沙門 聖藥王 麻郎兒 東原樂 絡絲娘 送遠行 綿搭絮 拙魯速 雪裏梅 古竹馬 鄆州春 眉兒彎 酒旗兒 靑山口 寨兒令即柳營曲 黃薔薇 慶元貞 三臺印即鬼三台 凭闌人 耍三台 梅花引 看花囘 南鄉子、糖多令 雪中梅 小絡絲娘 煞 尾聲

商調十六章：集賢賓 逍遙樂 上京馬 梧葉兒即知秋令 金菊香 醋葫蘆 掛金索 浪來裏亦作煞 雙雁兒 望遠行 鳳鸞吟 玉抱肚亦入雙調 秦樓月 桃花浪 高平煞 尾聲

商角調六章：黃鶯兒 踏莎行 蓋天旗 垂絲釣 應天長 尾聲

般涉調八章：哨徧 臉兒紅即麻婆子 牆頭花 瑤臺月 急曲子即促拍令 耍孩兒即魔合羅 煞

尾聲與中呂煞尾同

名同音律不同者十六章：黃鍾雙調水仙子　黃鍾越調寨兒令　仙呂正宮端正好　仙呂雙調祆神急　仙呂商調上京馬　中呂越調鬥鵪鶉　中呂南呂紅芍藥　中呂越調醉春風

句字不拘可以增損者十四章：正宮端正好　貨郎兒　煞尾　仙呂混江龍　後庭花　青歌兒　南呂草池春　鵪鶉兒　黃鍾尾　中呂道和　雙調新水令　折桂令　梅花酒　尾聲

右所列計十二宮調，惟其中小石商角般涉三調，元劇中用者甚少。故輟耕錄無此三調之曲，僅有正宮端正好等二十五章，黃鍾願成雙等十五章，南呂一枝花等二十章，中呂粉蝶兒等三十八章，仙呂賞花時等三十六章，商調集賢賓等十六章，雙調新水令等六十章，共止二百三十章，似未完備。然元曲中所用少出其外者。此外百餘，不過元人小令套數中用之耳。其曲名出於大曲唐宋詞及諸宮調曲者三分之一；但字句之配合，篇幅之長短，則已變遷，非古調之舊矣。

元劇曲調配置之法，亦多出於宋。夢粱錄謂『宋之纏達引子後，只有兩腔迎互循環，』今攷元劇仙呂及正宮之曲，實有用其體者。如馬致遠陳摶高臥劇之第一折仙呂，以後庭花金盞兒二曲迎互循環，其第四折正宮以滾繡毬倘秀才二曲相循環，是即中原音韻所謂子母調，蓋自纏達出耳。

元劇之材料，亦多出於宋金戲劇。試攷其目，頗多相同或相似者。如元雜劇有崔護謁漿；宋官本雜劇則有崔護六么崔護逍遙樂。元有裴少俊牆頭馬上；宋則有裴少俊伊州；金亦有牆頭馬。元有崔鶯鶯待月西廂記；宋則有鶯鶯六么；金亦有董解元西廂。元有洞庭湖柳毅傳書；宋則有柳毅大聖樂。元有海神廟王魁負桂英；宋則有王魁三鄉題，又有王魁戲文。至出於金院本者尤多。元有張生煮海及雙門醫；金亦有之。元有姑蘇臺范蠡進西施；金亦有范蠡。元有隋煬帝揷龍舟；金亦有揷龍舟。元有薛昭誤入蘭昌宮；金亦有蘭昌宮。元有花間四友莊周夢；金亦有莊周夢。元有崔懷寶月夜聞箏；金亦有月夜聞箏。元有曲江池杜甫遊春；金亦有杜甫遊春。元有唐三藏西天取經；金亦有唐三藏。但金院本名目較元爲簡耳。其他尚有多種，可取元鍾嗣成錄鬼簿，及明寧獻王權太和正音譜所載元劇目，與宋金二目互勘之。

元劇較之宋金戲曲，進步有二：一屬於樂曲者。宋雜劇用大曲者幾半，大曲徧數雖多，然通前後爲一曲，其次序不容顚倒，字句不容增減，格律旣嚴，運用不便；其用諸宮調者，則不拘於一曲，凡同在一宮調中者皆可用之；雖一宮調中或有聯至十餘曲者，然大抵用二三曲而止，移宮換韻，轉變至多，故稍欠雄肆之氣。若元雜劇則每劇皆用四折，每折易一宮調，每調中之曲必在十曲以上，且有句字不拘可以增損之十四曲，其視大曲爲自由，而較諸宮調爲雄肆矣。二屬於體製者。宋大曲皆爲敍事體，金諸宮調雖有代言處，而其大體仍爲敍事。獨元劇則歌演合諸一人，於科中敍事，而賓白曲文全爲代言。此戲劇上之大進步，而所以底於完成也。

紀動作者曰科；紀言語者曰賓曰白；紀所歌唱者曰曲：三者戲劇之要素，皆自元而備也。元劇中所紀動作皆以科字終，其後或稱介，亦卽金人所謂科汎也。賓者兩人對談，白者一人自語，皆所以輔曲意，而使其情文相生也。明臧懋循編元曲選共一百種，皆賓白具全乃其自序謂賓白則演劇時伶人自爲之，未免偏見。至演劇時所用之物謂之砌末，則隨劇中情節而各異。

元劇以一宮調之曲一套爲一折。普通雜劇，大率四折，或加楔子以足其未盡之意。如王實甫西廂記之十六折，則合四劇而成；關漢卿續四折，增爲五劇。每折唱者止限一人，若末若旦；他色則有白無唱，若唱則限於楔子中。至四折中之唱者必爲末或旦，而末與旦所扮，不必皆爲劇中主要人物。苟劇中主要人物於此折不唱，則亦退居他色，而以末或旦扮唱者，此定例也。末旦爲當場正色；此外有淨有丑。而末旦二色復分多派，其見於元劇者：末有外末，沖末，二末，小末。旦有老旦，大旦，小旦，旦徠，色旦，搽旦，外旦，貼旦。無非以表男女二色之各派人物耳。

元人雜劇之外，尚有院本。輟耕錄紀國朝雜劇院本釐而爲二，蓋雜劇乃當時盛作，院本則金源之遺也。惟元人院本今無存者，其體若何，全不可考。僅就明周憲王所撰之呂洞賓花月神仙會雜劇中，窺見一二，知其有白，有唱，亦略同雜劇，惟唱者不限一人，其脚色有捷譏，末泥，付末，付淨四色，以付淨付末二色爲重，付淨色尤重，蓋古昔蒼鶻參軍之遺意耳。

元雜劇始於北而推於南，故謂之北曲。及其季也，南戲起而其體稍變。探其淵源，蓋自南宋之戲文。祝允明猥談謂『南戲出於宣和之後，南渡之際，謂之溫州雜劇。』葉子奇草木子謂『俳優戲文始於王魁，永嘉人作之。其後元朝南戲盛行，及當亂，北院本特盛，南戲遂絕。』似其發生時代尚古於元雜劇。今攷其曲調，則出於古曲者更較元北曲爲多。惟南曲宮調，元人未有著錄，今可檢者以明沈璟之南九宮譜爲最詳。譜載仙呂宮曲六十九章，羽調九章，正宮四十六章，大石調十五章，中呂宮六十五章，般涉調一章，南呂宮八十四章，黃鍾宮四十章，越調五十章，商調三十六章，雙調八十八章，附錄三十九章，都五百四十三章。惟沈氏書中所列諸調，新增者不少，則元南曲之章數未易確計。姑就其所錄觀之，則其中出於大曲，唐宋詞，諸宮調，唱賺及其他古曲者幾占半數，而同於元雜劇曲名者十有三耳。至其配置之法：一齣中之曲，不限屬於一宮調，頗似諸宮調；一齣首尾只用一曲，周而復始，頗似轉踏；同宮調之曲，可割裂而各取數句集爲一曲，別命調名，又頗似詞之犯調。至其每劇之齣數無定，一齣或以數色合唱，致各色皆有白有唱；又首齣有開場，出場有引子，引下有過曲，齣末有下場詩。皆其體製上之特性也。

元曲有三類，雜劇南戲外尚有散曲，散曲分小令套數。小令只用一曲，與宋詞略同；套數則合一宮調中諸曲爲一套，與雜劇之一折略同。但雜劇所以代言而演故事，而套數則所以自敘而賦景物；雜劇有科白而套數無之。至律格上則雜劇或借宮，或重韻，或襯字，而套數皆有限制也。

元人曲學著述流傳者，以周德清之中原音韻爲最。周字挺齋，高安人，工曲，其所作曾選入太平樂府。中原音韻分十九類，略見前構律篇，其大體排閩浙之音，遵中原之韻，其要點爲聲分平仄，與字別陰陽二事。略云：『聲分平仄者，謂無入聲，以入聲派作平上去三聲以廣其韻，有才者本韻自足。又廣其韻者，爲作詞而設耳，然呼吸言語之間，還有入聲之別。字別陰陽者，陰陽字平聲有之，上去俱無。如東紅二字，東屬陰，紅屬陽。上去二聲，施於句中，施於韻脚，無用陰陽。』皆前人所未發。又其作詞十法：一知韻，二造語，三用事，四用字，五入作平，六陰陽，七務頭，八對偶，九末句，十定格。率多密察而得，足與張炎詞源之談詞，並稱精洽。餘如鍾嗣成之錄鬼簿，將元曲作家具分三期紀之。燕南芝庵論曲，趙子昂論曲，及陶宗儀輟耕錄中之論曲，則或明體裁，或敘流變。俟後徵引。

（四）元曲本及其作家

元人所作雜劇。今不知究有若干種。明李開先作張小山樂府序，謂『洪武初年，親王之國，必以詞曲千七百本賜之。』然寧獻王太和正音譜，著錄元人雜劇，僅五百三十五本；加以明初人所作，亦僅五百六十六本，則李氏之言或過矣。按鍾氏錄鬼簿序，作於至順元年，其紀事則訖於至正五年，所著錄者亦僅四百五十八本，雖他書或尚有傳於今者，然已鮮矣。則所謂千七百本，殆兼小令套數言之，非盡雜劇也。元曲選百種中，有明初人作六種，實得九十四種，爲現存元曲之至多者。清初錢遵王也是園藏曲目錄，元人所作一百四十一種，然書不可見。惟黄丕烈士禮居藏元刻古今雜劇乙編三十種，中有十七種爲元曲選所無；合以元曲九十四種，及西廂五劇，共一百十六種。今人所可得見之元曲，實僅此耳。至其作者，據錄鬼簿分爲三期：一爲前輩已死名公才人，有所編傳奇行於世者，卽元太宗取中原以後，至至元一統之初，是爲蒙古時代。二爲方今已亡名公才人相知者，不相知者，卽至元後至至順後至正間，是爲一統時代。三爲方今才人相知者，及聞名而不相知者，卽元末，是爲至正時代。此三期中之作家，第一期最盛，其著作存者亦多；第二期稍減；第三期則尤少矣。今就其所舉作者之時期及生地，分列如左：

第一期

大都——關漢卿　王實甫　馬致遠　王仲文　楊顯之　紀君祥　張國賓　孫仲章　石子章　王伯成涿州（以上有作品存者）

庾天錫　費君祥　費唐臣　梁進之　趙明道　李子中　李寬甫　李時中
紅字李二 京兆　（以上作品不存者）
中書省所屬—李好古 保定　白樸 眞定　李文蔚 同　尙仲賢 同　戴善甫 同
鄭廷玉 彰德　武漢臣 濟南　岳伯川 同　康進之 棣州　高文秀 東平　張壽
卿 同　吳昌齡 大同　李壽卿 太原　石君寶 平陽　狄君厚 同　孔文卿 同
李行甫 絳州　李直夫 女直　（以上有作品存者）
彭伯威 保定　侯正卿 眞定　史九山人 同　江澤民 同　趙文殷 彰德　李進
取 大名　陳寧甫 同　王廷秀 益都　張時起 東平　顧仲卿 同　劉唐卿 太原
于伯淵 平陽　趙公輔 同　（以上作品不存者）
河南江北等處行中書省所屬—孟漢卿 亳州　（有作品存）
趙天錫 汴梁　陸顯之 同　姚守中 洛陽　（以上作品不存者）
江浙等處行中書省所屬—（無）

第二期

大都—曾瑞（有作品存）

中書省所屬—宮天挺 大名　喬吉 太原　鄭光祖 平陽（以上有作品存者）

趙良弼 東平　陳無妄 同　李顯卿 同（以上作品不存者）

河南江北等處—睢景臣 揚州（作品不存）

江浙等處—金仁傑 杭州　范康 同（以上有作品存者）

廖毅 建康　沈和 杭州　鮑天祐 同　陳以仁 同　范居中 同　施惠 同　黃天澤 同　沈拱 同　吳本世 同　周文質 同　胡正臣 同　俞仁夫 同　張以仁 湖州　顧廷玉 松江　李用之 同（以上作品不存者）

第三期

大都—（無）

中書省所屬—高君瑞 眞定（作品不存）

河南江北等處——孫子羽揚州　張鳴善同（以上作品不存者）

江浙等處——秦簡夫杭州　蕭德祥同　王曄同（以上有作品存者）

陸登善杭州　王仲元同　徐再思嘉興　吳朴平江　黃公望姑蘇　錢霖松江　顧德潤同　張可久慶元　汪勉之同　趙善慶饒州（以上作品不存者）

此外生地未詳者：

第一期　趙子祥　李郞

第二期　屈彥英　王思順　蘇彥文　李齊賢　劉宣子

第三期　吳仁卿　高可道　屈子敬　李邦傑　曹明善　高敬臣　高安道　王守中（以上作品不存者）朱凱（有作品存）

錄鬼簿未載之作家，尚有楊梓，海鹽人，約在第二期；李致遠，楊景賢，約在第三期。

由此可窺元劇變遷之大勢矣。第一期作者五十六人，其生地率在北方，且以大都爲最多；江浙等處絕無一人，僅馬致遠、尚仲賢、張壽卿諸人作吏於南，殆爲傳播北劇之最力者。第二期作者三十六人，而南方乃有十七，且以杭州爲最多；北方則僅六七人，亦多流寓於杭。第三期則大都絕無一人，北方僅高君瑞一人，餘均出於南方。蓋其風氣已自北而南矣。

元初名臣中有作小令套數者，而作雜劇者大抵布衣，否則爲省掾令吏之屬。蒙古色目人中亦有作令套數者，而作雜劇者則惟漢人，蓋自金末重吏，自掾吏出身者，其任用反優於科目。至蒙古滅金，僅於太宗九年八月一行科舉，後遂廢止，七十八年；至仁宗延祐元年，始復以科目取士。在此廢止期間，文士非刀筆吏無以進身，故雜劇家多屬掾吏。蓋既無帖括以束縛其心思，自惟借詞曲以發洩其才力，故元曲遂獨擅千古。乃臧氏元曲選自序、沈德符萬曆野獲編及吳偉業北詞廣正譜序皆謂元以詞曲取士，殆荒誕失考矣。

第一期之大作家，當推關、王、馬、白。關漢卿，號已齋叟，金末爲太醫院尹，金亡不仕；

作曲最多、錄鬼簿載其五十八種，但可見之目有六十三種，然多散佚，今存者，僅玉鏡臺，謝天香，金線池，竇娥冤，魯齋郎，救風塵，蝴蝶夢，望江亭，西蜀夢，拜月亭，單刀會，調風月，及續西廂等十三種，尤以竇娥冤爲最著。王實甫與關同時作曲十四種，今存者僅麗春堂，西廂記二種，西廂尤爲詞林所膾炙。馬致遠，號東籬，曾任江浙行省務官作曲十四種，今存漢宮秋，薦福碑，岳陽樓，黃粱夢，青衫淚，陳摶高臥，三度任風子七種；又其秋思散套極負盛名，周德清評爲萬中無一。白樸字仁甫，後字太素，號蘭谷先生，官禮儀院太卿，作曲十五種，今存梧桐雨，牆頭馬上二種，梧桐雨甚著名。

此外則有高文秀作曲三十四種，今存誶范叔，黑旋風，及好酒趙元遇上皇三種。鄭廷玉作曲二十三種，今存楚昭公，後庭花，忍字記，看錢奴冤家債主五種。尙仲賢作曲十一種，今存單鞭奪槊，柳毅傳書，氣英布三種。武漢臣作曲十一種，今存老生兒，玉壺春，生春閣三種。吳昌齡作曲十一種，今存風花雪月，東坡夢二種。楊顯之與關漢卿友善，作曲八種，今存酷寒亭，瀟湘雨二種。李壽卿曾除縣丞，作曲十一種，今存伍員吹簫，度柳翠二種。石君寶作曲十種，今存秋胡戲妻曲江池，風月紫雲亭三種。戴善甫，曾爲江浙行省務官；作曲五種，今存風光好一種。張國賓本名酷貧，爲喜時營教坊勾管，世稱倡夫；作曲四種，今存合汗衫羅李郎，薛仁貴三種；餘如王仲文作曲十種，今存救孝子一種。紀君祥作曲六種，今存趙氏孤兒一種。孫仲章作曲三種，今存勘頭巾一種。石子章作曲二種，今存竹塢聽琴一種。王伯成作曲二種，今存貶夜郎一種。李好古作曲三種，今存張生煑海一種。李文蔚曾爲瑞昌縣尹；作曲十二種，今存燕青博魚一種。岳伯川作曲二種。今存鐵拐李一種。康進之作曲二種，今存李逵負荊一種。張壽卿有紅梨花一種。狄君厚有火燒介子推一種。孔文卿有東窗事犯一種。李行甫有灰闌記一種。孟漢卿有魔合羅一種。李直夫作曲十二種，今存虎頭牌一種。

第二期之大作家當推鄭喬，鄭光祖，字德輝，以儒補杭州路吏，鍾嗣成謂其名聞天下，聲振閨閣，伶倫輩稱鄭老先生，皆知爲德輝；也作曲凡十九種，今存王粲登樓，倩女離魂，㑳梅香，周公攝政四種。喬吉字夢符，號笙鶴翁，又別號惺惺道人，旅寓杭州，作曲十一種，今存金錢記，揚州夢，玉簫女三種。此二人合之第一期之關，王，馬，白，號爲元六大家。餘如曾瑞，字瑞卿；居杭州不仕，自號褐夫，有留鞋記一種，宮天挺，字大用，爲釣臺書院山長；卒於常州，作曲六種，今存范張雞黍，嚴子陵垂釣二種。金仁傑，字志甫，曾爲建康崇寧務官，作曲七種，今存蕭何追韓信一種。范康，字子安，作曲二種，今存竹葉舟一種。楊梓作豫讓吞炭，霍光鬼諫，敬德不伏老等劇，今存霍光鬼諫一種。

第三期作者殊少。二十五人中，僅有秦簡夫作曲五種，今存東堂老，趙禮讓肥二種。蕭德祥，號復齋，業醫：作曲五種，今存殺狗勸夫一種。王曄，字日華，作曲三種，今存桃花女一種。朱凱，字士凱，作曲二種，今存孟良盜骨一種。李致遠有還牢末一種。楊景賢有劉行首一種。此外尙有無名氏之曲二十六種：博望燒屯，張千替殺妻，焚兒救母，陳州糶米，鴛鴦被，風魔蒯通，三虎下山，來生債，浮漚記，合同文字，衣錦還鄉，認父歸朝，神奴兒，謝金吾，馬陵道，漁樵記，舉案齊眉，梧桐葉，隔江鬥智，盆兒鬼，百花亭，連環計，抱妝盒，貨郎旦，碧桃花，馮玉蘭等，其中亦不少佳製。

雜劇種類，據涵虛子曲論，共分十二科：一曰神仙道化；二曰林泉丘壑；三曰披袍秉笏；四曰忠臣烈士；五曰孝義廉節；六曰叱奸罵讒；七曰逐臣孤子；八曰鏺刀趕棒；九曰風花雪月；十曰悲歡離合；十一曰煙花粉黛；十二曰神頭鬼面。各劇本性質，大抵不外乎此。如漢宮秋爲悲歡離合科；黃粱夢爲神仙道化科；單鞭奪槊爲鏺刀趕棒科；曲江池爲煙花粉黛科。餘可類推。

元劇唱白繁重，徵引殊費篇幅，今錄第一期大作家關，王，馬，白各一折，以見一斑。

竇娥冤　第三折　關漢卿

（外扮監斬官上云）下官監斬官是也，今日處決犯人，著做公的把住巷口，休放往來人閒走。

（淨扮公人鼓三通鑼三下科，劊子磨旗提刀押正旦帶枷上，劊子云）行動些，行動些，監斬官去法場多時了。（正旦唱）

（正宮端正好）沒來由犯王法，不隄防遭刑憲。叫聲屈動地驚天，頃刻間遊魂先赴森羅殿。怎不將天地也生埋怨。

（滚繡球）有日月朝暮懸。有鬼神掌着生死權。天地也只合把清濁分辨。可怎生糊突了盜跖顏淵？爲善的受貧窮更命短。造惡的享富貴又壽延。天地也做得怕硬欺軟。却元來也這般順水推船。地也，你不分好歹何爲地？天也，你錯勘賢愚枉做天。哎，只落得兩淚漣漣。

（劊子云）快行動些，誤了時辰也。（正旦唱）

（倘秀才）則被這枷紐的我左側右偏。人擁的我前合後偃。我竇娥向哥哥行有句言。（劊子云）你們甚麼話說？（正旦唱）前街裏去心懷恨。後街裏去死無冤。休推辭路遠。

（劊子云）你如今到法場上面，有甚麼親眷要見的，可教他過來見你一面也好。（正旦唱）

（叨叨令）可憐我孤身隻影無親眷。則落得吞聲忍氣空嗟怨。（劊子云）難道爺娘家也沒的？（正旦云）止有個爹爹，十三年前上朝取應去了，至今杳無音信。（唱）早已是十年多不覩爹爹面。（劊子云）你適纔要我往後街裏去，是什麼主意？（正旦唱）怕則怕前街裏被我婆婆見。（劊子云）你的性命也顧不得，怕他見怎的？（正旦唱）俺婆婆若見我披枷帶鎖赴法場餐刀去呵，（唱）枉將他氣殺也麼哥，枉將他氣殺也麼哥。告哥哥臨危好與人行方便。

（卜兒哭上科云）天那，兀的不是我媳婦兒。（劊子云）婆子靠後。（正旦云）既是俺婆婆來了，叫他來，待我來囑付他幾句話咱。（劊子云）那婆子近前來，你媳婦要囑付你話哩。（卜兒云）孩兒痛殺我也。（正旦云）婆婆，那張驢兒把毒藥放在羊肚兒湯裏，實指望藥死了你，要霸佔我爲妻。不想婆婆讓與他老子吃，倒把他老子藥死了，我怕連累婆婆，屈招了藥死公公，今日赴法場典刑。婆婆，此後遇著冬時年節，月一十五，有瀽不了的漿水飯，瀽半碗兒與我吃，燒不了的紙錢，與竇娥燒一陌兒，則是看你死的孩兒面上。（唱）

（快活三）念竇娥葫蘆提當罪愆。念竇娥身首不完全。念竇娥從前已往幹家緣。婆婆也，你只看竇娥少爺無娘面。

（鮑老兒）念竇娥伏侍婆婆這幾年。遇時節將碗涼漿奠你去那受刑法屍骸上烈些紙錢。只當把你個亡化的孩兒薦。（卜兒哭科云）孩兒放心，這個老身都記得，天那，兀的不痛殺我也。（正旦唱）婆婆再也不要啼啼哭哭煩煩惱惱怨氣衝天。這都是我做竇娥的沒時沒運不明不闇負屈銜冤。

（劊子做喝科云）兀那婆子靠後，時辰到了也。（正旦跪科）（劊子開枷科）（正旦云）竇娥告監斬大人，有一事肯依竇娥，便死而無怨。（監斬官云）你有什麼事，你說。（正旦云）要一領淨席等我竇娥站立，又要丈二白練掛在旗槍上，若是我竇娥委實冤枉，刀過處頭落，一腔熱血休半點兒沾在地下，都飛在白練上者。（監斬官云）這個就依你，打甚麼不緊。（劊子做取席站科，又取白練掛旗上科，）

（正旦唱）

(耍孩兒)不是我竇娥罰下這等無頭願委實的寃情不淺。若沒些兒靈聖與世人傳也不見得湛湛靑天。我不要半星熱血紅塵灑，都只在八尺旗槍素練懸。等他四下裏皆瞧見這就是咱萇弘化碧，望帝啼鵑。

(劊子云)你還有甚的說話，此時不對監斬大人說幾時說那?(正旦再跪科云)大人，如今是三伏天道，若竇娥委實寃枉身死之後天降三尺瑞雪遮掩了竇娥屍首。(監斬官云)這等三伏天道你便有衝天的怨氣，也召不得一片雪來，可不胡說!(正旦唱)

(二煞)你道是暑氣暄。不是那下雪天。豈不聞飛霜六月因鄒衍。若果有一腔怨氣噴如火，定要感的六出冰花滾似綿。免著我屍骸現。要什麼素車白馬，斷送出古陌荒阡。

(正旦再跪科云)大人，我竇娥死的委實寃枉，從今以後，著這楚州亢旱三年。(監斬官云)打嘴，那有這等說話!(正旦唱)

(一煞)你道是天公不可期，人心不可憐。不知皇天也肯從人願。做甚麼三年不見甘霖降?也只爲東海曾經孝婦寃。如今輪到你山陽縣。這都是官吏每無心正法，使百姓有口難言。

(劊子做磨旗科云)怎麼這一會兒天色陰了也。(內做風科)(劊子云)好冷風也。(正旦唱)

(煞尾) 浮雲爲我陰，悲風爲我旋。三椿兒誓願明題徧。(做哭科云)婆婆也，直等待雪飛六月亢旱三年呵，(唱) 那其間纔把你個屈死的寃魂這竇娥顯。

(劊子做開刀正旦倒科，)(監斬官驚云)呀，眞箇下雪了，有這等異事！(劊子云)我也道平日殺人，滿地都是鮮血，這個竇娥的血，都飛在那丈二白練上，並無半點落地，委實奇怪。(監斬官云)這死罪必有寃枉，早兩椿兒應驗了，不知亢旱三年的說話，准也不准，且看後來如何。左右也不必等待雪晴，便與我抬他屍首，還了那蔡婆婆去罷。(衆應科抬屍下)

西廂記第二本第四折　　王實甫

(末上云) 紅娘之言，深有意趣，天色晚也，月兒，你早些出來麼！(焚香了)呀，却早發擂也。呀，却早撞鐘也。(做理琴科)琴呵，小生與足下湖海相隨數年，今夜這一場大功，都在你這神品金徽玉軫蛇腹斷紋嶧陽焦尾冰絃之上。天那，却怎生借得一陣順風，將小生這琴聲吹入俺那小姐玉琢成粉捏就知音的耳朵裏去者？(旦引紅上紅云)小姐，燒香去來，好明月也呵！(旦云)事已無成，燒香何濟。月兒，你團圓呵，咱却怎生？

(越調鬬鵪鶉) 雲斂晴空。冰輪乍湧。風掃殘紅。香階亂擁。離恨千端，閒愁萬種。夫人那，靡不有初，鮮克有，終。他做了箇影兒裏的情郎，我做了箇畫兒裏的愛寵。

（紫花兒序）則落得心兒裏念想，口兒裏閑題，則索向夢兒裏相逢。俺娘昨日箇大開東閣，我則道怎生般炮鳳烹龍。朦朧。可教我翠袖慇懃捧玉鍾。却不道主人情重。則爲他兄妹排連，因此上魚水難同。（紅云）姐姐，你看月闌，明日敢有風也。（旦云）風月天邊有，人間好事無。

（小桃紅）人間看波玉容深鎖繡幃中。怕有人搬弄。想嫦娥西沒東生有誰共。怨天公裴航不作遊仙夢。這雲似我羅幃數重。只恐怕嫦娥心動。因此上圍住廣寒宮。（紅做咳嗽科）（末云）來了。（做理琴科）（旦云）這甚麼響？

（紅發科）（旦唱）

（天淨沙）莫不是步搖得寶髻玲瓏。莫不是裙拖得環珮丁冬。莫不是鐵馬兒簷前驟風。莫不是金鉤雙控吉丁當敲響簾櫳。

（調笑令）莫不是梵王宮夜撞鐘。莫不是疎竹瀟瀟曲檻中。莫不是牙尺剪刀聲相送。莫不是漏聲長滴響壺銅。潛身再聽在牆角東。元來是近西廂理結絲桐。

（禿廝兒）其聲壯，似鐵騎刀鎗冗冗。其聲幽，似落花流水溶溶。其聲高，似風清月朗鶴唳空。其聲低，似聽兒女語小窗中喁喁。

啓變第七　　三四七

（聖藥王）他那裏思不窮。我道裏意已通。嬌鸞雛鳳失雌雄。他曲未終。我意轉濃。爭奈伯勞飛燕各西東。盡在不言中。我近書窗聽咱。（紅云）姐姐，你這裏聽，我瞧夫人一會便來。（末云）窗外是有人，一定是小姐，我將絃改過，彈一曲，就歎一篇，名曰鳳求凰。昔日司馬相如得此曲成事，我雖不及相如，願小姐如有文君之意。（歌曰）有美一人兮，見之不忘。一日不見兮，思之如狂。鳳飛翩翩兮，四海求凰。無奈佳人兮，不在東牆。張絃代語兮，欲訴衷腸。何時見許兮，慰我徬徨。願言配德兮，攜手相將。不得于飛兮，使我淪亡。（旦云）是彈得好也呵。其詞哀，其意切，淒淒然如鶴唳天，故使妾聞之，不覺唳下。

（麻郎兒）這的是令他人耳聽。訴自己情衷。知音者芳心自懂。感懷者斷腸悲痛。

（幺篇）這一篇與本宮。始終。不同。又不是清夜聞鐘。又不是黃鶴醉翁。又不是泣麟悲鳳。

（絡絲娘）一字字更長漏永，一聲聲衣寬帶鬆。別恨離愁，變做一弄。張生呵越教人知重。（末云）夫人且做忘恩，小姐你也說謊也呵。（旦云）你差怨了我。

（東原樂）這的是俺娘的機變。非干是妾身脫空。若由得我呵乞求得效鸞鳳。俺娘無夜無明併女工。我若得些兒閒空。怎教你無人處把妾身作誦。

（綿搭絮）疎簾風細，幽室鐙清。都則是一層紅紙，幾榥兒疎櫺。兀的不是隔着雲山幾萬重。怎得個人來信息通。便做道十二巫峯。他也曾賦高唐來夢中。（紅云）夫人尋小姐哩，咱家去來。（旦唱）

（拙魯速）則見他走將來氣冲冲。怎不教人恨匆匆。唬得人來怕恐。早是不曾轉動。女孩兒家直恁響喉嚨。緊摩弄索將他擱縱。則恐怕夫人行把我來廝葬送。

（紅云）姐姐。則管裏聽琴怎麽。張生著我對姐姐說，他回去也。（旦云）好姐姐呵，是必再著住一程兒。

（紅云）再說甚麽。（旦云）你去呵。

（尾）則說道夫人時下有人唧噥。好共歹不著你落空。不問俺口不應的狠毒娘，怎肯著別離了志誠種。（並下）

漢宮秋　第三折　馬致遠

（番使擁旦上奏胡樂科，旦云）妾身王昭君，自從選入宮中，被毛延壽將美人圖點破，送入冷宮。甫能得蒙恩幸，又被他獻與番王形像。今擁兵來索。待不去，又怕江山有失。沒奈何將妾身出塞和番。這一去，胡地風霜，怎生消受也。自古道，紅顏勝人多薄命，莫怨春風當自嗟。（駕引文武內官上云）今日灞橋餞送明妃，却早來到也，（唱）

（雙調新水令）錦貂裘生改盡漢宮妝。我則索看昭君畫圖模樣。舊恩金勒短，新恨玉鞭長。本是對金殿鴛鴦。分飛翼怎承望。

（云）您文武百官計議怎生退了番兵，免明妃和番者。（唱）

（駐馬聽）宰相每商量。大國使還朝多賜賞。早是俺夫妻悒怏。小家兒出外也搖裝。尚兀自渭城衰柳助淒涼。共那灞橋流水添惆悵，偏您不斷腸。想娘娘那一天愁都撮在琵琶上。

（做下馬科）（與旦打悲科）（駕云）左右慢慢唱着我與明妃餞一杯酒。（唱）

（步步嬌）您將那一曲陽關休輕放。俺咫尺如天樣。慢慢的捧玉觴。朕本意待尊前捱些時光。且休問劣了宮商。您則與我半句兒俄延着唱。

（番使云）請娘娘早行，天色晚了也。（駕唱）

（落梅風）可憐俺別離重，你好是歸去的忙。寡人心先到他李陵臺上。回頭兒卻纔魂夢裏想。便休題貴人多忘。

（旦云）妾這一去，更何時得見陛下，把我漢家衣服都留下者。正是今日漢宮人，明朝胡地妾。忍著主衣裳，爲人作春色。（留衣服科）（駕唱）

（殿前歡）則甚麽留下舞衣裳。被西風吹散舊時香。我委實怕宮車再過靑苔巷。猛到椒房，那一會想菱花鏡裏妝。風流相兒的又橫心上。看今日昭君出塞，幾時似蘇武還鄉。

（番使云）請娘娘行罷，臣等來了多時也。（駕云）罷罷罷，明妃你這一去，休怨朕躬也！（做別科）（駕云）我那裏是大漢皇帝！（唱）

（雁兒落）我做了別虞姬楚霸王。全不見守玉關征西將。那裏取保親的李左車，送女客的蕭丞相。

（倘書云）陛下不必掛念。（駕唱）

（得勝令）他去也不沙架海紫金梁。枉養着那邊廷上鐵衣郎。您也要左右人扶侍，俺可甚糟糠妻下堂。您但提起刀鎗。卻早小鹿兒心頭撞。今日央及煞娘娘。怎做的男兒當自強。

（川撥棹）怕不待放絲韁。咱可甚鞭敲金鐙響。你管燮理陰陽。掌握朝綱。治國安邦。展土開疆。假若俺高皇。差你個梅香。背井離鄉。臥雪眠霜。若是他不戀恁春風畫堂。我便官封你一字王。

（倘書云）陛下不必苦死留他，著他去了罷。（駕唱）

（七弟兄）說甚麼大王不當戀王嬙。兀良。怎禁他臨去也回頭望。那堪這散風雪旌節影悠揚。動關山鼓角聲悲壯。

（梅花酒）呀，俺向著這迥野悲涼。草已添黃。色早迎霜。犬褪得毛蒼。人搠起纓鎗。馬負着行裝。車運着餱糧。打獵起圍場。他他他傷心辭漢主。我我我攜手上河梁。他部從入窮荒。我鑾輿返咸陽。返咸陽。過宮牆。過宮牆。繞迴廊。繞迴廊。近椒房。近椒房。月昏黃。月昏黃。夜生涼。夜生涼。泣寒螿。泣寒螿。綠紗窗。綠紗窗。不思量。

(收江南)呀，不思量除是鐵心腸。鐵心腸也愁淚滴千行，美人圖今夜掛昭陽。我那裏供養便是我高燒銀燭照紅妝。

(尙書云)陛下回鑾罷，娘娘去遠了也。(駕唱)

(鴛鴦煞)我煞大臣行說一個推辭謊。又則怕筆尖兒那火編修講。不見他花朵兒精神，怎趁他草地裏風光。唱道竚立多時，徘徊半晌。猛聽的塞雁南翔。呀呀的聲嘹喨，卻原來滿目牛羊，是兀那載離恨的氈車半坡裏響。(下)

(番王引部落擁昭君上云)今日漢朝不棄舊盟，將王昭君與俺番家和親，我將昭君封為寧胡閼氏，坐我正宮。兩國息兵，多少是好。衆將士傳下號令，大衆起行，望北而去。(做行科)(旦問云)這裏甚地面了?(番使云)這是黑龍江，番漢交界去處。南邊屬漢家，北邊屬我番國。(旦云)大王，借一杯酒望南澆奠，辭了漢家，長行去罷。(做奠酒科云)漢朝皇帝，妾身今生已矣，尙待來生也。(做跳江科)(番王驚救不及歎科云)嗐，可惜，可惜，昭君不肯入番，投江而死。罷罷罷，就葬在此江邊，號為靑塚者。我想來，人也死了，枉與漢家結下這般仇隙，都是毛延壽那廝撥弄出來的。把都兒，將毛延壽拿下，解送漢朝處治。我依舊與漢朝結和，永為甥舅，卻不是好。(詩云)則為他丹靑畫誤了昭君，背漢主暗地私奔。將美人圖又來哄我，要索取出塞和親。豈知道投江而死，空落的一見消魂。似這等奸邪逆賊，留著他終是禍根。不如送他去漢朝哈喇，依還的甥舅禮兩國長存。（下）

梧桐雨　第四折　　白樸

（高力士上云）自家高力士是也，自幼供奉內宮，蒙主上擡舉，加爲六宮提督太監。往年主上悅楊氏容貌，命某取入宮中，寵愛無比，封爲貴妃，賜號太眞。後來逆胡稱兵，僞誅楊國忠爲名，逼的主上幸蜀，行至中途，六軍不進。右龍武將軍陳玄禮奏過，殺了國忠，禍連貴妃。主上無可奈何，只得從之，縊死馬嵬驛中。今日賊平無事，主上還國，太子做了皇帝，主上養老，退居西宮，晝夜只是想貴妃娘娘。今日教某掛起眞容，朝夕哭奠，不免收拾停當，在此伺候咱。（正末上云）寡人自幸蜀，還京，太子破了逆賊，即了帝位。寡人退居西宮養老，每日只是思量妃子，教畫工畫了一幅眞容，供養着，每日相對，越增煩惱也呵。（做哭科）（唱）

（正宮端正好）自從幸西川還京兆。甚的是月夜花朝。這半年來白髮添多少。怎打疊愁容貌。

（幺篇）瘦岩岩不避羣臣笑。玉叉兒將畫軸高挑。荔枝花果香檀卓。目覷了傷懷抱。（做看眞容科）（唱）

（滾繡球）險些把我氣冲倒。身謾靠。把太眞妃放聲高叫。叫不應雨淚嚎咷。這待詔手段高。畫的來沒半星兒差錯。雖然是快染能描。畫不出沈香亭畔迴鸞舞，花萼樓前上馬嬌。一段兒妖嬈。

（倘秀才）妃子呵，常記得千秋節華清宮宴樂。七夕會長生殿乞巧。誓願學連理枝比翼鳥。誰想你乘彩鳳返丹霄命夭。（帶云）寡人越看越添傷感，怎生是好。（唱）

（呆骨朵）寡人有心待蓋一座楊妃廟。爭奈無權柄謝位辭朝。則俺這孤辰限難熬。更打著離恨天最高。在生時同衾枕不能勾。死後也同棺槨。誰承望馬嵬坡塵土中，可惜把一朵海棠花零落了。（帶云）一會兒身子困乏，且下這亭子去閒行一會咱。（唱）

（白鶴子）挪身離殿宇，信步下亭皋。見楊柳裊翠藍絲，芙蓉拆胭脂萼。

（幺）見芙蓉懷媚臉，遇楊柳憶纖腰。依舊的兩般兒點綴上陽宮，他管一靈兒瀟灑長安道。

（幺）常記得碧梧桐陰下立，紅牙筯手中敲。他笑整縷金衣，舞按霓裳樂。

（幺）到如今翠盤中荒草滿，芳樹下暗香消。空對井梧陰，不見傾城貌。

（做歎科云）寡人也怕閒行，不如回去來。（唱）

（倘秀才）本待閒散心經歡取樂。倒惹的感舊恨天荒地老。快快歸來鳳幃悄。甚法兒捱今宵懊惱。

（帶云）回到這寢殿中，一弄兒助人愁也。（唱）

（芙蓉花）淡氤氳串烟裊。昏慘剌銀鐙照。玉漏迢迢。纔是初更報。暗覷清宵盼夢裏他來到。却不道口是心苗。不住的頻頻叫。

（帶云）不覺一陣昏迷上來，寡人試睡些兒。（唱）

（伴讀書）一會家心焦燥。四壁廂秋蟲鬧。忽見掀簾西風惡。遙觀滿地陰雲罩。俺這裏披衣悶把幃屏靠。業眼難交。

（笑和尚）原來是滴溜溜繞閒階敗葉飄。疎剌剌刷落葉被西風掃。忽魯魯風閃得銀鐙爆。廝琅琅鳴殿鐸。撲簌簌動朱箔。吉丁當玉馬兒向簷間鬧。（做睡科唱）

（倘秀才）悶打頦和衣臥倒。軟兀剌方纔睡着。（旦上云）妾身貴妃是也，今日殿中設宴，宮娥請主上赴席咱。（正末唱）忽見青衣走來報道。太眞妃將寡人邀宴樂。

（正末見旦科）妃子，你在那裏來？（旦云）今日長生殿排宴，請主上赴席。（正末云）分付梨園子弟齊備著。（旦下）（正末做驚科云）呀，元來是一夢，分明夢見妃子，却又不見了。（唱）

（雙鴛鴦）斜䡾翠鸞翹。渾一似出浴的舊風標。映著雲屏一半兒嬌。好夢將成還驚覺。半襟清淚濕鮫綃。

啓變第七

（蠻姑兒）懊惱竇約。驚我來的又不是樓頭過雁，砌下寒蛩，簷前玉馬，架上金雞，是兀那窗兒外梧桐上雨瀟瀟。一聲聲灑殘葉，一點點滴寒梢。會把愁人定虐。

（滾繡球）這雨呵，又不是救旱苗，潤枯草，灑開花蕚，誰望道秋雨如膏。向青翠條，碧玉梢，碎聲兒㓨剁。增百千倍歇和芭蕉。子管裏珠連玉散飄千顆，平白地瀽甕番盆下一宵。愁的人心焦。

（叨叨令）一會價緊呵，似玉盤中萬顆珍珠落。一會價響呵，似玳筵前幾簇笙歌鬧。一會價清呵，似翠巖頭一派寒泉瀑。一會價猛呵，似繡旗下數面征鼙操。兀的不惱殺人也麼哥，兀的不惱殺人也麼哥，則被他諸般兒雨聲相聒噪。

（倘秀才）這雨一陣陣打梧桐葉凋，一點點滴人心碎了。枉著金井銀牀緊圍繞，只好把潑枝葉做柴燒。鋸倒。

（帶云）當初妃子舞翠盤時，在此樹下寡人與妃子盟誓時亦對此樹，今日夢境相尋，又被他驚覺了。（唱）

（滾繡球）長生殿那一宵，轉迴廊說誓約。不合對梧桐並肩斜靠，儘言詞絮絮叨叨。沈香亭那一朝，按霓裳舞六么，紅牙筯擊成腔調。亂宮商鬧鬧炒炒。是兀那當時歡會栽排下，今日淒涼廝輳著。暗地量度，

（高力士云）主上，這諸樣草木皆有雨聲，豈獨梧桐。（正末云）你那裏知道，我說與你聽者。（唱）

（三煞）潤濛濛楊柳雨，淒淒院宇侵簾幕。細絲絲梅子雨，裝點江干滿樓閣。杏花雨紅溼闌干，梨花雨玉容寂寞，荷花雨翠蓋翩翻，豆花雨綠葉蕭條。都不似你驚魂破夢，助恨添愁，徹夜連宵。莫不是水仙弄嬌。蘸楊柳灑風飄。

（二煞）咮咮似噴泉瑞獸臨雙沼，刷刷似食葉春蠶散滿箔。亂灑瓊階，水傳宮漏，飛上雕簷，酒滴新槽。直下的更殘漏斷，枕冷衾寒，燭滅香消，可知道夏天不覺把高鳳麥來漂。

（黃鍾煞）順西風低把紗窗哨，送寒氣頻將繡戶敲。莫不是天故將人愁悶攪。度鈴聲響棧道，似花奴羯鼓調，如伯牙水仙操。洗黃花潤籬落，漬蒼苔倒牆角。渲湖山，漱石竅。浸枯荷，溢池沼。沾殘蝶粉漸消，灑流螢焰不著，綠窗前促織叫，聲相近雁影高。催鄰砧，處處搗。助新涼，分外早。斟量來，這一宵雨和人緊廝熬，伴銅壺點點敲。雨更多淚不少。雨溼寒梢。淚染龍袍。不肯相饒。共隔著一樹梧桐直滴到曉。

元之中葉，南戲衰落。然錄鬼簿謂南合北腔，自沈和甫始。沈為第二期雜劇作家，則當時未嘗無作。及元末而南戲又漸興，惟其存於今者，僅荊，劉，拜，殺及琵琶五種耳。然前四種實出元明之間，其確為元人所作者，惟琵琶耳。按荊釵記共四十八齣，舊誤爲柯丹丘作，其實丹丘子卽明寧獻王也。白兎記共三十三齣，不知撰人。殺狗記共三十六齣，爲徐晊作，晊字仲由，淳安人，洪武初徵秀才，則明人也。惟拜月亭一名幽閨記，共四十齣，明人皆以爲施惠作，施爲第二期雜劇作家，而錄鬼簿不言其作此，則尙屬疑問，但就文觀之，當係元人之作。琵琶記共四十二齣，或以爲高拭作，然拭爲燕山人，蓋高明之誤。明字則誠，溫州瑞安人，中至正乙酉第，避元末之亂，寓居鄞之櫟社，迄明尙存，箸柔克齋集，其琵琶記情文眞摯，極負時譽。惟此五種皆有藍本；荆釵記本於史浩汚詆孫汝權所作之傳奇；白兎記本於元劉唐卿之李三娘麻地捧印雜劇；拜月亭本於關漢卿王實甫二人之拜月亭雜劇；殺狗記本於蕭德祥之王翛然斷殺狗勸夫雜劇；而琵琶記則金有蔡伯喈院本，陸游有『滿村聽唱蔡中郞』句，則其事皆非創作矣。錄琵琶記一齣：

第二十三齣　代嘗湯藥

引子（霜天曉角）（旦）難捱。怎避。災禍重重至。最苦婆婆死矣。公公病又將危。

（旦云）屋漏更遭連夜雨，船遲又被打頭風。奴家自從婆婆去後，萬千狼狽，誰知公公病又將危。如今贖得些藥已煎在此，不免再安排口粥湯。

（犯胡兵）（旦）甕無半點調藥，費良醫怎求。天那縱然救得目前，飲食何處有。料應難到後。謾道有病遇良醫，饑荒怎救。公公這病呵。

（前腔）（旦）愁萬苦千恁生受，裝成這證候。藥呵縱然救得目前，怎免得憂與愁。料應不會久。他只爲不見孩兒，纔得這病，若要這病好時呵，除非是子孝父心寬，方才可救。藥已熟了，且扶公公出來喫些看何如。（旦下扶外上）

（霜天曉角）（外）神散魂飛。料應不久矣。（旦云）公公請閑閣。（外）我縱然擡頭強起。形衰倦，怎支持。（旦云）公公，藥已熟了，慢慢喫些。（外云）媳婦，我喫不得這藥了。

南呂過曲（香遍滿）（旦）論來湯藥，須索是子先嘗，方進與父母。公公莫不是爲無子先嘗，恰便尋思苦。（外喫藥吐科）（旦云）公公且耐煩喫些。（外云）媳婦，這藥我喫不得了。我寧可早死了罷，免得累你。（旦）公公你須索闊閫，怎捨得一命殂。（外云）媳婦，你喫糠省錢贖藥與我喫，我怎的喫得下。（旦）苦，元來不喫藥，也只爲著糟糠婦。（旦云）公公，你既不喫藥，且喫一口粥湯如何。（外喫粥吐科）（旦云）公公，還慢慢喫些。（外云）我肚腹膨脹，怎喫得下。

（前腔）（旦）公公你萬千愁苦。堆積在悶懷成氣蠱。可知道喫了吞還吐。（外云）媳婦，我不濟事了，必是死也。孩兒又不囘來。只是斷了你。（旦云）公公且自寬心，不須煩惱。（旦背哭科）怕添親怨憶，暗將珠淚墮。（外云）媳婦你喫糠，卻教我喫粥，我怎的喫得下。（旦）苦，元來不喫粥，也只爲著糟糠婦。

(外云)媳婦，我死也不妨，只怨孩兒不在家，斷殺了你。你近前來有兩句言語分付你。(旦云)公公如何？(外作跌倒拜科)

仙呂過曲(青歌兒)(外)媳婦我三年謝得你相奉事，只恨我當初把你相躭誤。天那我待欲報你的深恩，待來生你做我的公姑，我做你的媳婦。怨只怨蔡伯喈不孝子，苦只苦趙五娘辛勤婦。(旦云)公公，奴身不足惜。

(前腔)(旦)我一怨你公死後有誰來祭祀。二怨你有孩兒不得相看顧。三怨你三年間沒有箇飽煖的日子。三載相看甘共苦。一朝分別難同死。(外云)媳婦我死呵。

(前腔)(外)你將我骨頭休埋在土。(旦云)呀，公公百歲後不埋在土，卻放在那裏。(外云)媳婦，都是我當初不合敎孩兒出去，誤得你恁的受苦。(外)我甘受折罰，任取屍骸露。(旦云)公公，你休這般說，被人談笑。(外云)媳婦，不笑着你。(外)留與旁人道，蔡伯喈不葬親父。怨只怨蔡伯喈不孝子，苦只苦趙五娘辛勤婦。(旦云)公公倘你死呵。

(前腔)(旦)公婆已得做一處所。料想奴家不久也歸陰府。苦可憐一家三箇怨鬼在冥途。三載相看甘共苦。一朝分別難同死。(外云)媳婦，我畢竟是死了。你與我請張太公過來。(旦云)公公，說猶未了，恰好張太公來也。(末上云)歲歉無夫壻，家貧侍老親。可憐貞潔女，日夜受艱辛。五娘子，你公公病證如何？(旦云)太公，我公公的病證，十分危篤。(末)如此，待我向前看看。老員外，你貴體若何？(外云)苦，張太公，我不濟事了，畢竟是箇死。今來得恰好，我憑你爲證，寫下遺囑與媳婦收執，待我死後，敎他休要守孝，早早改嫁便了。(旦云)公公，你休那般說，自古道忠臣不事二君，烈女不更二夫，公公休要寫。(外云)媳婦，你取紙筆過來。(旦云)公公，奴家生是蔡郎妻，死是蔡郎婦，千萬休寫，枉自勞神。(外云)媳婦，你不取紙筆來，要氣殺我也。(末云)五娘子你休逆他，嫁與不嫁在乎你，且將取過來。(旦取上外作寫狀)咳這一管筆到有千斤來重。

越調過曲(羅帳裏坐)(外)媳婦你艱辛萬千，是我耽誤了伊。你不嫁人呀，身衣口食怎生區處。休休，當初元是我拆散你夫妻，我如今死了呵，終不然教你又守著靈幃。(放聲科)已知死別在須臾。更與甚麼生人做主。

(前腔)(末)這中間就裏，我難說怎提。五娘子你若不嫁人，恐非活計。若不守孝，又被人談議。可憐家破與人離，怎不教人淚垂。

(前腔)(旦)公公嚴命，非奴取違。若是教我嫁人呵。那些箇不更二夫，卻不誤奴一世。公公我一馬一鞍，誓無他志。可憐家破與人離，怎不教人淚垂。(外云)張太公，我憑你爲證，留下這條拄杖，待我那不孝子回來，把他與我打將出去。(外倒旦扶科)

(旦)公公病裏莫生嗔。(末)員外寬心保自身。(外)正是藥醫不死病，(合)果然佛度有緣人。

元人小令套數之存於今者，選集則有楊朝英之樂府新編陽春白雪十卷，朝野新聲太平樂府九卷，無名氏之樂府羣珠，樂府羣玉五卷，樂府新聲三卷，別集多散佚。存者有喬吉之惺惺道人樂府一卷，張可久之北曲聯樂府三卷，外集一卷，補遺一卷。明寧獻王朱權太和正音譜上卷列樂府十五體：一丹丘體，豪放不羈；二宗匠體，詞林老手之詞；三黃冠體，神遊廣漠，寄情太虛，有餐霞服日之想，名曰道情；四承安體，華觀偉麗，過於佚樂；五盛元體，快然有雍熙之治，字句皆無忌憚，又曰不諱體；六江東體，端謹嚴密；七江南體，文彩煥然，風流儒雅；八東吳體，清嚴華巧，浮而且豔；九淮南體，氣勁趣高；十玉堂體，正大；十一草堂體，志在泉石；十二楚江體，曲抑不伸，攄忠訴志；十三香匳體，裙裾脂粉；十四騷人體，嘲譏戲謔；十五俳優體，詭喻淫詞，卽淫虐。雖不免重複浮泛之病，然足備參校也。

寧獻王有涵虛子詞品，評諸家詞，以馬東籬等十二人爲首等：

馬東籬如朝陽鳴鳳　張小山如瑤天笙鶴　白仁甫如鵬摶九霄

李壽卿如洞天春曉　喬夢符如神鼇鼓浪　費唐臣如三峽波濤

宮大用如西風雕鶚　王實甫如花間美人　張明善如彩鳳刷羽

關漢卿如瓊筵醉客　鄭德輝如九天珠玉　白無咎如太華孤峯

貫酸齋等七十八人次之：

貫酸齋如天馬脫羈　鄧玉賓如幽谷芳蘭　滕玉霄如碧漢閒雲

鮮于去矜如奎壁騰輝
商政叔如朝霞散彩
范子安如竹裏鳴泉
徐甜齋如桂林秋月
楊淡齋如碧海珊瑚
李致遠如玉匣昆吾
鄭廷玉如佩玉鳴鑾
劉廷信如摩雲老鶻
吳西逸如空谷流泉
秦竹村如孤雲野鶴
馬九皋如松陰鳴鶴
石子章如蓬萊瑤草
蓋西村如清風爽籟
朱廷玉如百草爭芳
庚吉甫如奇峯散綺
楊立齋如風煙花柳
楊西庵如花柳芳妍
胡紫山如秋潭孤月
張雲莊如玉樹臨風
元遺山如窮厓孤松
高文秀如金盤牡丹
阿魯威如鶴唳青霄
呂止庵如晴霞結綺
荊幹臣如珠簾鸚鵡
薩天錫如天風環珮
薛昂夫如雪窗翠竹
顧君澤如雪中喬木
周德清如玉笛橫秋
不忽麻如閒雲出岫
杜善夫如鳳池春色
鍾繼先如騰空寶氣
王仲文如劍氣騰空
李文蔚如雪壓蒼松
楊顯之如瑤臺夜月
顧仲清如雕鶚冲霄
趙文寶如藍田美玉

啓變第七　三六三

趙明遠如太華晴雲
吳昌齡如庭草交翠
馬昂夫如秋蘭獨茂
于伯淵如翠柳黃鸝
金志甫如西山爽氣
周仲彬如平原孤隼
石君寶如羅浮梅雪
岳伯川如雲林樵響
陳存甫如湘江雪竹
張時起如雁陣驚寒

李子中如清廟朱瑟
武漢臣如遠山疊翠
梁進之如花裏啼鶯
王廷秀如月印寒潭
沈和甫如翠屏孔雀
吳仁卿如山間明月
趙公輔如空山清嘯
趙子祥如馬嘶芳草
鮑吉甫如老蛟泣珠
趙天錫如秋水芙蕖

李叔進如壯士舞劍
李宜夫如梅邊月影
紀君祥如雪裏梅花
姚守中如秋月揚輝
睢景臣如鳳管秋聲
秦簡夫如峭壁孤松
孫仲章如秋風鐵笛
李好古如孤松掛月
戴善甫如荷花映水
尙仲賢如山花獻笑

董解元等百五人不著題評，又其次：

董解元　盧疎齋　鮮于伯機　馮海粟　趙子昂　李溉之　曾褐夫　班

彥功　童童學士　孛羅御史　郝新齋　陳敍實　劉時中　徐子方　馬
彥章　闞志學　孫子羽　曹以齋　王繼學　康進之　張子益　陳子厚
孫叔順　呂元禮　李茂之　亢文苑　曹子貞　左山　孟漢卿　徐容齋
嚴忠齋　董君瑞　任則明　呂濟民　查德卿　武林隱　王元鼎　里西
瑛　衞立中　李伯瞻　趙顯宏　劉逋齋　杲元啓　唐毅夫　孫周卿
高則誠　李愛山　宋方壺　姚牧庵　景元啓　曾瑞卿　李伯瑜　吳克
齋　李德載　王和卿　杜遵禮　程景初　趙彥暉　王敬甫　鄧學可
沙正卿　趙明道　王仲誠　夢簡　李邦基　呂天用　睢玄明　王仲元
高安道　張子友　侯正卿　史九敬先　李寬甫　彭伯成　李行道　趙
君祥　汪澤民　陸顯之　孔文卿　狄君厚　張壽卿　費君祥　陳定甫
劉唐卿　阿里耀卿　王愛山　奧敦周卿　渚察善長　范冰壺　施君美
黃德潤　沈珙之　劉聰　張九　廖弘道　陳彥實　吳中立　錢子雲

高敬臣　曹明善　張子堅　王日華　王舉之　陳德和　丘士元

按此百五人頗有重複，如曾褐夫卽曾瑞卿，劉逋齋卽劉時中，徐容齋卽徐子方，王愛山卽王敬甫，吳克齋卽前吳仁卿，趙明道卽前趙明遠，又睢景臣與睢玄明，呆元啓與景元啓，亦似複。

諸評各以四字一語，隨意比附，不甚貼切。而所謂又次者之中，如盧疎齋摯，馮海粟子振，姚牧庵燧等，皆有盛名；且如虞道園集，張伯雨雨，楊鐵崖維楨俱一時作手，而不得與其評，則亦未足爲定論矣。

貫雲石陽春白雪序云：『徐子方滑雅，楊西庵平熟，已有知者；近代疎齋媚嫵，如仙女尋春，自然笑傲；馮海粟豪辣灝爛，不斷古今心事；又與疎翁不可同舌共談。關漢卿庾吉甫造語妖嬈，適如少美臨杯，使人不能對殢。』太平清話云：『元士大夫以樂府名者，奇巧莫如關漢卿，庾吉甫，楊澹齋，盧疎齋；豪爽則有馮海粟，滕玉霄；蘊藉則有貫酸齋，馬昂夫。』皆所以評元散曲家，而要其大致，不外豪放，端謹，清麗三派而已。

關，馬，白，鄭，固雜劇之大作家，而散曲亦極擅。關放蕩冶豔，如詞中之屯田；馬瀟灑雋爽，如詞中之東坡；白高華宛貼，如詞中之玉田；鄭纏綿婉約，如詞中之淮海。各錄數首：

（仙呂翠裙腰）曉來雨過山横秀。野水漲汀洲。闌干倚遍空回首。下危樓。一天風物暮傷秋。

（六幺□）乍涼時候西風透，碧梧脫葉餘暑纔收。香生鳳口。簾垂玉鉤。小院深閒晴晝清幽。聽聲聲蟬噪柳梢頭。

（寄生草）為甚憂。為甚愁。為蕭郎一去經今久。玉臺寶鑑生塵垢。綠窗冷落閒針繡。豈知人玉腕釧兒鬆，豈知人兩葉眉兒皺。

（上京馬）他何處共誰人攜手。小閣銀瓶殢歌酒。況忘了咒。不記得低低耨。

（後庭花煞）掩袖暗含羞。開樽越釀愁。悶把苦牆畫。慵將錦字修。最風流。真真恩愛，等閒分付等閒休。

（關漢卿閨怨散套）

（雙調夜行船）百歲光陰如夢蝶。重回首往事堪嗟。昨日春來，今朝花謝。急罰盞夜闌鐙滅。

（喬木查）秦宮漢闕。做衰草牛羊野。不恁漁樵無話說。縱荒墳橫斷碑，不辨龍蛇。

（慶宣和）投至狐蹤與兔穴。多少豪傑。鼎足三分半腰折。魏耶。晉耶。

（落梅風）天教富，不待奢。無多時好天良夜。看錢奴硬將心似鐵。空孤負錦堂風月。

（風入松）眼前紅日又西斜。疾似下坡車。曉來清鏡添白雪。上牀與鞋履相別。莫笑鳩巢計拙，葫蘆提一任裝呆。

（撥不斷）利名竭。是非絕。紅塵不向門前惹。綠樹偏宜屋角遮。青山正補牆頭缺。竹籬茅舍。

（離亭宴煞）蛩吟一覺纔寧貼。雞鳴萬事無休歇。爭名利何年是徹。密匝匝蟻排兵，亂紛紛蜂釀蜜，鬧穰穰蠅爭血。裴公綠野堂，陶令白蓮社。愛秋來那些。和露摘黃花，帶霜烹紫蟹，煮酒燒紅葉。人生有限杯，幾箇登高節。囑咐俺頑童記者。便北海探吾來，道東籬醉了也。（馬致遠秋思散套）

東籬半世蹉跎。竹裏遊亭，小宇婆娑。有個池塘，醒時漁笛，醉後漁歌。嚴子陵他應笑我。孟光臺我待學他。笑我如何。到大江湖，也避風波。

咸陽百二山河。兩字功名，幾陣干戈。項廢東吳，劉興西蜀，夢說南柯。韓信功兀的般證果。蒯通言那裏是風魔。成也蕭何。敗也蕭何。醉了由他。（馬致遠蟾宮曲歎世）

（大石調青杏子）空外六花翻。被大風灑落千山。窮冬節物偏宜晚。凍凝沼沚，寒侵帳幕，冷濕闌干。

（歸塞北）貂裘客，嘉慶捲簾看。好景畫圖收不盡，好題詩句詠猶難。疑在玉壺間。

（好觀音）富貴人家應須慣。紅爐煖不畏初寒。宴邀賓列翠鬟。拚酡顏暢飲休辭憚。

（幺篇）勸酒家人擎金盞。當歌者款撒香檀。歌罷喧喧笑語繁。夜將闌畫燭銀光燦。

（結音）似覺筵間香風散。香風散非麝非蘭。醉眼瞢騰問小蠻。多管是南軒蠟梅綻。（白樸詠雪散套）

（雙調駐馬聽近）敗葉將殘，雨霽風高摧木杪。江鄉瀟灑，數株衰柳罩平橋。露寒波冷翠荷凋。霧濃霜重丹楓老。暮雲收，晴虹散落霞飄。

（幺篇）雨過池塘肥水面，雲歸巖谷瘦山腰。橫空幾行塞鴻高。茂林千點昏鴉噪。日銜山，船艤岸，鳥尋巢。

（駐馬聽）悶入孤幃，靜掩重門情似燒。文窗寂靜，畫屏冷落暗魂銷。倦聞近砌竹相敲，忍聽鄰院砧聲搗。景無聊。閒齋落葉從風掃。

（幺篇）玉漏遲遲，銀漢沈沈涼月高。金鑪煙燼，錦衾寬剩越難熬。強捱夜永把燈挑。欲求欹夢和衣倒。眼纔交。惱人促織叨叨鬧。

（尾）一點來不夠身軀小。響喉嚨針眼裏應難到。煎聒得離人聞來合噪。草蟲中無你般薄劣把人焦。急睡着急驚覺。緊截定陽臺路兒叫。（鄭光祖秋閨散套）

啓變第七

元散曲作家見於錄鬼簿者，前輩已死名公則有董解元等三十一人，方今名公則有郝新庵等十人，其中如劉秉忠楊西庵盧疎齋姚牧庵白無咎馮海粟貫酸齋劉時中諸人，小令皆極著，鍾氏所謂『風流蘊藉自天性中來』者也。劉秉忠字子晦，邢臺人，初爲僧，後官至太保；西庵名果，字正卿，蒲陰人，官參知政事；疎齋名摯，字處道，涿州人，官翰林學士；牧庵名燧，字端甫，洛陽人，官參知政事；無咎名賁，錢塘人，官翰林學士；海粟名子振，攸州人，官集賢院待制；酸齋名小雲石海涯，蒙古畏兀兒人，官翰林學士；時中名致，字逋齋，南昌人，官待制。各錄數首：

南高峯。北高峯。慘淡煙霞洞。宋高宗。一場空。吳山依舊酒旗風。兩度江南夢。（劉秉忠乾荷葉弔南宋）

念行藏有命，煙水無涯。嗟去雁，羨歸鴉，半生身累影，一事鬢成華。東山客，西蜀道，且回家。壺中日月，洞裏煙霞。春不老，景長佳。功名眉上鎖，富貴眼前花。三杯酒，一覺睡，一甌茶。（劉秉忠三奠子）

碧湖湖上採芙蓉。人影隨波動。涼露沾衣翠綃重。月明中。畫船不載凌波夢。都來一段，紅幢翠蓋，香滿城風。

錦城何處是西湖。楊柳樓前路。一曲蓮歌碧雲暮。可憐渠畫船不載離愁去。幾番曾過鷺鷥汀下，笑殺月兒孤。（楊果小桃紅二首）

離人易水橋東。萬里相思，幾度征鴻。引逗淒涼，滴溜溜葉落秋風。但合眼鴛鴦帳中。急溫存雲雨無蹤。夜半衾空。想像冤家，夢裏相逢。（盧摯折桂令詠別）

題紅葉清流御溝。賞黃花人醉歌樓。天長雁影稀，月落山容瘦。冷清清暮秋時候。衰柳寒蟬一片愁。誰肯學白衣送酒。（盧摯沈醉東風九）

墨磨北海烏龍角。筆蘸南山紫兔毫。花箋鋪展硯台高。詩氣豪。憑換紫羅袍。

石榴子露顏回齒。菡萏花含月女姿。不知張敞畫眉時。緣何事。墨點了那些兒。

金魚玉帶羅袍就。皂蓋朱幡賽五侯。山河判斷筆尖頭。得志秋。分破帝王憂。

筆頭風月時時過。眼底兒曹漸漸多。有人問我事如何。人海闊。無日不風波。（姚燧陽春曲四首）

儂家鸚鵡洲邊住。是個不識字漁父。浪花中一葉扁舟，睡殺江南煙雨。覺來時滿眼青山，抖擻綠簑歸去。算從前錯怨天公，甚也有安排我處。（白賁鸚鵡曲漁父）

重來京國多時住。恰做了白髮傖父。十年枕上家山，負我瀟湘煙雨。斷回腸一首陽關，早晚馬頭南去。

對吳山結箇茅庵，畫不盡西湖巧處。（馮子振鸚鵡曲故園歸計）
雞鳴山下荒丘住。客弔古問驛亭父。幾何年野屋叢祠，滅沒犂烟鋤雨。默尋思半晌無言，逆旅又催人
去。指峯前黛好磨笄，是血淚當時灑處。（馮子振鸚鵡曲憶雞鳴山舊遊）

玉人泣別聲漸杳。無語傷懷抱，寂寞武陵源，細雨連芳草。都被他帶將春去了。
窗間月兒風韻煞。良夜千金價。一掬可憐情，幾句臨明話。小書生這些兒難立馬。
玉人泣別聲漸咽。久立涼生襪。無處託春心，背立秋千下。被梨花月兒迤逗煞。
湘雲楚雨歸路杳，總是傷懷抱。江聲掩暮濤，樹影留殘照。蘭舟把愁都載了。
若還與他相見時。道箇真傳示。不是不修書，不是無才思。繞清江買不得天樣紙。（貫雲石清江引惜別五首）

凌波晚步晴煙。太華雲高，天外無天。翠羽搖風，寒珠泣露，總解留連。明月冷亭亭玉蓮。蕩輕香散滿湖船。
人已如仙。花正堪憐。酒滿金樽，詩滿鸞箋。（貫雲石折桂令）

春光荏苒如夢蝶。春去繁華歇。風雨兩無情，庭院三更夜。明日落紅多去也。（劉時中清江引）

和風鬧燕鶯。麗日明桃杏。長江一線平。暮雨千山靜。載酒送君行。折柳繫離情。夢裏思梁苑，花時別渭城。
長亭。咫尺人孤另。愁聽。陽關第四聲。（劉時中雁兒落帶得勝令送別）

錄鬼簿又錄方今已亡名公才人與之相知者各爲作傳而弔以曲，其中皆爲雜劇作家而大半兼有散曲著於楊氏陽春太平二選者。其最著者有曾瑞，喬吉，睢景臣，吳仁卿，張可久，徐再思諸人。曾瑞喬吉均見前。睢景臣，後字景賢，居揚州時，作高祖還鄉哨偏散套冠於一時。吳仁卿，字弘道，號克齋，歷仕府判，有曲集名金縷新聲。張可久，字小山，慶元人，以路吏轉首領官，有北曲聯樂府。太和正音譜謂其『清而且麗，華而不豔，有不吃火食氣，若被太華之仙風，招蓬萊之海月，誠詞林之宗匠』云。徐再思，字德可，嘉興人，好食甘飴，故號甜齋，其曲集與酸齋合稱酸甜樂府。各錄數首：

無情杜宇閒淘氣，頭直上耳根低。聲聲聒得人心碎。你怎知我就裏愁無際。簾幕低垂。重門深閉。曲闌邊，雕簷外，畫樓西。把春酲喚起。將曉夢驚回。無明夜閒聒噪，厮禁持。我幾曾離這繡幃。沒來由勸我道不如歸。狂客江南正著迷。這聲兒好去對俺那人啼。（曾瑞罵玉郎帶感皇恩採茶歌蜀中聞杜鵑）

天機織罷月梭閒。石壁高垂雪練寒。冰絲帶雨懸霄漢。幾千年曬未乾。露華涼人怯衣單。似白虹飲澗，玉龍下山，晴雪飛灘。（喬吉水仙子重觀瀑布）

華陽巾鶴氅蹁躚。鐵笛吹雲，竹杖撑天。伴柳怪花妖，麟祥鳳瑞，酒聖詩禪。不應舉江湖狀元。不思凡風月神仙。斷簡殘編。翰墨雲烟。香滿山川。（喬吉折桂令自述）

殷勤紅葉詩。冷淡黃花市。清江天水箋，白雁雲煙字。遊子去何之。無處寄新詞。酒醒燈昏夜，窗寒夢覺時。尋思。淡笑十年事。嗟咨。風流兩鬢絲。（喬吉雁兒落帶得勝令憶別）

（般涉調哨遍）社長排門告示，但有的差使無推故。這差使不尋俗。一壁廂納草也根，一邊又要差夫索應付。又言是車駕，都說是鑾輿。今日還鄉故。王鄉老執定瓦臺盤，趙忙郎抱着酒胡盧。新刷來的頭巾，恰糨來的綢衫，暢好是裝幺大戶。

（耍孩兒）瞎王留引定夥喬男女。胡踢蹬吹笛擂鼓。見一颩人馬到莊門，匹頭裏幾面旗舒。一面旗白胡闌套住箇迎霜兔。一面旗紅曲連打着箇畢月烏。一面旗鷄學舞。一面旗狗生雙翅，一面旗蛇纏胡盧。

（五煞）紅漆了叉，銀錚了斧。甜瓜苦瓜黃金鍍。明晃晃馬鐙鎗尖上挑，白雪雪鵝毛扇上鋪。這幾箇喬人物。拿著些不曾見的器仗，穿著些大作怪衣服。

（四）轅條上都是馬，套頂上不見驢。黃羅傘柄天生曲。車前八箇天曹判，車後若干遞送夫。更幾個多嬌女。一般穿著，一樣妝梳。

（三）那大漢下的車衆人施禮數。那大漢覷得人如無物。衆鄉老屈脚舒腰拜，那大漢那伸著手扶。猛可里擡頭覷。覷多時認得，煞氣破我胸脯。

（二）你須姓劉，您妻須姓呂。把你兩家兒根脚從頭數。你本身做亭長躭幾盞酒，你丈人教村學讀幾卷書。曾在俺莊東住。也曾與我喂牛切草，拽耙扶鋤。

（一）春採了桑，冬借了俺粟。零支了米麥無重數。換田契強秤了麻三秤，還酒債偷量了豆幾斛。有甚胡突處。明標著册曆，現放著文書。

（尾）少我的錢，差發內旋撥還，欠我的粟，稅糧中私准除。只道劉三，誰肯把你揪捽住。白甚麼改了姓，更了名，喚做漢高祖。（睢景賢高祖還鄉散套）

（大石調青杏子）幽鳥正調舌。怯春歸似有傷嗟。爐脊凭得闌干煖，落花風裏，遊絲天外，遠翠千疊。

（望江南）音書斷，人遠路途賒。芳草啼殘錦鷓鴣，粉牆飛困玉蝴蝶。日暮正愁絕。

（好觀音）簾捲東風飄香雪。綺窗下翠屏橫遮。庭院深沈兔篆斜。正黃昏燕子來時節。

（隨煞）銀燭高燒從今夜。好風光未可輕別。留得東君少住些。惟恐怕西園海棠謝。（吳仁卿惜春散套）

笙歌蘇小樓前路，楊柳尙青青。畫船來往，總相宜處，濃淡陰晴。　杖藜閒暇，孤墳梅影，半嶺松聲。老猿留

坐白雲洞口紅葉山亭。（張可久人月圓秋日湖上）

鴈風吹裂江雲，迸一縷斜陽照我離樽，徙倚西樓，留連北海，歸送東君。傳酒令金杯玉筍。傲詩壇羽扇綸巾。驚起波神。喚醒梅魂。翠袖佳人白雪陽春。（張可久折桂令酸齋學士席上）

門前好山雲佔了。盡日無人到。松風響翠濤。槲葉燒丹竈。先生醉眠春自老。（張可久清江引山居春枕）

鐙下愁春愁未醒。枕上吟詩吟未成。杏花殘月明。竹根流水聲。（張可久憑闌人春夜）

哀箏一抹十三絃。飛雁隔秋煙。攜壺莫道登臨晚，雙雙燕爲我留連。仙客玲瓏玉樹，佳人窄索金蓮。琅玕新雨洗湖天。小景六橋邊。西風潑眼山如畫，有黃花休恨無錢。細看茱萸一笑，詩翁健似當年。（張可久風入松九日）

問靑天呼酒重傾。幾度盈虧，幾度陰晴。夜冷魚沈，山空鶴唳，露滴烏驚。看楊柳樓心弄影。聽梨花樹底吹笙。雪與爭明。風與雙淸。玉兔韜光，萬古長生。（徐再思折桂令月）

賦河梁渺渺予懷，今日陽關，明日秦淮。鵰鶚風雲，龍門波浪，馬足塵埃。寬洗淨胸中四海。便飛騰天上三臺。休等書齋。梅子花開。人在江南，先寄詩來。（徐再思折桂令餞子雲赴都）

茂林修竹風流地，重到古山陰。壯懷感慨，醉眸俯仰，世事浮沈。惠風歸燕，團沙宿鷺，芳樹幽禽。山山水

水，詩詩酒酒，古古今今。（徐再思人月圓關亭）

遠山。近山。一片青無間。逆流泝上亂石灘。險似連雲棧。落日昏鴉，西風歸雁。歎崎嶇路難。得閒。且閒。何處無魚羹飯。（徐再思朝天子常山江行）

此外作家尚有吳西逸，張雲莊，查德卿等亦多佳什。即作中原音韻之周德清，作錄鬼簿之鍾嗣成，選陽春太平二集之楊朝英，並工小令。吳查名里失考。周見前。張名養浩，字希孟，濟南人，官陝西省行臺中丞，謚文忠，有雲莊樂府。鍾字繼先，號醜齋，汴梁人，累試不第。工樂府，每不遺稿。楊號澹齋，青城人，所選二集，元代散曲多賴以流傳，厥功甚著。各錄數首：

長江萬里歸帆。西風幾度陽關。依舊紅塵滿眼。夕陽新鴈。此情時拍闌干。

楚雲飛滿長空。湘江不斷流東。何事離多恨冗。夕陽低送。小樓數點殘鴻。

數聲短笛滄洲。半江遠水孤舟。愁更濃如病酒。夕陽時候。斷腸人倚西樓。

江亭遠樹殘霞。淡煙芳草平沙。綠柳陰中繫馬。夕陽西下。水村山郭人家。（吳西逸天淨沙閒題）

悲風成陣。荒煙埋恨。碑銘殘缺應難認。知他是漢朝君。晉朝臣。把風雲慶會消磨盡。都做北邙山下塵。便

是君，也喚不應便是臣也喚不應。（北邙山）

驪山四顧。阿房一炬。當時奢侈今何處。只見草蕭疏。水縈紆。至今遺恨迷煙樹。列國周秦齊漢楚。贏，都變做土。輸，都變做土。（驪山）

峯巒如聚。波濤如怒。山河表裏潼關路。望西都。意躊躇。傷心秦漢經行處。宮闕萬間都做了土。興，百姓苦。亡，百姓苦。（潼關）（張雲莊山坡羊懷古六首之三）

梨花雲繞錦香亭。胡蝶春融軟玉屏。花外鳥啼三四聲。夢初驚。一半兒昏迷一半兒醒。（春夢）

自將楊柳品題人。笑撚花枝比較春。輸與海棠三四分。再偷勻。一半兒胭脂一半兒粉。（春妝）

海棠紅暈潤初妍。楊柳纖腰舞自偏。笑倚玉奴嬌欲眠。粉郎前。一半兒支吾一半兒軟。（春醉）

綠窗時有唾茸粘。銀甲頻將綵線撏。繡到鳳凰心自嫌。按春纖。一半兒端詳一半兒掩。（春繡）（查德卿一半兒美人八詠之四）

唾珠璣點破湖光。千變雲霞，一字文章。吳楚東南江山雄壯，詩酒疏狂。正雞黍樽前月朗。又鱸蓴江上風涼。記取他鄉，落日觀山，夜雨連牀。（周德清折桂令別友）

雪意商量酒價。風光折奔詩家。準備騎驢探梅花。幾聲沙觜雁，數點樹頭鴉。說江山憔悴煞。（周德清紅繡

鞋郊外）

從來別恨曾經慣。都不似這今番。汪洋闊海無邊岸。痛感傷，漫哽咽，空嗟歎。偺聽陽關。嬾上征鞍。口慵開，心似醉，淚難乾。千般懊惱，萬種愁煩，這番別，明日去，甚時還。晚風閒，暮雲殘，鸞箋欲寄雁驚寒。坐處憂愁行處嬾。別時容易見時難。敍別（鍾嗣成罵玉郎帶過感皇恩採茶歌四別詞之一）

雪晴天地一冰壺。竟往西湖探老逋。騎驢踏雪溪橋路。笑王維作畫圖。揀梅花多處提壺。對酒看花笑，無錢當劍沽。醉倒在西湖。

壽陽宮額得魁名。南浦西湖分外清。橫斜疏影窗間印。惹詩人說到今。萬花中先綻瓊英。自古詩人愛，騎驢踏雪尋。忍凍在前村。（楊朝英水仙子）

（五）元諸詞家

元曲之發達既如上述矣，顧其詞承兩宋之流風，亦尚有可觀者。大抵曲之見於戲劇者，爲社會羣衆所共賞；曲之見於小令套數者，亦文人學士抒寫懷抱之具，與詞同功，而但變其體格耳。故元之詞未衰，而漸卽於衰者，以作者之心力無形而分其大半於曲也；而所以不終歸於衰者，詞之本體特精，而用各有宜也。且詞曲之稱，其始未嘗有劃然之界也。樂府歌辭統稱曰曲，唐宋以來，詞體日繁，而樂府雜錄，教坊記，碧雞漫志詞源等書，猶沿曲之稱，而實包乎詞；及金元曲體既成，則曲之稱爲所獨佔。然元周德清中原音韻論作詞十法，及定格四十首之所謂詞，趙子昂所謂倡夫之詞名綠巾詞，皆曲也；明涵虛子詞品評諸家詞，王世貞評明代諸詞家，亦皆曲也：是元人已呼曲爲詞矣。至燕南芝庵論曲，舉近世所謂大曲，曰蘇小小蝶戀花，鄧千江望海潮，蘇東坡念奴嬌，辛稼軒摸魚子，晏叔原鷓鴣天，柳耆卿雨霖鈴，吳彥高春草碧，朱淑眞生查子，蔡伯堅石州慢，張子野天仙子，皆爲宋金之詞；（原詞見陽春白雪第一卷）又論唱曲有地所，曰東平唱木蘭花慢，大名唱摸魚子，南京唱生查子等，亦皆詞也：是元人又呼詞爲曲矣。雖然，詞曲之稱混，而詞曲之途未嘗混也。詞之作家，亦多嗣響宋人者，茲述其最。

元初詞人多與宋金末造諸子同時。如仇遠與碧山草窗等同於餘閒書院賦蟬，見樂府補題，則本爲宋人，楊果李冶與遺山同賦雁丘，則本爲金人，特以諸人皆出仕於元，歸之元人耳。仇遠，字仁近，號山村，錢塘人，居白龜池上，入元仕溧陽州學正，未幾歸隱，卒葬棲霞嶺下；有無絃琴譜二卷，清微要渺，與玉田草窗爲近，詞苑稱其八犯玉交枝縱橫之妙，直是東坡；又謂其詠蟬齊天樂極可誦。游其門者張翥張雨，俱以能詞名。翥字仲舉，晉寧人，至正初以薦爲國子助教，累官河南行省平章政事，兼翰林學士；有蛻巖樂府三卷，提要謂其「風流婉麗，有姜吳之遺；又一身閱元之盛衰，故閔亂憂時，頗多楚調」。卓人月稱其六州歌頭尋梅詞，「有飛鴻戲海舞鶴遊天之妙」。張雨，字伯雨，杭州人，早遊方外，居茅山，自號勾曲外史，有貞居詞，體近白石。楊果，見前，工詩文，尤長於樂府，有西庵集；姚燧謂其「美風姿，善諧謔，文采風流，照映一世」。李冶字仁卿，欒城人，金進士，辟知鈞州事，城潰，微服北渡，流落忻崞間。元世祖聞其賢，召之不仕，晚家封龍山下，至元初再以學士召，就職期月，以老病辭去，有敬齋集。樂府紀聞謂其賦大名並蒂荷摸魚兒事奇，而詞亦工，堪與雁丘作並傳云。錄仇張各四首，餘各二首：

夕陽門巷荒城曲，清陰早鳴秋樹。薄翦綃衣，涼生鬢影，獨飲天邊風露。朝朝暮暮。奈一度淒吟，一番淒楚。

尙有殘聲，驀然飛過別枝去。齊宮往事漫省，行人猶與說，當時齊女。雨歇空山，月籠古柳，彷彿舊曾聽
處。離情正苦。甚懶拂冰箋，倦拈琴譜。滿地霜紅，淺莎尋蛻羽。（仇遠齊天樂賦蟬）
憶寒煙古驛，淡月孤舟，無限江山。落葉牽離思，到秋來夜夜，夢入長安。故人翦燭清話，風雨半窗寒。甚宦
海飄流，客氈寂寞，忍說間關。征衫。賦歸去，喜故里西湖，不厭重看。莫待靑春晚，趁鶯花未老，覓醉尋歡。
故園更有松竹，富貴不如閒。卻指顧斜陽，長歌李白行路難。（仇遠憶舊遊）
急雨漲潮頭。越樹吳城勢拍浮。海鶴一聲蒼竹裂，扁舟。輕載行雲壓水流。獨倚最高樓。回首屏山疊疊
秋。江上數峯人不見，沙鷗。曾識西風獨客愁。（仇遠南鄉子）
日影扶花一萬重。秋香閣下又芙蓉。舊時楚楚霓裳曲，移入長楊短柳中。文甃碧，朵牆紅。金輿蒼鼠玉
華宮。行人忍聽啼烏怨，笛裏關山落葉風。（仇遠思佳客）
漲西風半篙新雨，麴塵波外風軟。蘭舟同上鴛鴦浦，天氣嫩寒輕暖。簾半捲。度一縷歌雲，不礙桃花扇。鶯
嬌燕婉。任狂客無腸，王孫有恨，莫放酒杯淺。垂楊岸，何處紅亭翠館。如今遊興全懶。山容水態依然好，
惟有綺羅雲散。君不見。歌舞地，靑蕪滿目成秋苑。斜陽又晚。正落絮飛花，將春欲去，目送水天遠。（張翥摸
魚兒春日西湖泛舟）

壓西湖千樹，曾幾度爲攜尊。向柳外停橈，苔邊待鶴，酒熟詩溫。瀛洲舊時月色，悵荒涼猶有數枝存。天上梨花成夢，江南桃葉移根。　如今憔悴客愁村。難返暗香魂。甚歲晚春遲，角寒笛曉，雪暗雲昏。登臨不堪寄日，但青山隱隱月紛紛。再約與君同醉，從他啄木敲門。（張翥木蘭花慢次韻陳見心文學孤山問梅）

芳草平沙，斜陽遠樹。無情桃葉江頭渡。醉來扶上木蘭舟，將愁不去將人去。　薄劣東風，夭邪落絮。明朝重覓吹笙路。碧雲紅雨小樓空，春光已到銷魂處。（張翥踏莎行江上送客）

花下鈿箜篌。尊前白雪謳。記懷中朱李曾投。鏡約釵盟心已許，詩寫在，小紅樓。　忍淚上雲兜。斷魂隨綵舟。算開間惹得離愁。欲寄長河魚信去，流不到，白蘋洲。（張翥唐多令寄意鑒巖曲）

湖曲荒烟，石林斜日，笛聲淒斷山陽。孤懷無託，只用醉爲鄉。回首西風黃葉，儘輸他松檜青蒼。相思處，書題新橘，還待滿林霜。　人生難會合，良辰孤負，把菊傳觴。便三人對月，獨自清狂。正爲跫音空谷，天遠近鴻鵠高翔。空追和，陽春一曲，聊代紫萸囊。（張雨滿庭芳重九次趙侯韻）

山下寒林平楚。山外雪帆烟渚。不飲如何，吾生如夢，鬢毛如許。　能消幾度相逢，遮莫而今歸去。壯士黃金，昔人黃鶴，美人黃土。（張雨茅山逢故人句曲道中送友）

悵年年雁飛汾水，秋風依舊蘭渚。網羅驚破雙棲夢，孤影亂翻波素。還碎羽。算古往今來，只有相思苦。朝朝暮暮。想塞北風沙，江南煙月，爭忍自來去。　埋恨處。依約并門舊路。一丘寂寞寒雨。世間多少風流事，天也有心相妒。休說與。還却怕有情多被無情誤。一杯會舉。待細讀悲歌，滿傾清淚，爲爾酹黃土。（楊果摸魚兒同遺山賦雁丘）

一杯聊爲送征鞍。落葉滿長安。誰料一儒冠。直推上淮陰將壇。　西風旌旆，斜陽草樹，雁影入高寒。且放酒腸寬。蜀道如今更難。（楊果太常引送商參政西行）

爲多情和天也老，不應情遽如許。請君試聽雙蕖怨，方見此情眞處。誰點注。香瀲灩銀塘對抹胭脂露。藕絲幾縷。絆玉骨春心，金沙曉淚，漠漠瑞紅吐。　連理樹。一樣驪山懷古。古今朝暮雲雨。六郎夫婦三生夢，幽恨從來艱阻。須念取。共翡翠鴛鴦照影長相聚。秋風不住。悵寂寞芳魂，輕煙北渚，涼月又南浦。（李冶摸魚兒大名有男女以私情不遂赴水者後三日二尸相攜出水濱是歲陂荷俱並蔕）

太乙滄波下酒星。露醽秘訣出仙扃。情知天上蓮花白，壓盡人間竹葉青。　迷晚色，散秋馨。香廚曉溜玉泠泠。楚江雲錦三千頃，笑殺靈均語獨醒。（李冶鷓鴣天中秋同遺山飲倪文仲家蓮花白醉中賦此）

宋金人之入元者，尚有趙孟頫，姚雲文，王惲，白樸，劉壎，皆著名。趙孟頫，字子昂，宋太祖子秦王德芳之裔。四世祖伯圭，賜第湖州，遂爲湖州人。宋末爲眞州司戶參軍，至元中以程鉅夫薦，授兵部郎中，累官翰林學士承旨榮祿大夫，卒追封魏國公，謚文敏；有松雪詞一卷。邵亨貞謂其以承平王孫而嬰世變，黍離之悲，有不能忘情者，故長短句深得騷人意度。姚雲文字聖瑞，高安人，宋咸淳進士，入元，授承直郎，撫建兩路儒學提舉；有江村遺稿，其紫萸香慢，玲瓏玉，皆自度曲。王惲字仲謀，汲縣人，官至翰林學士，嘉議大夫，累進中奉大夫，贈翰林學士承旨，資善大夫，追封太原郡公，卒謚文定；有秋澗樂府四卷，凝麗典重，頗似遺山，其水調歌頭，水龍吟，木蘭花慢等多首，皆盡琢句使事行氣鍊響之能事。春從天上來爲韓承御賦一詞，尤攄寫哀怨感慨萬端；其中小序，亦多清妙不苟。白樸見前曲爲大家，然亦工詞，幼鞠於遺山家，學有端緒。其詞清婉秀逸，可比玉田，有天籟集三卷。劉壎字起潛，南豐人，有水雲邨詩餘，身經喪亂，故多悽愴之音。各錄一首：

儂是江南遊冶子。烏帽青鞋，行樂東風裏。落盡楊花春滿地。萋萋芳草愁千里。　扶上蘭舟人欲醉。日暮青山，相映雙蛾翠。萬頃湖光歌扇底。一聲吹下相思淚。（趙孟頫蝶戀花）

潮生潮落何時了。斷送行人老。消沈萬古意無窮。盡在長空澹澹鳥飛中。　海門幾點青山小。望極煙波渺。何當駕我以長風。便欲乘桴浮到日華東。（趙孟頫虞美人浙江舟中作）

近重陽偏多風雨，絕憐此日暄明。問秋香濃未，待攜客出西城。正自羈懷多感，怕荒臺高處，更不勝情。向尊前又憶，漉酒插花人，只坐上已無老兵。　淒清殘醉還醒。愁不肯，與詩平。記長楸走馬，雕弓榨柳，前事休評。紫萸一枝傳賜，夢誰到，漢家陵。儘烏紗便隨風去，要天知道，華髮如此星星。歌罷涕零。（姚雲文紫萸香慢九日）

春到海棠花幾信，旅館餘寒，欲雨征衣潤。燕認杏梁棲未穩。牡丹忽報清明近。　恨入青山連曉鏡。香雪流酥，應被春消盡。繡閣深深人半醒。燭花貼在金釵影。（姚雲文蝶戀花）

灑西風老淚，又馬上，望狼山。對紅露秋香，芙蓉城闕，依舊雄藩。碧雲故人何在，憶扶搖九萬看鵬摶。賦就鳳皇樓晚，星沈鸚鵡洲寒。　一丘宿草鎖蒼煙。零落復何言。似燕許才名，風雲際會，自古天慳。皇皇使華南下，愛丹衷擬繡兩朝歡。恨煞奸回秋壑，月明愁滿江干。（王惲木蘭花慢望郝奉使墓）

羅綺深宮。記紫袖雙垂，當日昭容。錦封香重，彤管春融。帝座一點雲紅。正臺門事簡，更捷奏清晝相同。聽鈞天，侍瀛池內宴，長樂歌鐘。　回頭五雲雙闕，恍天上繁華，玉殿珠櫳。白髮歸來，昆明灰冷，十年·夢無

蹤。寫杜娘哀怨，和淚把彈與孤鴻濟長空。看五陵何似，無樹無風。（王惲春從天上來露筆承御賦）

霜水明秋，霞天送晚，畫出江南江北。滿目山圍故國，三閣餘香，六朝陳跡。有庭花遺譜，弄哀音令人嗟惜。想當時天子無愁，自古佳人難得。　惆悵龍沈宮井，石上餘痕，猶點胭脂紅溼。去去天荒地老，流水無情，落花狼藉。恨清溪留在，渺重城烟波空碧。對西風誰與招魂，夢裏行雲消息。（白樸奪錦標淸溪弔張麗華）

醉鄉千古人行，看來直到無何地。如何物外，華胥境界，昇平夢寐。鸞馭翩翩，蝶魂栩栩，俯觀羣蟻。恨周公不見，莊生一去，誰眞解，黑甜味。　聞道希夷高臥，占三峯華山重翠。尋常羨殺，淸風嶺上，白雲堆裏。不負平生，算來惟有，日高春睡。有林間剝啄，忘機幽鳥，喚先生起。（白樸水龍吟遺山先生有醉鄉一詞僕飲量素慳不知其趣獨閒居嗜睡有味因爲賦此）

汀柳初黃，送流車出陌，別酒浮觴。亂山迷去路，空閣帶餘香。人漸遠，意淒涼。更暮雨淋浪。悔不辦，窄衫細馬，兩兩交相。　春梁語燕猶雙。歎曉窗新月，獨照劉郎。寄牋頻誤約，臨鏡想慵妝。知幾夢，惱愁腸。任更駐何妨。但只憐綠陰帀帀，過了韶光。（劉壎意難忘咸淳癸酉用淸眞韻）

靑鳥西沈，彩鸞北去，月冷河橋。夢事荒涼，垂楊暗老，幾度魂銷。　雲邊音信迢迢。把楚些憑誰爲招。萬疊淸愁，西風橫笛，吹落寒潮。（劉壎柳梢靑哀二歌者鄧元實共賦）

元詞人見於元周南瑞所編天下同文集者，有盧摯，姚雲，王夢應，顏奎，羅志可，詹

啓變　第七　　三八七

玉，李琳，凡七人。盧摯，見前，亦工曲，有疎齋集。姚雲，卽姚雲文，見前。王夢應，亦字聖與，號靜得，長沙人。顏奎，字子俞，號吟竹，禾川人。羅志可，一作志仁，號壺秋，涂川人。詹玉，亦作詹正，字可大，號天游，郢人。李琳，號梅溪，長沙人。詞皆清麗可誦，各錄一首：

綠華縹緲玉無痕。託清塵。擬招魂。放著籃輿，慵倦到前村。笑撫高齋新樹子，晚妝未，悠悠學夢雲。　覺日含情何所似，似佳人。怨夫君。寒香細月空江上，曾有春溫。羞澀冰蕤寂寞掩重門。交下橫枝消息動，肯虛負，風流竹外尊。（盧摯梅花引和趙平遠催梅）

寒窗月晴。寒梢露明。一痕歸影燈青。又分攜短亭。　衛皋佩雲。蒸溪酒春。有誰勸學歸程。是峯頭雁聲。（王夢應醉太平送人入湘）

欲留君住，且待晴時去。夜深水鶴雲間語。明日棠梨花雨。　樽前不盡餘情。都上鳴絲細聲。二十四番風後，綠陰芳草長亭。（顏奎清平樂）

危樹摧紅，斷磚埋綠，定王臺下園林。聽檣竿燕子，訴別後驚心。儘江上青峯好在，可憐曾是野燒痕深。付瀟湘漁笛吹殘，今古銷沈。　妙奴不見，縱秦郎誰更知音。正雁妾悲歌，雕奚醉舞，楚戶停砧。化碧舊愁何處，魂歸些晚日陰陰。渺雲平鐵壩淒涼，天也沾襟。（羅志可揚州慢）

相逢喚醒京華夢，吳塵暗斑吟髮。倚擔評花，認旗沽酒，歷歷行歌奇迹。吹香弄碧，有坡柳風情，逋梅月色。晝鼓紅船，滿湖春水斷橋客。當年何限俊侶，甚花天月地，人被雲隔。卻載蒼煙，更招白鷺，一醉西門又別。今回記得，再折柳穿魚，賞梅催雪。如此湖山，忍教人更說。（詹玉齊天樂贈童甕天兵後歸杭）

蕊珠仙馭遠，橫翠葆，簇霓旌。甚鸞月流輝，鳳雲布彩，翠繞蓬瀛。舞衣怯環珮冷，問梨園幾度沸歌聲。夢裏芝田八駿，禁中花漏三更。　繁華一瞬化飛塵，輦路劫灰平。悵碧滅煙銷，紅凋露粉，寂寞秋城。興亡事空陳跡，祇青山澹澹夕陽明。懶向沙鷗說得，柳須吹上旗亭。（李琳木蘭花慢汴京）

又見於鳳林書院草堂詩餘者，有劉秉忠，許衡以下六十三人。其中文天祥，鄧剡，劉辰翁，皆宋人；詹玉，羅志仁，姚雲文，李琳，顏奎，王夢應，皆見天下同文。又姓名全備者，有滕賓，司馬昂夫，彭元遜，趙文，宋遠，周景，劉將孫，蕭烈，王學文，曾隶，趙功可，王從叔，吳元可，劉鉉，黃子行，蕭允之，蕭漢傑，段宏章，劉貴翁，王鼎翁，劉天迪，劉景翔，周伯陽，尹公遠，李天驥，劉應幾，周孚先，尹濟翁，彭泰翁，曾允元等三十人。餘則僅存姓字。大率皆元初至元大德間人，南宋之遺民也。鳳林書院，蓋在吉州廬陵，故所收以江西人爲多。摘錄數首：

斜陽一抹，靑山數點。萬里澄江如練。東風吹落樵聲寒，又喚起寒雲一片。殘鴉古渡，荒雞野店。漸覺樓頭人遠。桃花流水小橋東，是那箇柴門半掩。（滕賓鵲橋仙）

春一點。透得酥溫玉軟。唇暈唾花連袖染。嫣紅鷺絕豔。日暮飛紅撲臉。翠被夜寒波颭。夢斷錦茵成墮髻。宮廊微月轉。（彭元遜謁金門）

寒泉濺雪有珮環隱隱，飛度霜月。易水風寒，壯士悲歌，關山萬里離別。楊花浩蕩晴空轉，又化作雲鴻霜鶻。耿石壚夜久無言，寂歷如聞幽咽。雲谷山人老矣，江空又歲晚，相對愁絕。玉立長身，自是胎仙，舞我黃庭三疊。人間只慣丁當字，妙處在一聲淸拙。待明朝試拂菱花，老我一簪華髮。（趙文疎影 道士朱復古彈琴爲余言琴須帶拙聲若太巧卽與箏阮何異余賞其言爲賦此）

楊柳樓深，推夢乍起，前山一片愁雨。嫩綠成雲，飛紅欲雪，天亦留春不住。借問東風，甚飄泊天涯何許。可惜風流，三生杜牧，少年張緒。陌上參差攜手去。怕行到歌臺舊處。落日啼鵑，斷煙荒草，吟不成誰語。聽西河人唱罷，何堪把江南重賦。敲碎瓊壺，又前村數聲鐘鼓。（趙功可氏州第一次韻送春）

門外春風幾度。馬上行人何處。休更捲珠簾。草連天。立盡海棠花月。飛到荼蘼香雪。莫怪夢難成。夢無

憑。（王從叔昭君怨）

江南二月春深淺。芳草青時。燕子來遲。翦翦輕寒不滿衣。　淸宵欲寐還無寐。顧影顰眉。整帶心思。一樣東風兩樣吹。（吳元可采桑子）

誰倚靑樓，把謫仙長笛數聲吹裂。一片乍零，千點還飛，正是雨晴時節。水晶簾外東風起，卷不盡滿庭香雪。畫闌小，斜鋪亂颭，翠苔成纈。　嫋嫋餘香未歇。空悵望音塵，兩眉愁切。翠袖淚乾，粉額妝寒，此恨有誰同說。江南春信無痕跡，餘情在冷煙殘月。夢魂遠，蘭燈伴人易滅。（黃子行花心動落梅）

十幅歸帆風力滿。記得來時，買酒朱橋畔。遠樹平蕪空目斷。亂山惟見斜陽半。　誰把新聲翻玉管。吹過滄浪，多少傷春怨。已是客懷如絮亂。畫樓人更回頭看。（蕭允之蝶戀花）

愁似晚天雲，醉亦無憑。秋光此夕屬何人。貧到今年無月看，留滯江城。　夜起候簷聲。似雨還晴。舊家誰信此時情。惟有桂香時入夢，勾引詩成。（蕭漢傑浪淘沙中秋雨）

一笑相逢，依稀似是桃根舊。嫣波微溜。悄可靈犀透。　扶過危橋，輕引纖纖手。頻回首。何時還又。微月黃昏後。（劉天迪點絳脣舊事）

曾聞幾度說京華。愁壓帽簷斜。朝衣熨貼天香在，如今但彈指蘭闍。不是柴桑心遠，等閒過了元嘉。　長

生休說棗如瓜。壺日自無涯。河傾南紀明奎壁，長教見壽氣成霞。但得重攜溪上，年年人共梅花。（尹濟翁風入松癸巳壽須溪）

一夜東風，枕邊吹散愁多少。數聲啼鳥。夢轉紗窗曉。　來是春初，去是春將老。長亭道。一般芳草。只有歸時好。（曾允元點絳脣）

此外如姚燧，見前，有牧庵詞二卷，並工曲。薩都剌，字天錫，雁門人，登泰定進士，官京口錄事，終河北廉訪司經歷，有雁門集。黎廷瑞，字祥仲，番陽人，有芳洲詩餘。虞集，字伯生，號邵庵，蜀人，家崇仁，累官翰林直學士，國子祭酒，天曆中除奎章閣侍書學士，卒贈仁壽郡公，謚文靖，有道園樂府，並工曲。王旭，字景初，東平人，與王磐，王構，俱以文章名，時稱三王，有蘭軒詞。諸家詞多爽健似蘇辛。宋褧，字顯夫，宛平人，泰定進士，累官翰林直學士，贈國子祭酒，范陽郡侯，謚文清，有燕石近體樂府一卷，情韻綿麗，近玉田。曹伯啓，字士開，碭山人，被薦拜西臺御史，歷集賢學士，告歸，天曆中徵不起，卒謚文貞，追封魯郡公，有漢泉樂府一卷。許有壬，字可用，湯陰人，延祐進士，累官集賢大學士，改樞密副使，拜中書左丞，卒謚文忠；有圭塘樂府四卷。兩家詞皆雄肆近辛劉。凡皆元中葉詞人之著者也。各錄一首：

兹遊太奇絕，我亦壯君侯。春風般地悲嘯，笳鼓萬貔貅。平昔心胸吞著，八九江南雲夢，今上岳陽樓。尊酒浣塵土，山雨戰青油。竟陵客，又扶病，入西州。惟余與汝，湍水東決則東流。遙想凝香畫戟，談笑兜鍪晝息，莫賦大刀頭。麟閣看他日，居右有人不。（姚燧水調歌頭岳陽寄定庵王萬戶）

古徐州形勝，消磨盡幾英雄。想鐵甲重瞳，烏騅汗血，玉帳連空。楚歌八千兵散，料夢魂應不到江東。空有黃河如帶，亂山迴合雲龍。漢家陵闕起秋風，禾黍滿關中。更戲馬臺荒，畫眉人遠，燕子樓空。人生百年寄耳，且開懷一飲盡千鍾。回首荒城斜日，倚闌目送飛鴻。（薩都剌木蘭花慢彭城懷古）

不知玄武湖中，一瓢春水何人借。裁冰翦雨，等閒占斷桃花春社。古阜花城，玉龍盤虎，夕陽圖畫。是東風吹就，明朝吹散，是東風也。回首當時光景，渺秦淮綠波東下。滔滔江水，依依山色，悠悠物化。璧月瓊花，世間消得，幾多朝夜。笑烏衣不管春寒，只管說興亡話。（黎廷瑞水龍吟金陵雪後西望）

畫堂紅袖倚清酣。華髮不勝簪。幾回晚值金鑾殿，東風軟，花裏停驂。書詔許傳宮燭，香羅初翦朝衫。御溝冰泮水挼藍。飛燕正呢喃，重重簾幕寒猶在，憑誰寄銀字泥緘。爲報先生歸也，杏花春雨江南。（虞集風

入松）

南遊三載，只江山不負中原詩客。萬里行裝無別物，滿意風雲泉石。牛斗星邊，靈槎縹緲，鬢影銀河溼。哀歌誰和，劍光搖動空碧。 回首帝子長洲，洪崖仙去，風雨魚龍泣。海外三山何處是，黃鶴歸飛無力。天下佳人，袖中瑤草，日暮空相憶。乾坤遺恨，月明吹入長笛。（王旭大江東去離豫章舟泊吳城山下作）

喚山靈一問，螺子黛，是誰供。畫婉孌雙蛾，嬋聯八字，雨濟煙濃。澄江嬋娟玉鏡，儘朝朝暮暮照嬌容。只爲古今陳跡，幾回愁損濃儂。 千年翠黛漫情鍾。慘綠帶雲封。憶貫月天仙，然犀老將，此恨難窮。持杯與山爲壽，便展開修翠恣疏慵。要似絳仙媚嫵，更須嵐靄空濛。（宋褧木蘭花慢題蛾眉亭）

衰境日匆匆。浮生一夢中。笑愁懷萬古皆同。越水燕山南北道，來不盡，去無窮。 萍水偶相逢。晴天接遠鴻。似人間馬耳秋風。山立揚休成底用，聞健在，好歸農。（曹伯啓唐多令寄友人）

木落霜清水底，見金陵城郭。都莫問南都興廢，人生哀樂。載酒時時尋伴侶，倚闌處處皆樓閣。對溪雲試放醉時狂，渾如昨。 沙洲外，輕鷗落。風簾下，扁舟泊。更寒波搖漾，綠簑青箬。爲向九原江總道，繁華何似今涼薄。怕素衣京洛染緇塵，從新濯。（許有壬滿江紅次湯碧山清溪）

元末詞人，尚有倪瓚，字元鎮，號雲林居士，無錫人，高隱自放，以丹青擅名；有淸閟閣遺稿詞一卷，清標絕俗。顧德輝，字仲瑛，崐山人，舉茂材，署會稽教諭，力辭不就，自稱金粟道人，至正末以子恩封武略將軍，錢塘縣男，有玉山草堂集。邵亨貞，字復孺，號清溪，華亭人，有蛾術詞選四卷，情韻渾融。陶宗儀，字九成，台州人，流寓松江，有南村集，輟耕錄，聞見賅博，足備考證，詞亦清逸。各錄一首：

窗前翠影溼芭蕉，雨瀟瀟，思無聊。夢入鄉園，山水碧迢迢。依舊當年行樂地，香徑杳，綠苔饒。　沈香火底坐吹簫，憶嬌嬈，想風標。同步芙蓉花畔赤闌橋，漁唱一聲驚夢斷，無處覓，不堪招。（倪瓚江城子感舊）

鳳簫聲度十二瑤臺，暮開遍瓊花千萬樹。纔入謝家詩句。　仙人酌我流霞，夢中知在誰家。酒醒休扶上馬，爲君一洗琵琶。（顧德輝清平樂和石民瞻題桐花道人卷）

柳花巷陌，悄不見銅駝，采香芳侶。畫樓在否，幾東風怨笛，憑闌日暮。一片閒情，尚繞斜陽錦樹。黯無語，記花外馬嘶，曾送人去。　風景長暗度，奈好夢微茫，黯懷清苦。後期已誤。剪燭花未卜，故人來處。水驛相逢，待說當年恨賦，寄愁與鳳城東畔時行旅。（邵亨貞掃花遊春晚南金次韻）

如此好溪山，羨雲屏幾疊，波影涵素。暖翠隔紅塵，空明裏，著我扁舟容與。高歌鼓枻，鷗邊長是尋盟處。頭白江南看不了，何況幾番風雨。　畫圖依約，大開霽晴暉，別有越中真趣。孤嘯託蓬窗，幽情遠，都在酒瓢

茶具。水蘋搖晚，月明一笛潮生浦。欲問漁郎無恙否。回首武陵何許。（陶宗儀南浦）

道流之詞，多非正軌。元人張雨，滕賓而外，如丘處機，字通密，棲霞人，世稱長春眞人；有磻溪詞一卷，雖多談性道，然情景之作亦不少。至若李道純之淸庵先生詞，則全無情致矣。道純，字元素，都梁人，其詞直同道書歌訣，失卻詞味。又道園樂府後附鳴鶴餘音，有全眞馮尊師作蘇武慢二十首，道園和十二首，又無俗念一首，提要謂『多方外之言，不以文字工拙論，而寄託幽曠，亦時有可觀。』勝淸庵多矣。緇流則有天目中峯禪師，師名明本，與趙子昂爲方外交，嘗卽席立和馮海粟詠梅七律一百首，詞有行香子數首，若不經意，然天眞瀟灑，明妙無塵，其胸境高曠也。各錄一首：

夜晴寥廓初寒，碧天瑩澈琉璃翠無陰樹下長安樓上，月明風細。百禍潛消，萬家同賞，一般淸味。見金星朗朗，銀河耿耿，交光燦滿天地。流轉碧空如水，任縱橫略無凝滯。衡山泊海，傾光騰秀，綿綿吐瑞。遙了從茲寶餅堅固，玉漿時泥。把衷情欲訴，何人會得，且陶陶醉。（丘處機水龍吟夜晴）

中是儒宗，中爲道本，中是禪機。這三教家風，中爲捷徑，五常百行，中立根基。動止得中，執中不易，更向中中認細微其中趣，向詞中剖得，中勿狐疑。箇中造化還知卻不在當中及四維。道日用平常，由中運用，興居服食，中裏施爲。透得此中，分明中體，中字元來物莫遑。全中了把中來劈破，方是男兒。（李道純沁園春勉中庵執中妙用）

飯了從容，消閒策杖，野客有何憑仗。帆歸遠浦，鷺立汀洲，千樹好花微放。芳蕪池塘，錦江樓閣，隱隱雲埋青嶂。向東郊極目天涯，不見故人惆悵。　歸去也，翠麓崎嶇，林巒掩映，消遣晚來情況。幽禽巧語，弱柳搖金，綠影小橋清響。揮掃龍蛇，領略風光，陶寫丹青吟唱。這雲山好景，物外煙霞，幾人能訪。（馮尊師蘇武慢）

女子中能詞者；有賈似道女雲華，崔英妻王氏，俱見詞苑叢談；趙子昂妻管道昇，見太平清話；又妓女劉燕哥，陳鳳儀，俱見古今詞話。然求如漱玉斷腸二集之精妙，不可得也。詞不錄。

元人詞專集見於彙刻者。侯刻計三家：

趙孟頫松雪齋詞　薩都剌天錫詞　張埜古山樂府

王刻計九家：

劉秉忠藏春樂府　張弘範淮陽樂府　劉因樵庵詞

陸文圭牆東詩餘　詹玉天游詞　吳澄草廬詞

白樸天籟集　李孝光五峯詞　邵亨貞蛾術詞選

江刻計五家，除趙孟頫松雪詞，薩都剌雁門詞，張埜古山樂府已見侯刻外，凡二家：

程文海雪樓樂府　倪瓚雲林詞

吳刻計八家，除程文海雪樓樂府，趙孟頫松雪齋詞，劉因靜修先生樂府已見侯，王，江諸刻外，凡五家：

王惲秋澗先生樂府　丘處機磻溪詞　周權此山先生樂府

虞集道園樂府　姬翼知常先生雲山集

朱刻計四十八家，除丘處機磻溪詞，劉因樵庵詞，王惲秋澗樂府，虞集道園樂府，周權此山先生樂府，張埜古山樂府已見王，吳諸刻外，凡四十二家：

許衡魯齋詞　陳深寧極齋樂府　王義山稼村樂府
朱晞顔瓢泉詞　蕭𣂏勤齋詞　姚燧牧庵詞
趙文青山詩餘　劉壎水雲村詩餘　張伯淳養蒙先生詞
劉敏中中庵詩餘　胡炳文雲峯詩餘　陳櫟定宇詩餘
曹伯啓漢泉樂府　劉將孫養吾齋詩餘　吳存樂庵詩餘
黎廷瑞芳洲詩餘　蒲道源順齋樂府　仇遠無絃琴譜
王奕玉斗山人詞　劉詵桂隱詩餘　安熙默庵樂府
朱思本貞一齋詞　張雨貞居詞　王旭蘭軒詞
李道純清庵先生詞　吳鎮梅花道人詞　王結王文忠詞
洪希文去華山人詞　歐陽玄圭齋詞　許有壬圭塘樂府
張翥蛻巖詞　趙雍趙待制詞　吳景奎藥房詞
宋褧燕石近體樂府　耶律鑄雙溪醉隱詞　李庭寓庵詞

袁士元書林詞　舒頔貞素齋詩餘　舒遜可庵詩餘

沈禧竹窗詞　韓奕韓山人詞　李齊賢益齋長短句

元人詞選本，有周南瑞之天下同文前甲集之四十八，四十九，五十三卷，計錄盧摯以下七人，已見上述，朱祖謀刊入彊村叢書中。無名氏之鳳林書院草堂詩餘三卷，計錄劉秉忠以下六十三人，厲鶚稱其『採擷精妙，無一語凡近，弁陽老人絕妙好詞而外，渺焉寡匹』，蓋佳選也。

入病第八

明遂胡元，奄有區夏，歷世十六，卜年三百，典章文物，不乏可觀。顧後之承學論世者，每薄其淺陋，斥爲竊盜，何歟？夫盛衰所致，固匪一端。而風氣之遷流，實繫於政治之得失。明代變亂相乘，迄無寧日。黨禍文獄，足摧士氣；內憂外患，時擾人心。上無右文之君；下惟舉業是務。泄沓所至，規模不張。虛聲尚則實學不興；門戶分則精神不立。於是浮華自矜，摹倣爲得，位高者蹶附，譽廣者盲從。故雖集可汗牛，士多如鯽，而沈雄博大篤實光輝者，蓋不數覯焉。即論詞曲，作者固多，然詞不逮宋，曲不敵元，步古人之墟，拾前賢之唾而已。以視往代，信乎其爲病也！

說卦有言曰：「艮萬物之所成終而所成始也。」蓋萬物自成而始，亦至成而終。詞至於宋，可謂成矣，繼乃不振，是其終；曲至於元，可謂成矣，繼亦不競，是其終。若明，則適當其既終耳。夫以宋詞文章之美，作者之多，固難乎爲繼矣；元人知不能踰，遂并其才情工力而爲小令套數雜劇。其意境自然，情景逼眞，詞句醒豁，無處不顯其特色。由是而小令套數，雜劇，遂形成爲元代文學之主幹，而詞學漸衰。及其季也，作者繁多，才力或遜，既難取勝往昔，又欲要譽一時，濫作苟成，流品遂雜。由是而光燄萬丈者，日即於灰滅，而曲學亦衰。故詞曲之衰，其先皆歷極盛之境，及無可更盛，而衰象始見，亦盈虧中昃之理然也。

雖然，『易窮則變，變則通，通則久，』樂府詞曲之演進，寧外此理哉？盛極而衰，其勢窮矣，而變生焉，非變則無以底於久。明代北曲固不若元，而南曲則起而代之，體製情調，悉改舊觀。故北曲鮮能追蹤關，馬，白，鄭，而南曲之足以超距荆，劉，拜，殺者，尚不乏也。今按明代詞曲之成績，而著其短長於篇。

（一）明代詞學及其作家

清吳衡照蓮子居詞話云：『金元工於小令而詞亡，論詞於明並不逮金元，遑言兩宋哉？蓋明詞無專門名家，一二才人如楊用修，王元美，湯義仍輩，皆以傳奇手爲之，宜平詞之不振也。其患在好盡，而字面往往混入曲子。昔張玉田論兩宋人字面多從李賀溫岐詩來，若近俗近巧，詩餘之品何在焉？又好爲之盡，去兩宋醞藉之旨遠矣。』持論良確，而未盡。以傳奇手爲詞，自必至於好盡而失醞藉；然明詞之所短，猶不僅此。其屬於形式者，爲律格之疏訛；其屬於精神者，則缺乏眞切之感情，與高尙之氣格也。朱彝尊云：『明初作手，若楊孟載，高季迪，劉伯溫輩，皆溫雅芊麗，咀宮含商。李昌祺，王達善，瞿宗吉之流，亦能接武。至錢唐馬浩瀾，以詞名東南，陳言穢語，俗氣熏入骨髓，殆不可醫。周白川，夏公謹諸老，間有硬語。楊用修，王元美，則强作解事，均與樂章未諳。』萬樹亦云：『世所膾炙之婁東新都兩家，擷芳則可佩，就軌則多歧。按律之學未精，自度之腔乃出。雖云自我作古，實則英雄欺人。』劉體仁詞繹則以明初之詞，比晚唐之詩，謂其『非不欲勝前人，而中實枵然取給而已，於神味處全未夢見。』所論皆切中其病。今試觀明人所爲詞，及關於詞學之著述，足以證諸說之非誣。明詞好盡之弊，實由於其中枵然。往往意隨詞竭，一覽無餘，俗巧陳穢，自所不免。故爲豪放之詞者，多粗獷不經；爲婉約之詞者，多纖豔無骨。至其按律未精，擅率度曲，則以宋人聲調既早消亡，詞句流傳又多缺誤；時人習聞南曲宮調之轉犯，襯貼之增減，聲韻之變化，遂以爲詞亦不必拘墟，無妨逾脫，非據而據，以訛傳訛，無知妄作，率由於此。後人乃譏萬氏詞律不錄明人自度腔，如王元美之怨朱絃，小諸臯，楊用修之落燈風，誤佳期等，皆當補列。不知宋人所謂度曲，皆本樂調以定聲，非僅由字句而爲詞。若徒較量字句之長短，則前人成調固多儘足取法，安用摭彼拾此，別立新腔，而攘度曲之名？且離樂而論腔，所謂腔者何在邪？宋詞如樂章，清眞，白石，夢窗輩，兢兢聲律，不苟一絲，方足語於製腔。明人於唐宋樂律，全未夢見，何所恃而爲之？眞淺之乎視天下矣！謂其英雄欺人，猶恕辭耳。

詞學之箸述，明人作者頗多。其屬於調律者，有張綖之詩餘圖譜，程明善之嘯餘譜，徐師曾之詞體明辨，沈謙之詞韻。屬於樂譜者，有丁文頫之歌詞自得譜。屬於選詞者，有陳耀文之花草粹編，楊愼之詞林萬選，董逢元之唐詞紀。屬於評論攷證者，有楊愼之詞品，陳霆之渚山堂詞話，俞彥之爰園詞話，賀裳之皺水軒詞筌等，以及王世貞之藝苑卮言，祝允明之猥談，都穆之南濠詩話，胡應麟之筆叢等書之一部。詩餘圖譜，嘯餘譜，及沈氏詞韻等，前已備論。詞體明辨在徐氏之詩體明辨中，以平仄作譜，列之於前，而錄詞其後；但襯字未曾分析，句法未曾拈出，小令之隔韻換韻，中調之暗藏韻，長調之有不用韻，亦未分明；較字數多寡，或以襯字爲實字，分令慢短長，或以別名爲一調；甚則上二字三字可以聯下句，下五字七字可以作對句；過變竟無聯絡，結束更無照應。歌詞自得譜，按詞注調，如李太白之「簫聲咽」，司馬才仲之「妾本錢塘江上住」，蘇東坡之「大江東去」，李易安之「蕭條庭院」，皆注明某宮某調，及十六法，然未必遂爲古人之舊。花草粹編二十二卷，所錄皆唐宋二代之詞，合花間草堂二集而各摘一字以爲名，（花字代唐，草字代宋，）固有未安，然援據繁富，箋釋詳贍，頗足以資參考。詞林萬選四卷，廣輯唐以來詞，王世貞謂其爲詞家功臣；四庫存目提要，則謂其評註疏陋，所選爲搜求隱僻，不免雅俗兼陳。唐詞紀十六卷，名曰唐詞，而五代之作居十之七，且編製不以人亦不以調，惟區爲景色，弔古等十六門，殊無條理。詞品五卷，論列引證，頗爲詳晰。惟根據訛誤處，時反自矜創獲，以故立論多不堅卓，後之言詞者多服其博洽，獨胡應麟於筆叢中駁之，然胡氏不嫻於詞，雖多糾正，而互有得失。渚山堂詞話三卷，爰園詞話，皺水軒詞筌各一卷，時有中肯之論。藝苑巵言，爲弇州評談文學之作，頗有心得，其於詞曲攷證議論，語多可取，雖稍有疵累，足備參稽。猥談有論詞曲音調處，語而不詳。南濠詩話，論詞曲調名處，多掛漏牽强，皆無若何精采。餘如卓人月詞統，雜紀詞林瑣聞，無關大體。惟毛晉汲古閣所刻宋六十名家詞及詞苑英華，流傳舊集，雖校勘時有未精，而繼絕之功良不可沒。大抵明人箸述，患在輕率，雖不少聰明積學之士，然所取不精，則其通病耳。

明詞家可分三期述之：

楊基，字孟載，嘉州人，大父仕江左，遂家吳中，洪武初，知滎陽縣，歷山西按察副使；有眉庵詞，遠宗白石，饒有新致，吳衡照謂其『工秀輕俊，未洗元人之習。』高啓，字季廸，長洲人，隱吳松江之靑丘，自號靑丘子，洪武初召入纂修元史；授編修，擢戶部侍郎，後爲太祖所殺有扣舷詞一卷，沈雄謂其『大致以疎曠見長，而石州慢又極纏綿之致。』劉基，字伯溫，靑田人，元進士，入明以佐命功官至御史中丞，封誠意伯，正德中追謚文成有誠意劉文成公集詞，王世貞謂其『穠纖有致，去宋尙隔一塵』，柳塘詞話則摘其謁金門，轉應曲，靑門引，漁家傲，花犯，踏莎行，渡江雲，山鬼謠諸首中警句，稱其『妙麗入神』。李禎，字昌祺，廬陵人，永樂二年進士，官河南左布政有僑庵詩餘二卷。王達，字達善，無錫人，洪武初舉明經，官國子助教，永樂初累官侍讀學士；性簡淡，博通經史，與解縉，王偁，王燧，號東南五才子；有耐軒集，天游稿。瞿祐，字宗吉，自號存齋，錢塘人，洪武中以薦歷宜陽訓導，遷周府長史，永樂間謫保安，洪熙元年放還；有樂府遺音五卷，餘淸詞一卷，風情麗逸，爲時傳誦；少時和凌雲翰梅柳爭春詞，因以知名，然其呈楊維楨賦鞋杯詞不免纖佻。此外如張以寧之翠屛集，韓守益之槜李稿，劉昺之春雨軒詞，解縉之春雨齋集，張肎之夢庵詞，皆有元人遺音。凡皆所謂明初作手也。各錄一首：

瘦綠添肥，病紅催老，園林昨夜春歸。深院東風，輕羅試著單衣。雨餘門掩斜暉。看梅梁乳燕初飛。荷錢猶小，芭蕉漸長，新綠成團。何郎粉淡，荀令香消，紫鸞夢老，青鳥書稀。新愁舊恨，在他紅藥欄西。猶記當時。水晶簾一架薔薇。有誰知。千山杜鵑，無數鶯啼。（楊基夏初臨）

落了辛夷，風雨頻催，庭院瀟灑。春來長恁，樂章懶按，酒籌慵把。辭鶯謝燕，十年夢斷青樓，情隨柳絮猶惹。難覓舊知音，託琴心重寫。妖冶。憶曾攜手，鬥草闌邊，買花簾下。看到轆轤低轉，秋千高打。如今甚處，縱有團扇輕衫，與誰更走章臺馬。回首暮山青，又離愁來也。（高啓石州慢春感）

秋光好。無奈錦帳香銷，繡幃寒早。鈎簾人立東風，送書過雁，依然又到。故鄉杳。空把淚隨江水，夢縈江草。何時賦得歸來，倚松對柳，開尊醉倒。衰鬢不堪臨鏡，鏡中愁見，蓬飛絲繞。門外遠山，青青長帶斜照。石泉澗月，孤負夜猿嘯。傷心處，楓凋露落，荷枯煙沼。燕去玄蟬老。滿天細雨鳴羅鳥。花蔓當簷裊。庭院靜，遙聞清砧聲搗。擁衾背壁，一燈紅小。（劉基瑞龍吟）

落盡芙蓉，收殘菱芡，晚色淒迷。斷荇隨流，枯荷折柄，秋滿蘇隄。沙禽自在幽棲。極浦外天連水低。粉墜蓮房，波漂菰米，煙暝湖西。（李禎柳梢青題秋塘圖）

細雨簷花作晚寒。愁春心緒已闌珊。故人消息隔秦關。　自怯鬢華休對鏡，更無豪興懶登山。連宵猶念杏花殘。（王達浣溪沙）

露葦催黃，煙蒲駐綠，水光山色相連。紅衣落盡，孤負採蓮船。點檢六朝楊柳，但幾箇抱葉殘蟬。秋容晚，雲寒雁背，風冷鷺鶿肩。　華筵容易散，愁添酒暈，病減詩顛。況情懷冲淡，漸入中年。擺退舞裙歌扇，盡付與一枕高眠。清閒好，脫巾露髮，仰面看青天。（瞿祐滿庭芳西湖秋泛）

海角亭前秋草路，榕葉風清，吹散蠻煙霧。一笑英雄曾割據，癡兒卻被潘郎誤。　寶氣消沈無覓處，薜暈猶殘，鐵鑄遺宮柱。千古興亡知幾度，海門依舊潮來去。（張以寧明月生南浦廣州南漢王劉鋹故宮鐵柱）

地擁岷峨，天開巫峽，江勢西來百折。聲搖中流，投鞭思濟，多少昔時豪傑。鶴渚沙明，鷗灘雪淨，小艇鳴榔初歇。喜憑闌握手，危亭偏稱，詩心澄澈。　還記取，王粲樓前，呂巖磯外，別樣水光山色。煙霞仙館，金碧浮圖，盡屬楚南奇絕。紫雲簫待，綠醑杯停，咫尺良宵明月。拚高歌一曲清詞，徧徹馮夷宮闕。（韓守益蘇武慢江亭遠晚）

石徑土牆斜。桃李桑麻。紙錢飛處亂啼鴉。閒趁斜陽攜榼去，寒食人家。　苑樹憶天涯。遺恨琵琶。銅駝衰草臥龍沙。漢寢唐陵無麥飯，暮雨梨花。（劉昺浪淘沙寒食）

吳山深。越山深。空谷佳人金玉音。有誰知此心。　夜沈沈。漏沈沈。閒却梅花一曲琴。高松對竹林。（解縉長相思寄友）

翠鈿狼籍綠圓點點濃如積。芳痕漲雨凝寒碧。一片濃陰，休掃坐來石。　徑深不教殘陽入。茸茸不似春紅色。芳塵淨洗無纖迹。吟客來時，只恐印行屐。（張肯醉落魄苔徑）

馬洪，字浩瀾，號鶴窗，仁和人，有花影集，自謂四十餘年僅得百篇；楊愼亟稱之，謂其「皓首韋布而含吐珠玉錦繡胸腸，褎然若貴介王孫」；許東溟謂其多麗一詞「可追跡康伯可」，皆不免過譽。今按其詞，非無冶情秀句，但氣骨輕浮，境語凡近，故朱氏謂其俗不可醫。同時有聶大年，字壽卿，臨川人，正統間官仁和教諭，景泰初徵入翰林；有東軒集，嘗作卜算子二首自況，而浩瀾和之。商輅，字宏載，淳安人，正統進士，歷官吏部尚書謹身殿大學士，卒謚文毅，有素庵集詞；沈雄謂其『小詞明淨簡鍊，亦復沾沾自喜』，其一叢花詠初春一詞，尤覺妥帖輕圓。餘如王越有雲山老懶集詞，沈周有石田集詞，李東陽有懷麓堂集詞，皆無特采，各錄一首：

春老園林，雨餘庭院，偏惹蝶駭鶯猜。蔫紅皺白，狼藉滿蒼苔。正是愁腸欲斷，珠箔外點點飄來。分明似，身輕飛燕，扶下碧雲臺。當初珍重意，金錢競買，玉砌新栽。正翠屏遮護，羯鼓催開。誰道天機繡錦，都化作紫陌塵埃。紗窗裏，有人憐惜，無語託香腮。（馬洪滿庭芳落花）

楊柳小蠻腰，慣逐東風舞。學得琵琶出教坊，不是商人婦。忙整玉搔頭，玉筍纖纖露。老卻江南杜牧之，嬾爲秋娘賦。（聶大年卜算子）

今年春淺臘侵年。冰雪破春妍。東風有信無人見，露微意柳際花邊。寒夜縱長，孤衾易暖，鐘鼓漸清圓。朝來初日半銜山。樓閣淡疏煙。遊人便作尋芳計，小桃杏應已爭先。衰病少情，疏慵自放，惟愛日高眠。（商輅一叢花初春）按此詞亦見東坡樂府，不知沈氏何以致誤。

遠水接天浮。渺渺扁舟。去時花雨送春愁。今日歸來黃葉鬧，又是深秋。聚散兩悠悠。白了人頭。片帆飛影下中流。載得古今多少恨，都付沙鷗。（王越浪淘沙）

慣得輕柔綺陌中。幾枝斜映驛亭紅。微烟啅雀金猶嬾，細雨藏鴉綠未濃。攀傍岸，折隨風。管人離別思無窮。閑花更是無聊賴，一片西飛一片東。（沈周鷓鴣天柳）

正愛月來雲破。那更柳眠花臥。簾幙風微，秋千人靜，酒盡春無那。迢遞高樓孤寂坐。縹緲笛聲飛墮。恨

入病第八　四一一

曲短，宵長，院深牆迴，憑仗風吹過。（李東陽雨中花題畫）

稍後有吳寬，字原博，長洲人，成化八年進士第一，歷官禮部尚書，卒謚文定，有匏庵集詞。趙寬，字栗夫，吳江人，成化進士，歷官廣東按察使，有半江詞。楊循吉，字君謙，吳縣人，成化進士，官禮部主事，有南峯逸稿。費宏，字子充，鉛山人，成化二十三年進士第一，歷官華蓋殿大學士，卒贈太保，謚文憲，有文憲公集詞。蔣冕，字敬之，全州人，成化進士，累官謹身殿大學士，卒贈少師，謚文定，有湘臯樂府。王鴻儒，字懋學，南陽人，成化進士，歷官戶部尚書，卒謚文莊，有凝齋集。史鑑，字明古，吳江人，有西村集詞。顧潛，字孔昭，崑山人，弘治進士，官御史，有靜觀堂集詞。顧璘，字華玉，吳縣人，弘治進士，歷官湖廣巡撫，加刑部尚書，有東橋詞。王九思，字敬夫，鄠縣人，弘治進士，官郎中，有渼陂集，並工曲，有碧山樂府。唐寅，字子畏，一字伯虎，吳縣人，舉人，有六如詞。周用，字行之，吳江人，弘治進士，歷官吏部尚書，卒謚恭肅，有白川集。陳霆，字聲伯，德清人，弘治進士，官山西提學僉事，有水南稿。韓邦奇，字汝節，朝邑人，正德進士，歷官南京兵部尚書，卒謚恭簡，有苑洛集詞。皆稍著者。各錄一首：

纖雲卷盡天如水，蘆荻風殘。松竹霜寒。更看前溪月滿山。　畫船紅映金尊酒，子夜歌闌。緩吹輕彈。得意人生且盡歡。（吳寬采桑子）

寒風吹水。微波皺作魚鱗起。白雨橫秋。秋色蕭條動客舟。　疎鐘何處。知在前村黃葉樹。茅屋誰家。荒徑無人菊自花。（趙寬減字木蘭花姚江阻雨）

吳郊春滿，綠草熏南陌。風弄輕容小橋側。瞰荒園穠麗，幾樹夭桃，彷彿似，薄醉西施顏色。　醞香飄十里，更着流鶯，亂擲金梭向林織。天宇淨繁芳，日暖蜂游，早擱住，高陽狂客。便典却，羅衫又何妨，算容易飛花，韶光難得。（楊循吉洞仙歌題酒家壁）

霜月高懸碧漢，畫船自泛寒江。銀燈獨對夜何長。窗外浮光蕩漾。　可怪麴生疎闊，閒來冷落瓊觴。思量無計助清狂。且與青編相向。（夏宏西江月舟中夜行獨坐無酒擁卷作）

斜日墜荒山，雲黑天垂暮。時見空中一雁來，冷入殘蘆去。　驚起却低飛，有意同誰語。啄盡枝頭數點霜，還向空中舉。（蔣冕卜算子）

燕子初歸，芙蓉乍老。蒼苔院落桐陰小。一簾疎雨晚來晴，繁香不斷寒花裊。　著譜人非，簪英事杳。風流

未必今時少。且須痛飲讀離騷，靈修豈肯捐芳草。（王渼陂踏莎行賞菊）

秋水芙蓉江上飲，憐渠無限風流。紅牙低按小梁州。濃雲拖急雨，依約見紅樓。　最是采蓮人似玉，相逢並著蓮舟。唱歌歸去水悠悠。清砧孤館夜，明月太湖秋。（史鑑臨江仙贈余浩）

婁江一碧，動鱸魚佳興。浩蕩鷗波放烟艇。過溪橋十里，香稻垂花，秋未晚，遠渚芙蕖萬柄。　野翁能愛我，酌酒烹雞，何處漁歌更堪聽。醉起試推篷，驟雨初收，斜陽外山光雲影。願百歲逍遙瀼西東，任華髮星星，換來青鏡。（顧潛洞仙歌自壽）

抱病登樓無意緒，滿城寒雨濛濛。一尊何日與君同。卷簾芳草碧，呼酒夕陽紅。　堪恨賞心都不偶，依然枉却東風。扁舟歸興莫匆匆。江梅花自落，別有海棠叢。（顧璘臨江仙雨中柬譚于羽）

門外長槐窗外竹，槐竹陰森，繞屋重重綠。人在綠陰深處宿。午風枕簟涼如沐。　樹底轆轤聲斷續。短夢驚回，石鼎茶方熟。笑對碧山歌一曲。紅塵不到人間屋。（王九思蝶戀花夏日）

雨打梨花深閉門。忘了青春。誤了青春。賞心樂事共誰論。花下銷魂。月下銷魂。　愁聚眉峯盡日顰。千點啼痕。萬點啼痕。曉看天色暮看雲。行也思君。坐也思君。（唐寅一剪梅）

風前滿地花，雨後連天草。今年三月裏，春歸早。低雲薄霧，猶自憐清曉。金尊須臾倒。無奈離愁，爲他轉傷

懷抱。繡簾斜轉晝靜聞啼鳥。韶華剛九十，勾銷了。綠波無賴，點點靑荷小。寄語春知道。桃李多情，莫教惜春人老。（周用滿路花）

流水孤村，荒城古道。槎牙老木烏鳶噪。夕陽倒影射疎林，江邊一帶芙蓉老。風暝寒煙，天低衰草。登樓望極羣峯小。欲將歸信問行人，靑山盡處行人少。（陳霆踏莎行晚歸）

殘雪已消往事東風又報春愁。珠簾不卷玉香鉤庭院遲遲淸晝。細雨繁花上院，輕煙碧草汀洲。一聲啼鳥水東流。春在小橋楊柳。（韓邦奇西江月春思）

楊愼，字用修，新都人，正德六年進士第一，授修撰，嘉靖甲申，兩上議大禮疏，廷杖，謫戍雲南永昌衞卒；箸書百餘種，詞有升庵詞二卷，曲有陶情樂府四卷。王世貞稱其『才情蓋世，曲頗膾炙，但多川調，不甚諧南北本腔，又或剽竊元人樂府，掩爲己有；其詞好入六朝麗事，似近而遠。』大抵升庵短處，在於務博而不克精純，故見譏於陳胡；其詞雖見風華而浮豔無眞氣，且疏於訂律，故被彈於朱萬耳。同時有夏言，字公謹，貴溪人，正德十二年進士，歷官吏部尚書，華蓋殿大學士，以復河套事，爲嚴嵩所害。後謚文愍有桂洲近體樂府六卷，鷗園新曲一卷；當其爲相時，長篇小令草稿未削，已流布都下，互相傳唱。王世貞謂其「雄爽比之稼軒，覺少精思」；朱彝尊謂其「間有硬語」。文徵明，初名璧，以字行，更字徵仲，長洲人，以歲貢入京，授翰林待詔，有莆田集，詞頗清俊。陳鐸，字大聲，下邳人，有草堂餘意，全和草堂詞，己作亦隨附其後；又有樂府散套，穩協宮羽。餘如張綖有南湖集四卷，吳子孝有明珠詞一卷，陳如綸有二餘詞一卷，薛廷寵有皇華集四卷，皆稍可稱，各錄一首：

春宵微雨後，香徑牡丹時。雕闌十二，金刀誰翦兩三枝。六曲翠屏深掩，一架銀箏緩送，且醉碧霞巵。輕寒香霧重，酒暈上來遲。　席上歡，天涯恨，雨中姿。何人如訴，飄泊粉淚半低垂。九十春光堪惜，萬種心情難寫，彩筆寄相思。曉看紅溼處，千里夢佳期。（楊慎水調歌頭）

小樓臨苑對青山，朱門草色閒。隔花時有珮珊珊，秋千楊柳間。　新綠暗，亂紅殘，慵妝低翠鬟。日長春困減芳顏，無人獨倚闌。（夏言阮郎歸）

西窗睡起雨濛濛，雙燕語簾櫳。平生行樂都成夢，難忘處，碧鳳坊中。酒散風生棋局，詩成月在梧桐。　近來多病不相逢。高興若爲同。清尊白苧交新夏，應孤負綠樹陰濃。憑仗柴門莫掩，興來擬扣牆東。（文徵明風入松簡湯子重湯居吾瓜坊）

波映橫塘柳映橋。冷煙疏雨暗亭皋。春城風景勝江郊。　花蕊暗隨蜂作蜜，溪雲還伴鶴歸巢。草堂新竹兩三梢。（陳鐸浣溪沙）按此詞乃和清眞水漲魚天一首。

新陽上簾幌，東風轉，又是一年華。正駝褐寒侵，燕釵春裊，句翻詞客，簪鬥宮娃。堪娛處，林鶯啼煖樹，渚鴨睡晴沙。繡閣輕烟，剪燈時候，青旗殘雪，賣酒人家。　此時因重省，瑤臺畔，曾遇翠蓋香車。惆悵塵緣猶在，密約還賒。念鱗鴻不見，誰傳芳信，瀟湘人遠，空採蘋花。無奈疏梅風景，碧草天涯。（張綖風流子）

韶光都付亂離中。登眺覺心慵。青山城外望斷，愁絕黛痕濃。　閒把酒，倚樓東，小桃紅。館娃煙草，香徑風蘭，長記游蹤。（吳子孝訴衷情寫靖癸丑甲寅東南倭亂）

楊柳溪橋，桃花野渡。十年車馬同游處。聯詩曾對月華明，傷心祇見春光暮。　迢遞雙魚，浮沈尺素。相思輾轉愁無數。東風聽徹子規啼，聲聲訴盡空歸去。（陳如綸踏莎行）

綠楊枝上黃鶯小。長路關情，花鳥三春了。雲水迢迢鄉夢杳。夭桃穠李空開笑。　江笛一聲天正曉。雨色愁人，征騎忙多少。紫荇風牽羅帶繞。晚來頓覺輕寒峭。（薛廷寵蝶戀花殘春風雨）

入病第八　　四一七

王世貞，字元美，太倉人，嘉靖二十六年進士，累官刑部尚書；有弇州四部稿，自謂：「意在筆先，筆隨意往，法不累氣，才不累法。有境必窮，有證必切，匪獨詩文爲然，塡詞末藝，敢於數子云有微長。」蓋對當時汪道昆，李攀龍輩而言。汪稱其詞「沾沾自喜，出人一頭地」；李亦謂「惟某敢與狎主齊盟，而小詞弗逮」；而沈雄則謂其「皆不痛不癢篇什，惟能以生動見長。」大抵弇州當時盛名太過，不免失之粗疏，故與升庵並蒙强作解事之譏。同時有王好問，字裕卿，號西塘，樂亭人，嘉靖進士，累官戶部尚書，有春照齋集詞。王錫爵，字元馭，太倉人，嘉靖四十一年進士第一，累官吏部尚書，建極殿大學士，卒謚文肅，有文肅集。徐渭，字文清，更字文長，江陰人，有櫻桃館集，並工曲。凡皆明中葉詞人之可稱者。各錄一首：

浮萍只待楊花去。兒更廉纖雨。鴨頭虛染最長條。醞造離亭清淚幾時消。　珊瑚翠色新豐酒。解醉愁人否。薄寒攬送汝南雞。偏向碧紗廚畔醒時啼。（王世貞虞美人）

嫋嫋西風斂暝烟。日銜山。陰陰楊柳暗長川。水如天。　一別玉京成遠夢，幾經年。錦魚千里爲誰傳。思依

然。（王好問賀聖朝）

月色依微照雲光淺淡流。捲簾同上最高樓。試看海天萬里好清秋。　酌酒金螺小，調箏玉指柔。更深鶴背冷飄颻。勸我今朝且住莫歸休。（王錫爵南歌子遊仙詞）

淺碧平鋪萬頃羅。越臺南去水天多。幽人愛占白鷗莎。　十里荷花迷水鏡，一行遊女惜顏酡。看誰釵子落清波。（徐渭浣溪沙鑑湖）

晚明詞家更少巨子，其可稱者，首推湯顯祖。顯祖，字義仍，一字若士，臨川人，萬曆十一年進士，官禮部主事，有玉茗堂詞，並工南曲，號爲大家；詞則不免雜入曲子字面。陳繼儒，字仲醇，別號眉公，華亭人，有晚香堂詞二卷，瀟灑少豔語。范鳳翼，字異羽，通州人，有勳卿集，王士禛稱其「曠洌似半山，而風味過之。」俞彥，字仲茅，上元人，萬曆二十九年進士，歷官光祿寺少卿，詞衷稱其「工於小令，不無率露語，至其備審源委，不趨佻險而遵雅淡，獨見典型。」施紹莘，字子野，青浦人，自號浪仙，以慕張子野三影之譽，故詞名花影詞。卓人月，字珂月，仁和人，有寤歌詞十二卷，王士禛謂其「詞統一書，蒐采鑒別，大有廓清之力，乃其自運，去宋人門廡尚遠』王言遠謂其『有快意欲盡之病。』湯傳楹，字卿謀，吳縣諸生，有湘中草，沈雄謂其『小詞特多秀發之句。』陳子龍，字臥子，青浦人，崇禎十年進士，官兵科給事中進兵部侍郎，明亡殉節，有湘眞閣，江蘺檻詞二卷，沈雄謂其『風流婉麗；』王士禎謂其『神韻天然，風味不盡，如瑤臺仙子，獨立却扇時，』可稱明末傑出。夏完淳，字存古，華亭人，官中書舍人，年十七，與父允彝以明亡殉節，有夏內史集玉樊堂詞一卷，沈雄謂其『慷慨淋漓，不須易水悲歌，一時悽感，聞者不能爲懷；』王士禎謂其『自是再來人，』蓋其早慧大節，並成絕世也。餘如韓洽之蟺香堂集，沈謙之東江詞，賀裳之紅牙詞，皆明末詞人之可稱者。各錄一首：

不經人事意相關。牡丹亭夢殘，斷腸春色在眉彎。倩誰臨遠山。　排恨疊，怯衣單，花枝紅淚彈。蜀妝晴雨畫來難。高唐雲影間。（湯顯祖阮郎歸）

蜂欲分衙燕補巢。陰陰落葉過江皋。一陣窗前風雨到，打芭蕉。　驚起幽人初睡午，茶烟纔繞出花梢。有

簡客來牽在背，虔紅橋。（陳維崧攤破浣溪沙）

晴雲如絮。霎時飛入銀河去。露洗遙空。廿四橋頭一笛風。　客窗無暑，片霎芳樹清曉雨。月冷邗溝。夢破狼峯絕頂秋。（范鳳翼減字木蘭花邗江歸思）

淺渚明沙聚碧流。依然春信鎖枝頭。金徽昨夜初賡曲，羌笛何人更倚樓。　朝露重，晚烟浮。幾回花下月如鉤。而今貯向紗窗裏，點點寒香入夢愁。（俞彥鷓鴣天瓶梅）

春欲去。如夢一庭空絮。牆裏秋千人笑語。花飛撩亂處。　無計可留春住。只有斷腸詩句。萬種消魂多寄與。斜陽天外樹。（施紹莘謁金門）

城中火樹落金錢。城外湖波起碧烟。夜夜夜深歌子夜，年年年節度丁年。　玻璃一段湖稱聖，琥珀千鍾酒號賢。自分孀追兒女隊，玉梅花下拾花鈿。（卓人月瑞鷓鴣湖上上元）

一片傷心花影重。美人初出曉雲宮。簾前泥落常憎燕，鬢側花搖數避蜂。　鉤月翠，暈潮紅。倚烟欺雨咒東風。碧紗窗掩隅隅處，塞北江南春夢中。（湯傳楹鷓鴣天）

章臺西弄。纖手曾攜送。花影下，相珍重。玉鞭紅錦袖，寶馬青絲鞚。人去後，簫聲永斷秦樓鳳。　菡萏雙燈捧。翡翠香雲擁。金縷枕，今誰共。醉中過白日，望裏悲青塚。休恨也，黃鶯啼破前春夢。（陳子龍千秋歲）

孤負天工，九重自有春如海。佳期一夢斷人腸，靜倚銀釭待。隔浦紅蘭堪採。上扁舟傷心欸乃。梨花帶雨，柳絮迎風，一番愁債。 回首當年綺樓畫閣生光彩。朝彈瑤瑟夜銀箏，歌舞人瀟灑。一自市朝更改。暗銷魂繁華難再。金釵十二，珠履三千，淒涼千載。（夏完淳燭影搖紅）

園亭晴敞，正梁飛舊燕，林唱新蟬。望清景無邊。有青峯迴合，碧渚相連。葛衣紗幘，對南薰一曲虞絃。起無限鄉心別恨，瀟湘夜雨朝烟。 曲終也餘韻在，見游魚浴鷺，山沒波間。愛縟草芊綿。更穠柳垂池，翠柏參天。日長人倦，向北窗欹枕高眠。愁魂繞，滄浪雲夢，片時行盡三千。（韓洽瀟湘逢故人慢擬王和甫）

一霎鶯梭，早織就千紛萬縷。最苦是蘇隄欲曉，灞橋將暮。媚眼未醒開又合，纖腰半倚扶難住。又沈沈搭在玉闌干，和烟雨。 還記得，長亭路。曾折送，行人去。恁牽纏似我，別時情緒。簾黑夢回應有淚，樓高目斷渾無語。隔青山不見紫騮歸，濛天絮。（沈謙滿江紅詠柳）

薄暮銀塘風色靜。閒倚雕闌，自賞娉婷影。一簇芙蓉相掩映。睡花落處游鱗競。 女伴潛呼渾未醒。橫眺迴波，纔訝紅妝並。飛盡殘霞天又暝。柳梢笑指新懸鏡。（賀裳蝶戀花暮春）

明代女子中能詞者甚多。如楊用修妻黃氏，葉紹袁妻沈宜修，女小紈，昭齊，小鸞等，林鴻妻張紅橋，金陵妓楊宛，揚州妓王修微，皆其稍著者。緇流惟一靈，俊逸有致，詞均不錄。

（二）明代曲學

曲盛於元，至明初而中衰，及明中葉而南曲大昌，其勢幾與元雜劇相抗。其間治曲學者，亦大有人，蓋所以發元人未放之花，而形成明代文學之特色也。其首出者爲寧獻王權王爲太祖第十六子，洪武二十四年，就封大寧，永樂元年，改封南昌；弘獎風流，博學好古，自號丹丘先生，一號涵虛子，深於音律，著太和正音譜，其論曲取曲家九十八人而品題之，見前雖未必盡切，然不少當語。自後風稍衰歇，至弘正間而南曲涵衍浸淫，宮調格律大變北曲之舊；由是關於南北曲之研究，漸次紛起。程明善遂廣蒐元明一切言樂府詞曲之書而爲嘯餘譜。如周德清中原音韻，丹丘先生論曲，及太和正音譜目等，悉皆采入。

明時南曲止用絃索官腔，至嘉靖隆慶間，太倉魏良輔乃漸改舊習，始備衆樂器，而劇場大成。良輔又能喉轉音聲，變弋陽海鹽胡調爲崑腔，一名水磨調。崑山梁辰魚就之商訂曲律，填浣紗記，付其製譜。吳偉業詩所謂『里人度曲魏良輔，高士填詞梁伯龍』，王世貞詩所謂『吳閶白面冶遊兒，爭唱梁郎雪豔詞』，是也。自是絃索之學，講者漸衰，曲調節奏，益趨繁縟，而作法亦大變，南北曲之途漸混，其異點僅在北曲全用七聲，而南曲則不用二變耳。

南北曲之異點究亦頗多，今舉其要。一曰、板式：北曲貴乎跌宕閃賺，故板之緩急亦變動不拘，又視文中襯字多少以爲增減，所謂『死腔活板』是也；南曲則每宮每支除引子及本宮賺不是路外，無一不立有定式，不可移動，謂之板式。二曰、譜式：北曲襯字多，故其譜出入頗多，增減時幾無所適從；南曲襯字少，且有一定格式，有時譜或小有出入，而以板式較之，自無同異之可疑。三曰、套數：北曲套數前後聯串之處最爲謹嚴，較南曲之律爲密；南曲長套增減之處，苟在同宮間，可自行去取，甚至割裂同宮同調之曲各取數句集爲一曲。四曰、宮調：北曲六宮十一調，內缺道宮、高平調、歇指調，角調，宮調，僅十二宮調。南曲九宮十三調，蓋以仙宮爲一宮，而羽調附之；正宮爲一宮，而大石調附之；中呂爲一宮，而般涉調附之；南呂爲一宮；黃鍾爲一宮；越調爲一宮；商調爲一宮，而小石調附之；雙調爲一宮；仙呂入雙調爲一宮。

曲譜之作，自嘯餘外，舊有南音三籟，骷髏格，皆不盛傳。南曲惟吳江沈璟之南九宮譜爲最著。璟字伯英，號寗庵，世稱詞隱先生，精於審律，辨察銖黍，其南曲譜凡二十二卷，大體分引子，過曲，慢，近，煞尾，逐字註明四聲，於犯調集曲處皆詳細分列，每宮末皆有總論，說明何調宜用何尾聲。北曲則惟吳門李玄玉之一笠庵北詞廣正譜，採元人傳奇散套，及明初諸名人所著之北詞，依宮按調，彙爲全書；復取華亭徐于室所輯，參而訂之，於調名體格同異處辨證甚屬精詳，所收尤博，多後世所未見；每首題上標出韻部，句旁不註四聲，但註韻叶。吳偉業序其書稱爲『騷壇鼓吹，堪與漢文唐詩宋詞並傳不朽』云。

南北曲調有與詞名同而實異者，有與詞相近者，有與詞全同，或直爲詞而入于曲者，今細檢沈李二譜，卽可得之。且南曲尤多於北，由此可見南曲與詞，性質較近，關係較密。茲分列以資比較，其宮調體別不同而名同者，則分注之。

北曲與詞名同實異者四十四：

醉花陰 賀聖朝 滾繡毬 醉太平 鴈過南樓（即清商怨） 還京樂 （大石）女冠子 滿庭芳 剔銀燈 朝天子 齊天樂 賣花聲 四換頭 烏夜啼 感皇恩 賀新郎 玉交枝 駐馬聽 滴滴金 搗練子 豆葉黃 川撥棹 減字木蘭花 魚游春水 金蕉葉 小桃紅 調笑令 古竹馬 看花回 逍遙樂 八聲甘州 天下樂 鵲踏枝 金錢兒 瑞鶴仙 後庭花 六幺令 望遠行 玉抱肚 黃鶯兒 踏莎行 垂絲釣 應天長 哨徧

與詞相近者二十三：

喜遷鶯 晝夜樂 綵樓春 侍香金童 傾杯序 （黃鍾）女冠子 歸塞北（即望江南） 念奴嬌 驀山溪 憶王孫 憶帝京 粉蝶兒 醉春風 一枝花 夜行船 月上海棠 風入松 太清歌 也不羅（即一落索） 青玉案 梅花引 集賢賓

秦樓月

與詞全同者十一：

八月圓　菩薩蠻　百字令　靑杏兒　點絳脣　太常引　柳外樓（即憶王孫）　行香子　南鄉子　糖多令　鷓鴣天

南曲與詞名同實異者八十四：

天下樂　望遠行　碧牡丹　望梅花　摵亭秋　八聲甘州（仙呂過曲）　桂枝香（仙呂過曲）　惜黃花　春從天上來　河傳　杜韋娘　浪淘沙（羽調近詞）　梁州令　新荷葉　錦纏道　小桃紅　傾杯序　醉太平　雙鸂鶒　洞仙歌　少年遊　沙塞子　八月圓　菊花新　好事近　駐馬聽　古輪臺　漁家傲　剔銀燈（中呂引子）　丹鳳吟　山花子　千秋歲　大聖樂　薄媚　薄倖　賀新郎（南呂過曲）　女冠子　解連環（南呂過曲）　引駕行　竹馬兒　繡帶兒　瑣窗寒　阮郎歸　浣溪沙　秋夜月　八寶妝　木蘭花　疏影（黃鍾引子）　西地錦　滴滴金　雙聲子

歸朝歡　春雲怨　侍香金童　傳言玉女（黃鍾過曲）　章臺柳　鴈過南樓　亭前
柳　繡停鍼　憶多嬌（即長相思）　江神子　逍遙樂　三臺令　十二時　擊梧桐
二郎神（商調過曲）　集賢賓（商調過曲）　鶯啼序　黃鶯兒　花心動　賀聖朝（雙調引子）　紅
林檎（雙調過曲）　醉公子　武林春　月上海棠　柳梢青（仙呂入雙調過曲）　惜奴嬌（仙呂入雙調過曲）
品令　豆葉黃　六幺令　字字雙　玉交枝　玉抱肚　川撥棹

與詞相近者三十三：

卜算子　醉落魄　燕歸梁　七娘子　齊天樂　瑞鶴仙　喜遷鶯　三字令
東風第一枝　烏夜啼　粉蝶兒　戀芳春　一枝花　于飛樂　步蟾宮　上
林春　絳都春　瑞雲濃　傳言玉女（黃鍾引子）　玉漏遲　霜天曉角　金蕉葉
杏花天　鳳皇閣　憶秦娥　高陽臺（商調過曲）　眞珠簾　惜奴嬌（雙調引子）　寶鼎現
夜行船　秋蕊香　梅花引　晝錦堂

與詞全同或以詞入曲者四十五：

探春令　鵲橋仙　似孃兒　鷓鴣天　破陣子　念奴嬌　燭影搖紅　滿庭芳　金菊對芙蓉　臨江仙　虞美人　憶難忘　滿江紅　點絳脣　浪淘沙　祝英臺近　謁金門（以上全同）　糖多令　聲聲慢　八聲甘州 仙呂慢詞　桂枝香 仙呂慢詞　安公子　驀山溪　醜奴兒　行香子　青玉案　尾犯　剔銀燈引　醉春風　賀聖朝 中呂慢詞　沁園春　柳梢青 中呂慢詞　哨徧　一翦梅　生查子　賀新郎 南呂慢詞　天仙子　高陽臺 商調引子　二郎神慢 商調引子　集賢賓 商調慢詞　永遇樂　解連環 商調慢詞　搗練子　風入松慢 雙調引子　紅林檎慢 雙調慢詞（以上詞入曲）

曲選之作，雜劇則有臧懋循之元曲選。懋循，字晉叔，長興人，家藏元人雜劇祕本最多，復從黃州劉延伯借得所錄御戲監本二百五十種，參伍校訂，擇其佳者百種，以甲乙釐爲十集梓行。其所棄而不入選者，遂不可見，亦憾事也。又有無名氏之元人雜劇選三十卷，陳與郊之古名家雜劇八集，續五集，共五十二卷，沈泰之盛明雜劇二集凡六十種，鄒式金之雜劇新編凡三十四種，皆所收甚備。至於傳奇，則有毛晉汲古閣刊閩世道人編之六十種曲一百二十卷，明代佳作，殆皆薈萃。散曲則有寧王權之北雅三卷，皆北曲。郭勛之雍熙樂府二十卷，前十五卷以宮調分曲，多選套數，亦入雜劇；十五卷後半至二十卷則錄南曲及隻曲。陳所聞之北宮詞紀六卷，南宮詞紀六卷，專選元明人套數。騷隱居士（楚叔文）之白雪齋吳騷合編四卷，則明曲爲多。

曲評之作，藝苑卮言諸書而外，有王驥德之曲律，總論南北曲之源流法度，條分縷析，至爲詳備。沈德符之顧曲雜言，雜論元明南北曲，多可參語。沈寵綏之度曲須知，論歌唱多心得。徐渭之南詞敘錄，專論南戲之格調作家，多明確。餘如騷隱居士之衡曲麈談，魏良輔之曲律，雖寥寥短篇，而時有可取。鬱藍生（卽呂天成，字勤之，別號棘津。）之曲品，高奕之傳奇品，皆於明代曲家蒐攷甚博，品評亦多獨到，爲後人攷明曲者所必循。

（二）明曲本及其作家

上篇既言元南戲導源於南宋之戲文，元中葉稍衰，至元明之際而復起。今所傳之荊，劉，拜，殺，琵琶五大傳奇，卽南曲之先鋒也。自是作者鋒起，詞采情事均有可觀。同

(2)、北曲作者亦衆，然不及南曲著稱者之多，其後曲本，遂判雜劇與傳奇二大類。茲先述雜劇，而次及於傳奇。

明雜劇之存於今者，大率備見於盛明雜劇，雜劇新編，而明初之作不與焉。明初第一期作家，首推寧獻王權。其荊釵記冏已居傳奇之首，而雜劇亦擅場；太和正音譜目，有丹丘先生之辨三教，勘妒婦，煙花判，瑤天笙鶴，白日飛昇，獨步大羅天，九合諸侯，私奔相如，豫章三害，肅清瀚海，客窗夜話，楊娭復落娼等十二種，卽其作也。目又載王子一有海棠風，楚陽臺，劉阮天台，鴛燕蜂蝶四種；劉東生有嬌紅記，月下老世間配偶二種；谷子敬有三度城南柳，雪恨鬧陰司三種；湯舜民亦有嬌紅記，及風月瑞仙亭二種；楊景言有風月海棠亭，史教坊斷生死夫妻二種；賈仲名有度金童玉女一種；楊文奎有王魁不負心，封陟遇上元，玉盒記，兩團圓四種。今多不存。惟元曲選中存有王子一之劉晨阮肇，谷子敬之城南柳，賈仲名之蕭淑蘭，對玉梳，金安壽，(3)卽金童玉女楊文奎之兒女團圓等六種。稍後則周憲王名有燉，號誠齋，爲周定王長子，洪熙元年襲封，勤學好古，精於音律；作雜劇凡二十七種，散曲尤多，今存洛陽風月牡丹仙，及劉盼春守志香囊怨二種，見盛明雜劇；清河縣繼母大賢趙貞姬身後團圓夢等八種，見雜劇十段錦；最近長洲吳氏奢摩他室曲叢存有誠齋樂府二十四種，爲最富矣。

第二期爲明中葉及明季，其作家多見於盛明雜劇一二集中。其最負時譽者爲康海，字德涵，號對山，武功人，弘治十五年進士，授翰林院修撰，放浪坐廢，有東郭先生誤救中山狼一劇。次爲徐渭，見前，曾入胡宗憲幕，後流落抑鬱以終；有漁陽弄，翠鄉夢，雌木蘭，女狀元四種，總名四聲猿。汪道昆，字伯玉，號南溟，歙縣人，官至兵部左侍郎；有高唐夢，五湖遊，遠山戲，洛水悲四種。馮惟敏，字汝行，號海浮，臨朐人，官保定府通判；有梁狀元不伏老一劇，王世貞謂其『板眼務頭，攛掇緊緩，無不曲盡，而才氣足以發之』；其散曲有山堂詞稿。梅鼎祚，字禹金，宣城人，工詩文，有崐崙奴一種。王衡，字辰玉，太倉人，官翰林院編修；有鬱輪袍，眞傀儡二種。許潮，字時泉，靖州人，作劇最多，有武陵春，蘭亭會，寫風情，午日吟，南樓月，赤壁遊，龍山宴，同甲會等八種。葉憲祖，字美度，亦號槲園居士，餘姚人，官至工部郎中，作劇亦多；有北邙說法，團花鳳，易水寒，夭桃紈扇，碧蓮繡符，丹桂鈿盒，素梅玉蟾等七種。陳與郊，字廣野，海寧人，有昭君出塞，文姬入塞，義狗記三種。沈自徵，字君庸，吳江人，有鞭歌妓，簪花髻，霸亭秋三種。孟稱舜，字子若，會稽人，有人面桃花，死裏逃生，英雄成敗三種。徐士俊，字野君，錢塘人，有春波影，絡冰絲二種。徐元暉有有情癡，脫囊穎二種。餘如梁辰魚有紅線女，又有江東白苧散曲，汪廷訥有廣陵月，凌初成有虬髯翁，王應遴有逍遙遊，卓人月有花舫緣，陳汝元有紅蓮債，祁元儒有錯轉輪，車任遠有蕉鹿夢，徐復祚有一文錢，王澹翁有櫻桃園，僧湛然有魚兒佛，袁于令有雙鶯傳，秦樓外史（即王驥德）有男王后，衡蕪室主有再生緣，竹癡居士有齊東絕倒，吳中情奴有相思譜等各一種。此外集中未入者，尚有王九思之杜甫遊春一種，九思散曲有碧山樂府，沜東樂府，此劇相傳為譏李西崖而作；雜劇二集有曲江春，則以為僧湛然作。又未收者，有楊慎之洞天玄記，蘭亭會，太和記三種；慎散曲有陶情樂府，續陶情樂府，王世貞謂其「頗不為當家所許，以其蜀人多川調，不甚諧南北本腔。」此外工小令套數者，尚有李開先，字中麓，會稽人，有一笑散；王磐，字鴻漸，高郵人，有西樓樂府；常倫，字明卿，沁水人，有樓居樂府；陳繼儒，見前，有清明曲；楊循吉，見前，有南峯樂府，諸集不盡傳。

第三期爲明、清之際，其作家多見於雜劇、新編。其最著者爲吳偉業，字駿公，號梅村，太倉人，官國子祭酒，明亡仕清，失志抑塞，時以詞曲寓故國禾黍之思，作通天臺，臨春閣二種，幽怨悲慷，令人不忍卒讀。尤侗，字展成，號悔庵，一號西堂，長洲人，才氣宏麗，作劇五種，雜劇新編錄其讀離騷，弔琵琶二種，而讀離騷最稱雄健淋漓；其他尚有桃花源，黑白衛，清平調三種。其作劇多者，如茅維有蘇園翁，秦庭筑，金門戟，雙合歡，鬧門神五種。鄭瑜有鸚鵡洲，汨羅江，黃鶴樓，滕王閣四種。南山逸史有半臂寒，長公妹，中郎女，翠鈿緣，京兆眉五種。周如璧有孤鴻影，夢幻緣二種；鄒式金有醉新豐，風流塚二種。餘如孟稱舜有眼兒媚，孫源文有餓方朔，陸世廉有西臺記，薛旦有昭君夢，查繼佐有續西廂，堵廷棻有衛花符，黃家舒有城南寺，張來宗有櫻桃宴，張龍文有旗亭宴，鄒兌金有空堂話，士室道人有鞭詩讖，碧蕉軒主人有不了緣等各一種。此外編中未收者，尙有黃方儒號醒狂，金陵人有倚門，再醮，淫僧，偸期，督妓，孌童，懼內七種，總名陌花軒雜劇。來集之號元成子，蕭山人，崇禎進士有藍采和，阮步兵，鐵氏女三種，總名秋風三疊，及挑燈劇，碧紗籠，女紅紗等，共六種。王夫之，字而農，號船山，衡陽人，明末理學遺民，有龍舟會一種。葉小紈，字蕙綢，吳江人，沈永禎妻，有鴛鴦夢一種。

明傳奇之存於今者，數量遠過於雜劇。一則以明代北曲之勢本不敵南曲；一則以雜劇不能過長，每劇不過數折，而傳奇則每種可多至數十齣。故明代曲家之得名，北不如南也。試就地域觀之，當時傳奇作家，以南直隸及浙江爲最多；江西湖廣等處次之；至於北直山東河南等處，昔爲雜劇最盛之區，今則傳奇作家不過一二人。可以察風氣之遷變矣。

明代傳奇不下二三百種，六十種曲特選其佳者耳，其遺佚者多矣。明初自寧獻王及徐㽔後，傳奇作者稍見衰歇，至第二期之初成化弘治間，始漸興起。如沈受先，字壽卿，作三元記，銀瓶記，龍泉記，嬌紅記四種。姚茂良，字靜山，武康人；作精忠記，金丸記，雙忠記三種。丘濬，字仲深，瓊州人；理學大臣，作五倫記，投筆記，舉鼎記，羅囊記四種。沈采，字練川，吳縣人，作千金記，還帶記，四節記三種。邵深，字勵安，常州人，官給諫，作香囊記一種，皆不甚著。其後梁辰魚以清詞豔曲名盛當代，所作浣紗記，擅譽一時，流播海外。同時有鄭若庸，字中伯，號虛舟，崑山人，客趙康王所，王薨後，去居清源，作曲三種，大節記，五福記，皆不傳，惟傳玉玦記，典雅工麗，可詠可歌，開後人駢綺一派；至其每折一調，每調一韻，尤爲合法。張鳳翼，字伯起，長洲人，作曲七種，惟傳紅拂記，灌園記，祝髮記三種。餘如王世貞作鳴鳳記一種，蘇復之作金丘記一種，薛近兗作繡襦記一種，王雨舟作連環記一種，皆頗著。此外工南曲散套者，尚有陳鐸，祝允明，唐寅諸人。

稍後傳奇大作家，當推沈璟，湯顯祖。沈作曲二十一種，以義俠記，桃符記，紅蕖記爲著。湯作曲五種，而四夢中之牡丹亭最負時譽；紫釵記特見精采，四夢者，牡丹亭，南柯記，邯鄲記，紫釵記是也；此外尚有紫簫記一種。沈音律精嚴，一字不苟；湯詞采富麗，不守繩墨。伯英嘗云：『寧律協而詞不工，讀之不成句，而謳之始協，』若士聞之笑曰：『彼惡知曲意哉？余意所至不妨拗折天下人嗓子。』後人每病其不合韻律，常改易原文以合伶人之口，究其與沈，可謂各有獨詣。

此期作家，尚有屠隆，字長卿，又字緯眞，號赤水，鄞縣人，官禮部主事，被訐罷歸，縱情詩酒；作彩毫記，修文記，曇花記三種。任誕先，仁和人，作曲二種，傳靈寶刀一種。陸采，字子元，號天池，長洲人；其兄粲草明珠記，采續成之，又改王實甫之西廂記而爲南西廂；至其創作尚有三種，椒觴記，分鞋記不傳，惟傳懷香記。顧大典，字道行，吳江人，官福建提學副使；作曲四種，以靑衫記爲著。汪廷訥，字昌期，休寧人，官鹽運使；作曲十種，傳獅吼記，種玉記二種；其散曲有環翠堂樂府。沈鯨，字涅川，平湖人；作曲四種，以雙珠記爲著。徐復祚，字陽初，常熟人；作紅梨記，宵光劍，梧桐雨，東郭記四種，以紅梨記爲著。葉憲祖作曲五種，傳鸞鎞記一種。梅鼎祚作玉合記一種。周朝俊，字稊玉，鄞縣人；作紅梅記一種。單本，字槎仙，會稽人；作露綬記，蕉帕記三種。許自昌，字元祐，吳江人；作曲四種，以水滸記爲著，陳汝元，字太乙，會稽人；作曲二種，以金蓮記爲著。高濂，字深甫，號瑞南，錢塘人；作玉簪記節孝記二種，惟傳玉簪記。楊珽，字夷白，錢塘人；作龍膏記錦帶記二種，惟傳龍膏記。史槃，字叔考，會稽人；作夢磊記合紗記二種。沈嵊，字孚中，錢塘人；作綰春園，息宰河二種。王玉峯，松江人；作焚香記。謝讜，號海門，上虞人；作四喜記。汪錂，字劍池，錢塘人；作春蕪記。朱鼎，字永懷，崑山人；作玉鏡臺記。餘如周螺冠作錦箋記，張午山作雙烈記，徐叔回作八義記，朱京樊作風流院，本各一種。

第三期傳奇大作家，當推馮夢龍，阮大鋮。馮字猶龍，一字子猶，吳縣人，崇禎時官壽寧知縣，歸而殉乙酉之難；嘗取古今傳奇，删改易名，而細訂其板式，共十種，而命曰墨憨齋傳奇定本；自作雙雄記萬事足二種，曲白皆工妙。阮字集之，號圓海，又號百子山樵，懷寧人，依附魏忠賢，魏敗，坐廢，弘光朝位至司馬，人品卑下，而曲則極工，有燕子箋，春燈謎，雙金榜，牟尼盒，忠孝環五種，今傳燕子箋春燈謎二種，而燕子箋尤名噪一時，民間演之者歲無虛日。同時有吳炳，字石渠，號粲花主人，宜興人，年少登第，負才名；

作畫中人，療妒羹，綠牡丹，西園記，情郵記五種，以療妒羹，西園記為尤著，蘊藉流麗，脫盡煙火氣；新傳奇品稱其『如吳道子寫生，鬚眉畢現。』袁于令原名韞玉，字令昭，號籜庵，吳縣人，官荊州知府：作金鎖記，玉符記，珍珠衫，鷫鸘裘，西樓記五種，西樓記最著名，歌場盛行，而力薄不足為法，珍珠衫尤猥褻傷雅。李玉字玄玉，吳縣人，作曲最多，共三十三種。惟一人，永占四種，可追步玉茗四夢，謂其一捧雪，人獸關，永團圓，占花魁四種也；新傳奇品稱其『如唐衢走馬，操縱自如。』朱素臣以字行，吳縣人，作曲十八種，以振三綱，未央天，聚寶盆，十五貫，瑤池宴為著；新傳奇品稱其『如少女簪花，修容自愛。』至若吳偉業之秣陵春，寄慨興亡，沈鬱感愴，尤侗之鈞天樂，抒寫牢騷，警厲深刻：皆本期有名之作。

此期作家尚有范文若，字香令，松江人，作曲九種，以鴛鴦棒，花筵賺，倩花烟，夢花酣為著。薛旦字既揚，號沂然子，無錫人，作曲十種，以書生願，醉月緣，戰荊軻，蘆中人，昭君夢為著。周坦綸，號果庵，作曲十四種，以火牛陣，綈袍贈為著。張大復字星期，號寒山子，吳縣人，作曲二十三種，以如是觀，醉菩提，海潮音，釣魚船，天有眼爲著。盛際時，字昌期，吳縣人；作曲四種，以飛龍蓋，雙虬判爲著。朱雲從，字際飛，吳縣人；作曲十二種，以石點頭，別有天，赤鬚龍，兒孫福爲著。陳二白，字于令，長洲人；作曲三種，以雙官誥爲著。高奕，字晉音，一字太初，會稽人；著新傳奇品，作曲十四種，以風雪緣，千金笑，貂裘賺爲著。馬佶人，字更生，吳縣人；作梅花樓，荷花蕩，十錦塘三種。劉晉充，字方所，吳縣人；作羅衫合，天馬媒，小桃源三種。葉稚斐，字美章，吳縣人；作琥珀匙，女開科，開口笑，鐵冠圖等八種。朱佐朝，字良卿，吳縣人；作漁家樂，萬花樓，太極奏，乾坤嘯，豔雲亭，淸風寨等三十種。丘園，字嶼雪，常熟人；作虎囊彈，黨人碑，百福帶，蜀鵑啼等九種。史集之，字友益，溧陽人；作淸風寨，五羊皮二種。陳子玉，字希甫，吳縣人；作三合笑，玉殿元，歡喜緣三種。丁耀亢，字野鶴，作蚺蛇膽，仙人遊，赤松遊，西湖扇四種。王香裔，作非非想，黃金臺二種。此外失名之作而傳者，如玉環記，尋親記，金雀記，霞箋記，投梭記，琴心記，飛丸記，贈書記，運甓記，節俠記，四賢記等，皆頗著。

自梁鄭張屠諸子以詞藻相尙，於是曲辭多典雅，而賓白尙駢儷；議者或以爲錯采鏤金，雖足眩目，然失卻本色，但供文士之欣賞，不合里巷之心情；然究其切摯優美處，未嘗果損其眞也。及李笠翁起而變之，所作諸曲，力求通俗明顯，當時歌場，皆樂演奏，新傳奇品稱其「如桃源笑傲，別有天地」；然或議其謔浪太過，不免傷雅；作曲十六種，以奈何天，比目魚，蜃中樓，美人香，風箏誤，愼鸞交，凰求鳳，巧團圓，玉搔頭，萬年歡等十種爲最著；其他意中緣，偸甲記，四元記，雙錘記，魚籃記，萬全記，則知者較少。翁名漁，湖州人，深於曲學，著閒情偶寄，論曲之結構，詞采，音律，賓白，科諢，格局等，皆多獨到語，洵此期之傑出者。

振衰第九

有清學術，淩轢前代，二百六十八年之間，人文蔚起，跡其所成，各有特徵。其於學也，如漢儒之攷據，宋儒之義理，佛老之心性，西人之曆數，旁及醫方技擊金石書畫，皆有發明。其於文也，如漢魏之辭賦，六朝之駢儷，唐宋之詩詞，元明之戲曲，下至小說，諸隱，對偶，詩鐘，悉多專詣，以視明代之淺陋，不啻上下牀也！論者究其成就之所藉，蓋自君主提倡，世運承平，士鮮沈淪，國無憂患。於是優柔厭飫，蒸育涵濡，治學裕於三餘，爲文不矜一得。故能聯鑣接轡，競爽飛聲。大之足爲牖民華國之資；小亦可備悅志怡情之具。斯固確論，倘有未賅。清之全盛，實在康乾。史館詞科，士悉歸於羈縶；文獄書禁，氣則被其摧殘。由是好學者入於鑿險縋幽，而能文者逃於吟風弄月。成績雖異，避患則同，故文之所就，不如學。及其季也，科舉既敝，士不重名；晏安已深，君不務治；內亂擾其安；慮外患惕其危亡。由是文人多悲歌慷慨之懷；而學者乏極深研幾之暇，理智暫隱，情感斯張，故學之所就不如文。蓋學貴沈潛，而文資激厲，消長之關鍵，卽得失之樞機也。今姑置學術之泛濫於不論，而繹其屬於文學之詞曲分著於篇。

（一）清代詞學之振興

明人於詞造詣未深，而好之則甚，詞譜，詞韻，詞選，詞話諸書紛作，而求其完善足法者蓋尠。其輕率不精之病，已具論於前篇。及於清則病日減而善日增。究其所由，蓋以明人標榜相高，得名甚易，往往寸長片善，表襮無餘，隻語單詞，傳誦不絕，使淺學者懷僥倖弋名之志，高才者生驕矜自滿之心。於是浪蕊浮華，競其藻采，巧僞小智，弄其玄虛。清則不然，樸學日昌，品節日勵，亭林，梨洲，船山，夏峯之倫，或湛深經術，或冥索性天，餘力及於詞章，大聲覺其聾聵；流風所被，朝氣所驅，俾知名非浪得，學必探源，雖在塡詞度曲之微，亦有厚薄深淺之等；遂乃各植根柢，務造精深。淺學者不足以成名；高才者無所用其滿。稽其所詣，洵足以振明代之衰而發詞林之闇矣。

清初風雅之突勝於明者，亦繫夫君主之好尚，遠過於明之諸宗。觀世祖之於尤倜，聖祖之於姜宸英，世宗之於閻若璩，高宗之於沈德潛，或誦其文，或耳其名，或欽其學，或愛其詩，皆以特識殊遇，拔自寒微，開館編書，成就豐大。由是士有所勵，不敢自菲，奮而益勤。故自康熙至乾隆間，詞之作家，固遠過明代，即詞學之著述，亦較明爲優。雖初期之作，如毛先舒之塡詞名解，賴以邠之塡詞圖譜，吳綺之選聲集，查繼佐之古今詞譜，趙鑰，曹亮武之詞韻，仍不免沿襲明人之訛謬；然稍進則曙光大來，蒙蔽盡豁矣。其屬於調律者，有萬樹之詞律，康熙之欽定詞譜，仲恆之詞韻。其屬於選詞者，有朱彝尊之詞綜，康熙御選之歷代詩餘，陳丹問之記紅集，佟世南之東白堂詞選，蔣景祁之瑤華集，蔣重光之昭代詞選，顧貞觀之倚聲初集，陳維崧之荊溪詞，侯晰之粱溪詞選，王士禛，陳維崧，王鴻緒，徐樹敏合選之衆香集，錢芳標之詞瞟。其屬於彙集者，有侯文燦之名家詞，孫默之國朝名家詩餘，聶先，曾王孫之百名家詞，龔翔麟之浙西六家詞。其屬於評論攷證者，有沈雄之柳塘詞話，毛奇齡之西河詞話，王又華之古今詞論，王士禛之花草蒙拾，鄒祗謨之遠志齋詞衷，劉體仁之七頌堂詞繹，彭孫遹之金粟詞話，詞藻，錢芳標之蓴齋詞話，徐釚之詞苑叢談等書。

詞律，欽定詞譜，仲氏詞韻等，前已備論。

詞綜三十四卷，錄唐宋金元人詞凡五百餘家，採摭極富，別擇亦精；至辨訂詳核處，諸家選本皆所不及。御選歷代詩餘一百二十卷，踵詞綜而作，錄自唐迄明詞凡一千五百四十調，九千餘首為百卷，又附詞人姓氏爵里十卷，詞話十卷，於倚聲家異同，博徵詳攷，本末粲然；而崇雅黜浮，別裁不苟，與詞綜並為完善選本。記紅集選唐五代宋人詞。東白堂詞選錄明人詞。瑤華集二十六卷，錄明末清初人詞，悉多珉玞雜糅。昭代詞選三十八卷，倚聲初集十二卷，皆錄清初人詞，而倚聲較昭代為精純。荊溪詞六卷，錄宜興古今人詞，以調為次。梁溪詞選錄無錫人秦松齡以下十八家。眾香集六卷，錄明及清初閨秀尼妓詞，各附小傳，頗多軼聞。詞嘤以調為次，計一千調，書未刊而佚。

侯刻名家詞，自南唐二主迄元張埜計十家。孫刻國朝名家詩餘，原十六家，三十九卷，後其子金礪增二家三卷，共四十二卷，稍涉明末清初虛囂標榜之習。百名家詞計一百家，清初人詞所收略備。浙西六家詞，合朱彝尊，李良年，沈皞日，李符，沈岸登，龔翔麟六家計十一卷開清初浙派詞之先。

柳塘詞話六卷，亦名古今詞話，（宋人楊湜舊有古今詞話今佚）分詞評，詞辨，詞品三門，雜引舊文，多不著出典，間附己說，亦涉標榜。西河詞話論詞崇唐五代，蓋承明陳臥子之教，與浙派諸家格不相入；其攷證詞曲源流處，頗多可取。古今詞論一卷，雜錄論詞之語，古人僅十之一，近人乃十之九。花草蒙拾，詞衷，詞繹，金粟詞話，蒓皺詞話諸書，論詞各有精到語；鄒，劉，彭諸家對阮亭皆極推崇。詞藻四卷，拈唐以後之雋句名篇品題長短，大致欲使蘇辛周柳兩派同歸。詞苑叢談十二卷，纂輯宋以來筆記及談詞之書分為七類，採摭宏富，會詞話之要；惜采集時多未注出典，竹垞其年當時即病之，後雖欲自補已不可得。後有丁鑄者嘗為校補，惜稿未刊行而佚。（見賭棋山莊詞話）

清之中葉，國勢盛強，民物殷阜。高宗獎進文學，徵修四庫，盛極一時，風氣所趨，人才挺異，經史百家之學並進於光大之途，固無論矣。即詞學亦以前此諸賢恢張門戶，學者朋興，自乾隆迄道光中，著述之盛，足以繼武。其屬於調律者，有葉申薌之天籟軒詞譜及詞韻，舒夢蘭之白香詞譜附晚翠軒詞韻，吳烺程名世之學宋齋詞韻，吳應和之榕園詞韻，戈載之詞林正韻，謝元淮之碎金詞譜。其屬於選詞者，有陶梁之詞綜補遺，王昶之明詞綜，國朝詞綜，王紹成之國朝詞綜二編，吳衡照之明詞綜補，劉逢祿之詞雅，姚階之國朝詞雅，沈時棟之國朝詞選，夏秉衡之清綺軒詞選，葉申薌之天籟軒詞選，草堂新集，閨詞鈔，吳錫麒之佇月樓分類詞選，張惠言張琦之詞選，董毅之續詞選及鄭善長之詞選附錄，周濟之宋四家詞選，周之琦之心日齋十六家詞選，戈載之宋七家詞選，續絕妙好詞，袁鈞之四明近體樂府，朱和羲之新聲譜。其屬於彙集者，有秦恩復之詞學叢書，王昶之琴畫樓詞鈔，汪世泰之七家詞鈔。其屬於評論攷證者，有方成培之香研居詞麈，吳衡照之蓮子居詞話，李調元之雨村詞話，袁鈞之西廬詞話，淩廷堪之詞潔，郭麐楊夔生之詞品，周濟之詞辨，宋翔鳳之樂府餘論，張宗橚之詞林紀事，葉申薌之本事詞等書。

諸家詞韻，前已備論。天籟軒詞譜五卷，兼取萬氏詞律，欽定詞譜，錄定一詞爲式，甚爲詳備適用；不用圖，亦不注平仄，尤爲大方。白香詞譜一卷，選通行之百調，倣詩餘圖譜法以白黑圈表平仄，可便初學；惟錄詞有時舍宋而取清，未爲探本，（如暗香不錄白石而取竹垞。）又可平可仄處亦太通脫，僅具大概而已。碎金詞譜初集六卷，續集十二卷，旁考雍熙樂府及南北九宮大成譜，徧注詞之宮調工尺，其自爲詞亦倣白石例自注宮調旁譜，自謂得千古不傳之祕；然詞之歌法久亡，雖白石旁譜具存，尚難按歌，況自崑腔既興，元人南北曲歌法已失，此更以崑腔法歌詞，又隔一塵，豈果合拍？特其用心之勤爲可許耳。

詞綜補遺十卷，錄宋元人詞以補朱氏所未備；明詞綜十二卷，錄明人詞；國朝詞綜四十八卷，錄清人詞迄嘉慶初；國朝詞綜二編八卷，續錄清人詞迄道光中；明詞綜補錄明憲宗迄呂福生，以補王氏所未備；皆務存人，非盡勝作。詞雅五卷，錄唐五代宋人詞八十家，凡三百首，所傳才士名卿閎意眇旨正變聲律備具。國朝詞雅，國朝詞選皆錄淸人詞，則雅俗雜陳，不及劉選之純。淸綺軒詞選十二卷，以調爲次，各繫以人，自唐迄淸，所取多駁。天籟軒詞選六卷，選古今人詞，意在調停於柳周蘇辛之間，尙近雅正，校誤亦細。草堂新集錄明人詞，則雅俗雜陳矣。閩詞鈔四卷，錄五代以後閩人徐昌圖以下六十一家詞千餘首，所收甚備。佇月樓分類詞選錄古今人詞。自序謂『慕竹垞之標韻，緬樊榭之音塵，竊謂字詭則滯音，氣浮則滑響，詞俚則傷雅，意褻則病淫。』旨趣甚正。張氏詞選二卷，錄唐宋詞四十四家，僅一百十六首，標意內言外之說，意在推崇正聲，屏屯田夢窗等，斥爲蕩而不反，傲而不理，枝而不物；譚獻謂其『町畦未盡而奧窔始開』，人多病其所選太嚴，其外孫董毅乃續選五十二家，一百二十二首，則柳吳皆入選矣。宋四家詞選四卷，申張氏之旨，標舉宋人美成稼軒碧山夢窗四家爲宗，而又以兩宋諸家體格相近者分隸四家，各爲一卷，其旨則新，而於源流本末未免顚倒；如晏歐開國詞宗，繼聲五代，賀方回開四明詞派，爲夢窗西麓之先河，乃皆以附於北宋末之美成；五代之徐昌圖，北宋之東坡，乃以附於南宋之稼軒，孫奴其祖，殊非箸述之體；又如玉田既以附於碧山，乃獨以其集中綠意詠荷葉一闋，改隸夢窗，署無名氏，雖考據未精之過，亦足見分宗配隸，說難自圓；至於序論之精到，語又不可磨。十六家詞選錄唐溫庭筠至元張翥十六家之詞，各繫一詩，以究詞之本末，而挽張氏之偏。宋七家詞選七卷，錄周、史、姜、吳、周、王、張七家，杜文瀾作註。續絕妙好詞續草窗錄宋末至清中葉詞，所選皆尙純正，惟於古人用韻處或改之以就己說。四明近體樂府十四卷，錄唐宋以下寧波人詞一百六十家，末附己作，若賀知章等止有竹枝柳枝一二首者亦列爲詞家，殊失限斷；而所收宋明人多可補王氏詞綜所遺。新聲譜一卷，輯清人自度腔以長短爲序，末附己作。

詞學叢書二十二卷，輯樂府雅詞三卷，拾遺一卷，陽春白雪八卷，外集一卷，詞源二卷，日湖漁唱一卷，補遺二卷，續補遺一卷，元草堂詩餘三卷，菉斐軒詞林韻釋一卷。琴畫樓詞鈔錄清中葉詞人張梁以下詞二十五家；七家詞鈔九卷，錄劉嗣綰以下七家詞而附以己作；皆可以見乾嘉詞人之概。

香研居詞麈五卷，深究律呂，謂『樂律無古今，古之律呂卽今之工尺；』又論『凡詞既用某韻，則句中勿雜入本韻字，而句首一字尤宜愼之，卽句逗處亦萬不可同犯韻字；』語雖過執，亦見謹嚴。蓮子居詞話六卷，持論以爲言情宜雅，毋堆積，忌雕琢，頗爲篤切，校正詞律多條，皆有據依。雨村詞話四卷，拾升庵餘論，極推毛氏塡詞名解，所見殊陋；又謂宋人無詞話，惟後山集中有七條，而不知宋人箸述中詞話固不少，特非一一明著爲詞話耳。如吳曾能改齋漫錄十六十七兩卷，周密浩然齋雅談末卷，皆屬論詞；又如胡仔苕溪漁隱叢話，陸游老學庵筆記，羅大經鶴林玉露，劉克莊後村詩話等書中亦多談詞；若詞源詞旨等專箸更無論矣。西廬詞話一卷，論詞雖少獨到，尙不背馳。詞潔一卷，論律極細，謂宋詞非四聲所可盡；淩氏嘗箸燕樂考原，固洞於樂律者，其言自異浮掠。郭楊二氏之詞品，倣司空圖二十四品體，各爲十二章，以四言韻語描摹情致，雖具領會，然不盡切；且其分目多雷同，微婉何別於委曲？閒雅詎懸於幽秀？孤瘦遒峭，所差幾何？穠豔奇麗，所異安在？必拘以二十四品，故不免於湊耳。詞辨原本十卷——一卷起溫飛卿爲正，二卷起南唐後主爲變，三四卷爲名篇稍有疵累，五六卷爲平妥清通，纔及格調，七八卷爲大體紕繆，精采間出，九卷爲本事詞話，十卷爲庸選惡札，迷誤後生，大聲疾呼以昭炯戒——清稿付田生，附糧船，毀於水，追憶僅錄出正變二卷。其論詞略宗茗柯，不少精當之言，然亦有偏執處。樂府餘論論甚精切，間有考證亦典核。詞林紀事二十二卷本據叢談而以人爲綱，以時代爲次，凡涉詞家故實或有評語之作，悉皆入選，引證精博，翦裁簡潔，與叢談同爲詞學必備之書；後附許昂霄詞韻考略，則據今韻分編三聲分十七部，入聲分九部，所論古今寬嚴進退失據：本事詞四卷，纂輯有詞以來詞家本事，最爲博核，與張氏紀事相印證而較爲謹嚴，惟未注出典，則與叢談同病。

晚清國事陵遲，民生憔悴，學者從谷文史，已不似前此之泰然矣；然綿綿之緒，究未稍墜者，則前修積厚流光之功也。道光末，粵亂始作，夷禍復乘，歷咸豐而至同治，號稱中興，十數年來，士學曾未稍輟，文風進而益昌。迨光緒中葉以降，變亂紛乘，內外交迫，憂時之士，怵於危亡，發爲噫歌，抒其哀怨，詞學則駸駸有中興之勢焉。迄於鼎革，箸述之盛，不讓於唐。其屬於調律者，有徐本立之詞律拾遺，杜文瀾之詞律補遺。其屬於選詞者，有黄燮清之國朝詞綜續編，丁紹儀之國朝詞綜補，譚獻之篋中詞，孫麟趾之絕妙近詞，國朝七家詞選，張鳴珂之續七家詞選，王鵠之同聲集，沈濤之洛州唱和詞，邊浴禮之燕筑雙聲，其子保樞之侯鯖詞，彭鑾之薇省同聲集，王鵬運等之庚子秋詞，春蟄吟，楊希閔之詞軌，王闓運之湘綺樓詞選，馮煦成肇麟之唐五代詞選，宋六十一家詞選。其屬於彙集者，尤富於清人詞，則有趙國華之明湖四客詞，唐樹義之楚四家詞，王先謙之湖南六家詞鈔，繆荃孫之雲自在龕彙刻詞，吳重熹之石蓮庵山左人詞，徐乃昌之小檀欒室閨秀百家詞；於宋元人詞則有丁丙之西泠詞萃，王鵬運之四印齋彙刻詞及宋元三十一家詞，江標之靈鶼閣彙刻宋元名家詞，吳昌綬之雙照樓刊影宋元本詞，朱祖謀之彊村叢書，湖州詞徵。其屬於評論攷證者，有劉熙載之詞概，孫麟趾之詞逕，蔣敦復之芬陀利室詞話，江順詒之詞學集成，丁紹儀之聽秋聲館詞話，謝章鋌之賭棋山莊詞話，鄭文焯之詞學徵徵，詞源斠律，況周儀之香海棠館詞話，香東漫筆，蕙風簃隨筆，選卷叢談，西底叢談，蘭雲菱夢樓筆記，王國維之人間詞話，沈寶善之閨秀詞話等書。

詞律拾遺八卷，前六卷就萬氏書補調一百六十五，爲體一百七十九，又補體三百十六，後二卷補注則訂正萬氏之注；俞樾序稱其爲『萬氏功臣』。詞律補遺一卷，更就徐氏書又補五十調，然雜采宋鼓吹法曲及元人小令，嫌混詞體，裨益殊少，然杜氏詞律校勘記却多悉心探索而得，而爲徐氏補注所采者，要與徐氏書皆爲詞律之輔車而不可無作也。

國朝詞綜續編二十四卷，續王氏書，錄清嘉道咸同間人詞五百八十六家，所收尙備，評語亦有可取，其書本黃安濤未成之稿，而燮清足成之。國朝詞綜補六十卷，補王氏之遺，訖於晚清，較黃氏書尤爲豐備。篋中詞六卷，選清初吳偉業以下迄晚清莊棫，與黃王二氏頗有異同，旨隱辭微，且出二家外，去取甚謹，評騭亦多刻意，後依絕妙好詞之例附己作一卷，又續四卷，始邊浴禮，終許增。絕妙近詞六卷，選清初至道咸人詞，頗純雅。國朝七家詞選一卷，選清人厲鶚，林蕃鍾，吳翊鳳，吳錫麒，郭麐，汪全德，周之琦七家詞共五十五首。續七家詞選一卷，選姚燮，王錫振，黃燮清，陳元鼎，邊浴禮，蔣春霖，承齡，蔣敦復七家詞共六十一首，所選太略，殊不足見各家之長。同聲集錄清人吳廷鉁，王曦，潘曾瑋，汪士進，王憲成，承齡，劉耀椿，龔自珍，莊士彥諸家詞，大致以浙派朱厲爲宗，間有主張北宋者。洛州唱和詞爲沈氏官廣平府時幕中唱和之作，自邊浴禮至戴錫祺先後共八人，有九秋詞，消寒四詠等題。燕筑雙聲爲邊浴禮，邵建時，金泰三人合刻，皆沈氏幕中酬答之作。侯鯖詞五卷，錄同時人鄧嘉純，俞廷瑛，宗山，吳唐林，及己作共二百七十五首。薇省同聲集五卷，錄同時端木埰，許玉瑑，王鵬運，況周儀四家之作。庚子秋詞二卷，爲庚子拳亂時北京圍城中王鵬運，劉福姚，朱祖謀等唱和之作，皆小令；春蟄吟則諸人辛丑唱和之作，皆慢詞也。詞軌一卷，選歷朝詞可爲法者，加以評語。湘綺樓詞選三編；前編始後唐莊宗，迄趙與仁，三十二人，四十一首；本編始張孝祥迄仇遠十八人二十四首；續編始馮延巳至蔣捷十一人十一首，疑是未完之書而門下遽刊之者。大旨不主南宋亦不以常州張氏爲然自謂『學詞者患不靈不患不蠢，靡靡之音自能開發心思蕩泆之懷，又不待學』云。唐五代詞選三卷本花間尊前，南唐二主陽春錄等；宋六十一家詞選十二卷本毛氏汲古閣刊，施以選擇所取精純，可稱善本其序評騭諸家時多獨到。

明湖四客詞四卷，輯清人嚴秋槎，李仲衡，王五橋，徐慕雲四家。楚四家詞四卷，輯清人劉淳，張其英，王柏心，蔡偁四家。湖南六家詞鈔六卷，輯清人孫鼎臣，周壽昌，李洽卿，王闓運，張祖同，杜貴墀六家。雲自在龕彙刻詞，輯清人宋翔鳳等十三家。石蓮庵山左人詞，輯清人王士祿，王士禛，宋琬，楊通佺，唐夢賚，曹貞吉，趙執信八家而合以宋之樂章，姑溪，琴趣，審齋，蠙窟，拙庵，稼軒，草窗，漱玉九集。屯田閩人入之山左，古今靡合殊嫌不倫。小檀欒室彙刻閨秀百家詞十集，每集十家，合一百七卷，輯明四家，清九十六家，可謂鉅觀；其閨秀詞鈔十六卷，則流傳斷什，未見全稿者也。西泠詞萃十卷，輯錢塘人詞，計周邦彥片玉詞四卷，朱淑眞斷腸詞一卷，姚述堯簫臺公餘詞一卷，仇遠無絃琴譜二卷，張雨貞居詞一卷，凌雲翰柘軒詞一卷。四印齋所刻詞計花間集以下二十一種，又宋元三十一家詞，輯潘閬逍遙集以下三十一家二集；共計五代一種，北宋四家，南宋三十四家，金一家，元九家，而其中沈氏樂府指迷，陸氏詞旨，戈氏詞韻，皆非詞集，然悉要籍也。靈鶼閣彙刻宋元名家詞十七卷，付湘人張祖同刻之，計葛郯信齋詞以下十五家。雙照樓刊影宋元本詞五十三卷，輯歐陽文忠近體樂府以下十五種；身後其版歸武進陶氏，又附益數種。彊村叢書輯雲謠集以下一百七十種，計總集五種，北宋二十七家，南宋八十五家，金五家，元四十八家；大抵王刻旣有而甚精者卽不再刊，王刊缺或刻而未盡善今又得他善本者亦刊之，搜羅之富，前刻無出其右；又每種皆附有校記，訂勘精密，尤不可及，合以王刻，可稱雙璧，學詞者備此二書，受用不窮矣。湖州詞徵二十四卷，輯宋元明三朝湖州人張先子野集以下計一百又一家；末附淸湖州詞人姓字略，並舉其詞稿之名，爲續輯張本，校訂亦精。

詞概在劉氏所著藝概中，持論頗正，評騭諸家，大半允洽；惟以唐詩家喻宋詞家，未盡切當。詞逕一卷，標舉作詞十六要訣：清，輕，新，雅，靈，脆，婉，轉，留，托，澹，空，皺，韻，超，渾，蓋導揚浙派者。芬陀利室詞話二卷，本意內言外之旨立論，（原書誤作言內意外）蓋導揚常州派者。詞學集成十卷，分類纂集前人詞話，自附按語，於萬氏詞律攻訐甚力，譏其『秪知四聲而忽五音』，立論雖高，終亦未能充實其說；集成之名，題自其友，微嫌夸矣。聽秋聲館詞話二十卷，持論宗南宋而不薄蘇辛，所錄多雅正；至校正詞綜詞律處，乃占數卷，其精博爲諸家詞話所不及。賭棋山莊詞話十二卷，續五卷，持論不少通識，甚詆王氏詞綜，戈氏詞韻；於詞派則頗右蘇辛，於清初諸家宗北宋者多所推許，而學南宋專堆砌者則深貶之；所舉雖無鄙詞，但少雅正耳。詞學徵微一卷，極言四上競氣之妙，於樂記多所闡明。詞源斠律一卷，於詞源加以詮證，甚多心得，雖偶有誤釋原文處，而大體固精當也。香海棠館詞話，附其詞後，雖篇幅不多，而論多刻意。後附清詞人生日，亦可備考。香東漫筆，蕙風簃隨筆，二筆，選巷叢談各二卷，西底叢談，蘭雲淩夢樓筆記各一卷，皆不盡言詞而詞話甚多；香東漫筆中有白石世系年譜，選巷叢談中有儀徵王僧保論詞絕句，亦可備覽。人間詞話一卷所論甚簡，右五代北宋，於清則極推納蘭，對清眞，白石，夢窗，玉田諸家，皆致不滿；雖時有心得而不少偏蔽；王氏長於考據，於詞本非專家，此更蚤年之作，固非定論，不足爲王氏損益。閨秀詞話記古今女子善詞者之遺文逸事，可與徐氏百家詞參觀。

(二)清諸詞家

清代詞學之盛，既如上述，其詞之多自亦突過前明。諸家所作，略具於上舉諸選集彙集中，茲約分三期，述其著者。

清初詞人，具見於孫氏十六家，聶，曾百家之刻。其初大率衍明人王元美陳臥子之緒餘，規模花間，主於婉麗，而於律多疏。及浙西陽羨二派興，風氣爲之一變。浙西主醇雅，陽羨主豪宕，並稍近於聲律，蓋由北宋而進窺南宋矣。最初如吳偉業，龔鼎孳，曹溶，梁清標，皆前明舊臣入仕滿清者。吳有梅村詞，龔有香嚴詞，曹有寓言集，梁有棠村詞，悉文采豐豔，而士論多惜其易節，若昭代詞選之屏而不錄，亦未爲允也。王士禛，字貽上，號阮亭，別號漁洋山人，新城人，順治進士，累官尚書，追謚文簡，學術文章，照耀一世，主持風雅，門人衆多，著帶經堂集，有衍波詞，力追花間，一時詞流交推之。兄士祿，字西樵，有炊聞詞，亦負時譽。彭孫遹，字駿孫，別號羨門，海鹽人，順治進士，康熙己未首舉博學鴻詞，累官侍郎，有延露詞，淸麗妍秀，晚年悔其少作，自燬其板。鄒祗謨，字程村，武進人，順治進士，有麗農詞。毛奇齡，字大可，號西河，錢塘人，舉鴻博，官檢討，有當樓詞。尤侗，見前，舉鴻博，官檢討，有百末詞。余懷，字澹心，莆田人，有玉琴齋詞。沈雄，字偶僧，吳江人，有柳塘詞。諸家大率宗法花間，間取歐晏，慢詞則雖有佳篇，未臻絕詣，各錄一首：

記當年曾供奉，舊霓裳，歎茂陵遺事淒涼。酒旗戲鼓買花簪帽一春狂。綠楊池館，逢高會身在他鄉。　喜新詞初填就，無限恨，斷人腸，爲知音仔細思量。偷聲減字，畫堂高燭弄絲簧，夜深風月，催檀板顧曲周郎。

（吳偉業金人捧露盤觀演秣陵春）

簾外河橋綠鬧裙帶無人主。繡鞵行處，踏破梨花雨。目送春山，南浦烟光暮。牽春去。柔腸無數。蘇小門

前路。（聶鼎亭點絳唇詠草和林和靖韻）

深巷賣花將客喚。候遍清明，記取韶光半。玉勒城南芳草岸。少年情味天難管。斜倚一枝嬌盼遠。沽酒，他家細雨空零亂。淚溼粉渦紅尚淺。有人樓上和春倦。（曹溶蝶戀花杏花）

小雨纔收平沙細草綠滿西疇，柳眼青歸桃腮紅暈，人倚高樓。家家繡幕簾鉤。春不管斜陽旅愁。羅綺，風前秋千影裏馬上牆頭。（梁清標柳梢青）

香閨小院閒清晝屈戌交銅獸。幾日怯輕寒，簾局香濃，不覺春光透。韶光轉眼梅花後。又催裁羅袖。最怕日初長，生受鶯花打疊人消瘦。（王士禛醉花陰）

金井風微響轆轤。桐陰漏日曉妝初。薄寒猶怯玉肌膚。簾幕絮縈雙紫燕，盆池花襯小紅魚。晝長耽閣繡工夫。（王士祿浣溪沙）

鶯擲金梭，柳拋翠縷。盈盈嬌眼慵難舉。落花一夜嫁東風，無情蜂蝶空相訐。尺五樓臺，秋千笑語。青驄溼透胭脂雨。流波千里送春歸，棠梨開盡愁無主。（彭孫遹踏莎行）

澹白春烟花信宜。紅雲到處罥游絲。白鳥凄涼渾不管，總難支。小雨三更歸夢溼，輕烟十里亂愁迷。辛有子規能解事，未曾啼。（鄒祗謨山花子春愁）

驛館吹蘆葉，都亭舞柘枝。相逢風雪滿淮西。記得去時殘燭，照征衣。　曲水東流淺，盤山北望迷。長安書遠寄來稀。又是一年秋色，到天涯。（毛奇齡南柯子淮西客舍得陳敬止書有寄）

秋雨急如絃，彈破江南夢。野外西風葉葉吹，撼起棲鴉動。　夜永惜燈殘，衾薄知寒重。飛盡征鴻莫寄書，曲冷文君弄。（尤侗卜算子夜爐）

怪石飛來，冷泉流去。斜陽遠挂湖邊樹。徐娘雖老尚多情，當年留下傷心句。　金粉全消，雲英何處。楊花不肯隨春住。青衫淚灑白頭翁，醒來猶記西陵路。（余懷踏莎行小飲飛來峯下贈九娘酒壚）

壓帽花開香雪痕。一林輕素隔重門。拋殘歌舞種愁根。　遙夜微茫凝月影，渾身清淺賸梅魂。溶溶院落共黃昏。（沈雄浣溪沙梨花）

清初詞家，尤以納蘭成德爲最勝。成德後改名性德，字容若，滿洲人，明珠之子，康熙進士，年少富才藻；有飲水、側帽二詞，專宗後主，情致極深。嘗謂：「花間之詞，如古玉器，貴重而不適用；宋詞適用而少貴重；李後主兼有其美，更饒烟水迷離之致。」集中令詞妙製極多，而慢詞則非所擅，偶學蘇辛，未脫形跡。周之琦云：「容若長調多不協律，小令則格高韻遠，極纏綿婉約之致，能使殘唐墜緒絕而復續，第其品格，殆叔原方冋之亞」其友顧貞觀，字華峯，一字梁汾，無錫人，嘗以營救摯友吳兆騫著風義；有彈指詞。吳兆騫字漢槎，吳江人，有秋笳集，情致皆與容若爲近。錄成作四首，餘各一首：

楊柳千條送馬蹄，北來征雁舊南飛，客中誰與換春衣。　終古閒情歸落照，一春幽夢逐游絲，信回剛道別多時。（成德浣溪沙古北口）

又到綠楊曾折處，不語垂鞭，踏遍清秋路。衰草連天無意緒，雁聲遠向蕭關去。　不恨天涯行役苦，只恨西風，吹夢成今古。明日客程還幾許，霑衣況是新寒雨。（成德蝶戀花）

西風乍起峭寒生，驚雁避移營，千里暮雲平。休回首長亭短亭。　無窮山色，無邊往事，一例冷清清。試倩玉簫聲喚千古英雄夢醒。（成德太常引）

試望陰山，黯然銷魂，無言徘徊。見青峯幾簇，去天纔尺，黃沙一片，匝地無埃。碎葉城荒，拂雲堆遠，雕外寒烟慘不開。踟躕久，忽冰崖轉石，萬壑驚雷。　窮邊自足愁懷，又何必平生多恨哉。只淒涼絕塞，蛾眉遺塚，銷沈腐草，駿骨空臺。北轉河流，南橫斗柄，略點微霜鬢早衰。君不信，向西風回首，百事堪哀。（成德沁園春）

南朝一片傷心雨。總被垂垂留住。水村山郭，紅橋倚遍，極目亂飄金縷。能有春情幾許。怕重來撲天飛絮。　當日別離無據。知他可憶長亭語。零鈴唱，能酒醒殘月。只在踏青歸處。添得倚風凝佇。念天涯有人腸

旅。（顧貞觀柳初新水仙祠下柳）

牧羝沙磧，待風鬟喚作，雨工行雨。不是垂虹亭子上，休盼綠楊烟縷。白葦燒殘，黃榆吹落，也算相思樹。空題裂帛，迢迢南北無據。消受水驛山程，燈昏被冷，夢裏偏叨絮，兒女心腸英雄淚，抵死偏縈離緒。錦字閨中，瓊枝海上，辛苦隨窮戍。柴車冰雪，七香金犢何處。（吳兆騫念奴嬌家信至有感）

浙西一派，當以朱彝尊為首，而其風實啓自曹溶。溶字潔躬，號秋岳，嘉興人，崇禎進士，入清官至戶部侍郎。彝尊序其集云：『余壯日從先生南游嶺表，西北至雲中，酒闌鐙灺，往往以小令慢詞更迭唱和，念倚聲雖小道，當其爲之，必崇爾雅，斥淫哇，極其能事，亦足宣昭六藝，鼓吹元音。往者明三百祀，詞學失傳，先生搜輯遺集，余曾表而出之；數十年來，浙西塡詞者，家白石而戶玉田，春容大雅，風氣之變，實由於此。』彝尊字錫鬯，號竹垞，別號金風亭長，秀水人。以布衣舉鴻博，授檢討；學術淵博，有曝書亭集詞，令慢均工，氣韻並茂，言情體物，各造精純，蕃錦一集，尤稱渾洽。其友龔翔麟，字天石，號蘅圃，仁和人，有紅藕山莊詞；李良年，字武曾，嘉興人，有秋錦山房詞；李符，字分虎，號耕客，良年弟，有耒邊詞，沈皞日，字融谷，平湖人，有柘西精舍詞；沈岸登，字覃九，皞日從子，有黑蝶齋詞，是爲浙西六家。謝章鋌謂『蘅圃所得比諸家較淺，綿麗不及竹垞，淡遠不及武曾。』『分虎尤勝，』『覃九勝於融谷。』同時如曹貞吉，字升六，號實庵，安丘人，有珂雪詞，宗南宋而不薄北宋；竹垞謂『實庵詞心摹手追，乃在中仙叔夏公謹諸子，兼出入天游仁近之間，』可稱傑出。餘如徐釚，字電發，一字虹亭，吳江人，有菊莊詞；嚴繩孫，字蓀友，無錫人，有秋水詞；錢芳標，字葆馚，華亭人，有湘瑟詞；丁澎，字飛濤，仁和人，有扶荔詞；汪森，字晉賢，桐鄉人，有碧巢詞；皆竹垞之儔也。錄朱作四首，餘各一首：

鼕鼕街鼓歇，驚沙捲雪白日淡幽州。望疎林郭外，翦翦酸風，窸栗響雞頭。三杯兩盞，旗亭酒，怎把人留。看一霎鞭絲茸帽驅馬度盧溝。　綢繆。萬重煙樹，千疊雲山，縱相思夢有愁不到淸江古渡，黃鶴空樓。趁庭正値椒花宴，醉春盤儘許風流。曾記憶買田陽羡人不。（朱彝尊渡江雲）

十年磨劍，五陵結客，把平生涕淚都飄盡。老去塡詞，一半是空中傳恨，幾曾圍燕釵蟬鬢。　不師秦七，不師黃九，倚新聲玉田差近。落拓江湖，且分付歌筵紅粉。料封侯白頭無分。（朱彝尊解佩令自題詞集）

衰柳白門灣。潮打城還。小長干接大長干。歌板酒旗零落盡，賸有漁竿。　秋草六朝寒。花雨空壇。更無人處一憑闌。燕子斜陽來又去，如此江山。（朱彝尊賣花聲雨花臺）

無限塞鴻飛不度，李益　太行山礙并州。白居易　白雲一片去悠悠。張若虛　飢烏啼舊壘，沈佺期　古木帶高秋。劉長卿　永夜角聲悲自語，杜甫　思鄉望月登樓。魏扶　離腸百結解無由。魚玄機　詩題青玉案，高適　淚滿黑貂裘。李白（朱彝尊臨江仙汾陽客感集句）

極目總悲秋，衰草似粘天末。多少無情烟樹，送年年行客。　亂山高下沒斜陽，夜景更清絕。幾點寒鴉風裏，趁一梳涼月。（龔翔麟好事近沂水道中）

楚天杳。凭箯輿羊腸似髮，荒烟隕葉，一片鈎輈蠻鳥。南飛故喚行客，占斷千里秋江吟不了。蘆衰竹苦，正聽殘野店，酒旗風裊。　江細繞。窄渡人稀，但橫斜照。解語參軍，愁裏暗欹烏帽。記得鄭家留句，花落黃陵，雨昏湖外草。更堪何處，鎮清猿杜宇，和他淒調。（李良年留客住鷓鴣）

老柳梳烟，寒蘆截雪，江城物候秋深。怨金河叫雁，斷續和、疏砧。記前度邗溝繫纜，征衫又破，愁到如今。帳無眠，伴我淒涼，月在牆陰。　竹西歌吹，甚聽來都換笳音。料鎖篋攜香，籠燈照馬，翠館難尋。淮海風流秦七，今宵在，夢更傷心。有燕犀屯處，明朝莫去登臨。（李符揚州慢廣陵驛舍對月遇山左調兵南下）

柳暗鶯簾，雨飛花幔，鶴頭催渡桑乾。墨莊萬卷，杖藜何處尋歡。早見荼蘼壓架，畫闌已不是春寒。莫岑寂，看蜀江牋紙，綿竹題殘。忽漫相逢是別，軟紅塵京洛，古調誰彈。燈船節近簫鼓，烟月吹還。隔浦酒人都散，閒雲一抹舊鍾山。更須記，曲橋流水，門掩松間。（沈皞日霽清朝贈別黃俞邰用張玉田韻）

何事飄零，天涯除夕，幾度羈旅。今夜邗江，去年燕市，客淚雙垂縷。銀燈初卸，金壺頻咽，不寐更籌閒數。更誰聽，揚州歌吹，撥火寒爐無語。　淒涼東閣，官梅初發，對酒看人兒女。三十年來，鏡中綠鬢都被儒冠誤。清溪白屋，團圞兄弟，夢裏分明曾去。正相思，關山南北，夜闌疏雨。（沈岸登永遇樂揚州除夕和竹垞韻）

瘴雲苦。徧五溪沙明水碧，聲聲不斷，只勸行人休去。行人今古如織，正復何事關卿頻寄語。空祠廢驛，便征衫溼盡，馬蹄難駐。　風更雨。一髮中原杳無望處。萬里炎荒，遮莫摧殘毛羽。記否越王春殿宮女如花，祇今惟賸汝。子規聲續，想江深月黑，低頭臣甫。（曹貞吉留客住鷓鴣）

垂鞭欲暮。踏遍天涯荒草路。撲面西風。昨夜濃香是夢中。　遠山幾點。牽惹離愁渾欲斷。衰柳鴉啼。一片殘陽在客衣。（徐釚減字木蘭花）

歌宛轉，風日渡江多。柳帶結烟留淺黛，桃花如夢送橫波。一覺懶雲窩。　曾幾日，輕扇掩纖羅。白髮黃金雙計拙，綠陰青子一春過。歸去意如何。（嚴繩孫雙調望江南）

南浦。薄暮，水烟微。女伴浣裙未歸。野棠風多紅漸稀。飛飛。故沾金縷衣。　惆悵行人斷消息。淚暗拭。妒殺雙鴛比翼。赤闌橋。碧柳條。蘭橈來須趁晚潮。（錢芳標河傳）

雪殘小苑東風作。放嫩黃初吐。蝶香未染，鴛梭猶澀，夢隱池塘輕霧。最惜纖腰如楚。恐難禁灞橋人去。翠閣迎眸低語。看春衫半分金縷。因風幺裊柔條，無力挽不盡隋烟湘雨。及早和他同倚，怕消魂夕陽飛絮。（丁澎柳初新柳）

平沙雁叫西風冷，看江上月明人靜。一聲何處玉龍哀，空極目煙中孤艇。　數峯依約渾如暝。怕路遠歸期難省。寒波不斷古今愁，渺一片蘆花無影。（汪森步蟾宮題袁梅壑山水卷）

陽羨一派，當以陳維崧爲首。維崧字其年，號迦陵，宜興人，舉鴻博，授檢討；有烏絲詞三十卷，所存最富。大致以蘇辛爲宗，偏尙才氣，然時失於粗，乃近二劉。迦陵，竹垞，並世齊名，合刻朱陳村詞。迦陵序浙西六家詞云：『儻僅專言浙右，諸君固是無雙；如其旁及江東，作者何妨有七。』可以見其標榜自負之概。陳氏兄弟皆能詞，維嵋有亦山草堂詞，維岳有紅鹽詞，維岱有石閭詞，所就皆不及其大。其友人吳綺，字薗次，自號聽翁，又號紅豆詞人，江都人，有藝香詞，大致似迦陵而較平適，自謂『兒女子皆能習之』

同時如曹亮武，字渭公，宜興人，與迦陵爲中表，有南耕詞，荆溪歲寒詞；萬樹，字花農，號紅友，宜興人，作詞律，有堆絮園集，香膽詞，自謂『宗眉山大蘇，分寧黄九，』其別體集句皆工；謝章鋌謂其『排宕處頗涉辛蔣藩籬，一瀉千里，絕少瀠洄，「詞論」之譏，正恐不免』皆迦陵之儔也。錄陳作四首，餘各一首：

中酒心情，拆綿時節，瞢騰剛送春歸。一畝池塘，綠陰濃撲簾衣。柳花攪亂晴暉。更晝梁燕翦交飛。販茶船重，挑筍人忙，山市成圍。　驀然卻想三十年前，銅駝恨積，金谷人稀。畫殘竹粉，舊愁寫向闌西。惆悵移時。鎮無聊掐損薔薇。許誰知細柳新蒲，都付鵑啼。（陳維崧夏初臨癸丑三月十九日用楊孟載韻）

二十年前，曾見汝寶釵樓下，春二月銅街十里，杏衫籠馬。行處偏遭嬌鳥喚，看時誰讓珠簾掛。只沈腰今也不宜秋，驚堪把。　且給箇，金門假。好長就，旗亭價。記爐煙扇影，朝衣曾惹。芍藥纔填妃子曲，琵琶又聽商船話。笑落花和淚一般多，淋羅帕。（陳維崧滿江紅梁溪顧梁汾舍人過訪賦此以贈兼題其小像）

無聊笑撚花枝說。處處鵑啼血。好花須映好樓臺。休傍秦關蜀道戰場開。　倚樓寂寞添愁緒。更對東風語。好風休簸戰旗紅。早送鰣魚如雪過江東。（陳維崧虞美人）

自別西風憔悴甚，凍雲流水平橋。并無黃葉伴飄飄。亂鴉三四點，愁坐話無聊。　雪壓西村茅舍重，怕他

榾柮同燒。好留鐙樣到春宵。三眠明歲事，重門小蠻腰。（陳維崧臨江仙寒柳）

吳苑舊苔鎖畫廊。漢宮垂柳映紅牆。教人愁殺是斜陽。　天上無端催曉暮，人間何事有興亡。可憐燕子只尋常。（吳綺浣溪沙）

怕東風惹入腸斷，瘦紅肥綠時節。小樓昔日凝妝處，縱有花枝誰折。廊步屧。空記取垂楊一樹朦朧月。香殘粉滅。牒璧上鸞箋，匳中鳳翠，幽恨怎消歇。　十年事，梁燕至今能說。繁絃聽罷淒絕。明妃偏向燕支嫁，天把紅顏埋沒。魂恍惚。難訴盡當初花底輕離別。畫圖頻揭。恨弱影亭亭，夢隨春去，杜宇爲啼血。（曹亮武摸魚兒感舊）

醉來扶上木蘭舟。（張元幹踏莎行）大江流。（唐庚訴衷情）去難留。（周邦彥早梅芳）闊甚吳天，（史達祖玲瓏四犯）極浦幾回頭。（孫光憲菩薩蠻）　春盡絮飛留不得，（劉禹錫柳枝）又重午，（劉克莊賀新郎）又中秋。（劉過唐多令）芳塵滿目總悠悠。（蔣捷高陽臺）倚危樓。（辛棄疾歸朝歡）雨初收。（歐陽修芳草渡）天氣淒涼，（程垓蝶戀花）冉冉物華休。（柳永八聲甘州）水面霜花勻似翦，（秦觀玉樓春）翦不斷，（李後主烏夜啼）那些愁。（毛滂更漏子）（萬樹江城子集句）

朱陳而後，分鑣並馳，各暢其緒。宗朱者有厲鶚、吳錫麒、王昶等：鶚字太鴻，號樊榭，康熙舉人，箸述甚富，嘗箋絕妙好詞；有樊榭山房詞，遠規姜張，譚獻謂其『思力可到清眞，苦爲玉田所累』，又謂其『可分中仙夢窗之席，而世人爭賞其餖飣窳弱之作。』

蓋雍乾以後，幾奉樊榭爲赤幟矣。錫麒，字聖徵，號穀人，錢塘人，乾隆進士，官祭酒；有有正味齋詞，自謂「慕竹垞之標韻，緬樊榭之音塵」，詞多工於體物。昶，字德甫，號蘭泉，晚號述庵，靑浦人，乾隆進士，官侍郎；有紅葉江村詞，規模姜張，其所選諸集，皆以竹垞爲宗，少錄豪宕之作。宗陳者，有楊芳燦，洪亮吉，黃景仁等：芳燦，字蓉裳，無錫人，乾隆拔貢；有吟翠山館詞，慢頗似迦陵；亮吉，字稚存，號北江，乾隆進士；有北江集詞，蚤作多沿嘯餘譜，於律或舛，然氣體清疏，深於情致；景仁，字仲則，武進人，與北江爲至友，有竹眠詞，抑塞之懷，一託之於歌詠，故壯語獨多。餘如錢塘三江，（炳炎，昱，昉）太倉二王，（漢舒，時翔）宜興二史，（承謙，承豫）皆兄弟競爽，宜興儲祕書，任曾貽，又並世清才，皆二派之支也。江等不錄，錄厲作二首，餘各一首：

迴溪流雲去樹，約風來山翦秋眉。一片尋秋意，是涼花載雪，人在蘆漪。楚天舊愁多少，飄作鬢邊絲。正浦溆蒼茫，閒隨野色，行到禪扉。　忘機悄無語，坐雁底焚香，蛩外紘詩。又送蕭蕭響，盡平沙霜信，吹上僧衣。憑高一聲彈指，天地入斜暉。已隔斷塵喧，門前弄月漁艇。（厲鶚憶舊遊　辛丑九月既望喚艇自西堰橋沿秦亭法華灣洄以達於河渚晚宿西溪田舍）

花月秣陵秋。十四妝樓。青溪迴抱板橋頭。舊日徐娘無覓處，芳草生愁。　金粉一時休。團扇誰留。殢人只是小銀鉤。句尾可憐書蕩婦，似訴飄流。（厲鶚賣花聲徐翩翩畫扇自稱金陵蕩子婦）

乍商颸捲樹，零落冷楓，夕陽空際如戀。瘦入山尖，碧餘水面，一霎陰晴千變。借楊紘詩，倚樓吹竹，江天人遠。遙晚煙十里蘆花，夢醒者時涼雁。　閒把秋光檢點。已梧陰御後，菊香吹徧。朧三分明月，帳裏欲寒羅薦。聽殘遠杵，惹來愁緒，不減絲絲衣綫。惱鬢影未到秋深，一鏡吳霜吹滿。（吳錫麒望湘人旅感）

梨雲夢遠，悵春愁誰省。自寫吟魂伴梅影。念暈紅詞句，慘綠年華，都付與小閣輕寒薄病。　雨絲風片裏，憔悴相如，惘踏尋芳舊香徑。小楊颼茶煙，碧葉愔愔，好占取松溪蕙磴。只一片傷心畫難成，怕點鬢秋霜，又添明鏡。（王昶洞仙歌自題小照）

十月江南，誰描出淒清暮景。休認是梨花小苑，楊花幽徑。千里迷他歸客夢，一行遁出閒鷗影。正半鉤微月淡如烟，空江冷。　長宵裏，霜華炯。斜陽外，雲容靜。願伊休點上，潘郎愁鬢。紅蓼灘頭秋已老，丹楓渚畔天初暝。看兩三星火傍空濛，橫漁艇。（楊芳燦滿江紅蘆花）

傍禪關，搆閒亭似舫，四面啓疏櫺。十五良宵，一雙人影，三千里外鐘聲。有多少春人心事，奈秋窗黃葉已先零。借了蒲團，繙殘梵筴，悟徹燈檠。　我亦能來聽此，只青衫似夢，百倍淒清。苦竹疏蘆，幽花淡草，此身

如在江城。況惹起寒蟲鳴砌，又丁丁蓮漏滴殘更。待得蕭蕭響寂，人語還生。（洪亮吉一萼紅龔克一寓晉陽庵側闢余額其齋曰聞鐘）

倚柴門晚天無際，昏鴉歸影如織。分明小幅倪迂畫，點上米家顛墨。看不得。帶一片斜陽，萬古傷心色。暮寒蕭淅。似捲得風來，還兼雨過，催送小樓黑。 曾相識。誰傍朱門貴宅。上林誰更棲息。幾叢枯木驚霜重，我是歸飛倦翮。飛暫歇。却好趁漁船，小坐秋帆側。舊巢應憶。笑畫角聲中，暝煙堆裏，多少未歸客。（黃景仁摸魚子歸鴉）

譚獻云：『自錫鬯其年出，而本朝詞派始成。顧朱傷於碎，陳厭其率，流弊亦百年而漸變。錫鬯情深，其年筆重，固後人所難到。嘉慶以前，爲二家牢籠者，十居七八。』凌廷堪云：『嚴蓀友，李秋錦，彭羨門，曹升六，李耕客，陳其年，宋牧仲，丁飛濤，沈南溟，徐電發諸公，率皆雅正，上宗南宋；然風氣初開，音律不無小乖，詞意微帶豪豔，不脫草堂前明習染；惟朱竹垞氏專以玉田爲模楷，品在衆人上；至厲太鴻出，而琢句鍊字，含宮咀商，淨洗鉛華，力除俳鄙，清空絕俗，直欲上摩高史之壘矣，又必以律調爲先，詞藻次之。

』梅邊吹笛譜目錄跋後其推崇浙派可謂甚至，亦可見當時風氣之所趨矣。

中清以後，二派漸爲人所詬病矣。蓋浙西末流爲委靡，爲堆砌；陽羨末流爲粗獷，爲叫囂。於是吳翊鳳枚庵詞以高朗稱，郭麐浮眉樓詞以清疏著，皆稍變二派之格。及武進張惠言起而革之，以立意爲本，以協律爲末，一時和者景從，是爲常州派。惠言，字皋文，武進人，嘉慶進士，深於經學，工駢散文，有茗柯詞，以比興寄託微言感動爲旨，而不徒尚雕琢。譚獻謂其『胸襟學問，醞釀噴薄而出，賦手文心，開倚聲家未有之境』又謂『大雅遒逸，振北宋名家之緒，……自茗柯詞選出，倚聲之學日趨正鵠。』弟琦，字翰風，有立山詞，其友如上述黃景仁，及左輔，惲敬，錢季重，李兆洛，丁履恆，陸繼輅，皆常州人，其弟子如金應珹，金式玉，皆歙人也。二張以次九家詞，鄭善長皆選附於張氏詞選之後而附以己作，然工力氣魄未能悉稱。張氏甥董士錫，字晉卿，有齊物論齋詞，踵武張氏而周濟又與之切磋，更申張氏之旨。濟字保緒，一字介存，號未齋，晚號止葊，荆溪人，嘉慶進士，有止葊詞，謂『胸襟醞釀，乃有所寄』『詞非寄託不入，專寄託不出』；

然按之所作，殊覺手不及眼。大抵過重寄託，多涉隱晦，而情景反傷；甚乃滿紙曼詞，羌無故實，徒卑氣格，而以寄託欺人者，又趨下矣。謝章鋌云：「詞本於詩，當知比興，固已究之尊前花外，豈無即境之篇，必欲深求，殆將穿鑿。故皋文之說，不可棄亦不可泥。」斯言得之！各錄一首：

花氣浮春，鶯聲醉曉，芳隄最是新晴。畫船雙槳，天氣近清明。燕蹴飛花紅雨，東風急，吹過高城。斜陽外，舊遊何處，隔巷喚春餳。　生平，消受處，夢餘斜月，醉後華燈。有粉柔香密，細與閒評。十載雅歌都廢，朱樓在，重到須驚。銷魂處，澹烟細雨，贏得暮愁生。（吳翌鳳滿庭芳）

暗水通潮，癡雲閣雨，微陰不散重城。留得枯荷，奈他先作離聲。清歌欲遏行雲住，露春纖，並坐調笙。莫多情。第一難忘，席上輕盈。　天涯我是飄零慣，任飛花無定，相送人行。見說蘭舟，明朝也泊長亭。門前記取垂楊樹，只藏他三兩秋鶯。一程程。愁水愁風，不要人聽。（郭麐高陽臺將反魏塘疏香女子亦以次日歸吳下置酒話別離懷惘惘）

長鑱白木柄，斸破一庭寒。三枝兩枝生綠，位置小窗前。要使花顏四面，和作草心千朵，向我十分妍。何必蘭與菊，生意總欣然。　曉來風，夜來雨，晚來烟。是他釀就春色，又斷送流年。便欲誅茅江上，只怕空林衰草，憔悴不堪憐。歌罷且更酌，與子繞花間。（張惠言水調歌頭春日賦示楊生子掞）

驚回殘夢，又起來清夜正三更。花影一枝枝瘦，明月滿中庭。道是江南綺陌，却依然小閣倚銀屏。悵海棠已老，心期難問，何處望高城。　忍記當時歡聚，到花時長此託春醒。別恨而今誰訴，梁燕不曾醒。簾外依依香絮，算東風吹到幾時停。向鴛衾無奈啼鵑，又作斷腸聲。（張琦南浦）

一秋涼夢催離別。好與鴛鴦池畔說。落紅愁對鏡中鸞，拾翠記分釵上蝶。　柳絲不作同心結，風雨連宵都未歇。玉階何事最銷魂，羅襪沈沈浸涼月。（董士錫木蘭花）

春風真解事，等閒吹徧無數短長亭。一星星是恨，直送春歸，替了落花聲。憑闌極目，蕩春波萬種春情。應笑人春糧幾許，便要數征程。　冥冥車輪落日，散綺餘霞，漸都迷幻景。問收向紅窗畫篋，可算飄零。相逢只有浮萍好，奈蓬萊東指，弱水盈盈。休更惜秋風吹老蒓羹。（周濟渡江雲楊花）

與常州派同時而不爲所囿者，則有周之琦、項鴻祚。之琦字稚圭，號退庵，祥符人，嘉慶進士，官廣西巡撫，有心日齋詞七卷。（內金梁夢月詞，懷夢詞，鴻雪詞各二卷，退庵詞一卷。）其所選十六家詞皆崇雅正；其自爲者亦兼具文質。黃燮清謂其「渾融深厚，語語藏鋒，北宋瓣香，於斯未墜。」鴻祚字蓮生，錢塘人，有憶雲甲乙丙丁稿，多效夢窗，而情深語苦；自謂「幼有愁癖，其情豔而苦，其感於物者鬱而深，不無累德之言，抑亦傷心之極致」。黃燮清謂其『古豔哀怨，如不勝情，猿啼斷腸，鵑淚成血，不知其所以然』，譚獻謂其『有白石之幽澀而去其俗，有玉田之秀折而無其率，有夢窗之深細而化其滯，殆欲前無古人。』雖推許逾量，固不愧作者也。各錄二首：

柳絲征袂綰。試錦羽初程，玉驄猶戀。銅街佩聲遠。向天邊回首，故人如面。滕陰翠晚。但怪得琴尊夢短。有游蜂知我心期，剛是褪紅曾見。　還看珠巢題字，墨暈初乾，酒痕微泫。晴雲乍展。春已在，驛橋畔。問流波一樣仙源流下，爲底人間較淺。要重尋京邑塵香，素襟湔浣。（周之琦瑞鶴仙四月六日出都小憩蘆溝橋偶述）

微吟罷，我亦去錢塘。宦海路茫茫。春寒容易吳蠶死，秋風依舊越溪忙。酒鱗邊，燈影背，細思量。　且莫說長安蘿補屋。更莫憶長沙人倚玉。塵世事，總堪傷。孤衾不煖殘年夢，征衣空疊舊時香。算前途，須忍淚，過瀟湘。（周之琦最高樓）

艣聲搖淡月，正人在洞庭船。愛笠澤茫茫，長隄暗柳，曾住詞仙。當年。俊遊記否，喚銀簫吹綠一江煙。賸我詩愁萬頃，片帆直上壺天。　流連。玉界瓊田。清露下，水紋圓。怕酒醒波遠，醉魂空戀，第四橋邊。淒然。五湖舊約，歎鱸鄉信美尚無緣。風外漁燈幾點，夜深涼照鷗眠。（項鴻祚木蘭花慢夜過吳江）

閶闔城下漏聲殘。別愁千萬端。蜀箋書字報平安。燭花和淚彈。　無一語，只加餐。病時須自寬。早梅庭院

夜深寒月中休倚闌。（項鴻祚阮郎歸吳門寄家書）

同時崇尙聲律者，則有凌廷堪，戈載。廷堪字次仲，歙人，乾隆進士，著燕樂攷原，詞潔，均見上述，有梅邊吹笛譜，按篇注宮調，所用四聲，非有所本則不敢假借；用韻分閉口抵齶穿鼻至晰，詞格儗南宋而意趣未到超妙。載字順卿，一字寶士，吳縣人，貢生，箸詞林正韻已見上述，有翠薇花館詞三十九卷，辨陰陽分宮調，持律至謹，而時累其文；以所存過富，故蕪淺者雜出其間；謝章鋌譏其「詠物諸題，不脫學南宋者習氣，且攀援漸高，所作無非應酬，虛聲愈大，心靈愈短」；然編中勝作，亦自不少。當時如朱綬，沈傳桂，沈彥曾，吳嘉淦，王嘉祿，陳彬華，與戈氏並稱爲吳中七子，亦成一時之風。各錄一首：

綵鳳扶春，靑禽侍夜，纖塵不到空山。縞袂凌風，翩然飛下雲端。銖衣雅稱羅浮蝶，踏彩霞羞控雙鸞。夢中看。小立亭亭，小步珊珊。依稀記得龍城事，問尋春夢約，猶在人間。淺笑深顰，一枝嬌墮煙鬟。披圖欲共低低語，早數聲淸角吹寒。夜將闌。怕露淒淸，怕月迷漫。（凌廷堪高陽臺題趙渭川梅夢圖）

菊徑蛩悽，蘆汀雁斷，淡煙搖暝。蕭疏萬點，點破一匳明鏡。悄無人，飛鴉自低，倚簾數盡西風影。怕歲華迅羽，重陽過了，便催殘景。 幽境還重省。記月暗梨雲，翦燈人靜。芳期暗減，又是芙蓉開冷。迴空波愁鎖淚紅，紫鴛竟日香夢醒。聽漁榔撼笛淒涼，引動江湖興。（戈載鎖窗寒秋晚繡容水榭坐雨）

古譙暮角，悲聲起，斜陽欲下林薄。葉飛蕭也，危牆斷堞，片雲吹落。霜風正怨，定何處雛巢換鵲。畫湖天沙洲涼寂，烟影上山郭。 因念空江畔，野火叢祠，短帆催泊。暝光弄雪，儘淒涼翠亭朱閣。最苦窗深，弔荒月寒幬夢覺。伴無聊隔浦雁響和冷柝。（朱綬淒涼犯荒鴉）

細綠迷鴉，疏紅醉蝶。一腔愁情啼鶯說。東風吹淚過江城，黃昏細雨孤燈滅。 中酒心情，嫩寒時節。踏青人又消魂別。碧煙如夢不開門，門前千點梨花雪。（沈傳桂踏莎行春盡作）

酒市哦詩，僧廬話雨，西泠十日留連。能幾番游，無端飛絮漫天。家園不少傷春地，過江來春亦堪憐。最淒然，畫舫笙歌，零落年年。 吳門倦客將歸去，便閒攜蠟屐，緩控吟鞭。更待何時，重尋山水因緣。回頭長短旗亭路，倚斜陽別恨如煙。盼湖邊，美殺閒鷗，冷抱波眠。（沈彥曾高陽臺留別西湖）

芙蓉仙館嬌鶯語，喚起閒愁緒。自開匳鏡掃雙彎，無限惜春心事上眉山。 塵中誰是聽歌者，繫馬章臺下。落花流水不勝情，可惜江南零落庾蘭成。（吳嘉洤虞美人贈女郎綠春）

是誰寫愁痕天黯。雁背微茫，一絲紅閃。淡抹遙山，六朝金粉臙脂黯。暝雲低接，生怕是黃昏漸。暮影更無多，但送盡歸鴉千點。還念。甚搖鞭客路，極望倦郵荒店。離心挂晚，帶一桁酒旗斜颭。認幾處廢井欹闌，儘長共寒煙分占。又樹樹西風，只有涼蟬吟慘。（王嘉祿長亭怨慢斜陽）

記衫痕漬酒，扇影招香，往事魂銷。已是傷心別，又秋風吹怨，身世蓬飄。倦游漸多零落，金粉說南朝。欹襆被連吟，布帆詩夢，青鬢重搔。　迢迢。最惆悵，是無數春柔，恨阻江潮。儘有閒情感，只碧雲天末，難遣今宵。甚時夜涼明月，小立聽吹簫。更欹枕愁生，敲窗碎葉，燈亂搖。（陳彬華憶舊遊子饑取玉田生斜陽巷陌詞意繪冊誌遊宋余倚聲）

晚清詞風之盛，更突過前人矣。顧塗徑之闢，實賴以前諸詞家。有若重情韻者，重氣勢者，重寄託者，重聲律者，無不備也；主南宋者，主北宋者，主唐五代者，主樂府風詩者，無不具也。在倡說者未始非正，而尤效者每流於偏。於是後起者斟酌利弊之間，損益分寸之際，而雅音遂得復見。觀於鹿潭蔣氏之作，可以知矣。鹿潭，名春霖，江陰人，有水雲樓詞，氣韻既高，聲律復密；不專寄託，而情景自爾交融；不費推敲，而吐屬自然深穩；覺前之標主旨立門戶者，猶未觀其通也。譚獻以之儗於成容若、項蓮生，謂「二百年中分鼎三足』；又云：『阮亭葆馚一流，才人之詞；宛鄰止庵一流，學人之詞；惟三家爲詞人之詞。』可謂極推許之致。然成項二氏，皆聰明過於工力，而鹿潭則兼具之。且生際離亂，發爲沈鬱之詞，不徒自抒愁歎，蓋醇雅之至矣。此期如黃燮清，字韻甫，海鹽人，所編詞綜續編，已見上述，有倚晴樓詞；姚燮，字梅伯，鎭海人，有疏影庵詞；杜文瀾，字小舫，秀水人，有采香詞；譚獻，字仲修，仁和人，所編篋中詞，已見上述，有復堂詞；俞樾，字蔭甫，晚號曲園居士，德清人，有春在堂集詞：皆浙西之變也。又如蔣敦復，字劍人，號純甫，江陰人，有芬陀利室詞；劉履芬，字彥清，江山人，有鷗夢詞；勒方錡，字悟九，號少仲，新建人，有樽洲詞；許宗衡，字海秋，上元人，有玉井山館詩餘；莊棫，字中白，丹徒人，有蒿庵詞：皆常州之變也。而鹿潭遠到矣！錄蔣作四首，餘各一首：

泊秦淮雨霽，又燈火送歸船。正樹擁雲昏，星垂野闊，暝色浮天。蘆邊夜潮驟起，暈波心月影蕩江圓。夢醒誰歌楚些？泠泠霜激哀絃。　嬋娟。不語對愁眠。往事恨難捐。看莽莽南徐，蒼蒼北固，如此山川。鉤連更無鐵鎖，任排空檣艣自回旋。寂寞魚龍睡穩，傷心付與秋烟。」（蔣春霖木蘭花慢江行晚過北固山）

一年幾番光陰，匆匆戰鼓聲中過。舊愁纔霽，新愁又起，傷心還我。凍雨連山，江烽照晚，歸帆無那。任春盤堆玉，邀人臘酒，渾不耐，通宵坐。 還記敲冰官舸。鬧蛾兒揚州燈火。舊嬉遊處，而今何在，城闉空鎖。小市春聲，深門笑語，不聽猶可。怕天涯憶著梅花，有淚向東風墮。（蔣春霖水龍吟癸丑除夕）

寒枝病葉。驚定魂凝結。小管吹香愁疊疊。寫徧殘山賸水，都是春風杜鵑血。 自離別。清遊更消歇。忍重唱舊明月。怕傷心又惹啼鴂說。十里平山夢中去，惟有桃花似雪。（蔣春霖淡黃柳揚州兵後平山諸園林皆成榛莽偶賦數詞以寄哀怨圖宋稿作此謝之悲從中來更不能已）

燕子不曾來，小院陰陰雨。一角闌干聚落花，此是春歸處。 彈淚別東風，把酒澆飛絮。化了浮萍也是愁，莫向天涯去。（蔣春霖卜算子）

燈火江城，翠屏紅照魚龍舞。麝熏低裊繡輪風，粉市香成霧。草草鶯啼燕語。散珠塵幾聲漏鼓。畫籠殘燭，送了黃昏，只應歸去。 鈿閣釵篝，故人明鏡傷幽素。玉梅花是去年栽，開到相思處。閒把闌干細數。一根根無聊意緒。夜寒停夢，月靜重門，星繁高樹。（黃燮清燭影搖紅付昌元夕）

記綠蘋槳短，紅藕簾疏，共倚春詞。一曲傷離後，悶燈雲榻雨，夢瘦還肥。只愁畫梁如昔，巢燕已全非。莫宿酒痕，青羅襟待澣，又灑新啼。 依稀。那回事，算值得人人，眉楚鬟悽。烟水東流盡，便等身金好，難鑄相思。

試看女墳湖上，日夕鷓鴣飛。恁一路江南，楊花亂落人未歸。（姚燮憶舊遊寄沈史芩吳中）

江南一夜江波冷，樓臺畫成秋意。舊院藏鶯，長橋繫馬，攀折遊蹤難記。飄零燕子。記六代斜陽，倦魂醒未。怨笛誰家，後庭歌能更憔悴。　桃根桃葉易老，渡頭空照影，羞門眉翠。舞扇鈎雲，華燈背雨，都換傷春滋味。闌干傍水，問丁字簾前，細腰誰倚。無那西風，亂鴉啼又起。（杜文瀾臺城路秦淮秋柳）

黯愁烟，看青青一片，猶誤認眉山。花發樓頭，絮飛陌上，春色還似當年。翠苔畔曾容醉臥，聽語笑風動畫秋千。一曲琴絲，十三箏柱，原是人間。　細數總成殘夢，歎都迷蹤跡，只有留連。刼換紅羊，巢空紫燕，重來步步回旋。儘消受雲飛雨散，化蝴蝶猶繞舊闌干。不分中年，到時直恁荒寒。（譚獻一萼紅吳山）

徐娘老去，雲鬟風鬢憔悴。尚憑仗春風，絃索小作生涯。見說當年，豔名傳播，滿蘇臺。燈船虎阜，香車鶴市，第一金釵。　往事已非，盛年難再，搖落堪哀。問何處枇杷門巷，楊柳樓臺。我亦飄零，酒邊淸淚不勝揩。美人遲暮，英雄老去，一樣情懷。（俞樾采桑子慢贈舊時歌者）

暮烟直。淒斷湖橋瘦碧。陽關曲前度送人，折取香綿贈行色。芳萍寄水國。誰識。鶯花故客。秋千畔寒食舊遊，韋杜城南去天尺。　佳期杳無迹。祇藕外停船，鷗際移席。音書珍重安眠食。看玉勒人去，畫樓天遠，長亭芳草接敗驛。隔雲樹江北。心惻。淚頻積。怨絮影飄零，長恁孤寂。腰肢有恨愁無極。奈萬里征戍，一聲

哀笛。西風殘露，盡化作恨淚滿。（蔣敦復霜陵王秋柳用清眞韻）

漫回首漂萍零絮。如此江山，可憐鼙鼓。不分魂銷，夜燈酸對鎭無語。瑣窗人靜，曾記得天涯雨宿，雁起沙灘，算一樣銜蘆辛苦。　愁賦。問斜陽古巷，王謝幾時曾住。西風作冷，歎秋燕尋巢都誤。畫一片敗葉疏林，悄傍得誰家門戶。只天外姮娥，能共清輝千古。（劉履芬長亭怨慢）

蛩階漬雨，雁路澄霜，西風吹滿平林。冷淡年華，空添宋玉悲吟。誰知有人忘世，鎭疏閒聽得商音。小窗裏，更新評菊譜，穩臥蘆衾。　絕似秋聲別館，寫范寬圖畫，梧葉松陰。一片蕭騷，都來洗盪塵襟、多愁定應笑我，到恁時搖碎幽心。還問取，可能消涼月夜深。（勒方錡聲聲慢題張小溟聽秋圖）

薊門煙樹，照影蒼涼，啼鴉驚拍風翅。茫茫千里關山，白似雪路冰河，欲歸無地。憶舊游夢裏，簫聲，良夜歡悰如墜。　和愁睡。玉宇瓊樓，人間天上，都是尋常事。便教萬古團圞好，恐耐到雞鳴，也非容易。忍思量金粟前身，凍合三生清淚。（許宗衡西窗燭寒月和靑耜）

瓜渚煙消，蕪城月冷，何年重與清游。對妝臺明鏡，欲說還羞。多少東風過了，雲縹緲何處句留。都非舊，君還記否，吹夢西洲。　悠悠。芳辰轉眼，誰料到而今，盡日樓頭。念渡江人遠，儂更添愁。天際音書久斷，還望斷天際歸舟。春回也，怎能教人，忘了閒愁。（莊棫鳳皇臺上憶吹簫）

振衰第九　　　四八五

同光以後詞人，起於湖湘者如：王闓運，字壬秋，湘潭人，有湘綺樓集詞；樊增祥，字雲門，晚號樊山老人，恩施人，有樊山集詞；易順鼎，字實甫，別號哭庵，漢壽人，有琴志樓詞；王以慜，字夢湘，武陵人，有檗隝詞；——其著者也。起於江浙者如：馮煦，字夢華，號蒿庵，金壇人，有蒙香室詞；劉炳照，字光珊，陽湖人，有留雲借月庵詞；張景祁，字韻梅，嘉興人，有蘩圃集詞；沈曾植，字子培，號乙盦，晚號寐叟，嘉興人，有曼陀羅館寱詞：——其著者也。起於閩粵者如：謝章鋌，字枚如，長樂人，有酒邊詞；林紓，字琴南，號畏廬，閩縣人，有畏廬集詞；葉衍蘭，字蘭臺，號南雪，番禺人，有秋夢盦詞；黃遵憲，字公度，嘉應人，有人境廬詞：——其著者也。諸家宗尚不一，大率衍清代諸派之緒，而各有成就者也。此外尚有鄭由熙，字曉涵，歙人，有蓮漪詞。汪淵，字詩圃，績溪人，有藕絲詞，又有麝塵蓮寸集四卷，皆集宋元人詞句得詞二百餘首，工麗渾成，亦詞家之別開生面者。各錄一首：

看誰持玉杖。是匡廬舊日，主人無恙。峽泉三疊，琴調破雲浪。浩歌聲自放。天風吹做淒盪。不盡吟情，有吳帆幾點，搖曳白波上。戴笠尋詩有樣。瘦損何妨，呼吸通天響。牯牛平望。夷語亂樵唱。洗空山水障飛流

濺瀑千丈。莫更閒游待憑闌酌酒，一醉吐空曠。（王闓運步芙蓉 為王夢湘題匡山戴笠圖）

聽江笛煙中淒語。喚起汀洲，斷鴻無數。渺渺晴川，暮帆搖曳向前浦。月痕娟楚。剛照入牙琴去。除却酒尊時，只載得焦琴玉麈。　凝佇。把山公高致，寫入淡煙輕素。黃驄去也，又相送晚楓江路。蕙帶結滿握愁紅，柳枝怨明湖秋雨。算勝有琴邊，一葉殘雲無主。（樊增祥長亭怨慢 題張橋野簾訪琴圖 秋使圖即送之山左）

正新涼款蝶，舊韻拋蟬，畫稿添修。治思消磨盡，向湖橋喚酒，此意悠悠。簾陰悄垂細雨無處問妝樓。怕路仄紅牆，波平翠檻，望損湘眸。　孤舟。泊江岸，聽斷雁箏絃，似訴飄流。因甚芳悰減，勝迎簪桂館，譜笛蘋洲。楚衣待將荷翦，零落一身秋。又到了重陽，黃花滿地都是愁。（易順鼎憶舊游）

亂水流虹，荒城帶月，望中燈火長橋。舊夢章娘，倩魂化玉誰招。江樓不閉葳蕤鎖，又淒然子夜聞簫。恨迢迢。碧海青天，精衛難消。　苧蘿一舸看山去，覓金籠鸚語，找亦無聊。淚眼東風，禁他滿鏡春嬌。青陵莫問三生冢，翦幽香替酹迴潮。酒痕飄。珍重雕闌，休長紅蕉。（王以慜高陽臺 舟泊垂虹橋感葉舍人事）

薄寒疑字愁如水，和雲釀成淒楚。乳燕背斜陽，算春無歸處。嫩陰渾欲暮。又迷了冶桃前度。一碧東園，舊痕空邊斷萍零絮。　離緒。胃平蕪，微風外，聲聲晚鵑尤苦。吹夢隨淮西，怕闌珊無據。六朝君莫妒。只禁受恨煙羅雨。待相見悄掩重簾，共翦燈深語。（馮煦徵招）

接葉陰濃，墜枝香冷，亂鴉啼樹。更聽風一夜無眠，對鏡曉妝，愁見落紅如雨。獨上小樓憑闌望，正天際歸帆迷遠浦。人何處。甚鴻雁不來，驚添霜縷。　相思到今更苦。悵身隔蓬山，誰寄語。記灞橋分手，留春無計，芳期空許。漫說捲簾人情重，奈孤燕營巢無定宇。重門閉，任門外飛花飛絮。（劉炳照大聖樂春意闌珊客愁岑寂按蘋洲漁笛譜依韻和之）

盤島浮螺，痛萬里胡塵，海上吹落。鎖甲烟銷，大旗雲掩，燕巢自驚危幕。乍聞唳鶴。健兒罷唱從軍樂。念衛霍。誰是漢家圖畫壯麟閣。　遙望故壘，毳帳淩霜，月華當天，空想橫槊。卷西風寒鴉陣黑，青林凋盡怎棲託。歸計未成情味惡。最斷魂處，惟見莽莽神州，暮山銜照，數聲哀角。（張景祁秋霽基隆秋感）

淡霞垂鏡。遺碧簫勸酒，連盤徵令。風約生衣，涼挹輕羅，依舊涉江風景。鬢絲已逐哀蟬化，夢不到鷺涼鷗靜。任無邊水佩風裳，倦眼迷離難醒。　艇子打波去好，昔遊如夢了，淒斷心影。薏苦難甘，絲拗還連，不轉妙香根性。西來秋色今如此，料前度雨聲須聽。付沙禽漫畫紛紛，又近夕陽煙暝。（沈曾植綠意華灩觀荷）

小山卻做傷春色。況單寒簾幕，尖風惻惻。落葉爾何心，偏亂飛庭側。香魂應有歸來日，只扶上枝頭難得。頃刻。已消盡脂痕，瑣窗漸黑。　塵世多少空花，便各自繁華，百年奚極。幻夢不須陳，但歸真太逼。平生久慣飄零恨，管此後轉蓬南北。誰識。臙瘦影中間，愁陰如織。（謝章鋌珍珠簾）

玉爨香怨相逢地，珊珊盼伊纖步。藥鼎枯煙，花廊碎月，春鎖愁鄉深處。遊絲萬縷。甚裊到簾西，欲抽還住。語淡心濃，綠房陰透夜來雨。　涼波吹卻浪蕊，但蒼雲四卷，沙際孤嶼。鯽黑濃鏃，鵝黃嫩咽，爭說因郎辛苦。餘生半黍。竟畫裏挪舟，帶珠還浦。試看雕梁，弄春雙燕羽。（林紓齊天樂題玉雪留痕）

水風吹冷霓裳，海山誰譜琴天趣。江湖載酒，頻年飄泊，京華羈旅。絕代消魂，秋千花影，獨吟愁句。想銀河滌草，萬紅香沁，白雲在，春深處。　綠皺池波幾許。寫幽懷相思情緒。秋蘭一朵，拈芳遙寄，楚騷煙語。邀笛蘋洲，淒涼夜月，舊盟鷗鷺。問何時倚醉，更闌翦燭，話西窗雨。（葉衍蘭水龍吟張公東大令郵示新詞賦此寄贈）

羅浮睡了，試召鶴呼龍，憑誰喚醒。塵封丹竈，賸有星殘月冷。欲問移家仙井。何處覓風鬟霧鬢。只因獨立蒼茫，高唱萬峯峯頂。　荒徑。蓬蒿半隱。幸金谷無人，棲身應穩。危樓倚徧，看到雲昏花暝。回首海波如鏡。忽露出飛來孤影。又愁風雨合離，化作他人仙境。（黃遵憲雙雙燕題潘蘭史羅浮紀遊圖）

柳絲殘，秋雨細。遠水拍天無際。菰葉港，稻花村。夕陽紅到門。　帆力健。浪窩旋。說甚山遙水遠。新米飯。碧蘿茶。天涯客到家，（鄭由熙更漏子舟晚）

一樹棠梨，傍鹿簃吹出簾纖春雨。茸雌夢醒，淚滴紅闌無緒。閒冰肖抱，甚慵畫兩彎眉嫵。應是怕楊柳青青，欲上翠樓愁聚。　閒從鈿屏遮處。把琳腴飲罷，重歌金縷。蓉笙葉抱，試掐紫釵遺譜。情傷小玉，料花好也遭風妒。奈脈脈心事，箋天倩誰寄語。（汪淵一枝春用弁陽嘯翁編）

清末詞人聚於都下者有宣南詞社之集，名流唱和，盛極一時，而國事日非，朝政益紊，往往形諸詠歎，宛然小雅怨誹之音。其有集著於世者如盛昱，文廷式，陳銳，王鵬運，鄭文焯，況周儀，朱祖謀，皆社中人也。盛昱字伯熙，清宗室，有鬱華閣集；文廷式，字芸閣，一字道希，萍鄉人，有雲起軒詞；陳銳，字伯弢，武陵人，有褒碧齋集，或豪放宗蘇辛，或婉約宗周吳，而王，鄭，況，朱四子，則卓然專門之業也。王字幼遐，晚號半塘僧鶩，臨桂人，官給諫，抗疏言事，直聲震朝野；校刊宋元詞，已見上述，有蟲秋，袖墨，味梨，鶩翁，蜩知諸稿，沒後，彊村為訂半塘定稿，格近碧山玉田，而間為蘇辛之壯語，律雖未細，而詞則眞氣洋溢矣。鄭字叔問，號小坡，晚號大鶴山人，漢軍，官中書，有瘦碧，冷紅，比竹餘音，苕雅諸稿，晚訂樵風樂府，一宗清眞，鍊字選聲，極見精麗，而清光蕩漾，情緒纏綿，得未曾有；鼎革後，尤多摧藏掩抑之音。況字夔笙，臨桂人，官中書，有第一生修梅花館詞，才情清麗，出入秦周姜史之間，而氣格微遜王鄭。朱字古微，號漚尹，後易名孝臧，歸安人，官侍郎；有彊村語業，專宗夢窗，訂律精微，遺詞麗密，而託體高曠，行氣清空，尤能一掃餖飣之弊；罷官後，僑居吳下，與大鶴唱酬至繁；清祚既移，詞不多作，而偶一涉筆，則哀思淒厲，深沁心脾，比諸大鶴，可稱雙絕！今則彊公俱逝，而彊村靈光巋然，殆天留此老作有清二百六十餘年詞壇之殿軍，而爲茲世之導師歟！錄王、鄭、況、朱各二首，餘各一首：

驀橫吹意外玉龍哀，烏里雅蘇臺。看黃沙霾幕，縱橫萬里，攬轡初來。莫但訪碑荒磧，爾是勒銘才。直到烏梁海，蕃落重開。　六載碧山丹闕，幾商量出處，拔我蒿萊。愴從今別後，萬卷一身埋。約明春自專一壑，我夢君千騎雪皚皚。君夢我，一枝榔櫪，扶上嚴苔。（盛昱八聲甘州送志伯愚都護之任烏里雅蘇臺）

落花飛絮茫茫，古來多少愁人意。遊絲窗隙，驚飆樹底，暗移人世。一夢醒來，起看明鏡，二毛生矣。有葡萄美酒，芙蓉寶劍，都未稱，平生志。　我是長安倦客，二十年軟紅塵裏。無言獨對，青燈一點，神遊天際。海水浮空，空中樓閣，萬重蒼翠。待驂鸞歸去，層霄回首，又西風起。（文廷式水龍吟）

冷訊通處，清愁餞菊，雁邊風力。細寫鱗箋，江天印遙碧。登臨倦眼，空佇望來遊佳客。秋寂。琴調酒歌，說殘年栖息。　長安古陌。飈駭塵飛，冠裳半凌藉。浮雲斷送，故國指西北。萬一阮狂嵇嬾，重認五陵登歷。料夢華無恙，淒絕夕陽鴉色。（陳銳惜紅衣用白石韻酬漏尹叔問）

荷到長戈，已禦盡九關魑魅。尚記得悲歌請劍，更闌相視。慘淡烽煙邊塞月，蹉跎冰雪孤臣淚。算名成終覺負初心，如何是。天難問，癡無已。眞御史，奇男子。只我懷抑塞，愧君欲死。寵辱自關天下計，榮枯休問人間世。願無忘珍惜百年身，君行矣。（王鵬運滿江紅送安曉峯侍御謫戍軍台）

鳳城挑菜路，訂攜酒，訪花之。正雲見華鬘，香生蜀錦，闌檻春遲。支離。倦遊老眼，祇年年不負豔陽時。未用疏鐘遠引，玉驄自識招提。 攀枝。前事問誰知。鄰笛莫輕吹。歎幾番開落，鬢絲霜點，吟袖塵緇。天涯暗牽別恨，拂莓牆慵覓舊題詩。贏得殘僧目笑，對花長是攢眉。（王鵬運木蘭花慢花之寺）

正梅風轉澇，麥浪吹涼，晴泛吳橈。未了尋幽興，賦枇杷晚翠，一擲金拋。五湖料理三畝，多事說青袍。悵聽水燈前，看山枕底，夢境迢迢。 蕭條。舊蘭若，問煙雨樓臺，誰換南朝。賸有蒼黃壁，壓頹梁萬頃，斷刼難銷。淒其五日情事，殘醉虎山橋。歎滿地滄波，漁舟夜笛何處招。（鄭文焯憶舊遊己亥五日浮家西崦，信宿石壁精舍，見湖壖漁家垂燈叠鼓，競有節物，感時賦此）

霜月流階，蕪煙銜苑，戍笳愁度嚴城。殘雁關山，寒蛩庭戶，斷腸今夜同聽。繞闌微步，萬葉戰風濤自驚。悲秋身世，翻羨垂楊，猶解先零。 行歌去國心情。寶劍淒涼，淚燭縱橫。臨老中原，驚塵滿目，朔風都作邊聲。夢沈雲海，奈寂寞魚龍未醒。傷心詞客，如此江南，哀斷無名。（鄭文焯慶春宮同緩夜集秋晚敘意）

慘碧山塘，畫船只在，消淚多處。坐柳移尊，凭梅駐笛，相見應暫許。紅羅嫌窄，金鈴愁重，底事妒花風雨。最惆悵驚鴻散後，夢雲更迷春侶。可憐昨夜，畫樓西畔，望斷星點三五。鈿小花羞，匳低月怨，歌態誰楚楚，賴鱗難託，紅箋更縛，可奈杜鵑催去。江南客，傷心第一，四絃倦語。（況周儀永遇樂吳坊本事和漱玉）

故宮風雨咽龍吟。法曲惜消沈。獸香錦幄聞箏後，絲桐語，特地情深。十八胡笳淒拍，九重仙樂遺音。玉笙雞塞夢重尋。客路各霑襟。瘦金零落霓裳譜，朱絃怨，茸母光陰。說與宮聲不返，隴雲啼損雙禽。（況周儀風入松宋徽宗琴名松風）

春暝鉤簾，柳條西北輕雲蔽。博勞千囀不成晴，煙約游絲墜。狼藉繁櫻剗地。傍樓陰，東風又起。千紅沈損，鶗鴂聲中，殘陽誰繫。容易消凝，楚蘭多少傷心事。等閒尋到酒邊來，滴滴滄洲淚。袖手危闌獨倚。翠蓬翻，冥冥海氣。魚龍風惡，半折芳馨，愁心難寄。（朱祖謀燭影搖紅晚春過黃公度人境廬話舊）

殘衫臕幘，悄不成游計。滿馬西風背城起。念滄江一臥，白髮重來，渾未信，禾黍離離如此。玉樓天半影，非霧非煙，消盡西山舊眉翠。何必更繁霜，三兩棲鴉，衰柳外，斜陽餘幾。還肯為愁人住些時，只嗚咽昆池，石鱗荒水。（朱祖謀洞仙歌過玉泉山）

（三）清代戲曲之盛衰

有清戲曲之盛，亦不讓於前明。宮闈傳取供奉，貴室多蓄家伶，一曲甫成，點譜按歌，即登舞席作者每以之負盛譽，故曲本至蕃。初期諸作家如吳偉業，尤侗，鄭瑜，周如璧，鄒式金，兌金，薛旦，查繼佐，堵庭棻，黃家舒，張來宗，張龍文，吳炳，袁于令，李玉，朱素臣，范文若，周坦綸，張大復，盛際時，朱雲從，陳二白，高奕，馬佶人，劉晉充，葉稚斐，朱佐朝，丘園，史集之，陳子玉，王香裔，李漁等，皆生明清之際，其所作曲本，已連類述於前篇。其他雜劇作家之著者則有徐石麟，字又陵，江都人，作買花錢，大轉輪，浮西施，拈花笑四種。焦循劇說云：『吾鄉徐又陵號坦庵，填詞入馬東籬喬夢符之室。』嵇永仁，字留山，號抱犢山農，無錫人，作揚州夢，續離騷二種。楊恩壽詞餘叢話云：『續離騷雜劇，滿腔悲憤，藉以發之，杜默哭項王廟一折，尤爲悲壯，月暈風淒之夜，擫鐵笛吹之，老重瞳必淚數行下也。』高應玘作北門鎖鑰一種。王士禎池北偶談云：『高應玘工詞曲，其北門鎖鑰雜劇，論者以爲詞人之雄。』張國壽作脫穎，茅廬，章臺柳，韋蘇州，申包胥五種。池北偶談云：『張國壽善金元詞，所著有脫穎等劇，在袁西野，李中麓伯仲間。』萬樹作珊瑚珠，舞霓裳，藐姑仙，青錢賺，焚書鬧，罵東風，三茅宴，玉山宴八種，宜興縣志云：『吳大司馬興祚總督兩廣，愛其才，延至幕，一切奏議皆出其手，暇則製曲爲新聲，甫脫稿，大司馬即令家伶捧笙璈按拍高歌以侑觴。』餘如黃兆森，字石牧，上海人，作裴航遇仙、張旭觀公孫大娘舞劒、鬱輪袍三種。宋琬，字玉叔，號荔裳，萊陽人，作祭皋陶一種。龍燮，字二爲，號改庵，望江人，舉鴻博，作芙蓉城一種。洪昇，字昉思，號稗畦，仁和人，作四嬋娟一種。

傳奇作家之著者則有王抃，字鶴尹，太倉人，作籌邊樓，浩氣吟二種。王士禛香祖筆記云：「吾宗鶴尹兄抃，工於詞曲，作籌邊樓傳奇，一褒一貶，字挾風霜，描摹情狀，可泣鬼神。」孔尙任，字季重，號云亭，別號東塘，曲阜人，作小忽雷、桃花扇二種。梁廷柟藤花亭曲話云：『桃花扇筆意疎爽，寫南朝人物，字字繪影繪聲，至文詞之妙，其豔處似臨風桃蕊，其哀處似著雨梨花，固是一時傑構』李調元雨村曲話云：『孔東塘桃花扇，今盛行，其曲包括明末遺事，所寫南渡諸人，面口畢肖，一時有紙貴之譽。』詞餘叢話云：「云亭原稿第十三齣直敘左寧南謀逆，左夢庚急以千金爲壽，哀其削去，云亭遂改哭主一齣，生氣勃勃，宛然爲烈臯復仇。』洪昇作迴文錦，迴龍院，錦繡圖，鬧高堂，節孝坊，舞霓裳，沈香亭，長生殿八種。劇說云：『稗畦居士工詞曲，撰長生殿，薈萃唐人諸說部中事及李杜元白溫李數家詩句，又刺取古今劇部中繁麗色段以潤色之，遂爲近代曲家第一。在京師塡詞新畢，選名優譜之，大集賓客，是日國忌，爲臺垣所論，與會凡數十人皆落職，趙秋谷時官贊善，亦罷去；』藤花亭曲話云：『洪昉思撰長生殿，爲千百年來曲中巨擘，以絕好題目，作絕大文章，千古才人，一齊俯首，自有此曲，無論驚鴻綵毫，空慙形穢，卽白仁甫秋夜梧桐雨，亦不能穩占詞壇一席；』又云：『長生殿至今百餘年，歌場舞榭流播如新，每當酒闌燈炧之時，觀者如至玉帝所聽鈞天法曲在玉樹金蟬之外；』詞餘叢話云：『昉思譜長生殿甫成，名動輦下，國忌日演試新曲，御史黃某糾之，革去監生，枷號一月，文人之厄，聞者傷之，然因此曲本得邀睿覽傳唱禁中，亦失馬之福也。』吳綺作秦樓月，嘯秋風，繡平原，忠愍記四種。詞餘叢話云：『尤西堂樂府流傳禁中，世祖親加評點，稱爲『眞才子』者再，吳薗次奉敕譜忠愍記，由中書選武選司員外郎，卽以椒山原官官之；康熙時，桃花扇長生殿先後脫稿，時有南洪北孔之稱，其詞氣味深厚渾含包孕處，蘊藉風流，絕無纖褻輕佻之病。』董榕，字恆巖，道州人，作芝龕記一種，詞餘叢話云：『芝龕記以秦良玉沈雲英二女帥爲經，以明季事涉閨閣暨軍旅者爲緯，穿插野史，頗費經營，第五十七齣有悼南都漁歌三折，酣暢淋漓，性情流露，似集中僅見之作；桃花扇結尾一首彈詞，一套北曲，亦是悼南都，似高於芝龕記。』唐英，字雋公，別號蝸寄居士，作轉天心，清忠譜正案，雙釘案，巧換緣，三元報，蘆花絮，梅龍鎭，麵缸笑，虞兮夢，英雄報，女彈詞，長生殿補闕，十字坡，笳騷，十四種。詞餘叢話云：『唐雋公督榷九江，垂二十年，宏獎風流，愛才如命，在琵琶亭置筆硯，游客投以詩，無不接見，投轄殷殷，必得其歡心而去，康熙時風雅宗師也。』萬樹，作風流棒，空青石，念八翻，錦塵帆，十串珠，萬金甕，金神鳳，資齊鑑，八種，藤花亭曲話云：『萬紅友寢食元人，深入堂奧，得其神髓，故其曲音節嘹亮，正襯分明，吳雪舫稱爲六十年第一手；生平所作甚多，而稿多散佚不存，今世合刻者空青石，念八翻，風流棒，稱擁雙豔三種而已；紅友爲吳石渠之甥，論者謂其淵源有自。其實平心論之，粲花五種，情致有餘，而豪宕不足；紅友如天馬行空，別出機杼，宗旨固不同也。』又云：『紅友關目於極細極碎處，皆能穿插照應，一字不肯虛下，有匣劍帷燈之妙；曲調於極閒極冷處，皆能細斟密酌，一句不輕放過，有大含細入之妙，非龍梭鳳杼，能天衣無縫乎？』又云：『曲有句譜短促，又爲平仄所限，最難諧協者，惟紅友長此，如仙呂之長拍中有四上聲字爲句，最難自然，惟紅友則肆應不竭，愈出愈奇。如「睍睆好鳥」「祇我與爾」「我有斗酒」等句，皆異常巧合，能奪天工者。』餘如徐石麟作珊瑚鞭，九奇緣，胭脂虎三種；毛奇齡作放偷記，買嫁記二種；石子斐，字成章，紹興人，作正昭陽，龍鳳山，鎮仙靈三種；沈樹人，字友聲，作麗鳥媒一種；周稚廉，字冰持，華亭人，作珊瑚玦，雙忠廟二種；陸次雲，字雲士，錢塘人，作昇平樂一種；胡介祉，字循齋，號茨村，大興人，作廣陵仙一種；顧彩，字天石，無錫人，作南桃花扇，後琵琶記二種；汪楫，字舟次，江都人，作補天石一種；汪祚，字敦士，江都人，作十賢記一種；石恂齋作兩度梅，錦香亭，天燈記，酒家傭四種；鷹山作廣寒香，易水歌，芙蓉樓三種；黃兆森作忠孝福，顧景星作虎媒記，唐宇昭作桃花笑，嵇永仁作雙報應，黃振作石榴記，高伯陽作續琵琶記，查慎行作陰陽判，毛鍾紳作澄海樓，王維新作夜光球，沈茗蓀作鳳鸞儔，石龐作因緣夢，姚子懿作後尋親，謝宗錫作玉樓春，顧元標作情夢俠，王聖徵作藍關度，袁聲作領頭書；沈沐作芳情院，吳士科作紅蓮案，李蔭桂作小河洲，周樹作馮驩市義，吳幌珏作河陽觀，曹巖作風前月下，朱龍田作壺中天，陸曜，陳端合作遺愛集，朱確，過孟起，盛國琦合作定蟾宮各一種。

稍後雜劇作家之著者則有蔣士銓，字清容，一字心餘，號苕生，鉛山人，官編修，作四絃秋，一片石，忉利天三種。雨村曲話云：『鉛山編修蔣心餘士銓，曲為近時第一，以腹有詩書，故隨手拈來，無不蘊藉，不似笠翁輩一味優伶俳語也；』藤花亭曲話云：『蔣心餘太史九種曲，吐屬清婉，自是詩人本色，不以矜才使氣為能，故近數十年作者亦無以尚之。』又云：『四絃秋因青衫記之陋，特創新編，順理成章，不加渲染，而情詞悽切，言足感人，幾令讀者盡如江州司馬之淚溼青衫也；』又云：『桂林霜，一片石，第二碑，冬青樹四種，皆有功名教之言，忠魂烈魄，一入腕中，覺滿紙颯颯，尚餘生氣；』又云：『乾隆十六年，皇太后萬壽，江西紳民祝嘏雜劇四種，亦心餘手編，一曰康衢樂，二曰忉利天，三曰長生籙，四曰昇平瑞』詞餘叢話云：『藏園九種爲乾隆時一大箸作，專以性靈爲宗，具史官才學識之長，兼畫家皴瘦透之妙，洋洋灑灑，筆無停機，乍讀之幾疑發洩無餘，似少餘味，究竟無語不鍊，無語不新，無調不諧，無韻不響，虎步龍驤，仍復周規折矩，非堯西笠翁所敢望其肩背』桂馥，字未谷，曲阜人，官永平知縣，作後四聲猿，內含四種——一放楊枝，二謁府帥，三題園壁，四投溷中。楊潮觀，字宏度，號笠湖，無錫人，乾隆舉人，官邛州知府，作吟風閣雜劇，內含三十二種，寇萊公罷宴，快活山樵歌九轉，窮阮籍醉罵財神，魯仲連單鞭蹈海，偷桃捉住東方朔爲著。劇說云：『寇萊公罷宴一折，淋漓慷慨，音能感人，阮大中丞巡撫浙江，偶演此劇，中丞痛哭，時亦爲之罷宴，蓋中丞亦幼貧，太夫人實敎之，阮貴，太夫人久已下世，故觸之生悲耳。』舒位，字立人，號鐵雲，大興人，作瓶笙齋修簫譜，內含卓女當罏，樊姬擁髻，酉陽修月，博望訪星四種，外有人面桃花一種。陳文述舒鐵雲傳云：『鐵雲能吹笛鼓琴度曲，不失分寸，所作樂府院本脫稿老伶皆可按簡而歌不煩點竄。』餘如南山逸史作半臂寒長公妹，中郎女三種；葉玉山樵作鋤經堂樂府內含盧從史老客歸長門賦燕子樓四種；林於閣主人作義犬記淮陰侯中山狼蔡文姬四種；西冷外史無枝甫合作鈿盒奇緣蟾蜍佳偶義妾存孤人鬼夫妻四種；空觀主人作薦忽因緣一種。此外失名之作而傳者尚有焦循曲考所載蓬島瓊瑤花木題名二種，及黃文暘曲海目所載萬家春等十二種。

傳奇作家之著者則有盧見曾字抱孫，號雅雨山人，德州人，官兩淮鹽運使，作旗亭記，玉尺樓二種。藤花亭曲話云『旗亭記作王渙之狀元及第語雖荒唐，亦快人心之論也。』張堅字漱石，江甯人，作夢中緣，梅花簪，懷沙記玉獅墜四種。雨村曲話云：『張漱石有玉燕堂四種，懷沙撮合國策而成，堪稱曲史；』藤花亭曲話云：『懷沙記依史記屈原列傳而作，文詞光怪，全部楚詞，隱括言下，著騷，大招，天問，山鬼，沈淵，魂遊等折，皆穿貫本書而成，詢曲海中巨觀也；』又云『玉獅墜設想甚奇，其毀奩一折，如蟻穿九曲，愈折愈深』詞餘叢話云：『張漱石以詩文受知鄂文端公，列入南邦黎獻集，進呈御覽，卒無所遇，以諸生終。……四種中梅花簪，玉獅墜，俱少餘味，懷沙記演屈大夫故事，組織離騷，頗費匠心，稍嫌近理；惟夢中緣排場變幻，詞旨精緻，洵足爲昉思之後勁，開藏園之先聲，湖上笠翁，不足數也。』夏綸字惺齋，錢塘人，作無瑕璧，杏花村，瑞筠圖，廣寒梯，南陽樂，花蕚吟六種。藤花亭曲話云：『夏惺齋作六種傳奇，其南陽樂一種，合三分爲一統，尤稱快筆，雖無中生有，一時遊戲之言，而按之直道之公，有心人未嘗不拊掌呼快；』又云：『惺齋作曲，皆意主懲勸，嘗舉忠孝節義各撰一種，無瑕璧敎忠，杏花村敎孝，瑞筠圖敎節，廣寒梯敎義，花蕚吟敎弟，事切情眞，可歌可泣』詞餘叢話云：『惺齋固通經者，其詞亦多近理。』蔣士銓作雪中人，香祖樓，臨川夢，桂林霜，冬青樹，空谷香六種。藤花亭曲話云：『臨川夢竟使若士身入夢境，與四夢中人一一相見，請君入甕，想人非非，娓娓清言，猶餘技也。……空谷香，香祖樓兩種於同中見異，最難下筆，乃合觀兩劇，非惟不犯重複，且各極其錯綜變化之妙，故稱神技。』餘如厲鶚作羣仙祝壽，百靈效瑞二種；周若霖字蕙鍾，嘉定人，作玉釵怨，祀招財二種；李文瀚，字雲生，宣城人，作紫荊花，胭脂舄，鳳飛樓，銀漢槎四種；陳烺，字潛翁，陽湖人，作仙緣記，海虬記，蜀錦袍，燕子樓，梅喜緣，共名玉獅堂五種；董定園作琵琶俠，花月屏二類；崔應階作烟花債，情中幻二種；張異賚作崖州路，麒麟夢，鴛鴦榜，黃金盆四種；李本宣作玉劍緣，王墅作拜針樓，楊國賓作東廂記，鄭含成作富貴神仙，方成培作雙泉記，陳鍾麟作紅樓夢，金椒作旗亭記，程枚作一斛珠，嚴保庸作盂蘭夢各一種。又釋智達作傳燈錄一種；伶人顧覺宇作織錦記一種；女冠姜玉潔作鑑中天一種；閨秀梁孟昭，字夷素，錢塘人，作相思硯一種，林亞青作芙蓉峽一種。又耶溪野老作香草吟，載花舲二種，研雪子作翻西廂，賣相思二種，蒼山子作廣寒香，雪龕道人作五倫鏡，吉衣道人作玉符記，白雪道人作醉鄉記，勝樂道人作長命縷，夢覺道人作鴛鴦合，介石逸叟作宣和譜，西湖放人作三生錯，月鑑主人作月中人，研露老人作雙仙記，離幻老人作添繡鞋各一種。

此外失名之作而傳者，曲海目則載有精忠旗等二十七種；無名氏之作，則曲海目載有典春衣等二百又六種；傳奇彙攷載有十二紅等九十五種；九宮大成南北宮譜載有太平圖等四十二種；其名不備舉。

晚清作家寥寥，僅傳奇作家之著者，尚有周文泉作補天石八種，內含宴金臺，定中原，河梁歸，琵琶語，紉蘭佩，碎金牌，紞如鼓，波弋香。詞餘叢話云：『周文泉大令知邵陽縣，譜補天石八種，時譚鐵簫太守知寶慶，即以鐵簫正譜，楚南官場風流佳話也。』黃燮清作倚晴樓七種，內含茂陵絃，帝女花，脊令原，鴛鴦鏡，淩波影，桃溪雪，居官鑑；專學藏園，以帝女花，桃溪雪為勝。張九鉞字度西，湘潭人，作六如亭一種。詞餘叢話云：『先生精通內典，取東坡朝雲軼事，譜六如亭傳奇，敍次悉本正史年譜，無顚倒附會之處。』楊恩壽字蓬海，號坦園，長沙人，作麻灘驛，桃花源，姽嫿封，桂枝香，再來人，理靈坡六種；亦學藏園，以再來人桂枝香為勝。鄭由熙見前作嘯嵐道人樂府三種，以燕鴻音為勝。餘如張雲驤字南湖，文安人，作芙蓉碣一種，曾茶村作蕙蘭芳一種，皆無可稱。

綜上所述，清代戲曲，始盛而終衰，其間形跡亦可得而考，茲更述其曲學箸述於次：

康熙五十四年，命詹事王奕清等撰曲譜十四卷，蓋與詞譜同時而成。北曲四卷，南曲八卷，附失宮犯調各曲一卷，曲文每句注句字，韻注韻字，每字旁注四聲，於入聲字或宜作三聲者，皆一一詳注，舊譜訛句，亦皆辨正。同時有呂士雄，楊緒，劉璜，唐尙清等合撰南詞定律，較沈譜尤爲周詳。乾隆六年，開律呂正義館，莊親王董其事，王撰分配十二月令宮調論，最爲精覈；所著九宮大成南北宮譜多至八十卷，又閏一卷，前此所未有也；其持論亦特精卓，多可闢前此詞家未發之祕。如南譜舊有仙呂入雙調，其音聲逈不相合，今譜中將仙呂歸仙呂，雙調歸雙調，而用南仙呂步步嬌，北雙角新水令等曲合成套數，別爲閏卷，又詞家所謂犯調，今改名曰集曲，其曲有名義可取而聲律失調者，或節奏克諧而名義欠雅者，悉爲釐正；又中原音韻止平聲別陰陽而上去不分，尙欠精晰，譜中則每定以工尺而陰陽自分，可補周德清所未備；又譜中有一牌名同字異者以至早者爲正體，餘爲又一體，凡此皆其心得也。

清代經師，多通聲律。如毛奇齡奉命更定丹陛樂，作聖諭樂本辭說，皇言定聲錄，竟山樂錄，以樂理授李剛主。惠士奇箸琴笛理數考四卷，以琴笛證明古樂十二律之管色，謂『古法十二律，黃鐘至小呂爲陽，蕤賓至應鐘爲陰，陽用正而陰用倍，蕤賓長，小呂短，黃鐘中。自梁武改爲黃鐘長，應鐘短，小呂中，由是陽正陰倍之法絕。』江永箸律呂闡微，其論黃鐘之宮，謂『黃鐘之宮者，黃鐘半律，後世所謂黃鐘清聲也』；凌廷堪箸燕樂攷原六卷，條分縷析，攷據極明；嘗謂『推步必驗諸天行，律呂必驗諸人聲，淺求之樵歌牧唱，亦有律呂，若舍人聲而別尋所謂宮調者，則雖美言可市，終成郢書燕說而已。』（湘月序）其釋唐燕樂二十八調，略謂『燕樂之器，以琵琶爲首，琵琶四絃，一絃七調，故一絃一均。如七宮一均，卽琵琶之第一絃，七商一均，卽第二絃，七角一均，卽第三絃，七羽一均，卽第四絃。』皆前人所未發。陳澧箸聲律通攷十卷，於古今樂律遷變歧異處，廣羅衆說，多能折衷。

歌曲之譜，首推葉懷庭納書楹曲譜。懷庭名堂，一字廣明，長洲人，嘗取臨川四夢及今傳奇散曲論文校律，以成鉅箸計二十二卷，一時度曲家交相推服；又得王文治爲之校正，尤稱完密。其中辨析音律，已極精微。其弟子鈕匪石尚云「有哀祕之聲不輕傳授」，而此譜已爲度曲之科律矣。其後又有遏雲閣曲譜，南清河王錫純編，就納書楹及綴白裘中取諸曲，變清宮爲戲宮，刪繁白爲簡白，旁註工尺，外加板眼，以便歌唱。又莊親王作太古傳宗六卷，內西廂琵琶時劇譜各二卷，亦爲歌曲者作。至綴白裘十二集，則雜選諸戲劇文詞科白，聊便諷覽，於譜調音律俱無關。

攷曲之書，則有焦循曲攷，無名氏傳奇彙攷，皆就曲本撮其本事，證以他書，而要以黃文暘曲海爲最備。文暘字時若，號平山，江都人，乾隆丁酉命巡鹽御史伊齡阿於揚州設局修改曲劇，凡四年事竣；總校黃文暘李經，分校凌廷堪程枚陳治荆汝爲；修改既成，文暘箸曲海二十卷，爲總目一卷，以記作者之姓氏，其目凡一千零十三種，今載揚州畫舫錄中。

談曲之書，則有焦循劇說六卷。循字里堂，江都人，其書雜錄前人論曲論劇之書，參以舊聞，不涉宮調音律，引徵之書，甚爲精博。李調元雨村曲話二卷，雜取舊聞，瑣瑣無甚精采。梁廷枏藤花亭曲話五卷，論音律，論文字處，多有心得，足備參稽。楊恩壽詞餘叢話三卷，一原律，二原文，三原事，條理甚明，攷證則瑕瑜互見。晚近王國維作戲曲攷原，唐宋大曲攷，古劇脚色攷，優語錄，錄曲餘談各一卷，宋元戲曲攷二卷，曲錄五卷，採摭甚富，評索亦有特見。

清代戲劇，以崑腔爲主，蓋自明季，盛於蘇崑之間，而旋乃推衍於北也。顧其吐字必以吳音爲正，說白雖用中州腔，而時參以吳語，然同時他方之戲劇，不盡崑腔也。溯崑腔之先，有弋陽海鹽等腔，皆用絃索。自崑腔改任管笛，絃索遂流於北部，隨土風而各變。安徽人歌之爲樅陽腔；（一名石牌腔，又名吹腔，）湖廣人歌之爲襄陽腔；（又稱湖廣腔，）陝西人歌之爲秦腔。（本秦雲擷英小譜）是時北京貴族所賞者，皆爲崑腔。王公各著家樂；宮闈則以閹宦組爲昇平署。而民間所通行之歌劇，則爲高腔，其腔粗簡，不用絲竹，僅雜鑼鼓，故士大夫罕稱之，於是秦腔乘機而入。秦腔者，一名梆子腔，匯山陝隴蜀諸地之聲而成者也。其腔高亢噍殺，伴奏者以錫律（以錫爲管，以蘆頭爲吹，卽觱篥之變。）爲主，以板胡（略如胡琴，惟易筒爲椀，易蛇皮爲薄木板，又名椀琴。）爲副，以梆子爲節；而宛轉哀厲，頗易動聽，故一時士庶俱賞之。當時樂部有雙慶班，宜慶班，優伶有魏長生，陳銀官者領之。迨乾隆末，招致京外優伶集京師祝嘏，分雅部與花部。雅部乃徵集蘇崑名優而成，是爲崑班，一名內江班；花部則合各地雜腔——如弋陽，樅陽，襄陽，梆子以及羅羅腔，撥子調等而成，是爲亂彈班，一名外江班。後有高朗亭者，組三慶班，合高腔，西腔並亂彈諸腔而爲一；繼起者又有四喜，春臺，和春諸班，是爲四大徽班。淫詞俗調，風靡一時。道光三年，御史曾奏禁之。然因其劇多寫男女風情，社會俗狀，故流傳易廣，製作亦多；特以無名手爲之，其詞遂日趨於俚。今觀綴白裘六集中有梆子腔多劇，如買胭脂，落店，偸雞，花鼓，途歎，問路，雪擁，點化，探親，相罵，過關，安營，點將，水戰，擒幺等。其所用調，如吹腔，梆子腔，仙花調，鳳陽歌，花鼓曲，高腔，銀絞絲，四大景，西調等；亦有梆子而用曲調者，如駐雲飛，皂羅袍，山坡羊，要孩兒，點絳脣，醉太平，普天樂，朝天子等，則弋陽之遺也。又有亂彈腔之劇，如陰送，西秦腔之劇，如搬場拐妻，詞皆鄙陋。至十一集中則全收梆子亂彈之劇矣。凡皆乾嘉間北京社會流行之劇本也。按今人鄭覲文之中國音樂史，謂『元北戲有亂彈西腔梆子高腔等，皆以性質立名。至明崑腔出，南北雜劇有全體併入者，如弋陽吹腔等，有一部分併入者，如亂彈梆子等。但此等腔調，一經崑腔之改編，卽非本來面目，其獨立未變者，南戲有四平調，北戲有秦腔高白子而已。』此論有是有非。崑腔用調，皆出南北曲；梆子中用南北曲者，其源與崑腔同出於弋陽。若其所用雜調，如仙花調鳳陽歌花鼓曲銀絞絲等，則與崑腔截然異源，不得斷其在崑腔之先。至若亂彈腔四平調，高腔秦腔等，多以七字或十字爲句，則顯爲明以後彈詞之變，更出崑腔之後矣。此徵諸茲集而可瞭者也。

徽班所用主腔爲徽調，徽調實本漢調，而漢調之先則爲襄陽腔。襄陽腔之來源有二：一自秦西皮是也，一自黃岡黃陂之間，二黃是也。西皮爲秦腔之一種，惟不用梆子板胡，而用皮胡，故可與二黃合而爲襄陽之主腔。襄陽者，地界南北，故可兼采二地之聲也。初其調僅流行於皖鄂之間，石門桐城休寧間人，變而效之，遂成徽調。徽班既盛，崑劇遂衰。京人日聆其聲，漸成習嗜。歌者亦稍參崑腔口法，以彌其土音之缺，居一二代，徽語皆變爲京語，徽調亦變爲京調矣。及京人能者既衆，徽人不復更往，於是徽班悉變爲京班矣。故如初期之程長庚、胡喜祿，皆徽人也；余三勝、譚叫天，（鑫培之父）皆鄂人也；及稍後之孫菊仙、王玉田，則京津人也。迄於晚清，京調得欽后之激賞，勢日駸駸；伶人如譚鑫培、楊月樓、汪桂芬等以供奉內庭，亦蜚聲一時。及西法留聲，雖異域亦習嗜之，幾欲代表中國之國樂矣。而崑劇者則日就消沈，惟蘇崑之間，尙有私人集社以研習者。棄雅從俗，化淳爲澆，覘國者能無殷憂乎！

清代歌曲之不屬於戲劇而爲彈詞之流變者，其類甚多。今約舉其通行者，有大鼓、攤簧、鬧篇、東調、淮調、粵謳數種。其內容大率爲故事言情，而偶雜以滑稽，所以爲小集之娛樂也。茲略述其概：

大鼓行於北地，今有京音、梨花、梅花諸派，其詞以七言或十言句爲本，而時雜以長短句，其伴奏之器爲大三絃。京音則唱者側立，右手擊小鼓，左手拍小牘以爲節，而時以手勢傳曲中之情，其調疾徐抗墜，各盡其致；曲詞多雅潔，如馬鞍山、戰長沙等則故事也，拗口令則滑稽也。梨花出於山東，在京音之先，唱者右手亦擊小鼓，左手則指夾二銅片敲擊以爲節，即所謂犂鏵片蓋碎農器之遺；其調悲涼怨抑，聞者悽愴；曲詞如烏盆記，廟門開等，亦不外故事與言情也。梅花出於天津，最爲後起，唱者與京音同，其調則幽颺纏綿，易動情感，而時插以別調穿心，曲詞如鴻雁捎書，黛玉悲秋，摔鏡架等，亦故事言情之類，而好詞頗多。京津民間多嗜之成癖者。

攤黃，行於蘇松間，亦名蘇攤，其詞略同彈詞，有唱有白，又類崑劇，惟用蘇州方音耳；其曲本多屬故事長篇，有改傳奇爲之者；其伴奏用三絃。蘇人嗜聽者，往往醵金召工，團坐經旬不倦云。

閙篇，出於虞山，亦名虞調，其詞亦略同彈詞，七言獨韻，純唱無白；其曲本亦屬故事長篇，詞多和雅；其伴奏男用三絃，女用琵琶，今漸變爲所謂唱文書矣。

東調，出於山東，流於河南，其詞亦略同彈詞，多唱少白；其調以一字清爲主，而雜用四平調，及別調穿心；其曲本亦屬故事長篇；其伴奏用箏，副以提琴，聲頗摧藏，利於悲曲。

淮調出於淮揚，其詞多短篇言情之作，如獨坐繡樓，掩繡戶等；其調以滿江紅爲主，而偶雜穿心；其伴奏用琵琶，聲多悽婉。

粵謳出於廣東，其詞亦皆短篇言情之作，如弔秋喜，花貌啱好等，率用土音雜文言，三五四六之句相間；其伴奏用琵琶，聲多怨慕。咸同間頗盛行，近則漸式微矣。

餘若各地均有小唱，繁雜流衍，不勝枚舉，且以無關大體，故概從略。

測運第十

世運之演進，其終於無窮乎！新新不停，生生相續，大易「變易」之義，既顯徵於革矣。革之象曰：『天地革而四時成』；而九五曰：『大人虎變』，象曰：『大人虎變，其文炳也』；上六曰：『君子豹變』，象曰：『君子豹變，其文蔚也』。是革之義，又顯徵於文矣。夫文者事物之見端，舉天地間庶類羣品嬗代變化之跡，孰非自然之文者？文云，文云，簡策云乎哉？然而皇古邈遠，莫得而述者，非無事物也，徒以不具簡策而無徵，雖歷萬禩，猶一朝耳。是故舍簡策無以彰自然之文，此文之名所以爲簡策所獨擅；非變革無以極萬物之用，此文之效所以賴變革而益周。蓋變無窮而文亦無窮也。自三代以降，文屢變矣：三王、五帝，不同禮樂；封建、郡縣，遞爲更代；事物之文變也。八體並興，五言漸作，兩京淳厚，六朝縟靡，簡策之文變也。舊者敝而新者起，新者盛而舊之敝者卽滅，而精者仍存；及新者盛極而敝之象又生，則又有更新者起而代之，而敝滅精存，如故也。如是不息，故垂於天壤者，皆萬選之餘，而非曖姝於一二家者所得而私。今持此義以觀詞曲之遞變，而測其將來，雖不中，不遠矣。

（二）詞曲之現狀

詞曲之在今日，蓋有盛衰不同之二象焉：自清季廢科舉，士之賢而才者，脫帖括之束縛，去祿利之希冀，而競從事於實學。其治經世及物質之學者無論矣；其治文學者方圖規模往哲，瀹發性情，求所以保國粹而揚國光者，大有其人。卽詞曲之學亦不乏方聞博雅之名家，如鄭（文焯）、況（周儀）、朱（祖謀）、王（國維）諸子者，討論律呂，搜羅遺佚，校刊善本，攷索源流，以昭示學者之塗徑。民國肇建，風尚未衰，報章則別闢專欄以選錄，書坊則傳刊舊集以待沽，大學尤復列爲專門以講肄，鬱葱鱗炳，曷嘗少讓於前代哉？此盛之象也。然而戰伐頻年，民生日蹙，避患救死，方且不遑，誰復能鏤腎嘔心，摛華掞藻，以爲此不急之務？卽心誠好者，猶且未能安暇以求，小得淺嘗，末由深造。重以好怪之士，稗販異邦，苟爲新說。斥優美爲貴族，則揭舉平凡；目聲韻爲羈紲，則破除律格。賤其所無有而屛其所不知，諱其所自經，而張其所臆造，使浮薄者歆動而景附，後進者臨歧而狐疑，孱茶者憚勢而噤聲，深識者洞觀而憫笑。於是或耗心思於無當，或避繁難而弗爲，詞曲前途，安望有豸？此衰之象也。惟此二象，錯雜糾紛。大勢既明，還徵諸事。

詞學自晚清中興。今詞壇耆宿之存者，雖止彊村一翁，而十餘年來造述蔚如，足以列作者之林者，尙不乏人。其存者如趙熙，字堯生，榮縣人，光緒進士，官御史，有直聲；工詩，鼎革後始爲詞，有香宋詞二卷，爲丁巳戊午兩年作，以周吳之律格，參蘇辛之氣勢，凝重奔放，兼而有之，樹詞場之異幟焉。夏敬觀，字劍丞，新建人，詩宗宛陵，有吷庵詞，出入歐晏姜張之間。程頌萬，字子大，號鹿川田父，寧鄉人，有美人長壽庵詞，精麗研鍊，雅近夢窗。冒廣生，字鶴亭，如皋人，有小三吾亭詞，情藻均勝。潘飛聲，字蘭史，番禺人，有說劍堂集詞，清麗時參疏宕。蔡寶善，字師愚，德清人，有聽潮音館詞，多清雋之作。王允晳，字又點，閩侯人，詞清婉近玉田。周岸登，字道援，號癸叔，威遠人，有二窗十稿，合爲蜀雅，辭麗密而律特精嚴，其邛都詞中多賦西南逸事，足備職方。其沒者如沈宗畸，字太倖，一字孝耕，番禺人；詞峭麗近梅溪。徐珂，字仲可，錢塘人；有純飛館詞，多宗北宋。易順豫，字由甫，實甫之弟，詞爽朗近放翁。劉毓盤，字子庚，江山人；有濯絳宧詞，語多寄託。陳衡恪，字師曾，號槐堂，別號朽道人，義寧先生冢子，工詩書畫篆刻，詞亦清遠婉麗。王浩，字然父，號瘦湘，南昌人，有思齋遺集，倚柱詞，初兼玉田稼軒，後一宗夢窗，氣足以舉。凡此皆舉舉者至並世詞家，海內定衆，囿於見聞，不能覼縷，各錄一首：

李唐筆。千歲香殿手迹。何人致年月姓名，惟有堅牢字千百。宣南四立壁。收得禪心一篋，是楊雲宣統二年，手劃敦煌萬山色。秋風滿京國，歎諫草無功，天黯南北。傷心馬角烏頭白。便水遠山遠，一聲去也，燕雲如夢萬里隔。賸身外經冊。榮德故山碧。潭白髮頭陀，身傍諸佛，梵天花雨蛾眉宅。只甚日攜手，卷中詞客。金光明字，月一片照淨室。（趙熙蘭陵王題唐寫金光明最勝王經堅牢地神品第十八卷子）

雉牆斜日，狐篝新火，危樓直瞰高城。繁吹怨風，銀槍擁雪，秋場夜點蕃兵。重到暗心驚。想胡塵匝地，西望秦京。絳闕迢迢，玉河不動燦三星。東華往事淒清。付垂楊鳥語，疏草蟲聲。檀板未終，殘燈更炙，笙歌亂後重聽。十載誤浮名。笑酒邊老大，吾亦微醒。滿屋狂花，替談興廢有山僧。（夏敬觀望海潮庚子亂後重來京師感賦）

悵天邊恨影，濁不管夜來霜。餐瘦到纖纖，窺來小外，覷破冥冥。黃昏。畫樓自倚，黯怨眉雙照比肩人。贏枕荒江魂怯，小鬟深閣香温。迴看臉暈紅新畫一角，楚天雲。似娉娉嫋嫋，十三年紀，路皺眉痕。愁黛並鮫無寐，瞄銷凝汀翠兩三分。特地聽風聽水，那堪傷别傷春。（程頌萬木蘭花慢初三夕舟次詠月）

十年幽夢鎖舊家亭館，綠陰無數。莫向孤山山下覓，紅萼無人爲主。染額人歸，深宮舊事，惆悵誰能賦。夜寒風細，冷香飛上詩句。誰解喚起湘靈，傷心重見，商略黃昏雨。書寄嶺頭封不到，回首江南天暮。惟有闌干，舊時月色，俯仰悲今古。疏簾自捲，逋仙今在何處。（冒廣生百字令過冷香館贈闌集石帚句）

旅懷十日畏春寒。春色怕闌珊。東風那送愁入夢，想如今夢也都難。别淚猶懸襟上，驚魂不到花間。　眞珠如意玉連環。密約共追歡。歡塲只逐當筵散，勸紅箏隔苑休彈。儘備一宵酒興，梨雲深叩蓬山。（潘飛聲風入松三月鏡湖客中作）

冰姿皎潔，看翠襯瓊芳，素墜香雪。嬝娜淡妝仙子，初回瑤闕。玉釵試看，微簪點染，鬟雲幽絕。撩人甚，扶頭醉醒，笑啓嬌靨。荒唐舊事誰說。記碧玉芳魂，會化冰纈。滿院露華如水，愁伴清月。祇恐不耐新涼，瘦損玉兒風骨。秋夢冷，西風又吹玉屑。（葉寶善霓裳茉莉）

洗紅連夜雨，吹不散畫橋烟。歎景物關人，光陰在客，情味如禪。尋思刺船弄水，便歸歟何用置閒田。拚約春風爛醉，恨春輕老花前。　湖天。碧漲簟紋邊。日日憶家眠。料濺衣未妥，暈妝還嫩，鬟冷欲蟬。分明片時

怨語，說相思金篋已無箋。雨歇西齋淡月，隔牆猶咽幽絃。（王允晳木蘭花慢與郡客感）

雁紅吹滿。千林樹，還催吟鬢彫晚。翠微多處看西山，戒帢寒清旦。帶一抹平蕪似翦。愁心江上烟波遠。鴉倦客羈魂，任宋玉能招，到此不禁腸斷。　仍見偏插茱萸，車整丁酒，醉菊香嚲釭面。故鄉無地可登臨，定有人傷亂。賸蜀國絃中望眼。薛濤箋寫蘋洲怨。念歲華驚離夢，京洛衣緇，錦城絲管。（周岸登霜葉飛重九霜降登臨王闓）

春前燕子差遲羽。小簾櫳，占取深深庭戶。渾欲嫁東風，怕池塘疏雨。況是江頭潮信改，只合聽浮萍流去。說與。秪一朵瓊花，能消清露。　新歲次第春來，門嬋娟嫋向，芳叢回顧。禁得一分愁，使消魂如許。試問長隄千萬樹。何處是斜陽多處。輕誤。恐門外天涯，王孫且住。（沈宗畸真珠簾秋根司使有歸思賦此代訊）

甚年年碧桃開候，高樓容易烟雨。餘霞幻作胭脂色，愁煞陰晴無據。知也否。怎越裕兒綿，費盡商量語。相思正苦。但倚遍雕闌，盼他芳草，綠滿去時路。　園林好，怕道青春漸暮。幾番花信輕誤。光陰逝水朱顏改，冷落鏡中眉嫵。佳約阻。願此後韶華，莫再從虛度。烟籠暝樹。只望眼迷離，遙空指點，帆影隔前浦。（徐珂摸魚子和花農家兄）

六代斜陽冷。接淒涼二分明月，霧籠烟襯。燕子桃花都寂寞，一徑蒼雲自領。算慧業人天同證。二百餘年衣鉢在，看故家喬木參天影重，付與苦吟鬢。水明樓上憑闌穩，對西風玉田身世，酒杯還賸。握手相逢驚老大，我亦詞人堪哂。念鏡裏朱顏曾映，莫向旗亭重賭句，怕當時舞袖郎當甚。臨別語，爲君贈。（易順鼎金縷曲題水繪庵填詞圖）

一滴眞元血。是天公揹持世界，作成豪傑。猿鶴沙蟲秋草化，了却中原半壁。生不幸，謀人家國。欲乞黃冠歸里去，聽桃花扇底孤鶯泣。偏獨抱，女兒節。　將軍別有肝腸鐵。儘昏昏，終朝醉夢，玉階金穴。一木焉能支大廈，方寸靈光照澈。都付與，昆明殘劫。徧地皆非乾淨土，莽青山，抵苦收遺骨。休更向，老僧說。（劉毓盤金縷曲題吳瞿安風洞山傳奇）

柳帶垂陰，荷錢試碧，霏霏微雨浮亭。餘香半畝，未慳詩思縱營。霧閣翠迷清曉，流鶯夢老燕巢成。春歸後，湔裙曲水，無語留情。　天氣乍寒乍暖，正地卑衣潤，寶篆香凝。青山自好，畫闌點筆愁生。嫩約倩傳芳卷，故人何事細丁寧。難忘是，華年勝賞，攜袂孤城。（陳衡恪慶清朝 公渚用梅溪韻賦此解倚聲和寄）

長樂離宮，遠條別館，乍隔閬風玄圃。龍縈未燼，豹尾初迴，道是翠華曾駐。紅霧蹴起氍毹，簾幕霏微，綺羅來去。想看朱成碧，新桃偷面，柳花飄戶。　空記取，洞鑰葳蕤，屏山重疊，曾有內家分付。唾壺暈碧，妝鏡沈緋，寂寞漢宮眉嫵。誰更無愁似他，月裏麒麟，夢中鸚鵡。自雲軿去後，悽斷銅仙夜語。（王浩過秦樓 暢觀樓在山貝子花

園西偏勝清慈禧太后每自頤和園迴蹕必宿臨幸樓中盛設多自禁中移置今且往矣陳跡依然爲賦此解）

晚近詞學箸述，除前述外選集尚有彊村翁之宋詞三百首，去取特嚴，或病其偏取澀體，然其用意原以鍼流滑粗獷之病，不違雅正之音。彙集則有武進陶湘影宋金元人詞，參入吳氏雙照樓刻，皆精本。最近彊村翁與滬上詞流有清詞鈔之輯，番禺葉恭綽有後篋中詞之輯，意存文獻，方在徵采，尚未成書。評論攷證之作，則有劉毓盤之詞史，辨析源委，約而能賅。又有江都任訥之南宋詞之音譜拍眼攷，詮訂詞源，甚爲清晰。此外談詞選詞之作，尚多未知。其他或標新幟厚誣古人，或擧常談聊示初學者，徒災楮墨，等諸自鄶，不贅述。

曲之式微較詞爲尤甚矣。梨園演奏，闤闠賞音，皆萃於京調秦腔名伶所歌，製爲留聲片者流於國內，則奉爲按歌之宗師；播諸海外，則誤爲國樂之代表。而聲多噍殺，文復傖荒。惟前數年北京尚有同樂戲園，獨演崑劇，然其勢遠遜於亂彈。又吳中尚有崑劇結社，偶一演奏，而賞音寥寥，未足以起廢也。大雅不作，元音久淪，乃至廢歌唱而僅用科白，如近日流行之新戲；甚乃摭拾淫詞，創爲舞劇，如滬上流行之毛毛雨等；迎合淺薄之心理，攘竊革新之美名，舞臺演之，學校習之，其鄙陋可勝慨哉！

曲學箸述，近以彙刻爲盛。如貴池劉世珩暖紅室彙刊元明劇曲，多罕見之本。武進董康誦芬室讀曲叢刊，彙刊前人談曲之書錄鬼簿，南詞敍錄，南九宮目錄，十三調南曲音節譜，衡曲麈談，魏王二氏曲律，顧曲雜言，度曲須知，劇說等十種，皆曲學要籍。海寧陳乃乾又增以中原音韻，曲品，新傳奇品，梁李二氏曲話，詞餘叢話，曲目表，曲錄，戲曲攷原，曲目韻編等十種，爲曲苑。董氏又本黃文暘曲海目，參以無名氏之傳奇彙攷，樂府攷略，爲提要七百七十餘則，合四十六卷，名曰曲海總目提要。任訥又輯元明清散曲十二種（陽春白雪，樂府羣玉，東籬樂府，夢符散曲，小山樂府，酸甜樂府，沜東樂府，西樓樂府，唾窗絨，海浮山堂詞稿，花影集，清人散曲，），爲一總集，名曰散曲叢刊，搜羅校勘，甚精覈。而尤以長洲吳瞿安奢摩他室曲叢，舉所藏元明清人刊寫諸曲本釐爲十集，最爲豐備。瞿安名梅，號霜厓，精曲學，箸顧曲麈談，論音律歌法甚析；又熟於點譜按歌，自作惆悵爨，內含放楊枝，湖州守，國香慢，釵鳳曲四種，及西臺記，湘眞閣，無價寶諸雜劇，排場詞采均擅，合講歌作爲一人，匪易覯也。又有王季烈，劉富樑合編之集成曲譜，薈納書楹及九宮大成諸譜，備詳宮調音拍足備度曲之需；王氏並箸螾廬曲談，論列多心得。凡皆晚近曲學之功臣也，

(二)詞曲之前途

觀上所稱，則詞曲前途之危機，蓋有三焉：世變紛紜，士乏潛心學問之暇，一也；舊日韻律聲歌，過於繁雜，探究爲難，二也；異說流行，學者耳目意志莫能專一，三也。然則詞曲之緒遂由此而斬，今後詞壇曲苑，遂爲若輩所謂革新者篡之而代興乎？是又不然。大凡事物之足以自立者，必有其所以與立之質。質苟粹也，必不終滅；質苟未具，則雖有一時熠燿之光，其生命之促可斷言也。使今之所謂革新者，羣趨於精美之塗，修辭研律，固具昔時之長，旨遠情新，復補前人之短，則茫茫千古，來者難量，詎可畫以方隅，範之陳跡？苟但乘凋敝，莽曰更張，不問精粗美惡之所分，一惟蕩滌衝決之是務；則瞎馬深池，罔知所底，而人情懷舊，徒障新機，縱復竊據於一時，敢謂滅亡之可待。後之

憤發爲天下雄者，當別有人，此適以資賢者爲驅除難耳。今本變革之程序，分測詞曲之前塗，約有二義：

於詞曰：『調譜可變，而聲韻不可革也。』聲韻本乎天籟，而調譜屬於人爲。自三百篇以還，情志之文，孰無聲韻？而始寬終密，始易終難，則進步之原理爲之也。夫聲韻雖若爲懸法，而取舍實繫乎人心；初非誘以圭組，威以斧鉞，而强天下後世從之也。況在吾國單音合體之文字，聲韻之調節，正其特長，善爲運使，則鏗鏘揚抑，文字可兼音樂之功；用以發作者之情，動讀者之聽，蓋遠勝於無組織之語，所以歷百世而不廢也。然而齊言雜言，不妨更迭，樂府詞曲，不害代興，則前人未嘗以調譜爲桎梏明矣。顧令引近慢，異世而生，而終不棄聲韻之用者，蓋利之所在，可用於人者，未始無益於我也。今革新者昧乎此理，猥以調譜之難於董理，乃剽東瀛之俳句，西洋之散文詩以代之；徒掉以譯式之文法，書以蟹行之行款，使讀者歆其異表而失其韻味，而囂然自號曰：『吾有內心聲律也。』嗚呼！天下人寧盡聾盲乎？

於曲曰，『關目可變，而歌唱不可革也。』歌唱合乎人情，而關目本於民俗。自金元明清以來，樂部所奏，孰無歌唱？而或止獨彈，或備衆器，亦進步之原理爲之也。夫荊卿高歌，士皆垂淚，韓娥哀哭，里盡悲愁，音樂之效，誰得而否認之？況耳目之享，在理宜均，聲音感人，超乎語言之外。善爲運使，則怨怒哀思，音樂可輔文字之用；以之傳劇中之意，喚聽衆之情，視純恃言動之劇，爲效何止倍蓰？今舊劇之可議者，臺步臉譜，過於失眞，祗從皆曰張千，傭保無非小二。然此不過一時習用之關目，非一成不變者；卽衣冠砌末，亦無妨隨劇情爲轉移也。然歌唱之用，則歷崑弋秦徽而莫廢，卽西洋歌劇，亦自著古名。則以情之所生，觸於目者，未嘗不接於耳也。今革新者悖於此理，猥以歌唱爲不近人言，乃取對話之方式，電影之排場以代之；徒藉衣飾之時式，佈景之活動，使觀者賞其形肖而隱其心靈，而傲然自足曰『是乃寫實主義也。』噫！戲劇果由是以振興乎？

今使革新者，知本進步之原理，於聲韻則益求精微，於歌唱則力謀優美；參以時代之精神，於調譜則化其拗折，於關目則革其虛浮，則不百十年，或有一種新詞曲挺生乎！吾人可拭目俟之。

詞曲史後序

簡庵既述詞曲史十篇竟，作而歎曰：嗚呼！風雅之道，其遂亡乎！昔成康沒而頌聲寢；王迹熄而春秋作。世方平治，納民軌物，則禮陶樂淑，自然成風；及夫國無道揆，民不寧處，則禮壞樂崩，教澤罄竭。雖有心之人，聚徒講習，憂時之士，憔悴行吟，其爲效也微，其爲聲也苦矣。夫粵人無鏄，燕人無函，非無鏄與函也，夫人能爲，不待稱也。易地而奇，異時而寶，豈其志也哉？勢所趨爾。自三百篇終，而後有詩說，詩傳；古樂亡，而後有樂論，樂記。方其瞍矇侍前，懸簴成列，六義畢昭，八音迭和，壇廟郊祭之次，賓筵酬酢之間，豈復有判正變而疏草木，別雅鄭而察治亂者乎？孔子曰：『我欲託之空言，不如見諸行事之深切著明也。』知空言之用，去行事遠矣。雖然，浮丘之學，遠啓三家；竇公之傳，上窺六代。微守缺不渝，則傳薪已絕。此仲尼所以致歎於文獻，史遷所以取重於薦紳也。自漢京以降，世益趨文，篇什朋興，樂府代盛。汾河，瓠子，歸之吟詠；安世，郊祀，施諸燕雅。

孝明四品，承平之制作；杜夔四篇，亂餘之殘燼。鼓吹鐃歌之相襲，西曲吳聲之雜陳，固已章質紛綸，宮商淆亂。隋唐嗣興，胡樂充溢。詩隨樂遷，體製復異，流衍蕃變，而詞生焉。夫詞，樂府之遺也，播諸絲管，奏於優伎，衆習聞之，烏待論述？乃其盛也，志士寫其偉抱，才人發其藻思，託槃阿之寤歌，供朋簪之贈答。情志之滂沛，抑詩樂之所以睽離也。由是而詞話、詞源之書作矣。然而舞席歌場，漸易其體，小令大曲，別殊其製。詞微而曲代起焉。其播諸絲管，奏於優伎，習聞而無待論述，如故也。乃其盛也，或以自娛，或資彈諷，雲飛風起，復遠聲歌。由是而曲品、曲談之書作矣。洎夫近世，人情趨簡，思啓新塗，苦乏借資，但知冥索，而雅音微於一縷，傖聲放乎四隅，鳴盛無方，陶情安藉？學者嘅焉，是安得不推索故籍，究其經塗，而示之準的也？老氏曰：『知者不言，言者不知。』傳曰：『禮失而求諸野。』今知者往矣，吾寧爲不知者之言；或猶愈於野乎？若夫舍經世之務，驚雕蟲之辭，雖小道可觀，而致遠恐泥，是則吾之過也已！

民國十九年六月南昌王易識於中央大學